# Wie niet horen wil

Van Nicci French verscheen eveneens bij
Ambo|Anthos *uitgevers*

*Het geheugenspel*
*Het veilige huis*
*Bezeten van mij*
*Onderhuids*
*De rode kamer*
*De bewoonde wereld*
*Verlies*
*De mensen die weggingen*
*De verborgen glimlach*
*Vang me als ik val*
*Verloren*
*Tot het voorbij is*
*Wat te doen als iemand sterft*
*Medeplichtig*
*Huis vol leugens*
*In hechtenis*
*De gunst*

In de Frieda Klein-reeks:
*Blauwe maandag*
*Dinsdag is voorbij*
*Wachten op woensdag*
*Donderdagskinderen*
*Denken aan vrijdag*
*Als het zaterdag wordt*
*Zondagochtend breekt aan*
*De dag van de doden*

Nicci French

# Wie niet horen wil

Vertaald door Eefje Bosch,
Mechteld Jansen en Elise Kuip

Ambo|Anthos
Amsterdam

FSC
www.fsc.org
MIX
Papier van verantwoorde herkomst
FSC® C014496

Eerste druk 2021
Vijftiende druk 2022

ISBN 978 90 263 6138 8

Oorspronkelijke titel *The Unheard*
Oorspronkelijke uitgever Simon & Schuster
Omslagontwerp Marry van Baar
Omslagillustratie © Reilika Landen/ Arcangel Images
Foto auteurs © Johnny Ring Photography

Verspreiding voor België:
Veen Bosch & Keuning uitgevers nv, Antwerpen

Voor Patricia, de dappere

# 1

Ze zeggen dat je niet kunt doodgaan in je dromen, maar vannacht voelde het toch alsof ik er geweest was. Ik stortte neer, net als zij, en vlak voor ik op het razendsnel naderende donkere beton terechtkwam schrok ik hijgend wakker, badend in het zweet. Het was niet weg. Het gebeurde opnieuw.

Ik probeerde te denken aan een gladde zee, een blauwe lucht, een bos met zacht ruisende bladeren. Ik kreeg het niet voor elkaar.

Ik was wakker maar zat nog steeds in de droom. Ik was terug bij waar het allemaal begonnen was.

Ik zat die zondagochtend in de vensterbank van een café bij Broadway Market. Ik was te vroeg, waardoor ik Jason en Poppy al zag aankomen voor ze mij zagen. Heel even leek er nooit iets te zijn veranderd. Poppy zat op Jasons schouders, met zijn oren stevig vast, haar mond aarzelend vrolijk open, haar prachtige rode haar als een vlag in een zacht briesje. De vader met zijn dochtertje, wandelend over straat op weg naar de moeder die op hen zit te wachten.

Zelfs op dit moment, ook al kwam ik net bij Aidan vandaan

en was ik door het heerlijk warme meiweer in een uitgelaten stemming hiernaartoe komen lopen, vol hoop, verlangen, opwinding en met het gevoel de hele wereld aan te kunnen, voelde ik een sluimerend verdriet. Poppy was nog zo klein, zo kwetsbaar en vol vertrouwen. En Jason en ik, wij hadden haar dit aangedaan – haar leven in tweeën gedeeld. Maar we gingen ervoor zorgen dat het beter werd, samen.

Ik zag hen naderen. Jason hield Poppy vast aan haar beentjes om haar in balans te houden en zong zo te zien een liedje. Hij had een goede stem; vroeger zong hij altijd luidkeels onder de douche. Dat deed hij vast nog steeds.

Toen ze langs het raam kwamen zag hij me en glimlachte op die vertrouwde, grappige manier, alsof we stiekem samen om hetzelfde grapje lachten, net als toen we elkaar nog maar pas kenden. Hij legde Poppy's weekendtasje op de stoep om haar van zijn schouders te kunnen tillen en neer te zetten. Poppy wees opgetogen naar mij en drukte toen haar gezicht tegen het raam zodat haar neus werd geplet tegen het glas, dat besloeg door haar adem. 'Mama,' zei ze onhoorbaar.

Ik stond op, liep naar haar toe bij de deur en gaf haar een knuffel, en ze drukte haar gezicht tegen mijn schouder. Ze rook naar zaagsel en sap. Ik was ervan uitgegaan dat Jason meteen weer zou opstappen, maar hij bestelde koffie voor zichzelf en warme chocolademelk voor Poppy en met zijn drietjes gingen we aan het tafeltje zitten. Poppy wurmde zich bij mij op schoot en ik keek Jason een beetje ongemakkelijk aan. Ik wilde hoe dan ook voorkomen dat we naar haar gunst zouden dingen. Maar hij glimlachte alleen maar.

Hij zag er nog steeds goed uit. Hij had wat grijze plukjes in zijn keurig getrimde baard, was wat dikker geworden. Hij was volwassen, een schoolhoofd, had status, maar ik zag nog steeds de jongen voor wie ik gevallen was – de jongen die voor mij gevallen was.

Ineens dacht ik terug aan die eerste avond, lang geleden. Het was zo snel gegaan, net in een periode waarin ik me had voorgenomen nooit, maar dan ook nooit meer aan een man te beginnen. Mijn relatie was net op uiterst pijnlijke wijze stukgelopen. Mijn vriend met wie ik zeven jaar iets had gehad – mijn eerste echte liefde – was ervandoor gegaan met een goede vriendin, die ik al bijna mijn hele leven kende. Ik was hen allebei kwijtgeraakt. Zelfs het verleden dat ik met hen deelde was door leugens kapotgemaakt. Ik was er als een breekbaar, gevoelig, getormenteerd hoopje ellende uit gekomen.

Maar op een lentedag als deze, vol bloesem en frisgroen gebladerte, had mijn vriendin Gina me overgehaald met haar mee naar een feestje te gaan. Ze zei dat het me goed zou doen en had geen nee willen horen. Ze keek toe terwijl ik een jurk aantrok die meer van een zak weg had, mijn haar borstelde en weigerde make-up op te doen. Jason was er ook, lang en slank, met grijze ogen, een kuiltje in zijn destijds nog baardloze kin en een verschoten blauwkatoenen overhemd. Ik wist nog hoe hij naar me had gekeken, zonder weg te kijken. We waren aan de praat geraakt. We dansten samen en ik voelde zijn lichaamswarmte. Ineens dacht ik: dus mijn leven is helemaal nog niet voorbij; ik ben nog steeds aantrekkelijk en voel me nog steeds tot mensen aangetrokken; mijn vriendje mag dan een klootzak zijn geweest en mijn vriendin waardeloos, maar ik kan nog steeds lachen, dansen, seks hebben en het leven door me heen voelen stromen. Ik kan opnieuw beginnen.

We waren naar een bar in Camden High Street gegaan. Daar had ik tequila gedronken tot het me duizelde en had ik bij mezelf gedacht dat ik op mijn tellen moest passen, dat ik me niet moest laten beetnemen, niet weer. Jason legde zijn hand op de mijne en zei dat hij een vriendin had, wat als een klap in mijn gezicht voelde. Ik was op slag nuchter. Ik zei dat ik me niet wilde inlaten met iemand die al bezet was, dat ik wist hoe het voelde om bedrogen te worden. Jason knikte, gaf me een kus op de wang, iets te dicht bij mijn mond, en we namen afscheid en ik dacht hem nooit meer te zullen zien.

De volgende dag stuurde hij me een berichtje. Dat kon ik me nog woord voor woord herinneren: *Heb het net uitgemaakt. No pressure. Maar zou het heel leuk vinden je te zien.*

Nu zaten we hier, jaren later, met onze prachtige dochter van drie, en aankomende juli waren we precies een jaar uit elkaar. Zoveel beloftes en zoveel verloren. Het was geen echtscheiding, omdat we nooit waren getrouwd. Maar we hadden een kind, een huis en een gezamenlijk leven.

De jonge barista met het frisse gezicht verscheen met de drankjes. Ze zette de grote beker warme chocolademelk voor Poppy's neus.

'Zo jongedame, deze is vast voor jou.'

Poppy keek boos naar het meisje, dat duidelijk van haar stuk was gebracht.

'Ze is een beetje moe,' zei Jason.

'Ik ben helemaal niet moe,' zei Poppy resoluut, maar ze maakte een prikkelbare indruk. Er zat een uitbarsting aan te komen.

Het meisje trok haar wenkbrauwen op en liep weg.

'Hoe was jullie weekend?' vroeg ik.

Jason keek naar Poppy. 'Hoe was het, Poppy?'

'Het regende.'

'Nou, niet de hele tijd, toch.'

'Het regende en regende en regende.'

'Ik weet het, liefje. Jij, Emily en ik hebben spelletjes gedaan en je hebt getekend en met Emily gekookt.'

Emily was Jasons vrouw. Maar dan echt. Deze keer was Jason in het huwelijksbootje gestapt. Poppy was op hun bruiloft geweest. Ik had een geel jurkje voor haar gemaakt en haar haar de avond tevoren gewassen, en later had ik de foto van hun drietjes gezien, een spiksplinternieuw gezinnetje waar ik niet bij hoorde.

'Dat klinkt leuk,' zei ik, en ik probeerde het te laten klinken alsof ik het meende. Ik meende het ook, hield ik mezelf voor. Ik kon toch niet anders dan hopen dat Poppy het leuk had? Ik keek mijn ex-partner aan. 'Dank je, Jason.'

Jason lachte weer, met dat geheimzinnige, samenzweerderige glimlachje van hem: hij en ik tegen de rest van de wereld. Zo was hij vroeger ook al.

'We doen het best oké, toch?'

'Hoe bedoel je?'

'Wij twee.' Hij gebaarde naar Poppy die haar beker vervaarlijk optilde. 'Veel mensen maken er een potje van. Liggen overhoop met elkaar. Wij niet.'

Mijn blik dwaalde af naar Poppy. Ze had chocola om haar mond en blies voorzichtig in haar beker. Vaak leek ze in haar eigen wereldje te zitten, niet op te letten, maar ze was een menselijke spons die alles opzoog. Je kon onmogelijk weten wat ze allemaal zag, hoorde, begreep.

'Dat klopt.'

'En dat zullen we ook nooit doen.'

Na ons besluit om uit elkaar te gaan hadden we een paar basisregels afgesproken: nooit boos op elkaar worden waar Poppy bij was. Nooit naar haar gunst dingen. Nooit proberen haar af te kopen met snoep of speelgoed, haar niet op haar gedrag aanspreken of de dagelijkse structuur laten versloffen. Meningsverschillen tussen ons nooit in onze relatie met haar laten doorwerken. Ons nooit kritisch over de ander uitlaten in haar bijzijn. Altijd samenwerken waar het haar opvoeding betrof. Er altijd van uitgaan dat we haar allebei op de eerste plaats hadden staan en elkaar vertrouwen als ouder. Enzovoorts. Het was een hele waslijst, het leek wel een zelfhulpboek. Jason had ze allemaal opgeschreven en naar me gemaild, alsof het een contract betrof. En we hadden ons eraan gehouden.

Ik keek naar de man die de vader van mijn kind was. Hij had altijd een hekel gehad aan kleren kopen, dat had ik dan ook altijd voor hem gedaan. Het jasje had ik hem drie jaar geleden voor zijn verjaardag gegeven. Maar dat overhemd met opdruk kwam niet van mij. Ik was er ook niet bij geweest toen hij die zachtleren schoenen had uitgezocht. Ik vouwde een papieren servetje open en veegde Poppy's mond af.

'Zullen we dan maar, poppetje?'

Toen we opstonden boog Jason zich naar me toe alsof hij me ging zoenen, maar hij fluisterde alleen iets.

'Sorry?'

'Alles komt goed.'

'Wat?' vroeg Poppy.

'We nemen gewoon afscheid,' zei Jason.

De gemeenschappelijke ingang van mijn appartement lag altijd bezaaid met reclamefolders. Bernie, die boven woonde, had er zijn fiets hangen. Hij stond hem net uit het rek te halen toen ik de deur opendeed.

'Tess!' zei hij, alsof ik maanden weg was geweest. 'En Poppy!' Met een zorgelijke blik boog hij zich voorover. 'Gaat alles wel goed?'

Hij was ongeveer even oud als ik, midden dertig, slank, met vaalbruine ogen, bruin haar in een staartje en een bruine piekbaard. Hij miste twee vingerkootjes aan zijn linkerhand, wat Poppy mateloos fascinerend vond, en had de gewoonte altijd net iets te dicht bij je te komen staan. Hij boog zich naar Poppy, die een stap naar achteren deed en hem met grote ogen aankeek.

'Ze is moe,' zei ik terwijl ik mijn voet door de stapel post haalde. Een paar enveloppen waren voor mij: nog meer rekeningen.

'Als er iets is wat ik kan doen,' zei hij.

Ik mompelde iets wat naar ik hoopte zowel beleefd als ontmoedigend klonk.

Onze kat stond al bij onze huisdeur. Sunny had ik bij mijn vertrek meegenomen, samen met mijn oude naaimachine en tuingereedschap, maar verder bijna niets. Ik had de foto's, de meubels, lampenkappen, de ratjetoe aan borden en glazen en de kerstversiering achtergelaten, alle spullen die we samen hadden uitgezocht en door de jaren heen verzameld hadden en die me aan die gelukkige begintijd deden denken en vervolgens aan hoe dat geluk langzaamaan vervaagd was. Ik moest de deur achter alles dichttrekken, maar had het niet over mijn hart kunnen verkrijgen Sunny bij Jason en Emily in Brixton achter te laten, ook al had hij daar jarenlang gewoond. Hij was mijn maatje, oud, dik en haveloos, met een verschoten oranje vacht, afkeurende groene ogen, een manke poot en een rafelig oor.

Poppy tilde Sunny op, zijn poten bungelden ongemakkelijk onder haar armen, en sjouwde hem mee naar haar slaapkamer. Het was de eerste kamer die ik had ingericht toen we hier waren komen wonen, ik had plankjes en hemelsblauwe gordijnen opgehangen, de muren geverfd, het bed in elkaar geschroefd en nieuw beddengoed, een vrolijke sprei en een rieten stoeltje gekocht. Poppy had me geholpen door de kleuren uit te kiezen en tijdens het schilderen kleine, nette verfstreken naast de mijne aan te brengen met de kwast die ik speciaal voor haar gekocht had.

Ik pakte Poppy's tas uit, legde de tuinbroek in een la, gooide het T-shirt, de onderbroek en sokken in de was. Ik haalde de zachte teddybeer met ogen van knopen en de enigszins gehavende lappenpop, Milly, met haar rode vilten rok en oranje wollen haar eruit, en legde ze bij haar in bed, volledig volgens Poppy's nauwkeurige instructies. Ze kon niet slapen zonder die twee. Ik zette haar lievelingsprentenboeken terug op haar boekenplankje en legde het etui met pennetjes en krijtjes op haar bureau.

Onder in de tas lag een stapeltje papier: Poppy's tekeningen die ze het weekend had gemaakt. Ik ging op bed zitten.

'Mag ik je tekeningen zien?'

Poppy kwam naast me zitten, de kat gleed van haar schoot. Van bovenaf bekeek ik haar kleine gestalte. Een lichte huid, donkere ogen, opvallend rood haar, roder dan het mijne. Een fel, veeleisend, opgewekt klein meisje dat nog steeds niet bevatte wat er gebeurde in haar leven. Ik voelde een steek in mijn borst bij de gedachte.

De eerste tekening bestond uit een knaloranje explosie bovenin met daaronder allemaal gestippelde blauwe vegen.

'Is dat de zon?'

'Het had geregend,' zei Poppy.

'Wat mooi.'

Dit werd gevolgd door een dier dat ik voor een leeuw of paard hield; een prinses; een huis; allemaal in geel-, rood- en blauwtinten.

'Die zijn prachtig. Ik ga er eentje uitkiezen voor boven mijn bed, dan kan ik ernaar kijken en aan jou denken.'

Poppy was hier duidelijk niet bijster van onder de indruk.

Ik legde het huis opzij en kwam bij de laatste tekening. Die was zo anders dat ik me even afvroeg of er geen vergissing in het spel was, of hij misschien niet door iemand anders was gemaakt. Hij was helemaal in dik, zwart krijt. Hij was basaal, primair en heftig. Het was kennelijk een soort vuurtoren of gewone toren met boven die toren, als het tenminste een toren was, een van Poppy's driehoekige poppetjes, met armen en benen die er als boze stokjes uit staken, en een klonterig zwart gekrabbel rondom het hoofd. Het poppetje hing scheef, met zijn hoofd naar beneden.

'Is dat een toren?'

'Het is een toren.'

Ik wist niet in hoeverre Poppy me gewoon napraatte. Ik wees naar het poppetje. 'Wie is dat?'

Poppy legde een vinger op het hoofd met de donkere krassen eromheen. 'Ik heeft haar haar gemaakt.'

'Heb,' zei ik zwakjes. 'Maar wie is het? Is het een engel? Een toverfee?'

'Een goede fee.'

Met een verontrust gevoel bekeek ik de grillige lijnen. 'Is ze aan het vliegen?'

'Nee.'

'Is het een verhaal? Een sprookje?'

'Ze was in de toren.'

'Net als Rapunzel?'

'Zij,' zei Poppy, wijzend naar het poppetje op de tekening.

'Nee, ik bedoel, is dat iemand uit een verhaal?'

'Hij deed haar doodmaken.'

‘Wat?’

‘Hij deed doodmaken. Dood en dood en dood.’

‘Liefje, wat bedoel je? Wie?’

Maar nu was Poppy in de war en zei ze dat ze honger had, en vervolgens zei ze dat ze een kat had willen zijn, waarna ze begon te huilen. Ik legde de tekeningen op het bureau, behalve die ene met zwart krijt, die nam ik mee.

# 2

Ik droomde dat ik door iemand gebeld werd en realiseerde me toen slaperig dat het geen droom was. Zachtjes stond ik op, nog steeds half in slaap, en ging Poppy's kamer in, waar ik het nachtlampje aanknipte. Poppy zat rechtovereind met verwilderd haar en een intens verdrietig gezicht. Ik kon ruiken en voelen wat er gebeurd was.

'Geeft niks. Kom, dan maken we je weer schoon en droog en verschoon ik je bed even.'

'Ik had het gedaan.'

'Wat gedaan?'

'Ik had erin geplast.'

'Dat was gewoon een ongelukje.' Hoewel Poppy al maanden niet meer in bed plaste, dacht ik terwijl ik haar een schone pyjama aantrok en het bed afhaalde.

'Ga maar even in mijn bed liggen,' zei ik, 'dan maak ik dit af. Neem Teddy en Milly maar mee.'

'Ik had het gedaan. Ik had het gedaan.' Ze fronste met haar hele gezicht en begon te huilen.

'Dat geeft helemaal niet.'

'Niet slaan!'

'Slaan? Waar heb je het over? Ik zou jou toch nooit slaan. Dat zou ik toch nooit doen, lieverd. Kom maar met mij mee.'

Poppy bleef de rest van de nacht bij mij slapen. Ze drukte haar sterke lijfje tegen me aan en bleef net zolang wurmen tot ze lekker lag. Haar adem rook naar slaap.

'Ben je nog steeds dood?'

Ik liet een geschrokken, sputterend lachje horen. 'Ik ben nooit dood geweest.'

'Ben je niet doodgegaan?'

'Nee, ik ben niet doodgegaan, liefje. Ik ben hier. Ga maar lekker slapen.'

En Poppy viel inderdaad in slaap, tot vijf uur 's ochtends, toen er een grijs licht aan de randen van de gordijnen verscheen, toen schrok ze met zo'n heftige schokbeweging wakker dat ik er ook wakker van werd. Ze had haar ogen wijd open en keek me aan alsof ik een volslagen vreemde was.

'Jason, sorry dat ik je stoor, maar ik wilde weten of er in het weekend misschien iets is gebeurd. Iets waar Poppy overstuur of in de war van kan zijn geraakt.'

Ik zat in de serre – een kamer van glas en stalen steunbalken, en destijds voor mij de reden om dit appartement te kopen, ondanks de kleine slaapkamers en het minikeukentje aan de zijkant – en dempte mijn stem in de telefoon voor het geval Poppy me kon horen. In de tuin zaten twee puttertjes op het voederplankje.

'Het is nog geen halfzeven.'

'Ik ging ervan uit dat je wel wakker zou zijn. Je bent altijd vroeg op.'

'Er is niks gebeurd. Ze is niet overstuur geweest. Niks aan de hand. Maak je toch niet zo druk om ieder wissewasje.'

'Dit is geen wissewasje. Ze doet raar. En ze heeft in bed geplast.'

'Dat doen kinderen nou eenmaal, Tess.'

Ik dacht aan de tekening, de woorden die ze had gezegd. Ik dacht aan hoe ze zich aan me had vastgeklampt. 'Het voelt alsof er iets is.'

'Ik moet ophangen.'

'Tuurlijk,' zei ik mat. 'Ik bedoel, natuurlijk. Sorry. Ik ben echt ongerust.'

Ik gaf Sunny te eten en ruimde de vaatwasser uit. Ik kleedde Poppy aan (de katoenen streepjesbroek die ik een paar weken eerder voor haar gemaakt had, een flodderig T-shirt, haar spijkerjasje en groene gympjes), en mezelf (roestkleurige sweaterjurk, spijkerjasje, enkellaarsjes). Ik kamde Poppy's rode haar, maakte er een vlecht in en ze gilde het uit. Ik kamde mijn eigen wat minder rode haar en bond het naar achteren. Ik maakte voor ons allebei pap. Ik deed Poppy's lunch (boterham, plakjes rauwe wortel en komkommer, appel) in haar lunchtrommeltje en mijn eigen lunch (hetzelfde) in het mijne. Ik poetste Poppy's tanden en de mijne. Vlak voor we weggingen stak ik de tekening in mijn rugtas.

Om kwart voor acht zette ik Poppy bij Gina af. Ik kende Gina al sinds de middelbare school: we waren samen op vakantie geweest, hadden in hetzelfde huis gewoond, geheimen gedeeld; we hadden elkaar verliefd zien worden, relaties zien verbreken, knetterdronken of stoned zien worden; we hadden ruziegemaakt en het weer bijgelegd. Een tijdje had Carlie ook bij ons vriendinnenclubje gehoord, tot ze er met mijn vriend vandoor was gegaan – waarna Gina niets meer met haar te maken had willen hebben en nu nog steeds met ijzige minachting over haar sprak. Gina en ik waren tegelijk zwanger geweest en een paar maanden na elkaar bevallen.

Soms voelde het alsof we eerder zussen dan vriendinnen waren, door een gezamenlijk verleden met elkaar verbonden. Zij was deel van de reden dat ik naar London Fields was verhuisd. Haar zoon Jake zat op dezelfde voorschool als Poppy. Ze had ook nog een meisje, Nellie van zes maanden, met mollige beentjes, rode appelwangetjes en een schaterlach als een optrekkende motor.

Gina werkte voor een liefdadigheidsinstelling en was drie maanden na de bevalling weer aan het werk gegaan. Laurie, haar man, werkte thuis en nam het leeuwendeel van de zorg voor de kinderen voor zijn rekening. Ik vroeg me weleens af of hij überhaupt werkte. Hij vond het blijkbaar oprecht leuk om voor de kinderen te zorgen, was altijd met ze aan het bakken, aan het verven, of nam ze mee op gekke uitjes waar hij online iets over had gelezen. Poppy en ik waren een paar maanden geleden met hem mee geweest naar een surrealistische konijnenkunstjeswedstrijd in Barking, waar we tienermeisjes met een ernstig gezicht hun verwarde konijnen aan een riempje over, en meestal dwars door, minihindernissen hadden zien sleuren. Hij was tenger gebouwd, maar ik zag hem meestal met Nellie in een draagzak en Jake op zijn heup. Twee of drie keer per week bracht hij of Gina – maar meestal hij – Poppy en Jake naar school en haalde hen weer op. Op mijn vrije dagen deed ik dat. Terwijl Jason in zijn functie was opgeklommen, was mijn loopbaan na Poppy's geboorte gestagneerd, en ik was parttime basisschooljuf geworden met een salaris waarmee ik soms in mijn onderhoud kon voorzien en soms ook niet. Hoe had het zover kunnen komen, vroeg ik me af, terwijl we op gelijke voet waren begonnen? Hoe had ik dat laten gebeuren?

Die ochtend wilde Poppy niet dat ik wegging. Ze sloeg haar armen om mijn benen en bleef er verwoed aan hangen. Ik moest haar van me af peuteren.

'Maak je geen zorgen.' Laurie gaf me een klein duwtje de deur uit. 'Zodra ze je niet meer ziet is het over.'

'Er is iets aan de hand,' zei ik tegen Nadine, terwijl we samen onze boterhammen opaten. Nadine was hoofd inclusiviteit op de school in Oost-Londen waar ik lesgaf aan groep vier. Ze was lang en sterk en had donker, heel kort haar. Ze droeg grote oorringen, leren jacks en stoere laarzen. Ze had drie zoons en altijd als ik bij haar thuis kwam verbaasde het me hoeveel herrie en rotzooi die maakten, en hoe kalm ze daaronder bleef, alsof ze in haar eigen wereldje zat. De kinderen op school waren een beetje bang voor haar. Ik was dol op haar, en wilde wat meer op haar lijken – stevig, vol zelfvertrouwen, veilig, getrouwd.

Ik haalde de tekening uit mijn rugtas. 'Ze heeft nog nooit zoiets gedaan.'

Ik vertelde Nadine wat Poppy had gezegd, dat ze in bed had geplast, hoe aanhankelijk ze was. Nadine luisterde aandachtig en glimlachte toen.

'Het is één tekening, één ongelukje in bed. Ben je op het moment niet gewoon overdreven alert door alles wat je met de echtscheiding hebt doorgemaakt?'

'Het was geen echtscheiding.'

'Daar kwam het wel op neer. Het was een crisis in jouw leven en het hare. Dan word je van elk klein dingetje bang.'

'En dat "hij had doodgemaakt" dan?'

Ze moest lachen. 'Je moest eens weten wat mijn jongens allemaal uitkramen. Ze zuigen alles op, ook dingen waarvan je niet eens doorhad dat ze het gehoord of gezien hadden. Iets wat iemand in het voorbijgaan zei op straat, iets op tv, wat dan ook.'

Ik stond op. 'Je hebt vast gelijk.'

'Als je er nog steeds niet gerust op bent, kun je ook met Alex gaan praten.'

Alex was Nadines partner en psychotherapeut van beroep.

'Zou hij dat willen doen?'

'Je kunt het altijd vragen.'

'Hoeft niet. Ik hou haar wel in de gaten.'

Toen ik Poppy bij Gina en Laurie ophaalde liep ze opgetogen te stralen, met één wang besmeurd met gele verf en gras in haar haar. Ze wierp zich in mijn armen en hing toen naar achteren om me de stickers te laten zien die ze op haar buik had geplakt.

'Zo te zien heeft ze het hartstikke leuk gehad.'

Laurie keek afwezig. 'Volgens mij wel, ja.'

'Is het allemaal goed gegaan?'

'Ze hadden een beetje bonje. Is nu vast weer helemaal goed.'

Ik zette Poppy neer en dempte mijn stem. Als juf probeerde ik pesten altijd meteen als ik het zag aan te pakken. Ik had mezelf beloofd nooit zo'n ouder te worden die weigerde in te zien dat haar eigen kind daartoe in staat was. 'Wat is er gebeurd?'

'Jake was een beetje over zijn toeren.'

'Heeft Poppy hem pijn gedaan?'

'Weet ik niet. Jake zat te huilen. Volgens mij had Poppy iets gezegd.'

'Wat dan?'

'Weet ik niet precies.' Laurie haalde zijn schouders lichtjes op en lachte naar me, met een kuiltje in zijn wangen. 'Jake zei alleen dat het iets ergs was. Hij moest ervan huilen.'

'Mag ik Jake er even naar vragen?'

Laurie schudde zijn hoofd. 'Ik heb hem net rustig gekregen. Waarschijnlijk is hij het al vergeten. We weten allebei hoe ze zijn op die leeftijd.'

Op de korte wandeling naar huis probeerde ik het te laten voor wat het was, maar dat lukte niet. Aangekomen bij het kleine grasveldje voor het appartementencomplex bleef ik staan en ik knielde neer om Poppy recht aan te kunnen kijken.

'Was het leuk bij Jake?'

'Hij moest huilen,' zei Poppy zakelijk.

'Ja, dat weet ik. Waarom moest hij huilen?'

'Hij was aan het huilen.'

'Had jij iets gezegd waar hij van moest huilen?'

'Ik heb honger,' zei Poppy. 'Heel veel honger.'

Het had geen zin om verder aan te dringen. 'Dat komt mooi uit,' zei ik. 'Want we gaan barbecueën met Aidan. Leuk hè?'

Mijn gedrag sloeg nergens op, vond ik. Ik was precies zo'n overdreven beschermende moeder die ik nooit had willen zijn.

# 3

Aidan kwam binnen met eten en barbecuespullen. Hij stalde de boodschappen op de keukentafel uit: maiskolven, rode paprika's, twee plakken tonijn, een viskoekje voor Poppy, sla, tomaten, een fles witte wijn.

'Je weet dat we maar met zijn drietjes zijn, hè?' vroeg ik voorzichtig.

'Het is de eerste barbecue van het jaar,' zei Aidan met een plechtig gezicht. 'Die moeten we goed aanpakken.'

Ik draaide me om naar Poppy. 'Wil je helpen met het eten?'

'Nee,' zei ze resoluut.

Aidan keek een beetje beteuterd.

'Sorry,' zei ik.

'Geeft niet. Bij een barbecue mogen toch alleen mannen komen. Dat zijn de regels.'

De barbecue was die winter ingestort en het duurde even voor Aidan hem weer in elkaar had gezet en kon aansteken. Ik ging naar binnen met Poppy, gaf haar een tekenblok en krijtjes en parkeerde haar op haar rode stoeltje aan haar rode tafeltje. Meteen ging ze verwoed en geconcentreerd aan de slag, en ze produceerde de ene tekening na de andere: eentje met paarse strepen, eentje met groene en gele lussen en cirkels, eentje met een oranje vlek waarvan ik wist dat het Sunny was – Sunny was haar meest constante onderwerp. Ik keek over haar schouder mee: zo te zien zat er niets ongewoons tussen.

In de tuin stond Aidan nog steeds aan een van de poten van de gammele, roestige barbecue te prutsen. Wellicht werd het tijd voor een nieuwe. Hij droeg een vale spijkerbroek, een tot vlak onder zijn ellebogen opgerold spijkerhemd en versleten sneakers. Zijn donkerbruine haar begon al een beetje te wijken. Zijn ronde brilletje gaf hem een bedachtzame, enigszins verwarde uitstraling, iets onbeholpens. Hij werkte bij een consultancybedrijf voor alternatieve energie en soms hoorde ik hem aan de telefoon met collega's praten over capaciteitsfactoren, feed-in-tarieven en andere dingen waar ik niets van afwist. Hij was een nette, zachtaardige, voorkomende en ietwat verlegen man die zichzelf nooit op de voorgrond plaatste, je nooit onderbrak of zijn stem verhief: aan alle kanten de tegenpool van Jason. Ik vond alles aan hem leuk, vooral het feit dat hij aandacht voor anderen had en met een bedachtzame, geconcentreerde blik naar hen luisterde. Zo ging hij ook met Poppy om. Ik trok de fles wijn open, schonk twee glazen in en liep naar buiten. Aidan had de barbecue stabiel gekregen en stak nu de houtskool aan. Hij deed een stap naar achteren en ik gaf hem een glas.

'Hoe laat gaan we eten?'

Hij keek op zijn horloge. 'Zeven uur. Sorry, is dat te laat voor Poppy?'

'Nee hoor.'

'Hallo!'

We moesten allebei omkijken om te zien waar de stem vandaan kwam. Bernie hing uit zijn raam.

'Dit is Aidan en dit mijn buurman, Bernie.'

'Ik zie jou wel vaker,' zei Bernie. 'Als je naar binnen gaat, en naar buiten.' Zijn toon was taxerend, alsof hij de tel bijhield.

Aidan stak zijn hand op. 'Moeten we hem uitnodigen?' fluisterde hij.

'Nee.'

'Barbecue,' zei Bernie.

'Ja, ik hoop dat de rook niet...'

'Als jullie overwegen of je me moet uitnodigen, maak je niet druk. Ik krijg zo een vriendin op bezoek.'

Het raam ging omlaag. Aidan keek me vragend aan.

'Hij heeft verschillende vriendinnen,' zei ik. 'Sommige zijn heel luidruchtig. Die hoor je dwars door het plafond. Denk je dat ik hem moet vragen of het wat zachter kan? Dat voelt zo ongemakkelijk.'

'Hoort Poppy het ook?'

'Geen idee. Ik hoop van niet.' Ik zag hem lachen. 'Ik weet het. Het klinkt stom, maar ik voel me een beetje wankel.'

Hij pookte met een stok in de houtskool en keek hoe die opgloeide. 'Wat is er dan?'

Ik nam een slok wijn. 'Sorry. Maar soms komt Poppy in een rare bui terug van haar vader en dan maak ik me zorgen en voel ik me schuldig om alles wat ze vanwege ons heeft moeten doormaken. Klinkt dat heel raar?'

Aidan keek door het raam naar Poppy, die nog steeds opging in haar tekenwerk, met die boze blik en het puntje van haar tong op haar lip. 'Gaat het wel goed met haar?'

'Dat weet ik niet,' zei ik.

'Kon ik maar iets zeggen waar je wat aan had. Maar waarschijnlijk is het net als met het weer. Het waait wel weer over. Ik weet dat dat weinig troost biedt als je in de regen staat, maar die regen houdt een keer op.'

'Tja, waarschijnlijk wel,' zei ik aarzelend.

Hij stak zijn handen omhoog. 'Of misschien is het niet zoals het weer.'

Ik boog voorover en gaf een kus op zijn stoppelwang. Hij rook lekker. 'Ik weet dat het ingewikkeld is, Poppy en ik. Ik weet dat ik je steeds op het laatste moment afbel, en je midden in de nacht wegstuur. En dat ik soms met mijn gedachten ergens anders zit. Ik heb bagage.'

Aidan legde zijn vrije hand op mijn achterhoofd en liet hem langs mijn nek en ruggengraat omlaaggaan. 'Ik heb wat werk meegenomen dat ik na het eten nog even moet afmaken. Maar is het goed als ik daarna blijf? Nog even, althans. Ik bedoel, alleen als jij het ook wilt.'

'Ik wil het ook. Maar niet de hele nacht.'

'Oké.'

'Nog niet.'

Poppy at haar viskoekje op en weigerde pertinent alle sla en groenten. Daarna kreeg ze een kommetje chocolade-ijs en vervolgens klaagde ze over buikpijn. Ik nam haar mee naar boven, kleedde haar uit en hielp haar het bad in, zeepte haar soepele lijfje in, blies wat bellen voor haar, tilde haar er toen weer uit en sloeg een handdoek om haar heen. Ik trok haar haar pyjama aan en las haar voor, waarbij ze de zinnen die ze uit haar hoofd kende mee zei. Toen ik het boek weglegde beweerde ze dat ze niet moe was. Ze bleef me strak aankijken en zei dat ik moest blijven. Maar vrijwel direct daarna viel ze in slaap.

Terwijl Aidan zijn papierstapel wegwerkte bracht ik de resten van de maaltijd uit de tuin naar binnen en ruimde alles op. Op een gegeven moment keek hij op en vroeg of hij iets kon doen.

'Het voelt zo verkeerd,' zei hij, 'dat de man zit te werken en de vrouw de afwas doet.'

'Dat moet ook verkeerd voelen,' zei ik. 'Normaal gesproken. Maar vanavond voelt het goed. Ik moet iets omhanden hebben. Werk maar lekker door.'

Na alles te hebben weggezet veegde ik het aanrecht af en spoelde de gootsteen uit. Toen zette ik mijn naaimachine op tafel, met het kostuum dat ik voor Poppy aan het maken was. Over een paar weken had ze een verjaardagsfeestje en ze wilde per se een goudkleurig heksenkostuum aan. Ik wist niet precies wat een goudkleurige heks droeg, maar Poppy had er heel duidelijke ideeën over. We waren wat winkels afgegaan in Spitalfields, waar de planken uitpuilden van de rollen bonte stof, en Poppy had een stuk glitterblauw met goud uitgezocht dat pijn deed aan je ogen. Nu was ik bezig aan een cape met kap. Ik legde de stof op de steekplaat en controleerde de draadspanning.

Ik voelde dat Aidan achter me stond. Hij legde zijn handen op mijn schouders en gaf een kus op mijn kruin. Met een zachte zucht leunde ik achterover tegen hem aan.

De hele koers van mijn relatie met Jason kon ik volgen via ons seksleven, vanaf de begintijd waarin we niet van elkaar af konden blijven, waarin het heftig en bijna gevaarlijk aanvoelde, tot aan de laatste maanden waarin het bijna voelde als een afspraak bij de dokter, en we allebei onze kleren naast onze kant van het bed legden alsof we ons klaarmaakten voor een onderzoek. Ik wist nog dat ik een keer, lang geleden, het licht had uitgedaan en dat Jason het weer aandeed. 'Ik moet je zien,' had hij gezegd. In de laatste jaren had hij het licht altijd uitgedaan en nu vroeg ik me af of dat was omdat hij zich iemand anders probeerde voor te stellen.

Bij Aidan was ik er weer achter gekomen hoe het voelde om begeerd te worden, om zelf te begeren. Mijn lichaam was opgeleefd. Ik liet Poppy's heksencape voor wat hij was en stond op, en we sloegen onze armen om elkaar heen.

'Slaapt ze al?' vroeg hij.

Ik trok hem mee naar boven en mijn slaapkamer in, waar ik de deur met mijn voet dichtduwde. 'Heel diep. Maar we moeten wel zachtjes doen.'

'We moeten Bernie ook niet storen. Als wij hem kunnen horen, kan hij óns ook horen.'

Aidan liet me niet mijn eigen kleren uitdoen. Het voelde alsof hij elk klein stukje van me wilde zien, elk klein stukje wilde aanraken. En toen ging ik onder de lakens liggen en keek ik hoe hij zijn eigen kleren uittrok, ze opvouwde en op de stoel legde, met zijn horloge en bril erbovenop. Stil blijven was nog een hele opgave en ik trok de lakens over ons heen zodat we in onze eigen, donkere grot zaten. Zelfs toen nog was ik bang Poppy wakker te hebben gemaakt en wachtte ik even om gespannen te luisteren of ik iets uit de andere slaapkamer hoorde.

Ik ging op mijn zij liggen en legde mijn vlakke hand op Aidans wang. Hij zag er anders uit zo zonder bril, jonger en minder beheerst.

'Sorry, maar je moet gaan. Vind je het heel erg? Ik wil dit op de juiste manier aanpakken.'

Aidan zweeg maar boog voorover om me een kus te geven en toen ging ik in de deken gewikkeld rechtop zitten om goedkeurend toe te kijken terwijl hij zich aankleedde: hij was zo netjes en ongehaast in alles wat hij deed, zelfs in hoe hij zijn riem vastgespte, zijn veters strikte. Ik wachtte tot ik mijn huisdeur hoorde dichtvallen voor ik zelf opstond, een pyjamabroek en T-shirt aantrok en doorliep naar Poppy's kamer. Ze lag languit op haar rug, met uitgestrekte armen.

Toen Poppy net was geboren keek ik weleens naar haar als ze in haar wiegje lag te slapen en dan maakte ik haar wakker, omdat ik ineens bang was dat ze niet meer ademhaalde. Zelfs nu nog moest ik mezelf ervan weerhouden om mijn dochter in mijn armen te nemen en een knuffel te geven. Ik dacht aan haar heftige, zwarte tekening – een poppetje dat van grote hoogte naar beneden viel – en er trok een lichte rilling door me heen.

'Ik bescherm je,' zei ik zachtjes, en ik ging terug naar bed.

# 4

Toen ik de volgende ochtend wakker werd, lag Poppy naast me. Ze was vanuit haar kamer naar me toe getrippeld en zonder me wakker te maken naast me in bed gekropen. Ik was altijd een goede slaper geweest. Tot aan haar geboorte had ik in het weekend altijd tien uur of meer geslapen, dan lag ik tot halverwege de ochtend in bed terwijl Jason koffiebroodjes en de krant ging halen. Dat leek nu wel een eeuwigheid geleden. Nu voelde ik me duf door de emoties van de vorige dag en door de koortsachtige dromen van die nacht, al herinnerde ik me er niet een meer van, alleen een gevoel van beangstigende chaos. Ik moest mijn gedachten ordenen, me voor de geest halen welke dag het was. Mijn vrije dag. Mooi. Ik kroop behaaglijk onder de dekens en sloot nog een paar gelukzalige seconden mijn ogen, waarna ik opstond en naar de badkamer liep om te douchen en me vlug aan te kleden. Daarna maakte ik Poppy wakker en trok haar een spijkerbroek en knalrood T-shirt aan, wat nog een hele toer was omdat ze pertinent weigerde mee te werken.

Ik zette de waterkoker aan voor koffie, schonk melk en havervlokken in een steelpannetje en roerde het door elkaar, onder het vertrouwde geluid van Poppy die in haar kamer tegen zichzelf praatte – Poppy deed dat heel vaak – wat werd gevolgd door een ploffend geluid. Ze was op haar bed aan het springen. Ik stopte met roeren en er klonk een geluid dat ik niet herkende en nog een, harder, en toen heel hard, alsof er iets kapotging. Ik rende de trap op naar haar kamer, waar ik Poppy iets ruw tegen de muur zag smijten. Het was een houten koetje dat hard tegen de wand kwam en daar een buts achterliet.

'Poppy, hou op!'

Poppy keek om, haar ogen schoten vuur. 'Kingkuthoer,' riep ze. 'Kingkuthoer.'

Ik liet me op mijn knieën vallen, pakte haar vast en drukte haar stevig tegen me aan, deels om haar gerust te stellen maar ook om haar in toom te houden en tot zwijgen te brengen. 'Wat zeg je, Poppy? Waar heb je dat gehoord?'

Ik hield haar van me af zodat ze iets kon zeggen. Ze had een uitdrukking op haar gezicht die ik niet herkende. Haar mond stond scheef. Ik werd er bang van.

'Poppy, wat is er?'

'Hij deed haar doodmaken.'

'Poppy, Poppy, hou daarmee op!'

'Kingkuthoer, kingkuthoer, kingkuthoer!'

'Poppy, nee.' Ik rook dat er iets aanbrandde. 'Wacht heel even.'

Ik liet haar los en rende naar de keuken, waar de steelpan een grote massa borrelende pap uitspuugde. Ik draaide het gas uit, haalde diep adem en probeerde te kalmeren. Het voelde alsof er een bom was ontploft, twee bommen: een in Poppy's kamer en een in de keuken.

Zo rustig mogelijk schonk ik de restanten van de pap in twee kommetjes en zette ze op tafel, deed er melk bij om de pap te laten afkoelen en een theelepeltje honing om hem wat zoeter te maken. Ik haalde Poppy naar beneden en samen ontbeten we terwijl ik probeerde te bedenken wat me te doen stond. Ik kreeg het niet helder. Maar ik begon met het belangrijkste: ik praatte zo rustgevend als ik kon.

'Lieve Poppy, die dingen die je daarnet zei, weet je nog? Die moet je nooit tegen andere mensen zeggen. Nooit op school. Hoor je dat?'

'Waarom?'

'Daar worden ze verdrietig van. Tegen mij mag je alles zeggen. Maar die dingen moet je tegen niemand anders zeggen.'

'Ben je verdrietig?' Ze boog zich naar me toe en kneep haar ogen tot spleetjes. 'Heb je gehuild?'

'Nee, Poppy. Ik ben niet verdrietig. Maar je mag dat niet op school zeggen.'

'Dan worden ze verdrietig.'

'Heel goed, inderdaad.' Ik wachtte even. 'Van wie heb je dat woord?'

'Welk woord?'

Ik gaf het op en schonk een beker sap voor haar in. Terwijl ze die half leegdronk en ermee speelde, pakte ik mijn telefoon en ging de keuken uit, maar ik bleef wel vlak bij de deur. Ik draaide het nummer. Er klonk een klik en ik hoorde een stem.

'Hoi Alex, met Tess. Volgens Nadine kon ik je bellen. Ik wil je om een enorme gunst vragen.'

# 5

'Je denkt vast dat ik me aanstel, en je tijd loop te verdoen.'

'Nee hoor,' zei Alex.

Ik had liever gehad dat hij ja had gezegd. Ik had gehoopt te horen dat het niks voorstelde, dat het allemaal goed zou komen, dat het over zou gaan.

Na het telefoontje had ik Laurie gebeld om te zeggen dat Poppy die ochtend niet naar school ging, en ik Jake dus niet meenam, als dat niet erg was, maar hem wel gewoon zou ophalen. Vervolgens had ik Alex, op zijn verzoek, een mailtje gestuurd met een lijst van al Poppy's abnormale gedragingen sinds het weekend: de tekening, het gevloek, het in bed plassen, het feit dat ze veel aanhankelijker was. Ik had een foto genomen van de zwarte krijttekening en die aan hem doorgestuurd. Ik had tegen Poppy gezegd dat we voor school nog even bij iemand langsgingen.

'Een toverfee?'

'Nee, gewoon een vriend.'

Poppy was struikelend het trapje van de bus naar Primrose Hill op gegaan en was voorin gaan zitten, waar ze zich met bungelende beentjes en glunderend van nieuwsgierigheid vooroverboog. Ze wees naar de ekster in de plataan, het hondje dat kennelijk zijn baasje kwijt was, de jongen die op het achterwiel van zijn fiets reed, de zilverkleurige auto, de plukjes witte wolk in een blauwe lucht, het stelletje kwekkende schoolkinderen in fluorescerend gele hesjes, de vuilnisbak waarvan de inhoud op straat lag omdat hij waarschijnlijk 's nachts door een vos was geplunderd. Haar rode haar glansde en haar ogen glommen in haar bleke, sproeterige gezicht; ze was een kleine, felle vlam.

The Warehouse was een onlangs opgesplitste oude industriele ruimte, met heel veel staal, glas en hout. In de lobby werden we ontvangen door een vrouw met een grote bos zwarte krullen die zich voorstelde als Paz. Ze droeg een gele stippeltjesjurk en enorme oorbellen. Poppy keek met grote ogen naar haar op.

'Ben jij een heks?'

Paz grinnikte. 'Nee hoor. Geen gemene in elk geval,' zei ze. Ze had een licht accent: Spaans, vermoedde ik. 'Ben je bang voor heksen?'

Poppy dacht even na. 'Toen ik een heks was, was ik dat wel geweest.'

Paz was duidelijk even in verwarring. 'Alex wacht op je,' zei ze tegen mij. 'Deze kant op.'

Ik had Alex Penrose een paar keer eerder ontmoet, maar dan op feestjes of bij etentjes. Ik kende hem als een bijzonder magere en bijzonder lange man, iemand die wijn inschonk, excentrieke truien droeg, onverwachts schuine moppen vertelde, energiek maar niet heel stijlvol danste. Dit was een andere Alex Penrose, ernstig en voorkomend, die me kort de hand schudde alsof we elkaar voor het eerst zagen, en zich toen vanuit zijn uitzonderlijke hoogte bukte om Poppy te begroeten.

'Hallo, leuk dat je er bent.' Hij sprak haar vriendelijk en respectvol aan, alsof ze een kleine volwassene was.

Het voelde niet als een spreekkamer. Er stond een zachte bank bij het raam, er lag een gestreepte mat op de vloer, er hingen posters aan de muren en de tafel was bezaaid met kinderboeken en speelgoed.

'Ik hoorde dat je graag tekent,' zei Alex. 'Misschien kun je iets voor mij tekenen.' Hij wees naar de doos dikke waskrijtjes.

Poppy keek hem met toegeknepen ogen aan. 'Iets voor mama, niet voor jou.'

Alex moest lachen. 'Prima. Misschien kan mama dan even beneden wachten, zodat het een verrassing blijft.'

Ik keek vast heel geschrokken, maar Poppy maakte zich duidelijk niet druk. Zij zat al aan tafel met een oranje stuk krijt in haar knuistje en een geconcentreerde frons op haar gezicht.

'Niet kijken,' zei ze streng.

'We zijn zo klaar,' zei Alex tegen mij.

Ik nam beneden plaats in een te lage stoel die me met zijn lijvige zachtheid omsloot. Het was pas tien voor negen en het was uitgestorven in The Warehouse, de dag was er nog niet op gang. Ik probeerde een van de opengeslagen kranten op tafel te lezen, maar kon geen wijs worden uit de woorden en al snel legde ik hem weer weg. Ik leunde achterover in mijn stoel en legde mijn hand over mijn ogen. Ik voelde warme tranen opwellen en mijn lichaam was slap van angst. Hoe was het mogelijk dat ik in een centrum voor psychotherapie en geestelijke gezondheid zat, waar mijn dochter onderzocht werd door een in kindertrauma's gespecialiseerde arts?

Een paar dagen terug was ik het nog eens geweest met Jason dat we het ondanks alles – de scheiding; de pijnlijke verhuizing naar een ander huis in een ander deel van Londen; de zorgvuldige opbouw van een nieuwe structuur in Poppy's leven die verdeeld werd over tijd met papa en tijd met mama; het verschrikkelijke gevoel dat we ons kind al zo vroeg in haar leven in de kou hadden laten staan – dat we het ondanks dat alles nog best goed hadden gedaan. Poppy was misschien getekend, maar niet beschadigd. Ze maakte een wonderbaarlijk ongedeerde indruk, zo lief en sprankelend, dat ik mezelf had wijsgemaakt dat we het voor elkaar hadden gebokst, het hadden overleefd. Ik was gaan geloven dat ik weer gelukkig zou kunnen worden, nadat mijn geluk zo lang was uitgehold. Ik had zelfs weer verliefd durven worden, me begeerd, mooi en gekoesterd gevoeld.

En nu, na een tijd van geen wolkje aan de warme, blauwe lucht, dit: deze lélijkheid. Wat was er dat weekend bij Jason gebeurd waardoor Poppy van een vrolijk, stabiel klein meisje was veranderd in een meisje dat slecht sliep, in bed plaste, tekeningen maakte over de dood en met een scheve mond en glimmende ogen in haar bleke gezichtje 'kingkuthoer' zei?

Ik haalde mijn hand weer van mijn gezicht en liet me verblinden door het licht dat door het grote raam naar binnen viel. Buiten stonden bloemen op het grasveld; vogels bouwden hun nestjes in de uitbottende bomen. Ik wilde dat Alex glimlachend op me af zou lopen en zou zeggen: *Er is niks aan de hand, het gaat hartstikke goed met je dochter.* Maar in dat geval zou ik hem niet geloven. Ik wist dat er iets was. Maar wat?

Ik hoorde een deur die openging en een babbelend stemmetje, en bovenaan de trap verscheen Poppy met Alex naast zich. Wat was ze klein en wat was hij lang en dun. Toen ze de trap af kwamen had ze in haar ene hand de zijne, en in haar andere een stapeltje papier.

Ik hees mezelf op uit de lage stoel. 'Ha lieverd.' Mijn stem klonk blikkerig.

'Ik heb tekeningen,' zei Poppy opgetogen. Ze drukte me wat papieren in de hand.

Ik streek ze glad op tafel, huiverig voor dreigend zwart gekras, maar stuk voor stuk waren ze heel kleurrijk. Eentje van een vos, of tenminste iets oranjes met een oog. Een regenboog, beverig en dik, met aan de ene kant de zon en aan de andere kant regen. De aanzet van een huis: vierkante doos, twee ramen, deur, aan één kant een boom. Op de vierde tekening stonden drie driehoeken met cirkels erbovenop waar rommelige haarspiralen uitstaken. Aan één kant stond een enorme gele cirkel.

'Dat ben jij,' zei Poppy, terwijl ze op de kleinste driehoek tikte. 'Dat' – ze tikte op de veel grotere – 'ben ik.'

'En wie is dat dan? Is dat papa?'

'Papa woont niet bij ons. Papa woont bij Emily. Dat is de fee.'

'En Sunny dan?'

Poppy keek me verwijtend aan en legde een mollig vingertje op de reusachtige gele cirkel. 'Daar.'

'O ja.'

'Wil je een sticker, Poppy?' Paz was bij ons komen staan.

'Ja! Op mijn arm en op mijn buik.'

'Kom maar, dan zoeken we er eentje uit.'

Alex bleef wachten tot ze buiten gehoorsafstand waren. 'Je weet dat dit geen formele beoordeling is,' zei hij.

'Maar hoe schat je het in? Gaat het goed met haar?'

'Je dochter is een slim, aardig, nieuwsgierig, extravert meisje, Tess.'

'Dat weet ik. Maar gaat het goed met haar?'

'Ik heb' – hij stak een lange, knokige vinger omhoog – 'onder het gebruikelijke voorbehoud, geen aanwijzingen... van misbruik gevonden. Seksueel misbruik, bedoel ik.'

Mijn adem stokte. Ik moest gaan zitten.

'Ik heb geen lichamelijk onderzoek gedaan. Maar aan de telefoon zei je dat er geen teken was van irritatie rond de genitaliën.'

Ik knikte. Mijn hoofd zat wankel op mijn hals. Aan de andere kant van de ruime kamer zat Poppy in een mandje te rommelen. 'Nee,' zei ik. 'Ik weet natuurlijk ook niet waar ik op moet letten.'

'Er is niets wat bij mij alarmbellen doet afgaan. Geen geseksualiseerd gedrag. Ze komt niet opvallend terughoudend over.' Hij nam de vrijheid te glimlachen. 'Op zijn zachtst gezegd. Ze is communicatief. Maar' – weer die knokige vinger – 'alles waarover je me verteld hebt, slecht slapen, bedplassen, die aanhankelijkheid, die onrust, dat kunnen allemaal symptomen van een of ander trauma zijn. Of niets te betekenen hebben.'

'Dus je weet het niet.'

'Ik kan het niet weten, zonder bewijs. Jonge kinderen zijn enorm ontvankelijk. Zo leren ze dingen. Dat weet jij net zo goed als ik.'

Dat liet ik even bezinken. Ik voelde me dom en afgestompt en wist niet of dit nou wel of niet goed nieuws was. 'Eigenlijk zeg je dus dat dit allemaal misschien niks te betekenen heeft.'

Alex dacht even na. 'Niet echt. Wat ik zeg is dat ik geen reden heb te geloven dat ze misbruikt is, maar misschien wel dat ze iets heeft gezien. Of misschien voelt ze alleen iets aan.'

'Wat bedoel je daarmee?'

'Je zei toch dat het was begonnen toen ze terugkwam van haar vader?'

'Ja.'

'Hoe is haar relatie met hem?'

'Goed. Prima. Je kent Jason... Ik bedoel, je hebt hem weleens ontmoet. Er is niks mis met hem. Hij...' Ik zweeg en wreef over mijn gezicht. Mijn ogen voelden droog. 'Ach, ik weet het niet meer echt. Ze gaat er meestal om het weekend een dag heen en een keer door de week, dus dat deel van haar leven ken ik niet meer. Ze is pas drie, maar ik heb geen controle over wat ze meemaakt als ze niet bij mij is. Een deel van haar ben ik nu al kwijt.'

'Dat zal niet meevallen.'

'Hij is een goede vader. Hij is dol op Poppy.'

In gedachten zag ik Poppy op Jasons brede schouders, zij met zijn oren stevig vast terwijl hij haar over de zonovergoten straat naar me toe droeg en ze allebei lachten.

'En is Jason alleen?'

'Bedoel je – o wacht. Nee. Hij is getrouwd. Al vrij snel nadat we uit elkaar waren. Emily is een stuk jonger dan hij.' Ik trok een gezicht. 'Verrassing. Hoe dan ook, ik ken haar niet echt maar ze komt lief over. Lief – dat woord gebruik ik niet snel voor een vrouw. Maar zo komt ze wel over.'

Ik praatte te veel en te snel. Ik ademde diep in om tot rust te komen. 'Wat moet ik doen?' vroeg ik nogmaals.

'Hou het in de gaten. Misschien moet je de school laten weten dat je je zorgen maakt.'

'Ja, zal ik doen.'

Hij zweeg weer even. Hij dacht duidelijk na.

'Dit soort gedrag van een klein kind,' zei hij na een tijdje. 'Soms gaat dat over heel andere dingen.'

'Hoe bedoel je?'

'Ik zei daarnet al dat kinderen dingen aanvoelen. Hoe gaat het met jou?'

'Met mij?' vroeg ik, ineens niet op mijn gemak. 'Goed. Ik doe mijn best. Soms is het pittig.'

Hij gaf geen antwoord. Hij haalde een stukje papier uit zijn zak en vouwde het open. 'Dit heeft Poppy ook getekend,' zei hij. Hij gaf het aan mij.

Ik keek ernaar. Het was een vrouw. Dat zag ik aan het haar en de driehoekige jurk. Verder nog een rij verticale zwarte strepen waar de figuur bijna helemaal door bedekt werd.

'Wat is dat?' vroeg ik.

Alex keek naar waar Poppy en Paz stonden. 'Ze zei dat jij dat was.'

'Wat zijn die strepen?'

'Ze zei dat het een kooi was, net als in de dierentuin.'

'Een kooi?' vroeg ik verbijsterd. 'Waarom heeft ze me in een kooi gezet?'

'Een kooi kan dienen om iemand in op te sluiten,' zei hij. 'Maar ook om dingen buiten te houden.'

'En, welke van de twee is het?'

'Geen flauw idee.'

# 6

Op de voorschool liet ik Poppy's hand los, en ze stortte zich onmiddellijk in het gewoel van kleine lijfjes op de speelplaats. Even bleef ik naar haar kijken: haar rode T-shirt, felle haar en sterke lijfje, die luidruchtige, schorre lach. Ik realiseerde me dat ik waakzaam en gespannen was, alsof ik op een incident wachtte. Zou Poppy een vies woord roepen, zou ze iemand duwen, zou haar vrolijkheid overgaan in iets dreigends en zelfs gewelddadigs?

Ik draaide me om en liep naar het klaslokaal, waar Poppy's juf, Lotty, een broodje zat te eten. Ze kwam schrikbarend jong op me over, begin twintig misschien, met de zachte huid van een kind, maar ze was altijd opgewekt en rustig en Poppy was dol op haar.

Ineens kon ik de woorden nog maar moeilijk vinden: door het hardop uit te spreken leek het akelig echt, alsof ik iets sluimerends tot leven wekte. Ik vertelde haar alles en Lotty hoorde alles met een schuin hoofd aan, zonder door te eten van haar broodje.

'Wat moet dit naar voor je zijn,' zei ze toen ik klaar was.

Ik kon geen woord meer uitbrengen. Ik keek weg en knikte.

‘Om te beginnen moet ik zeggen dat me niks geks is opgevallen, maar natuurlijk zal ik mijn ogen extra goed openhouden nu je me dit hebt verteld.’

‘Was er niks aan haar wat je opviel als anders dan anders?’

‘Ze is opgewekt, energiek, doet aan alles mee. Soms is ze licht ontvlambaar en luidruchtig, maar dat is niets om je zorgen over te maken. Voor zover ik kan inschatten is er niets aan de hand met haar.’

Ik slikte. ‘Ik neem aan dat je dit ook aan de vertrouwenspersoon rapporteert?’

‘Dat is het beleid,’ zei ze. ‘Zoals je ongetwijfeld weet.’

‘Wie worden er verder nog allemaal op de hoogte gebracht?’

‘Los van haar nog het schoolhoofd, het plaatsvervangend hoofd, en dat is het wel zo’n beetje.’

‘En jij houdt een oogje in het zeil?’

‘Natuurlijk.’

‘En vertelt het me als er iets is wat ik moet weten?’

‘Doe ik. Maar het komt vast helemaal goed met haar.’

Ik knarsetandde: hoe kon zij dat nou zo zeker weten? ‘Bedankt.’

Ik bleef even staan op het schoolplein, in de zwoele warmte van de dag. Op de speelplaats stoof Poppy met een vastberaden gezicht voorbij, zich niet bewust van mijn blik.

Ik draaide me om. Zowel Alex als Poppy’s juf had me gerust proberen te stellen, maar toch had ik het gevoel iets in gang te hebben gezet.

Maar wat was ik wijzer geworden? Niets, behalve dat ik me waarschijnlijk geen zorgen hoefde te maken. Er was niets aan de hand met Poppy en ik was een zeurderige alleenstaande moeder, zo’n type dat ik in mijn werk vaak tegenkwam, zo’n type waar Jason altijd over klaagde.

Wat hadden ze gezegd dat ik moest doen? Niets, alleen afwachten, kijken, zien en proberen me niet al te ongerust te maken.

Ik had nog drie uur voor ik Poppy en Jake moest halen en had geen idee hoe ik de tijd moest doorkomen. Normaal gesproken was ik naar huis gegaan, had ik wat yogaoefeningen gedaan of was ik gaan hardlopen, en had ik verder gewerkt aan Poppy's heksenkostuum. Of was ik naar de tweedehandswinkeltjes gewandeld op zoek naar spullen voor mijn huis. Of had ik afgesproken met een vriendin. Een paar keer was ik zelfs naar de film gegaan, waar ik met het heimelijke genoegen van de eenzaamheid op de achterste rij had gezeten. Eigenlijk zou ik de alsmaar groeiende berg rekeningen en herinneringen moeten wegwerken.

Maar in geen van die dingen had ik zin, omdat er een spanning in me woelde waar mijn benen onrustig van werden. Had ik nog gerookt, dan had ik de ene sigaret na de andere opgestoken. Om de tijd te doden.

Langzaam liep ik de straat door naar huis, langs de bloeiende magnoliaboom, langs de schroothandel en winkels met houten schotten voor de ramen, en toen bleef ik staan. Ik dacht aan de tekening, aan Poppy's woorden en aan hoe ze zich aan me had vastgeklampt. Wat had ze gezien en wat had ze gehoord? Wat probeerde ze me te vertellen?

Ik draaide me om. Ik begaf me naar de hoofdstraat. Ik liep naar het politiebureau en zonder mezelf bedenktijd te gunnen deed ik de deur open en ging ik naar binnen.

# 7

'Hopelijk denkt u niet dat ik uw tijd loop te verdoen,' begon ik.

Rechercheur Kelly Jordan was achter haar bureau vandaan gekomen alsof ze probeerde niet intimiderend over te komen. Ik was opgelucht: om de een of andere reden had ik een logge man van middelbare leeftijd met een rood aangelopen gezicht en norse blik verwacht die me laatdunkend zou aankijken. Maar het was een vrouw. Sterker nog, het was een vrouw met wie ik bevriend had kunnen zijn. Ze was achter in de dertig of begin veertig, schatte ik, met vage lachrimpeltjes om haar mond en ogen, ze had een linnen broek met trekkoord aan en een zwart T-shirt met lange mouwen. Ze droeg geen make-up en had geen tijd gehad om meer met haar stugge donkere haar te doen dan het slordig op te steken. Ik had het gevoel dat ik met mijn problemen bij haar terechtkon.

'U komt dus een misdrijf aangeven,' zei ze.

Het begon nu al ingewikkeld te voelen. 'Ik denk dat er mogelijk een misdrijf is gepleegd.'

Jordan keek bedenkelijk. 'Dat begrijp ik niet.'

Ik haalde diep adem en stak van wal. Ik haalde Poppy's zwarte krijttekening uit mijn tas en liet hem zien. Ik somde Poppy's gedragingen en uitlatingen op. Ik vertelde over ons bezoek aan de psychiater. Ik ging me steeds meer opgelaten voelen. Toen ik klaar was viel er een lange stilte.

'Als u mij was,' zei ze na een tijdje, 'wat zou u dan doen?'

'Dat weet ik niet.' Ook al wist ik dat uiteraard wel. 'U bent rechercheur. U weet hoe dit soort dingen moeten worden aangepakt.'

'Goed dan. Laat ik het anders verwoorden: wat vraagt u mij te doen?'

'Een onderzoek in te stellen.'

'Waarnaar?' Jordan wachtte af. In tegenstelling tot mij was ze kennelijk niet bang voor ongemakkelijke stiltes. Zelf had ik altijd de neiging om die op te vullen.

'Ik kom niet echt een misdrijf aangeven, omdat ik niet weet wat het misdrijf is. Ik zei al dat u me vast voor gek zou verklaren. Maar ik denk dat mijn dochter iets ergs heeft gezien. Een kind van drie kan moeilijk een misdrijf aangeven, maar volgens mij is dat wel wat ze, op haar eigen manier, heeft gedaan met die tekening en met wat ze tegen me zei.'

'En waar is dat misdrijf dan gepleegd?'

'Dat weet ik niet.'

'Wie is het slachtoffer?'

'U kunt die vragen wel blijven stellen. Ik weet het niet.'

'Is er iemand die u verdenkt?'

'Ik wil niemand beschuldigen zonder bewijs.'

'U wist vast dat ik dit ging vragen: verdenkt u uw ex-man?'

'Eh, ex-partner. We waren niet getrouwd. Niet dat het wat uitmaakt. En het antwoord is...' Ik zweeg even omdat ik niet wist wat ik wilde zeggen. Ik wilde serieus worden genomen, en zag wel in dat hoe welwillend de rechercheur ook was, ook zij me zou vertellen dat ik beter naar huis kon gaan om te kalmeren. 'Nee. Dat doe ik niet. Ik bedoel, natuurlijk niet. Het is een goede man.' Een fractie van een seconde aarzelde ik – was Jason echt góéd? Charmant, ja. Energiek, zeker. Interessant, absoluut. Maar goed? 'Het is een van de meest betrouwbare mensen die ik ken,' zei ik, te empathisch. 'Als hij zegt dat hij iets doet, dan doet hij het ook.'

'Dus wie dan?'

'Wat bedoelt u?'

'Wie verdenkt u dan?'

'Niemand. Ik ben hier niet om met mijn vinger te wijzen. Ik ben hier omdat ik denk dat Poppy iets gezien heeft en u moet uitzoeken wat dat is.'

'Ik heb zelf twee kinderen,' zei de rechercheur. 'Ik snap dat u uw kind wilt beschermen. Als moeder heb ik dat ook. Ik snap waar u bang voor bent. Maar ik weet ook dat kinderen...' Ze zocht duidelijk naar de juiste woorden. 'Veel fantasie hebben.'

'Bedoelt u dat ze dingen verzinnen?'

'Ik bedoel veel fantasie hebben. En daarmee, tot op zekere hoogte, onbetrouwbaar zijn. Als ik alles geloofde wat mijn dochter Layla zei was ik al lang geleden doorgedraaid.'

'Dus u gaat geen onderzoek instellen?'

'Tess – zullen we elkaar tutoyeren?'

'Natuurlijk.'

'Fijn. Tess, wat valt er te onderzoeken? Als er een sterfgeval was dat naar jouw idee verdacht was, dan zouden we daarnaar kijken. Maar niet alleen is er geen verdachte, er is niet eens een misdrijf. Ik kan mijn agenten niet zomaar op pad sturen om er eentje te gaan zoeken.'

'Waarom niet?' Ik klonk als een klein kind.

Jordan stond op. 'Aangezien je geen journalist of politicus bent, kan ik je wel een geheimpje verklappen. We kampen hier met een dusdanig personeelstekort dat er hele categorieën misdaden zijn waar niet eens een onderzoek naar wordt ingesteld. Er zijn een paar soorten diefstal waar we niet eens een agent op af sturen. We hebben het al druk genoeg met de zaken die wél op ons bord liggen. Het feit dat ik hier nu met jou zit te praten over een misdrijf dat kennelijk niet bestaat, betekent dat ik' – ze keek op haar horloge – 'bijna een kwartier te laat ben voor een vergadering over een lopend moordonderzoek met een echt lijk en een aantal heel echte verdachten.'

Ik stond ook op. 'In feite zeg je dus dat ik het moet laten rusten?'

Jordan haalde een kaartje uit haar zak en gaf het aan mij. 'Dit is mijn directe nummer. Je mag me altijd bellen.'

'Als ik iets heb gevonden, bedoel je?'

'O, ga in vredesnaam niet de speurneus uithangen,' zei ze. 'Sterker nog, doe helemaal niks, zorg gewoon voor jezelf en je dochter.'

'Je vindt vast dat ik onzin uitkraam. Dat doe ik waarschijnlijk ook. Ik heb al te veel beslag op je tijd gelegd.'

'Dat geeft niet. En als er zich daadwerkelijk een misdrijf aandient, dan heb je mijn nummer.' Jordan gaf me een hand en zei vriendelijk: 'Het is niet te doen met kinderen. Je weet nooit of je het wel goed doet, maar uiteindelijk loopt het meestal niet al te slecht af.'

'Tenzij dat wel gebeurt.'

'Dan worden wij erbij gehaald.'

'Dat heb ik geprobeerd,' zei ik.

'Het is nog niet slecht afgelopen.'

'Dat hoop ik maar.'

Misschien had de rechercheur wel gelijk, dacht ik toen ik naar huis liep. Ik zei het zelfs hardop: 'Misschien heeft ze wel gelijk.' Ik haalde Poppy en Jake op van de voorschool en probeerde hun op ontspannen toon te vragen hoe hun dag was geweest, en ze waren voldoende onmededeelzaam om normaal over te komen. Eenmaal thuis renden ze schreeuwend rond terwijl ik een pizza in de oven schoof en een salade maakte.

Toen Laurie Jake kwam ophalen, met Nellie diep in slaap in de buggy, haalde hij zijn hand door Poppy's haar en bukte zich toen voor zijn zoon. Ze zagen er hetzelfde uit: slank, met glanzend donker haar en blauwe ogen. Gina was lang en had donkerblond, kort stekeltjeshaar.

'Hé mannetje. Hoe was je dag?' vroeg hij.

Ik wachtte, half in de verwachting dat Jake zou beginnen te huilen of een schokkende opmerking van Poppy zou herhalen, maar hij hield alleen het knuffelkonijntje omhoog dat hij dag en nacht bij zich had.

Laurie kwam weer overeind. 'Hoe is het met jou, Tess?'

Dat vroeg hij me altijd. Toen Jason en ik uit elkaar waren was Gina een van de vriendinnen die me het meest gesteund en getroost hadden. Ze was naar het huis in Brixton gekomen om me te helpen inpakken en had de koffers en dozen haar klaarstaande auto in gesleept. Onverstoorbaar optimistisch had ze er één groot avontuur van proberen te maken. Ik herinnerde me de eerste nacht dat Poppy en ik in het appartement sliepen, en dat Gina, Nadine en nog wat andere vriendinnen met afhaaleten langskwamen. We zaten op de vloer Thais uit aluminium bakjes te eten en goedkope rode wijn uit bekertjes te drinken. Gina hield het hare omhoog en ze proostten op ons nieuwe thuis en Gina zei: 'Weet dat je niet alleen bent, Tess. Je hebt ons.'

Tegen haar kon ik alles, hoe vertrouwelijk ook, zeggen zonder me veroordeeld te voelen. Maar soms verdacht ik haar ervan een paar van mijn geheimen aan Laurie te hebben verteld, en vermoedde ik dat hij meer wist over mijn blunders, pijn en vernederingen, woede-uitbarstingen en gênante momenten dan me lief was. Ik keek naar zijn lachende gezicht en vroeg me af wat hij zou zeggen als ik hem vertelde dat ik me ernstig zorgen om Poppy maakte, dat ik vandaag een therapeut had gesproken en naar het politiebureau was gegaan om een rechercheur te spreken.

'Goed hoor,' zei ik luchtig. 'En met jou?'

'Doodop,' zei hij. 'Nellie en ik zijn vandaag de hele dag bij mijn moeder geweest. Die heeft ons helemaal afgemat.' Hij boog zich over de buggy en zette een kirrende stem op. 'Ja toch, Nellie?' Zijn dochter kon naar mijn idee elk moment wakker worden en het op een krijsen zetten. 'Ze wilde per se dat we haar hond uitlieten en ik was bang dat we te laat zouden zijn.'

'Dat was helemaal niet erg geweest, hoor. Wij gaan nergens heen.'

'Dank je.'

Hij gaf me een kus op mijn wang, ik voelde een schurende stoppelbaard en een vlaag warme adem. Eucalyptus, dacht ik.

Toen Laurie en Jake weg waren hield ik Poppy goed in de gaten terwijl ze wat rondscharrelde, in bad ging, in bed werd voorgelezen en ingestopt, en ik het licht uitdeed. Was ze wat luidruchtiger dan normaal? Was ze iets te aanhankelijk? Was ze angstiger dan normaal als het licht in haar slaapkamer uitging?

Al die vragen stelde ik mezelf terwijl ik lag te wachten op de slaap. Waarschijnlijk leek ieder kind op de een of andere manier wel raar, als je er maar goed genoeg naar keek.

# 8

Zoals afgesproken met Jason zou Poppy de volgende dag bij hem zijn. Meestal ging ze door de week één dag naar hem toe, waar ik eigenlijk niet blij mee was. Ik was bang dat het haar uit haar ritme haalde, maar we hadden het nou eenmaal afgesproken toen we besloten uit elkaar te gaan. Het was wel zo eerlijk. Allebei waren we erop gebrand om eerlijk en fatsoenlijk te zijn. Om het correct aan te pakken.

Normaal gesproken haalde Jason Poppy bij Gina en Laurie op, maar terwijl ik nog op school was om alles klaar te leggen voor de juf van de volgende dag, kreeg ik een berichtje van hem: *Probleem op werk. Kun jij Poppy brengen?*

Ik schreef terug: *Bedoel je naar jouw huis?*

*Ja.*

*Is het handiger voor je als ze vandaag niet komt?*

*Nee.*

*Bedoel je nee, ze kan vandaag beter niet komen?*

*Ik bedoel nee ze kan vandaag komen.*

Ik vloekte binnensmonds. Ik zou met Aidan naar de film gaan, dus stuurde ik hem ook wat berichtjes om de afspraak naar later op de avond te verschuiven.

Het was een heel gejakker. Desondanks nam ik toen ik Poppy kwam halen even de tijd om te vragen hoe het was gegaan. Gina, die eerder uit haar werk was gekomen en nu Nellie tegen zich aan hield en haar steeds even zachtjes wiegde als ze wakker dreigde te worden, haalde haar schouders op en zei half fluisterend dat het prima was gegaan.

'Heeft Poppy nog getekend?'

'Nee. Ze waren allebei bekaf en Nellie was vreselijk vandaag. Ik heb haar pas net in slaap gekregen, dus ik heb ze met toast en honing achter een tekenfilm gezet.'

Er bestond een stilzwijgende afspraak tussen Jason en mij dat ik niet naar zijn huis in Brixton hoefde te komen, dat niet zo lang geleden ook het mijne was geweest. Toen we uit elkaar gingen had Jason een hypotheek genomen om mij uit te kopen. Het voelde gek om langs de winkels te lopen waar ik vroeger mijn boodschappen deed, de groenteboer en de delicatessenzaak waar ze me bij mijn voornaam kenden. Ik zag dat er een nieuwe bakker was. Het voelde gek om naar mijn huis dat niet meer mijn huis was te lopen. Het voelde gek om aan te bellen. En het voelde gek toen mijn oude voordeur openging en Emily daar stond, een en al hartelijke glimlach. Ze vroeg ons binnen, gaf Poppy een knuffel, legde een hand op mijn arm toen ze iets tegen me zei, en lachte zonder reden.

Ze lachte te veel, dacht ik, en ze glimlachte te veel, en ze wilde het veel te graag goed doen, en ik vroeg me af: is dat wat Jason zoekt?

Terwijl Emily ons voorging naar de keuken – alsof we de weg niet kenden –, water opzette en sap voor Poppy inschonk, klonk er gekrabbel aan de keukendeur.

'Je weet niet of je nou naar binnen of naar buiten wilt,' zei Emily liefdevol tegen de deur.

'Wat?'

Ze trok de deur open en er stoof een beest naar binnen dat niet veel groter was dan Sunny, met ruw grijs haar en een stomp staartje.

'Hond!' riep Poppy.

'Die is er sinds afgelopen maandag,' zei Emily tegen mij. Ze draaide zich om naar Poppy. 'Dit is Roxie.'

Poppy plofte neer op de vloer en sloeg haar armen om het dier, dat haar dreigend aankeek.

'Ik dacht dat Jason een hekel aan honden had.' Zodra ik het zei had ik al spijt. Maar ik had weleens voorgesteld een hond te nemen en Jason had altijd nee gezegd.

'Ze is niet van ons,' zei Emily. 'Ze is alleen te gast. Ja toch?'

Poppy krabbelde Roxie even op haar kop.

'Van wie is ze dan? Voorzichtig, Poppy, volgens mij vindt ze het niet fijn als je dat doet.'

'O, kan wel hoor. Poppy en Roxie zijn vriendjes aan het worden. Hier, schattepetoet, lekker sap,' zei Emily. 'Het zit in je speciale beker!'

Op Poppy's speciale beker stonden allemaal olifanten en ze hield hem met beide handen vast alsof ze nog kleiner dan drie was.

Schattepetoet, dacht ik. Ik was verontwaardigd en tegelijkertijd boos op mezelf dat ik verontwaardigd was. Ik vond het verschrikkelijk om mijn oude keuken te zien, met de blauwe gordijnen die ik nog had gemaakt maar ook met een glimmende nieuwe koelkast. Hoe konden ze zich zo'n koelkast veroorloven terwijl ik mijn energierekening niet eens kon betalen? Ik vond het verschrikkelijk dat er jassen in de hal hingen die niet van mij waren, terwijl ik de kapstok bij het grofvuil had gevonden en opgeknapt. Ik vond de hond verschrikkelijk, omdat Poppy helemaal straalde terwijl ze hem aaide. Ik vond het verschrikkelijk dat Poppy zich daar zo thuis voelde. Maar goed, het was nou eenmaal haar thuis. Ik vond het verschrikkelijk dat Emily zo jong was, in de twintig nog volgens mij, en leuk om te zien, een gezicht zo rond en fluwelig als een perzik. Eigenlijk was haar hele lichaam fluwelig, weelderig en zacht. Ik voelde me er mager, knokig en hard bij. En kwaad was ik ook, waar ik geen enkel recht toe had omdat Jason bij hoog en bij laag had volgehouden Emily pas te hebben leren kennen toen wij al uit elkaar waren. Als Jason met Emily was getrouwd, terwijl wij altijd hadden gevonden dat het huwelijk er niet toe deed, dat het een ouderwets patriarchaal instituut was, en dat het erom ging dat je verliefd was, ervoor koos bij elkaar te blijven en samen een kind had, dan viel dat Emily niet aan te rekenen.

Emily zette een kop thee voor me neer met een kannetje melk ernaast.

'Leuk kannetje,' zei ik.

'Ik heb ooit een cursus gedaan,' zei Emily. 'Is gewoon een gek dingetje dat ik daar heb geknutseld.'

Ik hoorde voetstappen boven. 'Is Jason er?'

'Nee,' zei Emily. 'Dat is mijn broer. Heb je Ben al ontmoet?'

'Nee.' Want waarom zou ik haar broer hebben ontmoet?

'Hij logeert hier een poosje. Hij heeft wat problemen gehad.'

'Hoe bedoel je? Wat voor problemen?'

'Niks bijzonders. Hij is hier gewoon een poosje om wat dingen op een rijtje te zetten. Roxie is van hem. Ze heeft eerst een paar dagen bij een vriend van hem gelogeerd, maar Ben miste haar, dus is Jason gezwicht.'

'Hoelang is hij er al?'

'Hoelang?' Kennelijk werd ze overvallen door die vraag.

'Ja. Wanneer is hij hier gekomen?'

'Afgelopen vrijdag.'

Ik hoorde de voordeur opengaan en een stem een begroeting roepen. Roxie stond op en zette het op een grommen. Ze had puntige gele tanden.

Het was Jason en opnieuw bekroop me het gevoel dat dit bezoekje een slecht idee was. Hij kwam in zijn pak en met losgetrokken das de keuken binnen. Hij tilde Poppy op, bijna tot aan het plafond. Ze gilde van opgetogen angst. Hij zette haar weer neer, gaf Emily een kus en mompelde iets tegen haar. Hij keek de hond woest aan, de hond keek woest terug. Hij knikte naar mij en ik voelde me intens alleen en eenzaam in dit intieme huiselijke tafereel. Alles in dit huis had duidelijk zijn vertrouwde gewoonten aangehouden, maar dan met een andere vrouw. Mijn eigen leven met Poppy in ons appartementje kwam me ineens armzalig en miezerig voor.

'Hartstikke bedankt,' zei hij. 'Paniek op mijn werk.'

'Geen probleem.' Ik slikte moeizaam. 'Emily vertelde me net over Ben.'

'Ik ben Ben,' zei een stem achter me en ik draaide me meteen om.

Hij droeg geen schoenen en was geruisloos de keuken binnengekomen. Ik zag zijn linkerteen uit een dikke oranje sok steken. Het was een uit de kluiten gewassen man, met een zachte buik en ronde schouders. Zijn gezicht had iets pafferigs. Zijn verwarde bruine haar zat achter zijn oren, en hij droeg een te grote joggingbroek met een grijs sweatshirt. Hij zag er ziek uit – niet fysiek ziek, maar meer als iemand die verslagen is door het leven.

Op ieder ander moment had ik met hem te doen gehad. Nu voelde ik alleen een golf van paniek. Hij was op vrijdag gekomen, vlak voor Poppy's weekend hier. Vlak voordat Poppy in haar neerwaartse spiraal terecht was gekomen.

'Hallo, Ben,' zei ik en ik stak mijn hand uit.

Langzaam nam hij hem aan. Zijn eigen hand was groot en koud en voelde slap.

'Leuke dochter heb je,' zei hij. Hij bukte zich om de hond over zijn borstelige kop te aaien. Hij deed alles langzaam, alsof het hem enorm veel moeite kostte.

Emily schoof hem een kop thee toe en Poppy vroeg of ze op zijn voeten mocht staan terwijl hij liep. Ze sloeg haar armen al om zijn benen en ging op zijn voeten staan.

'Strakjes,' zei hij.

'Nu, nu, nu!'

'Ophouden, Poppy!' zei ik.

Mijn stem klonk schel. Iedereen keek me aan. Neurotisch, dacht ik, dat vinden ze me: een neurotische, verbitterde vrouw die niet kan loslaten. Even keek ik naar Emily's zachte, lieve, verbijsterde gezicht. Jason keek enigszins opgelaten en al net zo afkeurend.

'Hoelang blijf je hier logeren?' vroeg ik Ben.

'Zo lang als hij nodig heeft om orde op zaken te stellen,' zei Jason. 'Niet Roxie voeren, Poppy.'

'En het is reuzegezellig dat hij er is,' voegde Emily eraan toe, met een glimlach naar haar broer waardoor haar kuiltjes en volmaakt witte tanden te zien waren.

Ben bleef me alleen maar aanstaren met zijn rood doorlopen ogen, zijn hopeloze glimlach en zijn gezicht dat best knap was geweest, ware het niet dat alle rek er nu uit was en het geen enkele vorm meer had.

'Ben kan toveren,' zei Poppy.

'Met magische kaarten,' legde Emily stralend uit.

'Leuk,' zei ik en van bovenaf keek ik naar mijn dochter die weer op haar hurken naast Roxie zat. Ik voelde me misselijk.

'Tess,' zei Jason. Hij praatte zachtjes tegen me, zoals hij de kinderen op zijn school toesprak als ze echt iets heel ergs hadden gedaan. 'Ben is er niet zo goed aan toe en nu moet hij hier een tijdje blijven.'

'Natuurlijk,' zei ik. 'Maar dat had je me wel even kunnen vertellen.'

Daar dacht hij even over na. Ik keek naar zijn gezicht, de grijze ogen met de lachrimpeltjes, de goedverzorgde grijzende baard die hij niet had gehad toen wij samen waren. Ik had hem niet meer als knap beschouwd, maar nu met deze afstand tussen ons, waardoor hij voelde als een vreemde met zijn aantrekkelijke jonge vrouw, zag ik het weer. Het was nauwelijks te geloven dat we nog geen jaar geleden in hetzelfde bed hadden geslapen, elkaar in de kleine uurtjes hadden geknuffeld, Poppy hadden getroost als ze een nare droom had.

'Sorry.' Bens stem klonk aarzelend, een beetje mompelend. Hij keek moeilijk, alsof spreken een enorme inspanning van hem vergde, de woorden keien waren die hij een voor een omhoog takelde.

We draaiden ons naar hem toe. Er viel een lange, ongemakkelijke stilte.

'Het is allemaal een beetje een zootje,' zei hij uiteindelijk.

'Een zootje?'

'Nou ja, gewoon. Ik woonde met Fliss in Lewisham en alles leek in orde, maar toen ging het mis. Ik kon er niks aan doen.'

'Dat zegt toch ook helemaal niemand,' voerde Emily aan. Haar blik liep over van vriendelijkheid.

Er zat duidelijk een gat tussen dat wat er gezegd werd en het moment dat het bij Ben aankwam, net als bij zo'n telefoontje waarbij het gesprek door de vertraging gekunsteld en vreemd wordt.

'Het gebeurde gewoon,' zei hij.

'Ik moet ervandoor.' Ik bukte me naar Poppy. 'Tot morgen, lieverd.'

Poppy zat Roxie voorzichtig te porren en gaf geen antwoord.

'Op school,' zei ik erachteraan. Ik stak ongemakkelijk een hand omhoog. 'Tot ziens dan maar, allemaal.'

'Ik laat je even uit,' zei Jason.

'Ik weet de weg.'

Maar hij liep achter me aan de keuken uit en door de voordeur naar buiten.

'Dat was onbeschoft,' zei hij.

'Je had het me moeten vertellen.'

'O ja?' Hij trok zijn wenkbrauwen hoog op. 'Jij vertelt mij toch ook niet wanneer Aidan langskomt?'

'Dat is anders.'

'Waarom?'

'Doe niet zo.'

'Nee, echt, Tess, waarom? Emily's broer maakt een moeilijke tijd door. Zijn huwelijk is kapot en hij is zijn baan kwijt. Dus logeert hij bij ons. Denk je soms dat je daar een vetorecht over hebt?'

'Aidan blijft trouwens nooit logeren,' zei ik vergeefs. 'Tenzij Poppy bij jou is.'

Jason keek me aan alsof ik een zakelijke kennis was, niet vijandig maar koeltjes taxerend. Opnieuw voelde ik de duizelingwekkende golf tussen mijn leven van een jaar geleden en dat van nu.

'Ik vertrouw erop dat jij het beste met Poppy voor hebt. Ik hoop dat je mij daar ook in vertrouwt.'

'Ja,' zei ik, zonder het te menen. Zijn blik was nog steeds strak op mij gericht en het schoot me te binnen dat een aantal mensen dat voor hem werkte bang voor hem was. Maar ik ging me niet bang laten maken. Ik hield voet bij stuk. 'We moeten elkaar dingen vertellen die relevant voor Poppy zijn. Zoals het feit dat er iemand bij jou thuis logeert.'

'Prima.'

Hij zette zijn geduldige stem op. Ik kreeg zin om te schreeuwen. Maar ik glimlachte, knarsetandend.

'Dank je wel,' zei ik. 'Want ik wil je vertellen dat Poppy een beetje raar doet sinds de vorige keer dat ze hier was.'

'Raar? Hoezo?'

'Aanhankelijk. En ze heeft voor het eerst in tijden weer in bed geplast. En ze slaapt niet goed.'

Jason fronste zijn wenkbrauwen. 'Dat had je me al verteld. Ik zei dat me niks was opgevallen.'

'Ze had het over iemand die vermoord werd en ze vloekte. Geloof ik.'

'Hoe bedoel je, "geloof ik"?'

'Ze zei kingkuthoer. Als in...'

'Ik snap 'm.' Jason moest lachen. 'Ik vraag me af waar ze dat vandaan heeft! Niet van mij, mocht je dat soms denken.'

'Het is een optelsom.'

'En wat is de uitkomst?'

'Dat er iets niet klopt.'

'Sinds ze bij ons is geweest.'

'Ja.'

'Ik kan alleen maar zeggen dat het heel gezellig met haar was. Het klinkt echt niet als iets om van wakker te liggen.'

'Toch maak ik me ongerust.' Ik overwoog Jason te vertellen dat ik Poppy mee naar Alex had genomen, en over mijn gesprek met de rechercheur. Ik zag de ongelukkige uitdrukking op zijn gezicht al helemaal voor me, gevolgd door een blik van... wat? Woede? Minachting?

'Moeders.' Hij haalde zijn schouders op.

'Wat? Wát?'

'Je bent een bezorgde moeder. Die kom ik elke dag tegen.'

'Waag het niet, Jason. Ik ben geen bezorgde moeder. Ik ben de moeder van je dochter, je ex-partner. Weet je nog? We hebben het hier over Poppy, niet over een willekeurig kind.'

'Je moet het loslaten. Ze zit inmiddels op school, in de buitenwereld. Je kunt haar niet voor altijd beschermen.'

'Dat doe ik helemaal...'

'Weet je nog hoe je toen ze nog een baby was naast haar wieg-je ging zitten, om er zeker van te zijn dat ze nog ademhaalde?'

Wat ik nog wel wist was dat we dat allebei hadden gedaan, grauw van vermoeidheid, ons allebei stom voelend om onze onbeholpenheid. Mijn woede ebde weg en ik wilde huilen om wat voelde als verraad aan onze vroegere zachtheid.

'Je mag denken wat je wilt over mij en mijn bezorgdheid, maar ik vond dat je moest weten dat Poppy op het moment een beetje fragiel overkomt. Hou het in de gaten. En laat me weten hoe het met haar gaat, oké?'

'Ja hoor.'

Ik zag een kleine twinkeling in zijn ogen.

'Wat?' vroeg ik. 'Wat is er? Je verzwijgt iets.'

'Ik wilde het nog niet vertellen.'

'Wat?' Maar ik wist het. Natuurlijk wist ik het.

'Emily is zwanger.'

'O. Gefeliciteerd.'

'Dank je. Het is nog pril.'

Ik keek langs Jason heen naar het huis waar we samen hadden gewoond. Nu was het van Jason en Emily en Poppy en binnenkort Poppy's nieuwe broertje of zusje.

'Wanneer is ze uitgerekend?'

'Midden tot eind oktober.'

Ik maakte de rekensom: zo pril nou ook weer niet. 'Wat zul je blij zijn.'

Hij keek me strak aan, trok zijn wenkbrauwen samen tot zijn gezicht bijna lelijk was. Het leek alsof hij iets wilde gaan zeggen en toen van gedachten veranderde.

'Weet Poppy het al?'

'We hebben het haar nog niet verteld.' Hij aarzelde. 'Misschien heeft ze ons erover horen praten.'

'Bedoel je dat dat is gebeurd?'

'Ik bedoel dat ze ons er volgens mij over heeft horen praten maar het waarschijnlijk niet begreep.'

'Aha.'

'Er is niks mis met haar, Tess. En Emily en ik denken dat het haar goed zal doen om niet langer enig kind te zijn, maar deel uit te maken van een echt gezin.'

Dat voelde als een klap in mijn gezicht. 'Wat zei je daar?'

'Ik bedoelde niet...'

'Laat maar.'

'Tess...'

'Laat maar, zei ik.'

'Laten we nou niet ruziemaken. Het ging zo goed.'

Ik keek naar zijn gezicht. Daar had ik ooit tederheid, berouw, uitputting, verdriet, irritatie, woede, blijdschap, liefde en verlangen op gezien. Nu was het gewoon knap, blanco, ontoegankelijk voor mij en niet te lezen.

'Een andere keer,' zei ik. 'We hebben het er een andere keer wel over.'

# 9

Aidan en ik zouden eerst naar de film gaan, maar uiteindelijk gingen we een hapje eten. Ik wilde praten, ik moest praten. We waren al een paar keer eerder bij de Italiaan op de hoek geweest, sterker nog, we hadden daar een kleine drie maanden geleden, in de winter nog, onze eerste date gehad. Een paar weken later, op de trouwdag van Jason en Emily, hadden we er weer gegeten, en toen we buiten kwamen had het gesneeuwd waardoor het net was of er een frisse nieuwe wereld voor ons was opgeroepen. We hadden gelachen en toen gekust, met koude lippen en sneeuwvlokjes die op onze wimpers vielen en smolten in ons haar. Het was net een slechte film.

We gingen aan onze vaste tafel bij het raam zitten en bestudeerden het menu. De zaak was halfleeg op een doordeweekse avond.

'Misschien ga ik wel voor de pasta,' zei ik.

Aidan grinnikte.

'Wat?'

'Gewoon, dat kun je toch ook thuis maken,' zei hij. 'Dat máák je ook thuis.'

Ik bekeek het menu. Ik rammelde van de honger en wilde

iets troostends en vullends. 'Sorry. Het wordt toch de pasta. Met wilde paddenstoelen.'

Toen het eten op tafel werd gezet en de ober vol plichtplegingen zwarte peper uit een reusachtige pepermolen op beide gerechten had gemalen en we allebei van een glas rode wijn waren voorzien, haalde ik diep adem.

'Emily is in verwachting,' zei ik.

Aidan antwoordde niet meteen, maar keek me alleen onderzoekend aan. Dat vond ik zo leuk aan hem. Hij haastte zich nooit: alles wat hij deed was geduldig, weloverwogen, zorgvuldig. Als hij voor Poppy en mij kookte deed hij dat heel precies, hij legde alle ingrediënten van tevoren klaar en waste alles gaandeweg af. Ik had hem geobserveerd als hij werk mee naar huis nam, met zijn lange pianovingers op het toetsenbord achter de laptop ging zitten, met die onverstoorbare concentratie op zijn gezicht. Zo keek hij soms ook naar mij: alsof hij me opnam. Hij was zo anders dan Jason, die robuust en ongeduldig was, altijd overal op bleef hameren en iedereen met zich meesleepte. Jason was graag de leider.

'Heb je het net gehoord?' vroeg hij uiteindelijk.

'Ja. Toen ik Poppy daar afzette.'

'Hoe voel je je erover?'

'Weet ik niet. Een beetje afgewezen.'

Ik zag zijn gezicht nauwelijks waarneembaar vertrekken en legde mijn hand op de zijne.

'Dat heeft niks te maken met Jason en mij. Of niet zoals jij waarschijnlijk denkt. Ongemerkt waren we al heel lang uit elkaar aan het groeien, totdat het te laat was, en toen zijn we met wederzijds goedvinden uit elkaar gegaan. Ze zeggen dat een scheiding nooit volledig wederzijds is, maar in ons geval denk ik echt van wel. Zonder Poppy was het er al veel eerder van gekomen.'

Aidan knikte. Ik had hem dit al eerder verteld, uiteraard.

'Het is gewoon een beetje gek. We zeiden allebei altijd niet echt in het huwelijk te geloven, en dan trouwt hij met Emily als hij haar net een paar maanden kent. Het duurde lang voor hij ook voor een kind wilde gaan, en toen ik eenmaal zwanger was waren we de weg al kwijt en wisten we die niet meer terug te vinden, hoe hard we het ook probeerden. Maar bij Emily was het een kwestie van maanden. Ik heb er echt geen enkele spijt van dat ik weg ben bij Jason. Hij voelt al als een eeuwigheid geleden. Ik ben niet jaloers op Emily. Ik had dit eigenlijk wel zien aankomen. Maar vandaag, toen hij het vertelde, voelde ik me gewoon een beetje verdrietig, niet de jongste meer en een beetje kleurloos en somber over alles. En als ik eerlijk ben, ben ik ook bang dat Poppy liever bij hem en Emily en hun nieuwe baby is dan bij mij, wat nergens op slaat maar ik kan er niks aan doen. Ach ja, het leven gaat nou eenmaal nooit volgens plan, toch?' Ik legde mijn kin op mijn hand en keek hem over de tafel aan. 'Ik ben denk ik gewoon moe,' zei ik. 'Ik heb een paar slechte nachten achter de rug. Poppy slaapt slecht. Ik lig wakker en je weet hoe dat gaat in de kleine uurtjes, als alle ramen wijd openstaan om de vreselijkste gedachten naar binnen te laten vliegen.'

Aidan bleef wachten. Hij had een mager, slim gezicht en ogen die nu eens grijs en dan weer blauw leken.

'Je bent heel erg lief voor me,' zei ik. 'Ik ben ontzettend gelukkig geweest de afgelopen maanden. Maar het is wel heel snel gegaan.'

'Ga me alsjeblieft niet vertellen dat je het uitmaakt.'

'Ik maak het niet uit.'

'Ik voel een "maar" aankomen.'

'Maar ik maak me ernstig zorgen om Poppy.'

'Om Poppy? Hoezo?'

'In het afgelopen jaar zijn haar ouders uit elkaar gegaan, zijn we verhuisd, is ze op de voorschool begonnen, is er een nieuwe moederfiguur in haar leven gekomen, toen heb ik jou ontmoet, en nu krijgt ze er een babybroertje of -zusje bij. Ik vraag me af of het allemaal niet te veel voor haar is.'

'Weet je nog hoe wij elkaar hebben ontmoet?'

Natuurlijk wist ik dat nog. En sinds die dag waren we elkaar het verhaal steeds blijven vertellen, elkaar corrigerend, steeds nieuwe details toevoegend, de herinnering omvormend tot een gezamenlijk verhaal waar we ons allebei in konden vinden. Het was bij de traiteur in de buurt van mijn huis, op een gure winterdag, het werd al donker en het regende. Ik had verse ravioli gekocht omdat ik vrienden te eten kreeg en, zoals Aidan zojuist had opgemerkt, ik sowieso altijd pasta maakte – helemaal toen we nog maar net in ons nieuwe huis woonden en alles nog in dozen zat en ik nog geen gordijnen had gemaakt en er dus dekens voor de ramen hingen.

Poppy, moe, onrustig en helemaal uit haar doen, had een spectaculaire driftbui gehad. Ze was op de grond gaan liggen, waar ze woest om zich heen slaand lag te blaffen als een zeeleeuw. Een vrouw in de winkel dacht dat ze de een of andere aanval had en vroeg of ze de hulpdiensten moest bellen. Een andere zei, mompelend maar wel met de bedoeling dat ik het hoorde, dat je je kind niet mee naar de winkel moest nemen als je het niet in toom kon houden. Ik boog me over Poppy heen, een kronkelend, hijgend hoopje in haar blauwe houtjetouwtjejas, en probeerde haar van de vloer te tillen, en op dat moment strekte ze haar been, raakte eerst mij midden in mijn gezicht en toen een fles peperdure olijfolie. Die was aan de voeten van Aidan uiteengespat; zijn broek zat onder de spetters.

Hij leek in het geheel niet verbaasd of zelfs maar geïrriteerd, maar was op zijn hurken gaan zitten om de scherven op te rapen zodat Poppy zich niet zou snijden.

'Gaat het lukken zo?' had hij gevraagd terwijl ik de winkel uit strompelde met Poppy zwaar en snikkend in mijn armen en een tas eten aan mijn onderarm, die bij het lopen steeds tegen mijn heup aan botste.

Hij was ons achterna gekomen met de pasta die ik had laten liggen en met ons mee naar huis gelopen om de tas te dragen. De volgende dag had hij een briefje op de deur geplakt met de vraag of ik een keer koffie wilde drinken.

'Je had moeten maken dat je wegkwam,' zei ik. 'Er als een haas vandoor moeten gaan. Zo vlug als je kon.'

'Ja,' zei Aidan, alsof hij dat echt overwoog. 'Daar stond ik dan met mijn leven helemaal op orde, een eenpersoonsmaaltijd te kopen, en toen kwam er ineens een mooie roodharige vrouw met haar roodharige dochtertje de winkel binnenstormen. Mijn wereld binnen, eigenlijk. Ik heb jullie samen ontmoet. Poppy is geen aanhangsel; ze hoort bij jou en maakt deel uit van de reden dat ik voor je viel. Ik weet dat zij op de eerste plaats staat. We doen het op jouw tempo, ongeacht hoe snel dat gaat.'

Ik pakte zijn hand, bracht hem naar mijn lippen en kuste de knokkels. 'Zelfs als ik je midden in de nacht blijf wegsturen, onze afspraken afzeg of met mijn hoofd ergens anders zit?'

Hij trok een gezicht. 'We zijn geen tieners meer. We hebben allebei bagage.'

Dat wist ik – zijn bipolaire vader; de vrouw met wie hij negen jaar had samengewoond en die onder zijn neus een affaire had gehad; hoe hij zich daarna op zijn werk had gestort.

'Dat kan niet anders dan gecompliceerd zijn, maar je kunt toch nog steeds... Wat is er? Tess?'

Want ineens keek ik niet meer naar hem, maar uit het raam, waar een vrouw was blijven staan die ons aanstaarde. Ze was klein en tenger, met een driehoekig gezicht en kort, donker haar, en gekleed in een gestreepte katoenen tuinbroek met een wit T-shirt. Aan haar wijsvinger en duim bungelde iets wat op een pet of baret leek. Ze zag eruit alsof ze een circusartiest was, dacht ik, of een elfje, en ze stond overdreven naar me te glimlachen en vormde woorden met haar mond. Ik keek om me heen met het idee dat het misschien voor iemand achter me was bedoeld, maar nee. Het was echt voor mij.

'Wie is dat?' vroeg ik.

'Geen idee.' Aidan wendde zijn blik van haar af en keek weer naar mij. Hij trok een gezicht. 'Denk je dat er iets mis met haar is?'

'Geen idee.'

'Besteed er maar geen aandacht aan. Waar hadden we het over?'

'Bagage,' zei ik.

Maar nu stond de vrouw te gebaren, waarna ze gehaast bij het raam wegliep. Een paar tellen later stond ze aan onze tafel.

'Jij!' Ze lachte en wees naar mij.

Ineens bekroop me een paniekerig gevoel. Was het een moeder van school? Die kwam ik weleens op straat tegen zonder ze in de andere context te herkennen. Was het iemand uit mijn studie- of schooltijd? Of iemand die ik op een feestje had ontmoet?

'Sorry,' zei ik, en ik werd meteen boos op mezelf. Tess Moreau die zich weer loopt te verontschuldigen. 'Kennen wij elkaar?'

'Denk je van niet dan?'

'Volgens mij hebben we elkaar nooit ontmoet. Of wel?'

De vrouw stond nog steeds te glimlachen, met een hand op haar heup alsof ze wachtte tot het kwartje viel.

'Je weet het heus wel. Vast wel.'

Ze zag er jong uit voor een moeder van een zeven- of achtjarige. Misschien was ze oppas. Ze was zo overdreven vriendelijk dat ik haar een tikkeltje bedreigend vond.

'Ga je het me nog vertellen?' vroeg ik. 'Misschien zie je me voor iemand anders aan.'

'Volgens mij niet. Je hebt een dochtertje.'

'Ja. En?'

'Rood haar, net als jij.'

'Wacht.' Ik voelde me steeds minder op mijn gemak. 'Wie ben jij?'

De vrouw, die nog steeds glimlachend naar me stond te staren, schudde woest haar hoofd. 'Niet te geloven,' zei ze, en toen wendde ze zich tot Aidan. 'Niet te geloven toch? Dat ze me niet kent?'

Haar glimlach was inmiddels zo breed dat hij haar hele gezicht in beslag nam. Ze draaide zich om en nam de benen, en vervolgens zagen we haar buiten langs het raam lopen. Ze keek mijn kant op, zette haar pet met een zwierig gebaar op en liep weg.

'Wat gebeurde daar nou?' Ik leunde achterover op mijn stoel en nam een grote slok wijn. De ontmoeting had me van mijn stuk gebracht. Ik keek door het raam waar ze had gestaan en toen weer naar Aidan, die zijn bril had afgezet en in zijn ogen wreef.

'Aan jou had ik ook niks,' zei ik.

'Hoe bedoel je?'

'Jij bleef daar maar zitten terwijl dat rare mens me aanviel.'

'Ze viel je niet aan. Ze zag je denk ik gewoon voor iemand anders aan.'

'Ik kreeg het gevoel dat je gewoon werkeloos toekeek.'

'Het stelde echt niks voor. Misschien was ze dronken of zo.'

'Voor mij voelde het niet als niks. Ik voelde me bedreigd.'

'Wat had je dan gewild? Dat ik haar tegen de grond zou werken?' vroeg hij met een ietwat geforceerde glimlach.

'O fijn,' zei ik. 'Onze eerste ruzie.'

'Dit is geen ruzie,' zei Aidan. 'En al was het dat wel, dan was het nog steeds niet onze eerste. Je maakt van een mug een olifant. Het doet er niet toe.'

Ik schudde mijn hoofd. 'Wel. Het doet er wel toe.'

Die ochtend vroeg werd ik met een ruk wakker. Heel even dacht ik dat ik in mijn oude huis in Brixton was, en dat de man die in het donker vredig naast me lag Jason was. Toen stroomde de herinnering terug in de vreemde gaten die de slaap achterlaat. De wereld kreeg vorm. Ik legde een hand op Aidans schouder om zijn warmte te voelen. Sunny lag zwaar op mijn benen en ik stelde me voor hoe zijn flanken op en neer gingen. Ik was thuis en ik was veilig. Maar nog steeds was ik bevangen door een vormloze angst.

Zachtjes stond ik op en ging naar beneden. Emily had Emily Carey geheten voor ze getrouwd was en haar naam had veranderd. Ik klapte mijn laptop open en typte 'Ben Carey' in de zoekbalk.

Mijn scherm vulde zich met tientallen, honderden zoekresultaten. Ben Carey de acteur. Ben Carey de CEO. Ben Carey de schooljongen die een wiskundeprijs had gewonnen. Ben Carey de 103-jarige man wiens geheim voor een lang leven bestond uit dagelijks een glas stout bij de lunch. Ben Carey die in 2013 bij een verkeersongeluk om het leven was gekomen. Te veel Ben Careys. Ik klikte op afbeeldingen en scrolde door de gezichten, jong, middelbaar en oud, en geen van allen degene die ik zocht.

Ik ging naar Facebook en typte zijn naam in. Ook hier wemelde het van de Ben Careys en voor zover ik kon zien zat hij er niet bij.

Uiteindelijk ging ik maar weer naar bed, waar ik met open ogen bleef liggen. Ik dacht aan die vrouw in het restaurant. Haar stralende elfjesgezicht en die wijzende vinger.

# 10

Het had iets geruststellends om Poppy elke avond steeds maar dezelfde verhaaltjes voor te lezen. De slaperige beer, de bezorgde uiltjes, de Gruffalo. Ik had maar zelden een kerkdienst bijgewoond, op wat bruiloften en de begrafenis van een oudtante na, maar ik kon me voorstellen dat er veel troost te vinden was in de vertrouwde reacties, rituelen en liederen, dag in dag uit, jaar in jaar uit.

Toen ik Poppy van school had gehaald was ze moe en stilletjes geweest, en daarom sprak ik nu naast haar bed de woorden, die ze al uit haar hoofd kende, op dezelfde toon uit, met dezelfde pauzes als altijd. Ik liet haar de plaatjes zien, likte aan mijn wijsvinger om de dikke bladzijden om te slaan, hoorde het papier ritselen. Sunny lag opgerold aan het voeteneind van haar bed.

Gina zat beneden kinder- en manloos op een borrel te wachten. Kleine Beer was eindelijk voor de tweede keer onder de grote gele maan in slaap gevallen, en ook al sliep Poppy nog niet, ze knipperde al met haar ogen en woelde onder het dekbed om lekker te gaan liggen.

Ik hoorde een geluid door het plafond, en toen nog eens:

een paar harde schreeuwen en wat gekreun. Poppy merkte het blijkbaar niet. Daar was ze te moe voor. Werd het tijd om actie te ondernemen? Als ik het Bernie niet in zijn gezicht kon zeggen, dan misschien een briefje onder zijn huisdeur? Een anoniem bericht?

Ik pakte de teddybeer, stopte hem in naast Poppy en zocht naar de lappenpop.

'Waar is Milly?'

Poppy mompelde iets. Ze viel al bijna in slaap. Ik wist dat ze over haar toeren zou raken als ze wakker werd zonder haar beer of Milly. Ik keek onder het bed, stak mijn handen achter de zijkant, maar kon, op een bruin klokhuis na, niets vinden. Ik keek onder de dekens en stond toen op om na te denken. Had Poppy haar pop misschien bij Jason laten liggen? Nee. Daarna had ik hem echt nog gezien.

Hij lag niet bij het bed. Ook niet in het krat waarin het minder onmiddellijk gewenste speelgoed werd bewaard. Ik stond net op het punt elders in huis te gaan zoeken toen ik in een opwelling in de prullenmand in de hoek keek, en daar lag hij. Poppy had hem er vast per ongeluk in laten vallen. Ik bukte me om hem te pakken en deinsde toen terug, alsof ik een elektrische schok had gekregen. De romp lag in stukken. Het hoofd en een armpje en beentje waren losgetrokken zodat het vulsel eruit kwam. Het zag er afschuwelijk uit, alsof ik een levend wezen uiteengereten in de vuilnisbak had aangetroffen. Ik knielde neer naast het bed en aaide Poppy over haar voorhoofd. Ze zag er heel rustig uit.

'Liefje, wat is er met Milly gebeurd?'

'Ze is dood,' zei Poppy slaperig zonder haar ogen open te doen.

'Maar je...' Ik zweeg. Ik wist niet hoe ik Poppy's daad moest omschrijven. 'Waarom heb je dat gedaan?'

Haar ogen gingen open. 'Ze was stout geweest. Ze is dood.'

Ik wilde haar oppakken, bij haar schouders grijpen, door elkaar schudden en vragen wat er aan de hand was. Wat had ze gedaan? Wat had ze gezien? Wat ging er om in dat rusteloze hoofdje?

Maar ik bukte me, gaf Poppy een kus op haar wang en trok haar dekbed om haar heen. 'Ga maar lekker slapen. Droom zacht,' zei ik.

Ik pakte de stukjes Milly en nam ze mee. 'Kom er zo aan,' riep ik naar Gina, in een poging normaal te klinken. Ik hoorde haar bezig in de keuken, het gerinkel van glazen.

Ik liep mijn huisdeur en de voordeur uit en gooide de losgetrokken ledematen en het hoofd van de pop diep in de kliko. Ik wilde ze niet in huis hebben.

## 11

Ik haalde het deksel van het plastic bakje en deed de olijven in een schaaltje. Ik trok een zak chips open. Gina stond een negroni te maken en schonk met een frons de Campari in, waarna ze er schijfjes sinaasappel bij deed.

'Ik waarschuw je, ik heb er al eentje achter de kiezen,' zei ze. 'Een kleintje maar. Maar je was echt ik weet niet hoelang boven.'

'Sorry.'

'Maakt niet uit. Ik weet hoe dat gaat. Maar vanavond ben ik vrij. Geen man, geen kinderen, geen klusjes. Ik ga me bezatten en neem een Uber naar huis.'

Ik probeerde het beeld van de uiteengereten pop weg te duwen. Ik kon me er niet toe zetten het aan Gina te vertellen: vanavond gingen we negroni's drinken, eten bestellen en doen alsof we weer eenentwintig waren, zonder kinderen, zonder partner, zonder zorgen, jong.

We klonken met onze glazen en namen een slok: er ontsnapte ons allebei een zachte, bijna identieke kreun van genot.

'Weet je nog die keer dat we dronken waren en jij erop stond dat ik je haar knipte?' vroeg Gina.

'Ja.'

'Ik probeerde het steeds recht te krijgen en het werd steeds korter en jij zat er zo argeloos bij. Je had geen idee wat er gebeurde. Ik bleef er maar paniekerig op los knippen en de hele vloer lag bezaaid met dikke lokken van jouw prachtige haar.'

'Misschien moet je nu mijn haar knippen.'

'Geen denken aan.'

'Misschien moet ik een nieuwe look.'

'Ik vind je oude look leuk. Aidan ook.'

'Opnieuw beginnen,' zei ik.

'Ik ga nooit ofte nimmer je haar nog knippen. Je kunt best opnieuw beginnen zonder op een vogelverschrikker te lijken.'

'Oké.' Ik nam nog een slok. Die was bitter en zoet en ik werd er helemaal warm van.

'Dit moeten we vaker doen,' zei Gina.

Ik moest lachen. 'Dat doet me aan Jason denken. Dan waren we iets aan het doen, naar de film bijvoorbeeld, en dan zei hij terwijl we daar waren: we moeten vaker naar de film. En dan zei ik: we zijn er nu toch, we doen het al, leef in het moment. Soms had ik het gevoel dat hij bij alles wat we deden met zijn gedachten ergens anders zat. Altijd vooruit zat te plannen. Te calculeren. Hij is behoorlijk uitgekookt.'

'Uitgekookt? Dat klinkt een beetje naar.'

'Het is meer dat ik anders tegen hem aan begin te kijken. Het lijkt wel of de Jason die ik dacht te kennen en de Jason die ik nu zie niet bij elkaar horen. Wie van de twee is de echte?'

'Kan hij ze niet allebei zijn? Zoveel Jasons. En je kunt niet met allemaal een relatie hebben. Er is iets intelligents wat ik over meervoudige persoonlijkheden wil zeggen maar dat lukt niet door de negroni. Is maar goed ook.' Gina nam nog een teug.

'Dus je zegt dat niemand ons ooit helemaal kan leren kennen,' zei ik. Ineens had ik een ellendig gevoel.

'Helemaal? Jezus, nee natuurlijk niet. Zou je dat willen dan?'

'Weet ik veel. Nee. Kent Laurie jou helemaal?'

Daar dacht Gina even over na. 'Hij kent me niet zoals jij me kent. En jij kent me niet zoals hij me kent. En jullie kennen me allebei niet zoals ik mezelf ken.' Gina kneep haar ogen grappig samen. 'En soms geloof ik dat ik mezelf niet eens helemaal begrijp.'

'Ja. Daar zit wel wat in, denk ik. Best eng, toch?'

'Het viel me op,' zei Gina, 'dat toen Jason en jij net uit elkaar waren, je volgens mij het gevoel had ergens bevrijd van te zijn, alsof je opnieuw kon beginnen, zoals je het zelf verwoordde. Een andere kant van jezelf kon onderzoeken, los van hem. Ik weet dat het pijnlijk was, het was ook een beetje eng, zeker, maar ook spannend. Ik was bijna een beetje jaloers. Wat natuurlijk nergens op sloeg, maar toch was het zo.'

'Echt waar? En ik was jaloers op jou en Laurie omdat jullie altijd zo aardig en lief voor elkaar blijven. En zo gelijkwaardig zijn. Dat hij zo'n praktische vader is. Daar ben ik nog steeds best jaloers op, als ik heel eerlijk ben. Want als ik nu terugdenk aan mezelf en Jason kan ik maar moeilijk begrijpen hoe ik onze levens zo door zijn wensen en carrière heb kunnen laten bepalen.'

Gina zette haar glas met een tik op tafel. 'Goed zo,' zei ze ferm.

'Goed? Wat is er goed?'

'Dat je dat nu inziet.'

'Vond jij dat ook dan?'

'Nou. Het is wel een beetje een alfamannetje, toch?'

Uit Gina's mond was dat geen compliment. Mijn negroni was bijna op. Ik had er nog een nodig.

'Vind je dat ik te, eh, onderdanig was?'

'Ik denk dat je jezelf tekortdoet,' zei ze. 'Soms. Je houdt te veel rekening met andermans gevoelens. Je doet zo je best je in hen te verplaatsen dat je jezelf bijna uitvlakt.'

'Mezelf uitvlak! Dat klinkt niet gezond.'

'Maar het was ook goed. Je hebt je uiterste best gedaan. Je was verbazingwekkend tolerant.'

'Tolerant? Is dat wat ik was?' Ik boog me naar haar toe. 'Onderdanig en tolerant. Waar was ik tolerant over dan?'

'Gewoon. Dat Jason Jason was.'

'Hoe bedoel je, dat Jason Jason was?'

'Weet ik veel.'

Gina pakte haar drankje en nam een slok, zo groot dat de helft van de inhoud van het glas verdween. Ze keek er verwonderd naar en stak toen een olijf in haar mond.

'Het belangrijkst is dat je het, toen het stukliep tussen jullie, naar mijn idee beschaafd en echt ongelofelijk goed hebt aangepakt. Je hebt Poppy altijd op de eerste plaats gezet, hoe dan ook.'

'Volgens mij gaat het niet zo goed met Poppy,' zei ik. Ineens wilde ik alles eruit gooien en serieus genomen worden. Ik wilde dat iemand zag wat er gebeurde, zoals ik dat zag.

'Het gaat hartstikke goed met Poppy! Alle kinderen hebben hun ups en downs.'

'Denk je echt?'

'Hoe dan ook, ik was altijd van mening dat een goede scheiding niet bestaat. Mijn god, als ik denk aan sommige vrienden van ons. Als ik denk aan jouw óúders: dat was me ook een stelletje zeg, tijdens hun scheiding. Jij hebt het anders gedaan, Tess.'

'En Jason dan? Heeft hij het ook anders gedaan?'

'Voor hem was het makkelijker.'

'Waarom?'

Er verscheen een lichte frons tussen Gina's ogen. 'Misschien ook niet,' zei ze. 'Maar zo kwam het wel over. Het feit dat hij het huis heeft gehouden. Heb ik nooit bij gekund. En die dikke nieuwe baan van hem. En Emily.'

'Emily kwam later pas.'

'Ja ja.'

'Of niet?'

'God, moet je mij niet vragen. Ik weet alleen wat jij me hebt verteld.'

Ze verschoof op haar stoel en keek snel van me weg. Er bekroop me een scherpe, verschrikkelijke gedachte. Ik werd er lijfelijk onpasselijk van en tegelijkertijd lag het zo voor de hand dat ik bijna in de lach schoot om mijn eigen onnozelheid. Had ik het altijd al geweten en ervoor gekozen het niet te weten? Was ik zo'n vrouw, zo'n type dat gewoon haar kop in het zand stak?

'Mag ik je wat vragen over Jason en mij? Is Jason ooit vreemdgegaan?'

Gina zette haar glas op tafel. Ze zag er diep geschokt en van haar stuk gebracht uit. 'Waar ben je mee bezig, Tess? Waarom vraag je dat soort dingen?'

Ineens had ik het koud tot op het bot en voelde ik me ijzingwekkend nuchter. Ik keek Gina strak aan, omdat ik haar wilde dwingen verder te praten.

'Je zit nu in een nieuwe fase van je leven,' zei ze, een beetje vertwijfeld. 'Je doet het geweldig met Poppy. Je hebt een nieuwe man ontmoet. Dat wil je toch niet verstoren?'

'Jij bent mijn vriendin,' zei ik. 'Mijn beste, misschien wel. Waarom heb je het me niet verteld? Waarom heb je het verdómme niet verteld?'

Met bevende stem gaf ze antwoord. Ik kreeg het idee dat ze elk moment in tranen kon uitbarsten. 'Wil je hier echt aan?'

'Ja, ik moet het weten.'

'Tess, luister. Ik had ooit een vriendin die erachter kwam dat de man van háár vriendin vreemdging. Zij vertelde het haar vriendin, waardoor het huwelijk strandde, en ik heb altijd het idee gehad dat mijn vriendin dat vanuit agressie of iets dergelijks had gedaan. Ze had altijd al iets tegen die man en volgens mij vond zij dat ze maar beter uit elkaar konden.' Ze snifte, haalde een zakdoek uit haar zak en snoot haar neus. 'In een huwelijk gaat er nou eenmaal weleens wat mis – in alle huwelijken waarschijnlijk wel. Jij weet vast ook nog wel wat dingen die ik met Laurie heb meegemaakt. Maar je komt eroverheen. Soms ben je beter af als je het niet weet, jezus, ik heb er echt mee in mijn maag gezeten, maar uiteindelijk vond ik het niet aan mij het je te vertellen en iets kapot te maken.'

Ik voelde een vlaag van woede die bijna fysiek was en wilde naar Gina schreeuwen of naar haar uithalen. Het besef van vernedering trok als een misselijk gevoel door me heen. Jason was vreemdgegaan met medeweten van anderen. Die hadden waarschijnlijk over me gepraat en met me te doen gehad. Dat trok ik niet. 'Jij had dus deze belangrijke informatie voor mij, en besloot dat ik beter af was als ik het niet wist? En verzweeg het toen maar. Wie was het?'

'Tess,' zei Gina op smekende toon. 'Wat heeft het voor zin? Wat ga je hiermee doen, afgezien van jezelf ermee kwellen?'

'Het is niet wat je denkt. Ken ik haar?'

Gina haalde diep adem. 'Ellen Dempsey.'

'Ellen? Éllen? Het zusje van Lorraine, die Ellen? Die dus. Die jaren jonger is dan wij? Zeg maar gerust een kínd.'

Gina knikte mistroostig.

'Hoe ben je erachter gekomen? Wannéér kwam je erachter?'

'Anderhalf, nee, een jaar of twee geleden.' Gina keek me niet aan, maar langs me heen, uit het raam. 'Tegen het eind van de zomer ben ik wat met Ellen gaan drinken en toen kwam het er allemaal uit. Ze vond het verschrikkelijk. Ik geloof dat ze iemand nodig had om het aan op te biechten.'

'Een goede vriendin van mij?'

'Ik weet het. Het klinkt bizar. Echt, Tess, het was allemaal één grote kwelling.'

'Wat ontzettend rot voor je,' zei ik vals en ik zag de pijn op haar gezicht. Mooi zo. Ik wilde haar ook pijn doen.

Ik maakte de optelsom. Poppy moest ongeveer één zijn geweest, net begonnen met lopen, net een paar woordjes aan het zeggen, en Jason was vreemdgegaan. En Gina had ervan geweten. Hoe vaak had ze tijdens een gesprek over relaties of ons persoonlijk leven wel niet gedacht: ik weet iets over Tess' partner, iets wat Tess zelf niet weet?

'Dus toen Poppy nog baby was, wist jij er al van. En toen ik parttime ging werken terwijl Jason de carrièreladder beklom en schoolhoofd werd, wist jij ervan. En...' Ik kon bijna geen woord uitbrengen, zo kwaad was ik. Met een trillende vinger wees ik naar mijn vriendin. 'Toen we in therapíé zaten? Ik stortte mijn hart bij je uit en toen moet je hebben begrepen dat Jason met geen woord over een verhouding had gerept, terwijl ik dacht dat we allebei open kaart speelden en alles in het werk stelden om onze relatie te redden of fatsoenlijk afscheid te nemen. En jij wist ervan. Je wist het allemaal. En je hebt het me niet verteld, ook niet na al onze gesprekken over hoe het is om vrouw te zijn, moeder te zijn, ons mannetje te staan, onafhankelijk te blijven, de regie te houden. De stomme fucking kloteregie. Ik hield mezelf gewoon voor de gek. En Jason ging vreemd. En jij wist ervan. En je hebt het Laurie waarschijnlijk ook verteld.'

Gina gaf geen antwoord. Haar gezicht stond mat.

'Ja dus. En wie wist het nog meer?'

'Weet ik niet. Ik heb het verder aan niemand verteld, natuurlijk niet. Het enige wat ik weet is wat ik daarnet heb gezegd.' Eindelijk keek ze me recht aan. 'Het spijt me. Het spijt me echt ontzettend. Ik weet dat je kwaad op me bent. Zou ik ook zijn als ik jou was.'

Ik wreef over mijn gezicht. Ineens was ik bekaf, uitgeput. 'Ik ben ook boos. Ik ben zo boos dat ik je bijna niet kan aankijken. Maar jij bent niet degene op wie ik echt boos ben. Dat is Jason. En mezelf. Ik ben boos op mezelf omdat ik het niet in de gaten had. En ik voel me vernederd. Ik voel me zo'n ongelofelijke sukkel. Was het overduidelijk? Hoe heb ik het niet kunnen zien? Hoe heb ik zo blind kunnen zijn?'

'Je zag het niet omdat je hem vertrouwde en dat is ook hoe je je leven moet leven,' zei Gina. Ze had tranen in haar ogen en een verslagen uitdrukking op haar mooie gezicht. 'Had ik het je maar verteld. Maar eerlijk waar, ik wist me geen raad, en toen jullie uit elkaar gingen dacht ik dat het te laat was om het te vertellen, omdat het einde verhaal was en jullie volgens mij alles goed hadden geregeld.'

'Maar het is niet einde verhaal.'

'Hoe bedoel je?'

'Het is niet afgelopen. Het zit er nog, als een afschuwelijk lelijke vlek die zich maar blijft uitbreiden. Er is iets aan de hand.'

'Waar heb je het in vredesnaam over?'

Ik dacht aan Poppy, die vlak boven ons in bed lag; ik dacht aan de toegetakelde lappenpop; ik dacht aan de gewelddadige tekening, het gevloek en hoe bang ze 's nachts was. Ik zat in de greep van iets waar ik geen controle over had.

'Laat maar. Werkt ze?'

'Ellen?' Gina dacht geconcentreerd na. 'Iets met onderwijs.'

'Docent?'

'Nee. Bij een onderwijsorganisatie.'

'Welke?'

# 12

De man achter de balie rommelde wat door de papieren voor zijn neus.

'Ze verwacht me niet,' zei ik.

'Wie kan ik zeggen dat er is?'

'Tess Moreau. Als ze beweert het te druk te hebben, kunt u haar zeggen dat het over Jason Hallam gaat. Het is belangrijk en ik ga niet weg voordat ik haar gezien heb.'

Mijn eigen stem klonk me vreemd in de oren: helder, hoog en dwingend. Hij trok zijn wenkbrauwen op en pakte de telefoon.

Ik zat nog maar nauwelijks of de deur van de lift ging al open en er stapte een vrouw uit die snel op me af kwam. Ik stond weer op en heel even bleven we elkaar aankijken, zonder te glimlachen. Ze ging tenminste niet doen alsof.

'Zullen we een stukje wandelen?' vroeg ik.

'We kunnen naar Lincoln's Inn Fields gaan. Daar is het wat rustiger.'

We liepen naast elkaar, staken de drukke weg over en gingen toen een smal steegje door dat uitkwam bij een stuk dichtbegroeide groene grond, met bomen waar jonge blaadjes aan ritselden en tulpen die in perkjes prijkten. Ik nam de vrijheid haar eens goed te bekijken. Ellen Dempsey had kort haar en kleine, amandelvormige ogen. Ze had een piercing in haar wenkbrauw en eentje in haar neus, en over haar hele linkerarm liep een best mooie tatoeage, een soort wijnrank of tak. Ze droeg een zwartleren rokje en sneakers met plateauzolen. Ik nam dat allemaal op en begreep wat ik allang wist: ze was jong, zo ontzettend jong. Veel jonger dan ik, van een heel andere generatie. Ik bedacht dat ze ongeveer even oud moest zijn als mijn jongste halfzusje, Polly. Ik was twaalf toen Polly geboren werd en was haar altijd als klein kind blijven beschouwen. Was dat Jasons type? Ellen leek niet op Emily, die natuurlijk ook jong was: ze was slanker, hoekiger, temperamentvoller om te zien.

Toen we het hek naar het kleine park door waren, draaide Ellen zich om en keek ze me aan, met haar armen beschermend om zich heen. Haar lippen trilden een beetje en ze bleef er maar op bijten.

'We zijn uit elkaar,' zei ik.

'Dat weet ik.'

'Hij is met een ander getrouwd.'

'Ook dat weet ik.'

Ik zweeg.

Ellen haalde diep adem. 'Hij stuurde me een berichtje om dat te vertellen.' Ze slikte en veegde haar neus aan haar pols af, als een klein kind. 'Ik dacht dat ik gek werd. Ik probeerde contact met hem op te nemen zodat hij het kon uitleggen maar hij zei dat hij er, als ik hem bleef lastigvallen, een advocaat bij zou halen. Alsof ik hem liep te stalken of zo. Ik wou alleen maar tekst en uitleg.'

'Dat krijg je ervan als je het met getrouwde mannen doet.'

'Hij was niet getrouwd,' zei ze, en ze kromp ineen. 'Sorry, dat was gemeen. Ik weet dat dat er niet toe doet. Hij had jou, hij had een kind.'

'Inderdaad. Hij had mij. Hij had een kind. Waarom deed je het dan?'

Ellen keek me aan; ze had een punkachtige, enigszins uitdagende uitstraling. 'Heb je Jason die vraag al gesteld?'

Ik knikte. Ze had gelijk: Ellen had me niet bedrogen. Maar Jason. Het had me altijd tegengestaan als vrouwen de schuld bij de andere vrouw legden omdat het dan minder pijnlijk was. Omdat ze het beest dan niet in de bek hoefden te kijken, niet hoefden te bedenken wat hun werkelijk was aangedaan.

'Nog niet. Maar dat ga ik wel doen.'

Ze trok een gezicht alsof alle lucht uit haar werd gezogen. 'O, fuck,' zei ze. 'Dat klonk een beetje... Ik wou gewoon...' Ze haalde haar ranke schouders op. 'Ik wou niet eens een relatie, en al helemaal niet met een oudere man die al bezet was en een kind had. Het was net uit met mijn vriend en het ging niet goed met me. We raakten aan de praat op een feestje.' Ze keek weg en zei toen, zo zacht dat ik het bijna niet kon horen: 'Jij was daar ook, trouwens, je stond een paar meter van ons af te lachen met een groepje mensen, dus het was een beetje raar. De volgende dag belde hij me.'

Ik probeerde neutraal te blijven kijken, maar voelde een steek van pijn, alsof ik net een stomp had gekregen. Haar verhaal had kunnen gaan over míjn eerste ontmoeting met Jason, al die tijd geleden, toen ik zelf nog een jong schaap was, kwetsbaar en rijp voor liefdesverdriet.

'Hij was behoorlijk vasthoudend,' vertelde Ellen verder. 'Ik voelde me geloof ik wel gevleid. Ik beschouwde het niet eens echt als een date. Maar je wilt dit waarschijnlijk helemaal niet horen.'

'Ik doe een poging alles in te vullen, mijn verleden te begrijpen.'

Ellen knikte. Dat snapte ze. 'Hij was smoorverliefd op me, dat gevoel gaf hij me althans. Ik voelde me de mooiste vrouw op aarde bij hem. Hij zei dat hij bij mij wilde zijn maar dat dat gezien de situatie ingewikkeld was. Ik dacht...' Toen viel ze stil.

'Wat?'

'Ik dacht dat jij er misschien van wist. Destijds al, bedoel ik. Hij liet een beetje doorschemeren dat jullie je eigen leven leidden en dat jij het wel best vond allemaal.'

Ellen zweeg en keek met samengeknepen ogen tegen de felle zon in. 'Dus je wist er echt niet van?'

'Nee, echt niet. Wanneer is het begonnen?'

'Wat een puinzooi.'

'Wanneer is het begonnen?'

'Zo'n twee jaar geleden. Begin van de zomer. In het begin zat hij vooral achter mij aan, maar toen werd ik ineens toch verliefd op hem. Na een paar maanden ging het afspreken steeds moeizamer, maar ik pikte de signalen niet op. Ik was echt een sukkel. Uiteindelijk stuurde hij me dat berichtje.'

'En dat was een jaar geleden?'

'Zoiets, ja.'

'En toen?'

'Wil je het echt weten?'

'Ja.'

Ze veegde de tranen van haar wangen. 'Het voelde alsof ik gek werd. Hij had me doen geloven dat hij niet zonder me kon, en toen deed hij ineens net alsof het niks had voorgesteld, alsof het gewoon een scharrel was geweest. Hij ging weg bij jou en...'

'Dat was wederzijds,' onderbrak ik haar. 'We zijn bij elkaar weggegaan.'

Maar klopte dat eigenlijk wel? Ik wist het niet meer, en doordat ik het niet wist voelde ik me zwak en ontredderd.

'Ook goed,' zei Ellen voorzichtig. 'Jullie gingen uit elkaar en hij wou niks meer met me te maken hebben. Ik denk dat hij die andere vrouw al ontmoet had.'

Ik wilde haar opnieuw onderbreken, om haar te vertellen dat hij Emily pas had ontmoet nadat we uit elkaar waren, maar ik zag ervan af. Want wist ik veel of dat zo was?

'Dat woord, "gedumpt". Zo voelde ik me.' Ellen wendde haar blik van me af, naar het zonovergoten parkje. 'Weggedaan. Ik probeerde met hem in contact te komen en ik schreef hem en overwoog zijn banden lek te prikken of een ruit bij hem in te gooien, of naar zijn school te gaan en daar een rel te trappen. Dat had hij niet leuk gevonden. Maar ik ging naar een therapeut, wat een veel beter idee was, want nu wil ik geen zelfmoord meer plegen en zelfs hem niet meer vermoorden of zwartmaken, ik wil gewoon de draad weer oppakken en nooit, maar dan ook nooit meer zo afhankelijk van iemand zijn. Ik vind hem een lul, een typisch mannelijke klootzak die op kwetsbare mensen aast, en het spijt me heel, heel, heel erg. Maar ik denk dat je beter af bent zonder hem.'

'O ja? Nou, fijn om te weten.'

'Sorry, dat had ik niet moeten zeggen.'

'Dat klopt. Hoewel ik het wel met je eens ben.'

Ellen aarzelde en vroeg toen ineens: 'Heeft hij ooit geweld gebruikt?'

'Wat! Waar heb je het over? Heeft hij je geslagen?'

'Nee.' Ze kreeg een kleur, eerst in haar hals en toen in haar gezicht. 'Maar hij... ik heb dat altijd wel voor mogelijk gehouden. Gewoon.'

'Oké.' Ik werd een beetje misselijk.

'Zo nu en dan was hij angstaanjagend. Dus ik vroeg me af...'

'Nee.'

'Gelukkig.'

'Had hij nog andere scharrels?'

Ellen kromp ineen. 'Geen idee. Dat moet je hem vragen. Ik bedoel... ik ging er min of meer van uit, maar ik weet het niet.'

'Je zei dat je contact met hem probeerde te krijgen. Wanneer was dat precies?'

'Toen hij me dumpte en ik helemaal in de knoop zat.'

'Heb je later nog geprobeerd contact met hem op te nemen, of hem nog gezien?'

'Waarom zou ik in vredesnaam? Ik ben er helemaal klaar mee. Ik wil me nooit meer zo laten kwetsen.'

# 13

Ik belde Aidan om te zeggen dat ik die avond toch niet kon afspreken.

'Dat doe je wel vaak.'

'Wat?'

'Me afbellen.'

'Weet ik. Sorry. Ik heb op het moment gewoon...' Ik maakte mijn zin niet af.

'Verzwijg je soms iets? Over ons, bedoel ik?'

'Nee. Echt niet. Ik leg het je later allemaal uit.'

Ik hing op en stuurde Jason een berichtje dat we moesten praten, dringend en onder vier ogen. Vrijwel meteen kwam er een berichtje terug: *heel druk kan het later?*

*nee*, antwoordde ik.

Toen nog een erachteraan: *Morgen voor school? 8.15?*

Ik belde de secretaresse van mijn school. Ik had haar vanochtend vroeg laten weten dat ik ziek was en zei nu dat ik er vrijdag ook niet zou zijn. Buikvirus, zei ik erachteraan, heel besmettelijk. Dat ik niet wist wanneer ik er weer was. Ik belde Gina en zei dat ik Poppy vandaag en morgen zou halen maar of zij of Laurie haar 's ochtends naar de voorschool kon brengen. Ik kon me er nauwelijks toe zetten Gina te woord te staan, of haar smekende blik te zien. Ik wilde alleen nog maar mijn getroebleerde dochtertje meenemen naar ver weg van hier, om bij te komen in een oord waar het leeg en vredig was. Ik zag een bergtop voor me, een meer, zwoele warmte: mei was mijn lievelingsmaand, alles fris en nieuw.

Maar wat was er nou te doen op een bergtop?

Ik stond voor Poppy's klas te wachten toen de bel ging. Poppy vloog naar buiten, sloeg haar armen stevig om mijn benen en nestelde zich tegen me aan. Ik aaide haar over haar hoofd, voelde hoe warm ze was.

'Kan ik je even spreken?' Het was Lotty, de juf van Poppy. Haar ronde, gladde gezicht stond ernstig.

Ik maakte me los uit Poppy's greep. 'Pak je jas maar en blijf hier heel even wachten. We gaan lekker zwemmen zo.'

'Zwemmen? Jij en ik?'

'Ja.'

'Zonder Jake?'

'Met zijn tweetjes.'

Ik liet Poppy bij de klassenassistent achter en liep achter Lotty aan de klas in.

'Ik weet dat je je zorgen maakt om Poppy.'

'Is er iets met haar?'

'Ze heeft niet zo'n goeie dag gehad. Ze heeft Sadie gebeten.'

'Gebéten?'

'Sadie moest naar de verpleegster. Voor een verbandje. Haar moeder is helemaal over de rooie.'

'Wat verschrikkelijk.'

'En dat is nog niet alles. Het gaat ook om wat Poppy heeft gezegd.' Lotty trok haar neus op. 'Ze noemde me een kuthoer.'

Ik moest even gaan zitten, maar ik zag nergens plek. Alle stoeltjes waren te klein om op te zitten.

'Wat vreselijk. Maar ze begrijpt niet wat ze zegt.'

'Dat weet ik. Maar we dulden hier absoluut geen geweld en agressie.'

'Ik zal met haar praten. Dat zal ik haar duidelijk maken.'

'Ik heb je zorgen al aan de vertrouwenspersoon doorgegeven. Dit incident zal ik daaraan toe moeten voegen.'

'Oké.'

'Heb je enig idee waarom Poppy zich ineens zo anders gedraagt?'

'Nee. Haar vader en ik zijn uit elkaar, maar dat is al een jaar geleden en tot nu toe had ze er volgens mij weinig last van.'

'Goed. We houden haar goed in de gaten. Aarzel niet om bij me langs te komen als er iets is wat ik kan doen.'

Er prikten tranen in mijn ogen. 'Bedankt,' zei ik. 'Ik vind het heel erg. Echt heel erg.'

We bleven bijna een uur in het zwembad. Poppy leerde zwemmen: ze trappelde verwoed met haar sterke, bleke beentjes onder zich; alleen de platte schijf van haar gezicht was boven water. Net een waterlelie, dacht ik, of een kwal. Ze kende geen angst. Zo nu en dan verdween ze onder water en werd ze een kronkelende vorm, waarna ze weer proestend, lachend en straaltjes water spuitend bovenkwam.

Weer thuis gingen we met koekjes en sap in de tuin zitten, waar we de bloemen bestudeerden. Toen we er net waren komen wonen hadden we meteen, nog voor alles uitgepakt en ingericht was, bloembollen en plantjes geplant voor het jaar erna. De narcissen en tulpen waren inmiddels uitgebloeid, maar ik had ook wat akeleien geplant. Poppy ging er op haar hurken naast zitten en prikte in de strakke knoppen die begonnen te ontluiken. Ik zat in kleermakerszit en Poppy kroop naar me toe, legde haar hoofd bij me op schoot en samen keken we hoe het puttertje heen en weer schommelde op de voederplank. Haar gezicht gaf bijna licht op deze zachte avond en ik bedacht hoe normaal ze overkwam; hoe wonderbaarlijk. Het was moeilijk te geloven dat ze haar scherpe tandjes in het vel van haar vriendinnetje had gezet.

Ik hoorde een raam boven ons opengaan en draaide me om naar Bernie. Er stond een vrouw naast hem met een geschoren hoofd en donkere wenkbrauwen. Hij zwaaide enthousiast. Behoedzaam stak ik mijn hand naar hem op.

'We hebben brood gebakken,' riep hij. 'Krijgen we nooit op. Willen jullie ook wat?'

'Wat aardig, maar we hebben al brood.'

'Maar vast geen huisgemaakt zuurdesem.'

Hij was al weg voor ik tijd had om te antwoorden.

We aten erwtjes met vissticks, waar Poppy zorgvuldig het krokante korstje van afpeuterde om voor het laatst te bewaren, en toen liet ik het bad voor haar vollopen, ging op mijn knieën naast haar zitten en probeerde door de cirkel van mijn wijsvinger en duim heen bellen te blazen. Ik nam haar op schoot om haar af te drogen en voelde de vochtige warmte van haar gloeiende lijfje. Trok haar een schone pyjama aan. Ging bij haar op bed zitten.

'Verhaaltje,' zei Poppy gebiedend. 'Kleine Beer.'

'Zo direct. Ik wil je wat vragen. Je juf zei...'

'Ik heb het niet gedaan.'

'... dat je Sadie hebt gebeten.'

'Ik heb het niet gedaan. Ik haat haar.'

'En dat je je juf een vies woord had genoemd.'

'Ik haat haar. Ik haat jou. Ik háát jou.' Ze keek me triomfantelijk aan. 'Kuthoer,' zei ze.

'Dat woord zeg je niet.'

'Kingkutterkuthoer.'

'Poppy!'

Maar ze draaide zich van me af en wurmde haar boze lijfje dieper onder het dekbed.

'Ik ga niet weg. Ik wil met je praten. Je kan nog zo geschrokken of boos zijn, bijten doen we niet. Of slaan. Of schelden. Dat is heel verkeerd. Zo maak je mensen verdrietig.'

'Ik wil Milly. Waar is Milly?'

'Luister, Poppy.' Ik beet op mijn lip en probeerde de juiste woorden te vinden. 'Ik denk dat je iets hebt gezien waar je van bent geschrokken.'

'Ja. Ik had het gezien! Ik had het gezien!'

'Heeft papa iemand pijn gedaan?'

'Ja, papa heeft pijn gedaan!' Poppy hees zichzelf overeind, bijna opgetogen.

'Wie heeft hij pijn gedaan?'

'Hij heeft pijn gedaan!'

'Wie?'

'Milly?' Ze klonk vertwijfeld.

Ik pakte dit helemaal verkeerd aan. Het is de fundamentele basisregel bij kinderen: als je wilt weten wat er gebeurd is, stel dan nooit een sturende vraag.

'Of was het papa niet misschien?' vroeg ik hopeloos.

'Papa niet?'

'Heeft Ben iemand pijn gedaan?'

Dit liep helemaal mis. Ik plantte alleen maar ideeën in haar ontvankelijke hoofdje.

'Ben had het gedaan.' Poppy knikte beslist. 'Ben had het gedaan.'

Ik wreef over de zijkant van mijn gezicht. Ik was als iemand die over zeer belangrijke voetafdrukken heen had gebanjerd en ze allemaal met modder had besmeurd. Ik ploeterde verder. 'Toen je bij papa en Emily was, is er toen iets gebeurd waar je verdrietig van werd?'

Poppy keek me met grote ogen aan. Die stonden helder, de pupillen waren wijd. Haar mond stond in een strakke streep en haar lichaam was gespannen. Ik zag dat er binnen in haar een onweersbui op til was.

'Verhaaltje.' Ze kneep in mijn arm met vingers die als een nijptang voelden. 'Verhaaltje nu. Kleine Beer.'

Toen ik me uiteindelijk over haar heen boog om haar een nachtzoen te geven, met het idee dat ze al sliep, schoten haar ogen open. Ze keek me aan alsof ik een vreemde was.

'Ben jij nu dood?' fluisterde ze dromerig.

'Nee! Ik leef en ik ben hier.'

'Als jij dood bent, waar ben jij dan?'

Ik keek naar mijn dochter. Wie ben jij? dacht ik. Wat gaat er in je om? Wat heb je gezien?

Bernie kwam het brood langsbrengen terwijl ik rapporten zat te schrijven. Ik had er drie af en moest er in de komende twee weken nog zevenentwintig doen. Hij bleef glimlachend in de deuropening staan, met het brood tegen zijn borst geklemd.

'Bedankt.' Dat klonk onbeleefd. 'Wat aardig,' zei ik snel erachteraan.

'Graag gedaan.' Hij deed een stap naar voren, precies zoals ik had verwacht, waardoor hij net iets te dichtbij stond.

'Als buren,' zei hij, '... zouden we eens iets moeten doen. Een drankje of zo.'

'Ik wou nog zeggen,' flapte ik eruit, met een gevoel van nu

of nooit, 'dat je kamer vlak boven die van Poppy zit. Ze kan je horen.'

Hij kreeg een lichte kleur, maar was zo te zien niet boos. 'Ik hoor jou ook.'

# 14

‘Ik heb een kwartiertje,’ zei Jason, die op zijn telefoon keek, zijn aktetas neerlegde en zijn zonnebril afdeed, als een rasechte zakenman.

Hij was te laat, al was hij maar een paar minuten bij zijn school vandaan, terwijl ik Poppy vroeg had moeten afzetten en heel Londen door had gemoeten. Ik had al tien minuten in het café zitten kijken hoe mijn cappuccino koud werd.

‘Wat was er zo dringend?’

‘Poppy is dringend,’ zei ik. ‘Dus het kan weleens langer dan een kwartiertje duren.’

Jason slaakte een zucht. ‘Hier hebben we het al over gehad.’

‘Is er iets wat je me bent vergeten te vertellen? Afgezien van het feit dat Emily zwanger is en Ben bij jou inwoont. Met een hond die ik niet vertrouw.’

‘Tess, wat is er nou? Waarom doe je zo?’

‘Niets dus?’

‘Ik heb hier echt geen tijd voor. Kijk.’ Hij boog zich naar voren en heel even dacht ik dat hij mijn gebalde vuist zou vastpakken. ‘Ik begrijp je vraag niet. Gaat het over Poppy? Volgens mij gaat het hartstikke goed met haar.’ Hij leunde achterover.

Ik zag hem stiekem een snelle blik op zijn horloge werpen.

'Ik heb Ellen Dempsey gesproken.' Ik keek hem aan en was zowaar onder de indruk. Hij keek maar een piepklein beetje verrast.

'Heb je het niet gehoord?' vroeg ik. Ik boog naar voren en verhief mijn stem. 'Je kent haar vast nog wel. De zus van Lorraine, je weet wel. Die jonge.'

'Niet nu,' zei hij, nog steeds kalm. 'Niet hier.'

'Toen Poppy nog piepjong was. Toen we onze relatie onder de loep aan het leggen waren en besloten ervoor te gaan. Toen jij maar bleef zeggen dat ik moe en emotioneel was en me daarom zo ontevreden voelde. Toen we in relatietherapie zaten en elkaar recht in de ogen keken, alles op tafel gooiden. Weet je nog?'

'Heb je dit op touw gezet om in het openbaar een scène te kunnen schoppen?' vroeg Jason. 'Zo zit jij toch niet in elkaar?'

Die opmerking was zowel opmerkzaam als ongevoelig en manipulatief. Omdat hij gelijk had. Zo zat ik niet in elkaar. Mijn hele leven was ik confrontaties uit de weg gegaan, ik bood altijd meteen mijn excuses aan, omdat ik er bij voorbaat van uitging dat het vast aan mij lag. Ik kwam serieus in de verleiding hem te overdonderen en de zaak eens onvervalst en ontiegelijk op stelten te zetten. Maar ik deed het niet. Ik wist dat ik daar niet goed in was en dat het helemaal verkeerd zou uitpakken en ik me er na afloop hondsberoerd over zou voelen.

'Daar is het me helemaal niet om te doen,' zei ik. 'Toen ik het had gehoord vond ik het belangrijk je te laten weten dat ik het wist.'

'Oké,' zei Jason. 'Nu weet ik dat je het weet. Als je wilt dat ik mijn excuses aanbied, goed dan, sorry. Het was een zware tijd en het had niets om het lijf, maar sorry.'

'Volgens haar was je verliefd op haar en had je haar doen geloven dat je niet zonder haar kon.'

'Ze was boos en over haar toeren.'

'Ben je vaker vreemdgegaan?'

'Hier heb ik geen tijd voor.'

'Omdat je kwartiertje bijna om is? Of omdat het waar is?'

Hij ging rechterop zitten, vermande zich zichtbaar. Het was net alsof hij zichzelf een minachtende houding wilde aanmeten. Toen hij die eenmaal had, voelde hij zich duidelijk zelfverzekerder.

'Het is uit tussen ons, Tess. We waren samen, hebben een prachtkind op de wereld gezet, en toen besloten om ieder onze eigen weg te gaan. We hebben geen relatie die besproken moet worden, we hoeven het samen alleen maar over Poppy te hebben. We zijn eroverheen. Jij hebt een nieuwe partner, ik heb een nieuwe partner. Het verleden ligt achter ons.'

'Mijn verleden is niet wat ik dacht dat het was. Wij waren niet wat ik dacht dat we waren. Snap je niet hoe erg ik dat vind?'

Jason stond op. 'Is dat Poppy's tas voor vanavond?' Hij boog zich voorover om hem te pakken.

'Je geeft misschien niks om mij, maar hopelijk wel om Poppy. Gisteren op school heeft ze een ander kind gebeten. Ze noemde haar juf een kuthoer. Er is iets met haar aan de hand.'

'Dat geloof ik best,' zei hij. 'Heb je al eens in de spiegel gekeken? Denk je niet dat Poppy gewoon jouw rancune en paranoia overneemt? Misschien komt het wel door jou dat ze zich zo misdraagt en niet door mij, door een misstap die ik lang geleden begaan heb.'

Ik stond ook op. Ik boog me over de tafel zodat we oog in oog kwamen. 'Al die leugens blijven maar door mijn hoofd spoken,' zei ik. 'Dat is wat me zo raakt.'

Ik keek toe terwijl hij zijn aktetas pakte, zijn zonnebril opzette en zonder naar me te kijken de straat op liep. Wat nu? Ik had de hele dag vrij genomen van school, maar waarvoor? Ik voelde me uitgeknepen door de ontmoeting, maar ook vol rusteloze, ongedurige energie.

Ik liep een kwartier naar Brockwell Park, waar ik een tijdje doelloos langs de grote grasvelden liep. Toen Poppy nog een baby was ging ik hier altijd heen, met de buggy langs het zwembad, het café, even naar de mooie vijver om de eendjes te voeren. Wat leek dat lang geleden, die wereld. Binnen een paar uur was mijn hele beeld van het verleden aan het wankelen gebracht en alles kwam me vreemd voor. Ik kwam mezelf vreemd voor.

Ik ging op een bankje zitten, deed mijn ogen dicht, hield mijn hoofd een beetje naar achteren in het vriendelijke zonnetje dat schuin door de hoge bomen viel. Het licht was gevlekt. Boven me in de takken zaten vogeltjes. Ik had geen idee wat ik nu moest doen. Aan de rechercheur, hoe aardig ook, had ik niets; Alex had me serieus genomen maar kon me slechts adviseren waakzaam te blijven; Jason voelde ineens als een vijand. Ik kon met Gina praten, maar dat wilde ik niet. Met Nadine wilde ik dit ook niet bespreken, die viel waarschijnlijk toch alleen maar in herhaling. Net als mijn vriendin Becky, die midden in een heftige scheiding zat. Heel even overwoog ik me tot Aidan te wenden, maar die was nog te kort in mijn leven, en te betrokken bij mijn emotionele onrust. Ik had een vrouw nodig en iemand die de oude Tess nog kende, de Tess die bijna tien jaar met Jason had samengewoond, die van hem gehouden had en hem vertrouwd had, die zo blind was geweest.

In een opwelling belde ik mijn moeder, maar ik kreeg de voicemail en bedacht toen dat het vrijdagochtend was en ze waarschijnlijk in de natuurvoedingszaak stond waar ze drie dagen per week werkte. Op mijn vierde – niet veel ouder dan Poppy toen Jason en ik uit elkaar gingen – was mijn vader vertrokken en aan een tweede leg begonnen. Ik herinnerde me de gemene ruzies nog, of meende ze me te herinneren. Het was een jarenlange strijd geweest: een rommelende vijandigheid die geregeld tot iets ergers oplaaide. Ik had mijn ouders door woede en verdriet verteerd zien worden tot mensen die voor mij niet veilig meer aanvoelden: hun gezichten waren getekend en hun woorden hard en verbitterd. Allebei maakten ze de ander continu zwart, lieten ze me weten dat die niet te vertrouwen was. Het was akelig en naar geweest, en Jason en ik hadden dat zelf koste wat kost willen voorkomen.

Ik zag mijn moeders gezicht voor me, nerveus en vol groeven, steevast bedacht op slecht nieuws. Ik liet geen bericht achter.

Ik had geen bewijs, geen tastbare feiten, alleen een vage angst dat Poppy iets verschrikkelijks had gezien, en het gevoel dat ze haar moeder onbewust vertelde wat het was, als ik maar goed genoeg luisterde.

Toen kreeg ik een idee. Ik stond meteen op. Het was beter dan nietsdoen.

# 15

Ik had verwacht dat het heel ingewikkeld zou worden, maar het viel me alles mee. Al na een paar minuten online zoeken vond ik een kaart van alle moorden in Londen per jaar. Ergens was ik ervan uitgegaan dat ik me door honderdduizenden moordzaken heen zou moeten werken, maar tot nog toe waren het er dit jaar, dat al bijna halverwege was, maar tweeënzestig.

De statistieken waren per categorie te doorzoeken: leeftijd, moordwapen, geslacht van het slachtoffer. Ik vinkte het hokje 'vrouwelijk' aan en het aantal daalde naar dertien. Dertien? In een stad van negen miljoen inwoners? Dat leek me verbluffend weinig. De moorden werden met stipjes aangegeven. Kennelijk was Zuid-Londen veiliger dan het noorden, de rand van Londen veiliger dan het centrum. Ik zette mijn cursor op een van de stipjes vlak bij Brixton, klikte erop en daar verschenen de bijzonderheden: steekwapen, eenendertig jaar.

Duidelijk niet wat ik zocht. Poppy had niets over een mes gezegd. Haar tekening was wel gewelddadig, maar er stond iemand op die viel. Ik klikte op drie andere: steekwapen, steekwapen, steekwapen. Bij de volgende stond 'wapen: onbekend'. Dat kwam al beter in de buurt. De vrouw heette Vicky Silva en was achtentwintig.

Ik opende een nieuw tabblad, zocht op 'Vicky Silva dood' en stuitte meteen op een nieuwsbericht: haar man had bekend haar gewurgd te hebben. Ik ging terug naar de kaart en klikte op een ander stipje: stomp voorwerp. Wat was een stomp voorwerp? Ja, iets wat geen steekwapen was.

Ik klikte op een ander stipje: 'wapen: onbekend'. Opnieuw zocht ik op de naam van het slachtoffer en ik vond een artikeltje: VERMEENDE MOORD-ZELFMOORD. Ze was dood aangetroffen naast het lichaam van haar man. De omstandigheden van hun dood waren onduidelijk maar de politie was tot de slotsom gekomen dat de man eerst de vrouw en toen zichzelf van het leven had beroofd. Nooit andersom, dacht ik bij mezelf.

Een andere vrouw was omgekomen bij een brand die door haar ex was aangestoken. Bij weer een andere was het wapen onbekend en het slachtoffer niet geïdentificeerd. Wat betekende dat? Het – wat het ook mocht zijn – was in Dartford gebeurd. Dat klonk als veel te ver weg om van enig belang te zijn, maar ik schreef: 'Dartford?' op mijn kladblok, al wist ik verder niet wat ik daarmee moest.

Bij de volgende was het weer: 'Wapen: onbekend'. Een Russische vrouw uit Hampstead was vermoord in haar appartement gevonden en er waren twee Russische mannen en een Russische vrouw gearresteerd. Er waren grote sommen geld mee gemoeid en het kwam me allemaal een beetje te ongewoon, te complex en te exotisch voor en ook totaal niet gerelateerd aan waar ik naar op zoek was.

Slachtoffer nummer elf was negenentachtig jaar. Om de een of andere reden had ik me het slachtoffer op Poppy's tekening altijd als jong voorgesteld, maar daar was geen reden voor. Ik zocht op haar naam en kwam erachter dat het bij een inbraak was gebeurd en dat de man gepakt was en bekend had. Ook hier een stomp voorwerp.

De doodsoorzaak van slachtoffer nummer twaalf was onbekend. Een zoekopdracht op haar naam wees uit dat haar lichaam in haar appartement in Stoke Newington was gevonden. De autopsie had niets opgeleverd maar er was al een man aangeklaagd voor de moord: weer een ex.

Het dertiende en laatste slachtoffer was doodgeslagen door haar vriend. Die had bekend en was tot levenslang veroordeeld. In de buurtkrant las ik een artikel over het misdrijf en de toestand van het aangetroffen lichaam en ik moest even stoppen, mijn blik van het scherm afwenden en een paar keer diep ademhalen.

Ik stond even stil bij wat al deze vrouwen was overkomen. De jongste was zeventien en de oudste negenentachtig. Zelfs dit kleine aantal bestond uit verschillende achtergronden, verschillende culturen. Ik bekeek mijn aantekeningen en het viel me op dat er maar twee door een onbekende waren vermoord. Het grootste gevaar werd voor deze vrouwen gevormd door hun echtgenoot of minnaar, iemand met wie ze intiem waren, iemand die ze vertrouwden. Voor zover ik kon zien waren de meesten in hun eigen huis omgebracht.

Ik keek om me heen door de woonkamer en besefte met een rilling dat wat ik als mijn toevluchtsoord had beschouwd juist de plek was waar ik op mijn kwetsbaarst was. We zijn allemaal veiliger bij vreemden, realiseerde ik me, die geven niet genoeg om ons om ons te willen vermoorden.

Maar nog steeds was ik niet geslaagd in mijn zoektocht. Ik had geen moord gevonden die me aan Poppy's tekening deed denken. Deze tragische vrouwen waren gestoken, gewurgd, doodgeslagen of in een brandend gebouw opgesloten. Maar geen van hen was ergens van afgeduwd. Geen van hen was gevallen.

Gevallen: niet elke moord werd als moord aangemerkt. Als iemand van een hoog gebouw werd geduwd, kon dat ook op een ongeluk of zelfmoord lijken. Ik zocht op zelfmoorden VK en zag al snel dat het daarmee veel moeilijker werd. Het Verenigd Koninkrijk was een land met weinig moorden maar veel zelfmoorden. Op een website van de overheid was te lezen dat er het afgelopen jaar zesenhalfduizend zelfmoorden waren geregistreerd. Daarvan was bijna driekwart man, maar er bleven nog steeds tegen de tweeduizend mogelijke zaken om door te ploegen.

Ik las verder en besefte dat de weinige moorden snel en met veel publiciteit onderzocht werden, maar dat dat bij zelfmoorden anders lag. Die werden geschaard onder de massa's sterfgevallen die overal en altijd plaatsvonden. Ze kregen weinig publieke aandacht, tenzij ze spectaculair waren, werden niet door de politie maar door de onderzoeksrechter onderzocht en dat kon maanden tot jaren in beslag nemen.

Tenzij ze spectaculair waren. Ik las een verhaal over de verschillende aanleidingen voor zelfmoord in het VK. Een paar keer diep ademhalen was niet genoeg. Ik zette een kop koffie, liep naar buiten en ging in mijn tuintje staan, in de zon, tot ik weer verder kon.

Ik ging weer achter mijn laptop zitten. De gebruikelijke methodes waarmee mensen zichzelf van het leven beroofden waren saai en vonden thuis plaats. Een val uit een hoog raam zou nog weleens de krant kunnen halen. Ik zocht op 'doden door val VK' en las een hele reeks verhalen over kleine kinderen en ramen met kapotte grendels, defecte bouwsteigers, losgeschoten touwen van bergbeklimmers, stuk voor stuk hartverscheurende drama's, maar allemaal niet relevant. Ik bracht het terug naar 'doden door val Londen' maar nog steeds stond er niets tussen waar ik voor mijn gevoel wat aan had.

Ik klapte mijn laptop dicht en bleef een paar minuten zitten nadenken. Ik had mijn pen nog vast maar er was niets om op te schrijven. Ik tekende kleine vierkantjes waar ik driehoekjes aan vastmaakte die ik kriskras inkleurde. Goed, waar was ik? Ik was er nu bijna zeker van dat er in en rond Londen in de eerste vier, vijf maanden van dit jaar geen vrouw was omgekomen door een val of opzettelijke duw van een hoog gebouw. Ik tikte met mijn pen op het papier. Zag ik iets over het hoofd?

Ik pakte mijn telefoon en belde Laurie, die duidelijk verrast klonk van me te horen.

'Gaat alles goed?'

'Ja hoor. Ik bel over iets wat misschien een beetje gek klinkt, maar jij hebt Poppy de laatste tijd veel gezien en ik vroeg me af of je haar en Jake weleens voorleest.'

'Voorleest? Ja, natuurlijk.' Hij klonk beledigd, alsof ik kritiek had op zijn manier van opvoeden. 'Ik probeer ze elke dag voor te lezen, als Nellie niet een van haar schreeuwaanvallen krijgt.'

'Weet ik, weet ik, je doet het geweldig. Ik vraag het alleen omdat Poppy een paar rare tekeningen heeft gemaakt en ik me afvroeg waar die vandaan komen. Heb je bijvoorbeeld verhaaltjes over een toverfee met ze gelezen?'

'Weet ik veel. Ik lees gewoon de boekjes die we hier thuis hebben liggen. Ik kan ze je wel laten zien als je wilt. Er zit volgens mij niks tussen wat niet geschikt zou zijn.'

'Zo bedoel ik het ook niet. Heb je bijvoorbeeld weleens het verhaal van Rapunzel verteld?'

'Rapunzel?'

'Dat verhaal van dat meisje in die toren, met die lange haren en...'

'Ja, ik weet wie Rapunzel is.' Hij was absoluut beledigd, dacht ik.

'Heb je ze dat ooit voorgelezen?'

'Ik heb Poppy nooit het verhaal van Rapunzel voorgelezen. Jake ook niet, trouwens. Ook geen ander verhaaltje over prinsessen met lange haren.'

'Het ging me meer om de toren uit het verhaal. Of iemand die uit een toren valt. Of springt.'

'Ik heb geen verhaaltjes voorgelezen over prinsessen in torens. Of over torens in het algemeen.'

'Is daar geen Disney-film van?'

Ik hoorde Laurie lachen aan de andere kant van de lijn. 'Je laat het niet los, hè?'

'Ik probeer er alleen maar achter te komen waar Poppy zo van in de war is geraakt.'

'Niet door verhalen over toverfeetjes, lijkt me.' Hij klonk ongeduldig. 'Er bestaat volgens mij inderdaad een Disney-film van, maar die heb ik niet en ik heb hem ook niet aan Jake en Poppy laten zien. Ik weet dat ik Jake zou moeten overhalen om een film over prinsessen te kijken. Hij is meer van het avontuur en vechten en daarmee ben ik waarschijnlijk een slechte vader, maar...'

'Natuurlijk ben je dan geen slechte vader.' Ik zweeg en hij wachtte. 'Je bent een supervader,' zei ik. 'Echt fantastisch. Hoe dan ook, dat was alles wat ik even wilde weten. Dank je wel. Poppy heeft het idee misschien ergens vandaan, maar niet van jou en waarschijnlijk doet het er ook helemaal niet toe.' Ik hing op en hoopte maar dat ik niet al te verward had geklonken.

Poppy had het idee dus niet van een verhaaltje of film bij Gina en Laurie. Ik kon het ook nog aan Lotty vragen. Hadden ze misschien een project gedaan over Rapunzel of iets wat op Rapunzel leek? Of Jason misschien? Jason las Poppy voor, en Emily ook. Daar dacht ik even over na. Zou Poppy's toenemende angst door een simpel verhaaltje zijn veroorzaakt?

Er was natuurlijk ook nog een andere mogelijkheid. Ik was niets aan de weet gekomen over de achterliggende betekenis van Poppy's tekening, en of die er überhaupt was. Maar ik wist nu wel meer over mijn eigen relatie met Jason. Misschien had Poppy onbewust alle wrijving en leugens tijdens de scheiding van haar ouders aangevoeld en was dat waar haar tekening over ging.

Misschien was de figuur op de tekening eigenlijk Poppy zelf, in vrije val.

# 16

Het was nog maar net middag. Ik deed de koelkast open om te zien wat erin lag. Een pak melk, boter, vier eieren, een half potje groene pesto, een stuk Parmezaanse kaas, een zak sla en een kommetje aardappelpuree – nog over van het eten dat Aidan weken geleden had gemaakt. Dat was vast niet meer goed nu. Ik trok het folie eraf en stak een vinger in de puree. Overduidelijk niet meer goed. Ik gooide hem in de vuilnisbak en keek toen om me heen. Ik had zin om de keuken een grote poetsbeurt te geven, maar alles was al schoon en stond op zijn plek. Ik kon dan misschien niet fantastisch koken, maar wel goed opruimen en schoonmaken. Net als mijn moeder, net als mijn oma. Generaties vrouwen die wasten, sorteerden, opvouwden, opborgen, orde aanbrachten in de rommel en chaos.

Ik keek om me heen in deze grote ruimte op de begane grond. Er zat een groeiende vochtige plek boven de plint, waarnaar gekeken moest worden. De koelkast was oud – tweedehands gekocht en hij haperde nu al – en de verwarming had de hele winter gesputterd. Ik was bang dat het geld dat ik nog overhad van het huis in Brixton op deze manier zou verdampen. Ik was bang dat het hier niet als een warm nest voor Poppy zou voelen, dat ze liever bij haar vader was, in een huis met veel kamers en een grotere tuin, die vol stond met de geruststellende rommel die zich daar door de jaren heen verzameld had.

Ik ging Poppy's kamer binnen, trok onnodig haar dekbed recht, deed haar lades open en bekeek de felgekleurde T-shirts en sokkenbolletjes. Ik dacht aan Poppy op school. Ze zou nu wel lunchpauze hebben, en in gedachten zag ik haar met haar wapperende rode haar, haar bleke gezichtje en stralende ogen, met die blik van woeste blijdschap, over de speelplaats rennen.

Ik zag voor me hoe ze haar juf uitschold, haar vriendinnetje beet, Jake aan het huilen maakte, en kreeg de neiging om naar school te rennen en haar op te tillen en mee naar huis te nemen, waar ze veilig was. Maar vandaag ging Poppy weer naar Jason: in de krokusvakantie zou hij haar maar een paar dagen hebben, daarom hadden we al een tijd geleden afgesproken dat ze dit weekend van vrijdag tot zaterdagmiddag bij hem zou zijn.

De gedachte dat ik haar pas morgen weer zou zien was onverdraaglijk. De gedachte dat ze bij Jason was, in dat huis vol nieuwe mensen en oude herinneringen, verschrikkelijk. Er kon van alles gebeuren: misschien kwam ze wel met een kersvers trauma terug.

Omdat ik niet stil kon blijven zitten ijsbeerde ik door mijn huis. In een opwelling pakte ik mijn telefoon van de keukentafel en typte een berichtje aan Jason, waarna ik op 'verzenden' drukte voordat ik de kans had gekregen het te herlezen of van gedachten te veranderen:

*Heel erg sorry voor late bericht, maar mama heeft vanavond een soort verrassing voor Poppy geregeld – hoor het net pas van haar! Hoop dat het oké is.*

Peinzend bekeek ik het verstuurde bericht, en voegde er

toen aan toe: *Je begrijpt het vast wel.*

Ik had er meteen spijt van toen ik het had verstuurd omdat het na onze laatste ontmoeting zo evident nep was. Ik verzond nog een berichtje.

*Dan haal ik Poppy op van school.*

Ineens bedacht ik dat Jason de volgende keer dat hij Poppy zag misschien wel zou vragen naar de verrassing. Ik zocht het nummer van mijn moeder in mijn telefoon en belde haar, maar ze was in gesprek. Ik vloekte en ging het internet op om te zoeken naar kinderactiviteiten in Abingdon dit weekend – per slot van rekening waren Poppy en ik al weken niet bij mijn moeder geweest, dus dit was een uitgelezen kans om de leugen in de waarheid om te zetten. Op zaterdagochtend was er een poppenkast. Ik opende de link en probeerde intussen het nummer opnieuw.

Terwijl ik dat deed ging tot mijn schrik mijn telefoon over. Jason.

'Hé,' zei ik opgewekt. 'Sorry voor de verwarring.'

'Jouw moeder gaat vanavond dus met Poppy op stap?'

'Ja.' Er viel een stilte, die ik geheel naar mijn gewoonte opvulde. 'Kennelijk had ze dat al ik weet niet hoelang geleden geregeld, maar ze liet het me net pas weten.' Ik lachte flauwtjes. 'Typisch.'

'O ja?' Er was iets aan zijn toon waarvan ik ineens ongemakkelijk werd.

'Ik heb het je meteen toen ik het hoorde laten weten. Ik weet dat het een beetje irritant is, maar je hebt Poppy een paar dagen geleden nog gezien en volgend weekend kan ze dan ook een dag naar jou. Is dat erg?'

'Dat denk ik wel, ja.'

'O?'

'Ik sprak je moeder net.'

Het zweet brak me uit. 'Waarom heb jij mijn moeder gesproken? Ik bedoel, je spreekt mijn moeder nooit. Je mag haar niet eens.'

Er viel weer een stilte. Ik overwoog mijn telefoon weg te smijten en de vaste lijn eruit te trekken en de gordijnen dicht te doen en me tot een klein, beschroomd bolletje op te rollen.

'Ik heb haar gebeld,' zei Jason toen, 'omdat ik wilde weten of ze Poppy vanavond verwachtte.'

'Dat had je niet moeten doen.' Ik had mijn ogen dichtgedaan, alsof mijn vernedering in het donker makkelijker te verteren was. 'Daar had je het recht niet toe,' voegde ik er verloren aan toe.

'Ze keek er vreemd van op dat ik belde, en nog vreemder van het feit dat ze vanavond met haar kleindochter op stap ging.'

'Goed, ik heb gelogen.' Ik deed mijn ogen open en haalde diep adem. 'Ik wil Poppy vanavond hebben.'

'Ze komt naar ons. Zoals gepland. Emily haalt haar op van school.'

'Alsjeblieft, Jason. Ik wil haar vanavond gewoon bij me hebben. Ze is zichzelf niet. Dit zal niet vaker gebeuren. Ik had niet mogen liegen. Maar ik wist dat je nee zou zeggen als ik het gewoon zou vragen.'

'Dat klopt. Ik zeg inderdaad nee.'

'Ik maak me zorgen om haar.'

'En ik maak me zorgen om jou.' Hij had hier lol in, dacht ik; hij vond het leuk om mij mezelf in bochten te horen wringen. 'Moet je niet eens met iemand gaan praten?'

Ik kon het wel uitschreeuwen, wilde de telefoon de tuin in slingeren, dat knappe hoofd van hem bekrassen. 'Je hebt het recht niet dat tegen me te zeggen. Niet meer.'

'Ik waak gewoon over mijn dochter. Heel vervelend dat je dit allemaal moet doormaken, Tess, wat het ook mag zijn, maar ik wil niet dat Poppy eronder lijdt.'

Ik ging een stuk rennen, sprintte zo hard als ik kon door de kleine zijstraatjes, London Fields in, en genoot van de pijn in mijn kuiten. Ik nam een lange douche. Ik schreef nog twee rapporten, ging toen achter mijn naaimachine zitten en haalde Poppy's goudkleurige heksenmantel onder de gestaag tikkende naald door. Ik pakte mijn telefoon om Aidan te bellen, omdat ik behoefte had aan een aardige stem, aan iemand die sowieso aan mijn kant stond, en legde hem toen weer weg.

Ik pakte mijn jas en sleutels en sjeesde naar Poppy's school, het stemmetje in mijn hoofd negerend dat zei dat dit geen goed idee was. Ik ging onder de plataan staan en zag Emily aankomen, die er prachtig uitzag in een bloemetjesjurk, met haar donkerblonde haren los om haar gezicht. Ik zag hoe ze Poppy begroette, zich naar haar toe boog; en daar was mijn vrolijke dochtertje in haar gele katoenen rok en met haar rode, wapperende haren, dat op en neer stuiterend met Emily meeliep, zich stevig vasthoudend aan haar hand. Ik kon wel huilen van liefde, van jaloezie.

Waar was ik mee bezig? Waar was ik in hemelsnaam mee bezig?

Jason had tegen me gelogen en was vreemdgegaan – meerdere keren waarschijnlijk. Poppy zat niet lekker in haar vel. En ik gedroeg me als een volslagen idioot.

# 17

Die avond gingen Aidan en ik naar een feestje. Ik trok mijn groene zijden jurk aan en stak mijn haar hoog op. Ik deed lippenstift op waar ik een ongezond bleke kleur van kreeg en spoot parfum achter mijn oren. Toen ik in de spiegel keek leek ik wel een vreemde, wat me zowel een tevreden als een ongemakkelijk gevoel gaf.

Voor het weggaan dronken we een grote gin-tonic en eenmaal aangekomen bij Lex en Corry, vlak bij Victoria Park, vulde ik mijn glas tot aan de rand met rode wijn. Het was een feestje voor een veertigste verjaardag. Het was er afgeladen en de meeste mensen gedroegen zich alsof ze nog steeds jong en kinderloos waren. Ik omhelsde vriendinnen van vroeger en stelde iedereen voor aan Aidan – hij kende nog maar weinig mensen uit mijn kring en ik nog maar weinig uit die van hem. Ik rookte een duizelig makende sigaret in de smalle tuin met Lex en een man die Geoffrey heette en voelde me een beetje misselijk. De maan stond hoog en was botergeel en bijna vol. Het rook er naar rozen. Later op de avond danste ik, mijn lichaam voelde los en vrij. Ik hield mijn gezicht vlak bij dat van mijn oude vriend Simon en vroeg: 'Mocht jij Jason?'

'Jason? Ik mocht hem omdat jij iets met hem had.'

'Maar móćht je hem?'

'Is dat een serieuze vraag?'

'Ja.'

'Ik zou zeggen dat hij een tikje arrogant was. Soms. Niet altijd.'

'Heeft Jason jou ooit proberen te versieren?' vroeg ik mijn vriendin Megan toen we samen, tegen elkaar aan gedrukt, op de trap zaten.

'Je bent dronken,' zei Megan gemoedelijk. 'Net als ik.'

'Maar heeft hij dat ooit gedaan?'

'Nee. Maar het voelde wel altijd alsof hij' – ze wapperde met haar hand – 'beschikbaar was.'

'Beschikbaar,' zei ik haar na. Ik voelde me gevaarlijk, alsof de ik-persoon die ik zorgvuldig in toom had weten te houden nu losraakte en uit elkaar viel. Ik ging op zoek naar Aidan en sloeg mijn armen om hem heen, en hij gaf me een kus op mijn wang.

'Mooie vrouw,' zei hij zachtjes.

'Lieve man,' zei ik.

'Wat ik zei was liever.'

'Niet waar. Dat is het meest sexy wat je kunt zijn. Lieve, lieve man.' Ik kuste hem stevig op de lippen. 'Als je me ooit ontrouw bent, is het uit. Geen tweede kans.'

Om halfvijf 's ochtends werd ik wakker met een droge mond. Aidan lag op zijn rug naast me, kaarsrecht en met zijn handen ineengevouwen op zijn borst, die rustig op en neer ging. Hij zag er jonger uit in zijn slaap, kwetsbaarder.

Stilletjes stond ik op en ik liep naar de woonkamer, die baadde in het maanlicht, ook al brak de dag al bijna aan. Ik zette een kop thee en ging bij de openslaande deuren zitten die uitkeken over de tuin. Kilometers hiervandaan lag Poppy te slapen. Ik zag haar voor me, met haar handjes tegen elkaar onder haar wang alsof ze lag te bidden en haar mond een piepklein beetje open, zonder nog een spoor van de verhitting en onrust van overdag.

Maar was ze veilig? Mijn hart ging tekeer bij die vraag. Ik omklemde mijn kop thee en probeerde aan iets anders te denken. Maar het bange gevoel was terug dat Poppy, ver weg van mij, misschien wel in gevaar was, en ik raakte bevangen door een afschuwelijke angst.

Na een tijdje sloop ik op mijn tenen de slaapkamer weer in en in het schemerlicht trok ik een spijkerbroek, T-shirt en gympen aan. Ik legde een briefje voor Aidan op de keukentafel – *kon niet slapen dus ben even wandelen; zo terug xxxx* – haalde mijn dunne jasje van de haak in de hal, liep naar buiten en liet de voordeur met een zachte klik in het slot vallen.

De gordijnen van het huis in Brixton waren allemaal dicht, maar beneden brandde licht. Om tien over halfacht ging de voordeur open en verscheen Emily in haar badjas. Ze zette een zak vuilnis buiten en ging toen weer naar binnen.

Om tien voor acht gingen de gordijnen open in Poppy's kamer, die uitkeek op straat. Ik bleef geleund tegen een lantaarnpaal aan overkant staan wachten om Poppy zelf te zien, maar ving alleen een vluchtige glimp op van een grotere gestalte die door de kamer liep. Jason? Mijn maag knorde. Ik moest iets eten. Ik had nu ook met een kan koffie thuis kunnen zitten, met Aidan die eieren bakte en het puttertje dat op het voederplankje kwam zitten.

Een halfuur later ging de voordeur opnieuw open en kwam Emily's broer Ben naar buiten, op de voet gevolgd door Roxie.

Ben bewoog zich traag, alsof hij een zwaar gewicht met zich meezeulde, en sleepte met zijn voeten over de grond. Hij had zijn handen diep in zijn zakken en hield zijn hoofd gebogen.

Tien minuten later was hij terug met een stapeltje kranten. Jason haalde altijd graag alle zaterdagkranten.

Er verstreek nog een halfuur en toen ging de deur wijd open en kwamen Jason, Emily en Poppy naar buiten. Ik wist waar ze heen gingen: naar waar Jason, Poppy en ik op zaterdagochtend altijd heen waren gegaan: het cafeetje aan de rand van het park. Jason zou granola met blauwe bessen bestellen en twee koppen koffie, met de melk er los bij. Poppy waarschijnlijk de pannenkoekjes met stroop. Het was dezelfde traditie, maar dan in een andere bezetting.

Ik volgde hen op veilige afstand. Poppy hield Jason en Emily vast. Soms ging ze aan hun armen hangen en ik wist dat ze dan vroeg om omhoog gezwaaid te worden. Twee keer gaven ze zich gewonnen en zag ik Poppy gillend van blijdschap hoog de lucht in gaan.

Nu wilde Poppy niet meer lopen. Ze probeerde op straat te gaan zitten en Jason hield haar aan één arm omhoog zodat ze bungelde als een lappenpop. Hij sleepte haar met zich mee. Ik kreunde hardop. Ik zag ze het café in gaan. Ik bleef een beetje dralen op de stoep en liep toen een beetje dichter naar de ingang.

'Tess? Tess was het, toch?'

Ik draaide me om. Daar stond Ben, met Roxie aan de lijn en een verwarde blik in zijn ogen.

Ik kon niets bedenken om te zeggen.

'Ik dacht dat je Poppy pas later kwam halen.'

'Ik was in de buurt. En ik bedacht dat ik Jason iets was vergeten te geven.'

‘Hij is daar, binnen.’ Ben bewoog met zijn hoofd naar het café.

‘Het is niet belangrijk.’

‘Geef het maar aan mij dan.’ Hij stak zijn grote, zachte hand uit, met de handpalm naar boven. ‘Wat is het eigenlijk?’

‘Toch maar niet.’ Ik deed een stap naar achteren.

‘Geef maar,’ zei hij nog een keer.

‘Laat maar. Ik moet ervandoor.’

‘Jij mag mij niet, hè?’

‘Hoezo? Ik wil je gewoon niet tot last zijn.’

Ik draaide me half om, maar terwijl ik dat deed zwaaide de deur van het café open en daar stond Jason, die mijn kant op kwam.

‘Tess,’ zei hij. Dreigende stem.

‘Ik ging er net vandoor. Kwam hier toevallig langs. Gewoon. Er was iets wat ik wilde... Maar doet er verder niet toe. Poppy kan wel tot vanavond wachten. Het is niet belangrijk. Niks aan de hand.’ Ik stak een hand omhoog als een theatraal afscheid en liep zo hard weg dat ik bijna rende. Ik haalde onregelmatig adem. Waar was het gat om in te verdwijnen? Waar was de grond die openging om me op te slokken?

Jason haalde me met gemak in.

‘Wat is er?’

‘Je bespioneert me.’

‘Niet waar.’

‘Gisteren zei Emily dat ze je bij school had gezien toen ze Poppy kwam halen.’

‘Ik moest de juf spreken.’

‘Schei toch uit.’

‘Ik ga,’ zei ik.

Hij legde een hand op mijn schouder en ik schrok en duwde hem weg.

'Pas op,' zei Jason. 'Straks ziet Poppy nog hoe je doet. Wil je dat soms?'

'Wat heb je te zeggen dan?'

Hij boog zich naar me toe. Stoppels. De geur van koffie in zijn adem. 'Dit...' Hij hield een duim en wijsvinger omhoog, die elkaar bijna raakten, '... is hoelang het nog duurt voor ik er een advocaat bij haal.'

Ik maakte een schamper geluid dat meer weg had van een kreun.

'Ik meen het serieus. Dit is serieus. Je hebt geprobeerd me bij Poppy weg te houden. Je hebt gelogen over een afspraak. Je hebt mijn vrouw bespioneerd.' Bij het horen van die term, 'mijn vrouw', die zo hoogdravend werd uitgesproken, kreeg ik een valse glimlach op mijn gezicht. 'Nu sta je hier, ons gezin te bespioneren. Ons te stalken. Je moet jezelf weer in de hand zien te krijgen, Tess, en snel ook.'

'Ben je klaar?'

'Ik ben klaar.'

'Oké. Dan kun je nu terug naar je vrouw, je gezin.'

'Zal ik zeker doen.'

# 18

'Glaasje wijn?' vroeg Aidan.

Hij stond pizza te maken voor als Poppy er weer zou zijn, met opgerolde mouwen en een streepjesschort om zijn middel. Ik zat aan de keukentafel, bekaf van de emoties, maar vond het fijn hem aan het werk te zien. Het had iets rustgevends. Hij had het deeg al gemaakt en dat stond zacht en sponzig te rijzen in de bak. Nu maakte hij de saus, hakte uien en schoof ze in de pan waarin ze zachtjes begonnen te knetteren, perste knoflook, deed er een blik tomaten bij.

'Nee,' zei ik. 'Of wel eigenlijk, maar ik wacht denk ik even tot Jason Poppy hier heeft afgeleverd.'

Hij wierp me een vluchtige blik toe. 'Gaat het wel?'

'Niet echt.'

'Wil je het erover hebben?'

'Ik neem een kop kruidenthee, denk ik.'

'Dat zal me het zaterdagavondje worden,' zei hij, wel op vriendelijke toon.

Ik moest even in het keukenkastje rommelen voor ik achterin een doosje met nog twee zakjes muntthee vond. Theezetten was normaal en iets normaals was precies wat ik nodig had.

Toen de thee, die onaangenaam naar tandpasta rook, klaar was, ging ik aan de keukentafel zitten, leunde achterover en probeerde mezelf tot bedaren te brengen voordat Jason er was. Als je gestrest bent moet je langzaam ademhalen, om je heen kijken, ieder voorwerp registreren en... wat dan ook alweer? Ik wist het niet meer. Iets met iets bekijken voor wat het is, op zichzelf staand. Zonder oordeel. Zonder er plannen voor te maken. Ik keek naar het tapijt dat behoorlijk versleten was (ik moest het echt een keer vervangen of helemaal weghalen en dan alleen de planken houden, die waarschijnlijk geschuurd en gelakt moesten worden, maar dat soort klusjes vond ik leuk). Ik keek naar de groene vaas op de schoorsteenmantel, vol tulpen die begonnen te hangen en uit te vallen.

Aidan trok een bol mozzarella aan stukken en raspte toen wat Parmezaanse kaas. Hij nam het allemaal uiterst serieus, op het komische af. In de hele keuken hing de geur van tomaten en knoflook.

'Zal ik een muziekje opzetten?' vroeg ik.

'Goed idee.'

Algauw bezong een prachtige, diepe, vrouwelijke rokersstem die aan whisky, seks en liefdesverdriet deed denken, het feit dat ze bijna krankzinnig was. Zelf was ik ook bijna krankzinnig geworden. Ik had me in elk geval als een halvegare gedragen. Jason kwam er zo aan en ik besefte dat ik ervoor moest waken hem niet nog meer munitie te geven. Hij wist de dingen vaak zo te verdraaien dat het leek of hij gelijk had, ook al had hij het mis.

In een van onze therapiesessies had Toni, een vrouw van middelbare leeftijd met een merkwaardige smaak in vesten, ons verteld dat we allebei onze verantwoordelijkheid moesten nemen. Ik kon wel huilen als ik dacht aan hoe ik alles bij

Toni en Jason op tafel had gegooid. Over mijn eigen tekortkomingen, mijn eigen slechte gedachten, over hoe ik door het moederschap veranderd was en misschien onze relatie had verwaarloosd en dat ik begreep hoe moeilijk dat voor Jason moest zijn – en Jason had de hele tijd, de hele fucking tijd, met een verdrietige glimlach zitten knikken, terwijl hij wist dat hij het nog steeds met een ander deed, dat dit allemaal maar een sadistische poppenkast was. Zo kon je iemand volledig onderuithalen. Je kon iemand laten denken dat het diens fout was, diens zwakte, diens onvermogen.

Ik nam nog een slok van de smerige thee. Aidan trok het deeg uit elkaar als een stuk elastiek dat meteen terugsprong als hij zijn greep verslapte. Hij spreidde het uit over de bakplaat, schepte de volle saus erop en strooide de kaas eroverheen. Hij voelde dat ik naar hem keek en kwam naar de tafel. Zijn bril was beslagen, waardoor ik zijn ogen niet kon zien, maar hij zette hem af en bukte zich om me een kus te geven.

'Wat het ook is, het komt goed,' zei hij.

'Echt?'

'Ja.' Hij deed mijn haar achter mijn oren, zette zijn bril weer op en ging weer achter het fornuis staan.

'Aidan?'

'Ja.'

'Dank je wel.'

Er daalde een hernieuwde, fragiele rust over me neer die nog niet weg was toen iets voor zevenen de bel ging en ik opstond om mijn huisdeur open te doen, waar ik Jason en Poppy zag staan. Poppy had haar rugtasje om en haar haar in slordige vlechtjes. Jasons gezicht stond volledig onbewogen, alsof hij naar een vreemde keek.

Ik onderdrukte de neiging om Poppy op te tillen en haar stevig tegen me aan te drukken. 'Heb je het leuk gehad, lieverd?'

Poppy gaapte alleen maar, zo breed dat ik het heldere roze van haar keel kon zien.

'Ze is moe,' zei Jason. 'Ze moet slapen.'

'Wil je even binnenkomen?'

'Ik moet ervandoor.'

'Wat aardig dat je helemaal hierheen gekomen bent,' zei ik beleefd. 'Ik weet dat het een heel eind is. Ik had je ook halverwege kunnen treffen, zoals altijd.'

'Dit leek me beter.' Jasons toon klonk afgemeten, alsof hij me de les las.

Er viel een stilte. Ik wist maar al te goed dat het een stilte was die ik geacht werd op te vullen, waarschijnlijk met een verontschuldiging. Ik moest me fysiek inspannen om dat te laten, de woorden inslikken die zich in mij verdrongen – sorry, sorry, ik bedoelde het niet zo, ik ben een beetje gestrest...

'Is alles goed gegaan?' vroeg ik in plaats daarvan.

'Hoe bedoel je?'

'Gewoon.' Ik gebaarde naar Poppy, die Jasons hand stevig vasthield en geeuwde.

'Misschien is dit niet het moment,' zei hij.

Ik nam Poppy in mijn armen. 'Zeg maar dag tegen papa, liefje.'

Ze drukte alleen haar gezicht in mijn hals.

Jason had nog steeds Poppy's weekendtas vast en ook nog een uitpuilende zwarte vuilniszak. Hij bukte zich om ze binnen, vlak achter mijn deur te zetten.

'Emily had nog wat oude kleren waarvan ze dacht dat die misschien leuk waren voor de verkleedkist bij Poppy op school,' zei hij.

'Leuk.'

'Ik bel je nog wel.' Hij draaide zich om en liep weg, met zijn handen in zijn zakken.

Ik deed de deur dicht en droeg Poppy de keuken in, waar Aidan haar een aai over haar bol gaf en zei dat de pizza zo klaar was. Maar Poppy's gezicht zat nog diep in mijn hals.

Met mijn lippen vormde ik een paar woorden naar Aidan, over dat ze altijd in een rare bui was als ze net terug was van Jason. Ik maakte haar rugtasje los, gooide het naast ons op de grond en droeg haar mee de tuin in om Sunny te gaan zoeken. Ze wilde me nog steeds niet loslaten. Als een bange koala sloeg ze haar armen stevig om mijn nek en haar benen om mijn middel. Haar lichaam voelde zacht en rook een beetje zurig. Haar haar moest nodig worden gewassen maar dat deed ik morgen wel.

We aten buiten, aan het gammele tafeltje dat ik toen we hier net woonden bij de kringloop op de kop had getikt. Poppy wilde per se bij mij op schoot blijven zitten. Ze nam nauwelijks een hap van de pizza waar Aidan zoveel tijd aan had besteed en de aardbeien die hij had gekocht wilde ze ook niet.

'Niet in bad vanavond,' zei ik. 'Naar bed.'

'Verhaaltje,' zei Poppy.

Ik pakte de rugtas en de zak die Aidan bij de deur had gezet en droeg Poppy naar haar kamer. Ik trok haar haar clownspyjama aan en koos de vrolijkste verhaaltjes die ik kon vinden. Ik zag haar ogen langzaam dichtvallen.

'Zal ik het licht uitdoen?'

'Nog een verhaaltje.' Poppy's ogen schoten open en ze keek me aan. 'En dan nog een en nog een.'

'Weet je wat? Ik pak je spulletjes even uit en berg ze op en dan zoek ik Teddy en als ik dat allemaal heb gedaan, dan vertel ik nog een verhaaltje.'

Ik ritste de tas open. Bij het zien van de katoenen hemdjes, de T-shirts, de minionderbroekjes en sokjes kreeg ik een verdrietig gevoel. Ineens zag ik mijn dochter voor me als een zwerver die van de ene plek naar de andere verhuisde, nog te jong om te beseffen wat haar was overkomen. Daar kon ze alleen met gedrag en tekeningen uiting aan geven. Ze had de woorden er nog niet voor.

Ik legde de spullen in verschillende laatjes. Ik vond Teddy en stopte hem in naast Poppy, die inmiddels bijna sliep. In het rugtasje zaten wat spullen die waarschijnlijk voor de verkleedkist op school waren – een paar dikke kettingen, wat armbanden, een ribfluwelen pet, de afdankertjes van Emily. Ik gooide ze in een hoek van de kamer, om later uit te zoeken. De rugtas voelde nu leeg maar voor de zekerheid stak ik mijn hand er nog even in. Die raakte een zacht voorwerp, dat ik eruit haalde, en toen voelde ik een schok die zo heftig was dat ik achteroverviel en op de vloer van de slaapkamer bleef zitten, terwijl ik ongelovig bleef kijken naar het ding dat ik nu voor mijn gezicht hield.

Het was Milly. Milly de pop. Milly de lappenpop die door Poppy in stukken was gescheurd en die ik buiten in de kliko had gegooid omdat ik hem niet in huis wilde hebben.

Ik kon me er nauwelijks toe zetten om beter te kijken. De pop was grof opgelapt met dik zwart garen, duidelijk om te laten zien dat hij aan elkaar was genaaid. Het hoofd zat er achterstevoren op. De arm was er te laag aan gezet, waardoor hij er als een gemuteerd ledemaat bij bungelde. De voet aan het gerepareerde been wees naar buiten. Door de grove, onhandige steken staken stukjes vulling naar buiten, als pluisjes uit een gescheurde luchtkussenenvelop.

Vol afgrijzen bleef ik ernaar kijken. Had ik door alle stress soms last van geheugenverlies? Zou het kunnen dat ik de pop niet echt had weggegooid? Ik probeerde me een scenario voor te stellen waarin ik de pop had hersteld en dat was vergeten. Dat was onmogelijk. Tussen alle donkere puinhopen was er één ding duidelijk. Iemand had de pop uit de kliko gehaald, hem afschuwelijk opgelapt en toen terug aan Poppy gegeven.

Ik zat nog steeds op de grond en schoof nu wat dichter naar het bed. 'Poppy?' vroeg ik.

Maar Poppy sliep al, met haar rechterarm boven haar hoofd.

'Kijk,' zei ik tegen Aidan, die in de schemering in de tuin zat. 'Moet je zien!'

Aidan nam de toegetakelde pop aan. Vol afkeer keek hij ernaar. 'Ik snap het niet,' zei hij. 'Wat is ermee gebeurd?'

Ik realiseerde me hoeveel ik hem niet had verteld. 'Poppy heeft hem kapotgemaakt.'

'Waarom in vredesnaam?'

'Nee. Wacht. Daar gaat het niet om. Ik vond hem een paar dagen geleden op haar kamer, helemaal aan stukken gescheurd, en heb hem toen weggegooid. Buiten in de kliko.' Ik hoorde mijn stem omhooggaan en zweeg even om tot bedaren te komen. 'En nu is hij er weer. Uit het niets. In haar weekendtas. Wat is hier gaande?'

'Wacht even,' zei Aidan traag. Hij hield de pop nog steeds vast. 'Wil je nou zeggen dat iemand hem uit de kliko heeft gehaald, gerepareerd heeft – voor zover je dit repareren kunt noemen – om hem vervolgens aan Poppy terug te geven?'

'Ja. Weet ik veel. Wie doet nou zoiets? Waarom?'

'Wat afschuwelijk,' zei Aidan.

Een nieuw gevoel van angst bekroop me.

'Weet je het echt heel zeker?'

'Wat zal ik doen?' Ik had het niet per se tegen hem.

'Zat hij in haar weekendtas?'

'Haar rugzak.'

'En je weet zeker dat hij er nog niet in zat toen ze naar Jason ging?'

'Hoe had dat gemoeten? Ik had hem weggegooid.'

'Wanneer was dat?'

'Wanneer? Woensdag? Nee. Donderdag. Donderdagavond. Toen Gina er was.'

'Wie heb je erover verteld?' Hij keek op van de pop. 'Mij niet, in elk geval.'

'Wie? Niemand. Ik wou er niet over nadenken.'

'En Gina dan?'

'Nee. Ik weet zeker van niet. We hadden het over andere dingen,' voegde ik er somber aan toe.

'Ook Jason niet?'

'Nee. Dat had ik waarschijnlijk wel moeten doen, maar ik kan de laatste tijd niet echt iets met hem bespreken.'

'Poppy kan hem niet zelf hebben teruggehaald?'

'Poppy? Nee. Zeker niet. En al had ze dat gedaan, wat dan nog? Ze heeft hem sowieso niet aan elkaar genaaid.'

'En je weet heel zeker dat je hem hebt weggegooid?'

'Ja. Buiten in de kliko.'

'Herinneringen kunnen snel vervormen.'

'Dat hoor ik wel vaker de laatste tijd!' Ik klonk nijdig. 'Sorry. Ik ben van slag. Ik herinner me nog dat ik het deed. Dat weet ik zeker. Ik wou hem niet in huis hebben. Ik werd er helemaal eng van. En moet je hem nu zien! Het voelt alsof ik gek word.'

Aidan knikte. Hij keek naar de lappenpop. 'Wat wil je doen?' vroeg hij na een tijdje.

'Doen? Wat kan ik doen dan?'

'Je kunt naar de politie gaan,' zei hij.

'Wat zou dat opleveren? Wat vraag ik ze te onderzoeken? Dat mijn dochtertje het moeilijk heeft en dat ze haar lievelingspop heeft vernield en dat iemand hem toen weer aan elkaar heeft genaaid?'

'Tja, als je het zo stelt,' zei Aidan.

'Het voelt als een boodschap. Als een waarschuwing of een vloek.'

# 19

Aidan mocht voor één keer blijven slapen, maar toen het bijna licht was porde ik hem wakker.

'Sorry,' zei ik.

Ik voelde een steek terwijl ik keek hoe hij zich aankleedde. Ik had de dag graag met zijn drietjes doorgebracht. Dan hadden we naar het park gekund om de eekhoorntjes te voeren. Maar we leidden ons leven nog steeds los van elkaar. Aidan had een afspraak met zijn collega, Frederick Gordon of Gordon Frederick, dat wist ik niet meer, op een weekendconferentie in Birmingham over bio-energie, en Poppy en ik namen de trein naar mijn moeder in een buitenwijk van Abingdon. Dat bleek een goede zet. Als moeder was ze altijd bang en overbezorgd geweest, maar als oma was ze vooral lief en behulpzaam. Ze had geregeld dat Poppy een ritje op de oude ezel van een buurman mocht maken. 'Sam de esol,' noemde ze hem toen ze met een plechtstatige ernst op haar gezicht op zijn borstelige rug ging zitten.

We lunchten in de tuin, die al even onberispelijk was als haar woonkamer en waar haast geen blaadje op de grond lag, en daarna gingen we naar de speeltuin. Ik keek naar Poppy terwijl ik haar duwde op de schommel, tegenover haar op de wip zat en haar het klimrek op hielp. Ze was nog steeds stil, maar duidelijk minder verhit en aanhankelijk; het was alsof er een storm was gaan liggen.

Toen we terug naar huis liepen en Poppy stuiterend en huppelend voor ons uit liep, zei mijn moeder zachtjes: 'Tess, ik moet je nog vragen, toen Jason laatst belde...'

Ze maakte haar zin niet af. Ik zag dat ze zich opgelaten voelde.

'Bedoel je toen hij vroeg of Poppy en ik een afspraak met jou hadden?'

'Ja. Dat was voor het eerst dat ik ervan hoorde.'

'Dat was gewoon een misverstand,' zei ik luchtig. 'Niks om je druk om te maken.'

'Het klonk niet of hij heel gelukkig met je was.'

Ik keek naar haar bezorgde gezicht dat met de jaren steeds zachter en losser werd, en waarvan de vouwen en rimpels dieper waren dan in mijn herinnering.

'Hij is ook niet heel gelukkig met me, mam, dat klopt, maar dat doet er niet toe. We zijn uit elkaar. Ik hoef me niet meer druk te maken om zijn mening. De enige band die ik nu met hem heb is dat hij Poppy's vader is.'

Poppy, die een paar meter voor ons uit liep, tilde haar voet op en liet hem stevig op een grote slak neerkomen.

'Het gaat wel goed met haar, volgens mij,' zei mijn moeder.

Ik deed mijn mond open om te zeggen dat het helemaal niet zo goed met Poppy ging, dat er iets met haar was. Ik overwoog mijn moeder alles over mijn angsten en vermoedens te vertellen. Ik zag voor me hoe haar schouders zouden gaan hangen en haar mond die hulpeloze, droevige uitdrukking zou aannemen.

'Ja,' zei ik. 'Met Poppy gaat het geweldig.'

'Dan is het goed,' zei mijn moeder kalm.

Maar die avond, toen ik naast Poppy's bed zat, zei ze ineens: 'Stoute meid.'

'Wie is er stout?'

Poppy keek me met grote ogen aan.

'Je bent mijn mooie, lieve meisje,' zei ik. 'Heeft iemand gezegd dat je stout was?'

'Stout,' zei Poppy. 'Hou je in de gaten.'

De volgende dag begon tamelijk rustig. We waren allebei vroeg op. Omdat Poppy dat per se wilde, bekeken we voor het ontbijt de verkleedkleren voor haar school. Een voor een haalde ik ze uit de zak en ik hield ze ter goed- of afkeuring voor haar omhoog: ze had een uitgesproken mening over dit soort dingen.

Enthousiast koos ze twee van Emily's oude bloemetjesjurken, een oude leren tas die je dicht kon klikken, witte handschoenen tot aan de elleboog. De kralenketting en armbanden uit haar rugtas vond ze prachtig. Van Jasons nette regenjas (van mij gekregen toen we elkaar net kenden) was ze minder gecharmeerd en ze twijfelde even over de pet, ribfluweel met een kastanjekleurige klep, waarna ze hem voor de spiegel opzette, giechelde om hoe hij over haar ogen viel en nam hem uiteindelijk toch. Het mooist vond ze een grote sjaal met een groen-roze zigzagmotief.

Daarna aten we warme broodjes met boter voor ontbijt en liepen we hand in hand naar Gina's huis. Poppy sprong over de stoeptegels en telde hoeveel honden we tegenkwamen. Ik zette haar daar af en nam de bus naar mijn school. Na de les had ik een afspraak met een ouder, maar het lukte me om Poppy om vijf uur af te halen.

Gina deed open.

'Hé, ik had Laurie verwacht,' zei ik.

'Die is bij zijn moeder. Ik heb een dag vrij genomen. Daar had ik ineens enorm veel behoefte aan. Echt waar, Tess, later kijk ik terug op deze tijd en besef ik dat ik mijn kinderen niet heb zien opgroeien. Maar ik ben kapot. Hoe doet Laurie dit dag in, dag uit? Kom binnen, let niet op de troep. We hebben cupcakes gemaakt. Nellie sliep eindelijk eens een keer, zodat ik er tijd voor had. Ze zitten ze nog te versieren.'

'Wat leuk.' Ik keek om me heen naar de chaos in de keuken. Jake zat onder de bloem en Poppy had gele en groene vegen om haar mond en in haar haar, en plakkerige vingers. Ze keek nauwelijks op van haar misvormde, met een dikke laag suikerglazuur besmeurde cakejes.

'Het was heel gezellig,' zei Gina.

'Mooi.'

Gina draaide zich om en zei zachtjes: 'Is het weer goed tussen ons?'

'Ja. Natuurlijk. Jij kon er niks aan doen, dat weet ik ook wel. Je was alleen de boodschapper en ik begrijp heus wel dat je in een onmogelijke positie zat. Het overviel me gewoon. En ik maak me zorgen om Poppy.'

'Vandaag was ze heel gezellig.'

'Fijn. Heeft Lotty nog iets gezegd?'

'Nee.' Gina pakte mijn hand. 'Wat is er?'

'Er spelen wat dingen... lang verhaal. Niet voor nu.'

'We moeten maar snel weer aan de negroni.'

'Nou en of.'

'God, wat ben ik opgelucht dat het weer goed is. Ik heb er zo over in gezeten. Het spijt me echt, Tess.'

'Nee, het spijt mij.'

Allebei onderdrukten we een lachje en ik omhelsde Gina, die hoorbaar snoof en een kus op mijn wang gaf.

'We moeten een beetje voor elkaar zorgen,' zei ze.

'Ja.'

Ze keek me geconcentreerd aan. 'Nee echt, bedoel ik. Ik ken dat, dat je al een angstig gevoel hebt en dat je dan getriggerd wordt door iets willekeurigs dat rechtstreeks aansluit op die angst.'

Ik knikte zonder nadenken en realiseerde me toen dat ik geen idee had waar ze het over had.

'Hoe bedoel je, "getriggerd"?'

'Met Jake was ik precies zo. Dat je je door iets afschuwelijks dat verder niks met jou te maken heeft druk gaat maken om je kind. Laurie heeft het me verteld.'

Ik was helemaal in de war. Was ik nou gek? 'Sorry, Gina. Maar ik heb geen idee waar je het over hebt.'

'Je ziet een verhaal over een vrouw die van een torenflat is gevallen en dan ben je bang dat Laurie dat met de kinderen bespreekt. Dat zou hij nooit doen.'

Nu was ik echt helemaal de kluts kwijt. 'Je hebt het verkeerd begrepen,' zei ik.

'O ja? Ik weet dat mijn gedachten vaak afdwalen als Laurie aan het woord is, maar ik weet zeker dat hij iets zei over een vrouw die van een flatgebouw was gevallen.'

'Ik heb hem alleen naar sprookjes gevraagd.'

'Ah, oké. Sorry. Mijn fout.'

'Wacht eens even.' Ik gebaarde dat Gina uit de keuken naar de hal moest komen. 'Een vrouw die van een flatgebouw is gevallen? Wat is er gebeurd? Is ze dood?'

Ze haalde haar schouders op. 'Ik heb het net op een of andere regionale nieuwssite gelezen. Ik weet niet meer waar. Een vrouw die onder aan een flatgebouw is gevonden. Ik weet niet of ze nou is gevallen of gesprongen.'

'Was het in Londen? Wanneer is het gebeurd?'

'Ik heb je alles verteld wat ik weet.' Gina keek me bezorgd aan. 'Wat is er? Ik bedoel, het is verschrikkelijk, maar het heeft toch nergens mee te maken, of wel?'

'Nee,' zei ik langzaam. 'Nee, natuurlijk niet. Ik zou niet weten hoe.'

Ik mocht van mezelf pas online toen Poppy echt helemaal sliep, met haar ietwat openstaande mond, haar op- en neergaande borst, haar zorgeloze gezicht.

Ik klapte mijn laptop open en zocht op 'vrouw dood door val van gebouw'. En mijn scherm stroomde vol.

Een jonge vrouw had heel vroeg in de ochtend een dodelijke val gemaakt vanaf de achtste verdieping van haar flatgebouw, vlak bij Elephant and Castle. Er was verder niemand bij betrokken en er was weinig informatie. Geen naam, geen foto's, geen uitleg.

Het was gewoon een doorsnee tragisch verhaal – een jonge vrouw verliest het leven, of berooft zich van het leven, door van een torenflat te vallen.

Een jonge vrouw die van een toren valt.

Ik las het verhaal nog eens. Het was precies waar ik naar op zoek was geweest, waar ik in de moordstatistieken tevergeefs naar had gezocht. Maar er was één probleem. Het was vandaag, maandag, gebeurd. Die vrouw was doodgevallen nadat Poppy haar tekening had gemaakt, niet ervoor.

Het voelde alsof ik iets te pakken had wat vervolgens door mijn vingers glipte.

# 20

Die nacht plaste Poppy weer in bed. Ik droeg haar naar het bad om haar af te spoelen. Ik droogde haar af en trok haar een schone pyjama aan, terwijl ik geruststellende en liefdevolle woordjes tegen haar zei. Ik tilde haar naar de leunstoel bij het raam, haalde haar lakens af en dankte in stilte het plastic zeiltje.

Toen het bed weer was opgemaakt tilde ik Poppy op, maar toen ik haar weer in bed wilde leggen wilde ze me niet loslaten en begon ze wanhopig te huilen. Ze greep me zo stevig vast met haar scherpe vingertjes dat het bijna pijn deed. Om haar los te krijgen zou ik haar vingers een voor een moeten lospeuteren.

'Rustig maar, lieverdje.'

Ik tilde Poppy naar mijn eigen bed, legde haar daar neer en pakte een grote badhanddoek die ik voorzichtig onder haar wurmde. Ik deed het licht uit en ging naast haar liggen. Poppy sliep al maar lag nog steeds te snotteren. Ik kon de trillingen van haar gesnik door het bed heen voelen.

Ik lag voor mijn gevoel urenlang na te denken over onze situatie. Zo ging het niet langer. Ik had hulp nodig, maar wat voor hulp?

Uiteindelijk viel ik in slaap, maar de hele nacht was het alsof ik steeds wakker werd en weer in slaap viel, net zolang tot droom en werkelijkheid in elkaar overliepen.

Toen ik echt wakker werd voelde het alsof ik vanuit een diepe, donkere grot het licht in was gesleept, mijn ogen zaten dicht en mijn hoofd zat vol watten. Poppy klauterde over me heen om op en neer op het bed te springen. Na een paar flinke sprongen verloor ze haar evenwicht en viel ze boven op me. Ik voelde boosheid opkomen maar die ging, toen ik terugdacht aan de afgelopen nacht, over in opluchting. Alles was beter dan de afgelopen nacht.

Ik keek op de klok. Ik was vergeten de wekker te zetten en het was tien over acht. Ik moest opschieten. Ik voelde me plakkerig en uitgeblust. Na een razendsnelle douche zette ik Poppy er ook onder, en ik waste haar van top tot teen terwijl ze zich woedend en schreeuwend van me los probeerde te wurmen.

Ik trok mijn kleren aan en pakte ondergoed en een overgooier voor Poppy. Het ontbijt bestond uit een kop koffie voor mij en een kommetje cornflakes voor Poppy. Poppy's schoolmap en jas zoeken, de zak met verkleedkleren pakken, mijn laptop en sleutelbos niet vergeten en de deur uit komen verliep allemaal zo hectisch dat ik pas toen we Jake hadden opgehaald en al halverwege school waren bedacht dat Poppy zo te zien weer een beetje tot zichzelf was gekomen. Ze keek om zich heen en voorzag bijna alles wat ze zag van commentaar: een vrouw op een fiets, een andere vrouw met een heel kleine en een heel grote hond.

'Dat is de babyhond,' zei ze tegen Jake.

Ik probeerde uit te leggen dat er verschillende soorten honden bestonden en dat de rassen niet allemaal even groot of hetzelfde waren. Poppy bleef om zich heen kijken.

'Ik had een leeuw gezien,' zei ze ineens.

‘Wat? Waar?’

‘Ik had een leeuw gezien en...’ Poppy deed haar best om haar voorhoofd te fronsen. ‘En een papegaai. En een hond. En een...’ Weer viel het stil terwijl ze zocht naar het woord. ‘Een fant.’ Ze zweeg. ‘Een olfant,’ zei ze.

‘Wat een boel dieren.’ Ik was onder de indruk van Poppy’s woordenschat. ‘Waar heb je die allemaal gezien?’

‘Ze wonen in de dierentuin.’

Ik wist niet goed wat daarop te antwoorden. Een dagje dierentuin was iets wat ouders met hun kinderen deden, en ik had nog levendige herinneringen uit mijn eigen jeugd aan de zurige stank van het leeuwenhuis en het gegil van de apen. Ik herinnerde me nog een witte tijger die tijdens voedertijd tegen een boomstam op klom om een groot stuk vlees te pakken. Maar als kind al had ik dieren achter tralies nooit echt leuk gevonden. Daarom was ik nooit met Poppy naar de dierentuin geweest en Jake ook niet, voor zover ik wist. En Laurie vast ook niet, niet zonder het te melden.

‘Ben je met school naar de dierentuin geweest?’ vroeg ik.

‘Ja,’ zei Poppy. ‘Toen ik een leeuw was.’

‘Nietes,’ zei Jake, al even resoluut.

Het leek me sterk dat Poppy gelijk had. Normaal gesproken moest voor zelfs de meest simpele schooluitstapjes een formulier voor ouderlijke toestemming worden ingevuld. Zou het kunnen dat de kinderen buiten mijn medeweten met school naar de dierentuin waren geweest en dat Poppy er nu pas over vertelde? Waarschijnlijk zoog ze het uit haar duim, had ze het uit een boek of zo, maar toen ik Poppy en Jake had afgezet en Jason en Emily’s afdankertjes bij de klassenassistent had afgegeven, ging ik even naar Lotty. Die maakte een wrevelige indruk en kreeg een verontruste blik toen ze mij zag. Ik kende dat gevoel. Als er een ouder langskwam, had dat meestal weinig goeds te betekenen.

'Niks aan de hand, hoor. Ik wou alleen even informeren naar iets wat Poppy vandaag zei op weg naar school. Ze beweerde naar de dierentuin te zijn geweest. Daar hebben wij haar nog nooit mee naartoe genomen. Ik vroeg me af of ze misschien met school is geweest, en dat dat langs me heen is gegaan?'

'Geen zorgen. Je krijgt nog een formulier.'

'Hoe bedoel je? Wat voor formulier?'

'Is pas over een hele tijd. We hebben ze verteld dat we volgend trimester naar de dierentuin gaan. We hebben het gehad over wat dat is en welke dieren je allemaal hebt, ze gaan nog tekeningen maken en daarna gaan we ze in het echt zien. Maar je krijgt nog een brief met alle informatie.'

Nu was ik zo van de wijs dat ik met stomheid geslagen was, maar dat gaf niet, want Lotty was het lokaal door gerend om een klein jongetje te redden dat op een tafel was geklommen. Ik liep de school uit met het gevoel in een dichte mist te zitten.

Ineens bleef ik staan. Er was niets mis met Poppy. En ik wist wat me te doen stond.

# 21

De rechercheur ging tegenover me zitten. Haar blik was een mix van alertheid en geduld.

'Ik heb een drukke dag. Dus vertel maar snel?' Kelly Jordan maakte een gebaar dat ik ter zake moest komen.

'Weet je nog dat ik je de tekening van mijn dochter liet zien? Die van een vrouw die van een toren viel?'

'Ja, dat weet ik nog.' Ze zei het alsof het een licht onplezierige herinnering, hoofdpijn of een verstuikte enkel betrof.

Ik pakte mijn telefoon en keek erop. 'Sorry. Ik ben het kwijt. Geef me één minuutje, ik zoek het even op.' Na iets meer dan één minuutje verwoed klikken en scrollen vond ik het regionale nieuwsbericht en gaf ik de telefoon aan de rechercheur, die het bericht las en me de telefoon teruggaf.

'En, wat vind je ervan?'

'Wat vind *jíj* ervan?'

'Dit is toch relevant? Een vrouw die van een toren valt. Net als op Poppy's tekening.'

Kelly Jordan haalde diep adem. 'Zoals je vast al is opgevallen, is dit gisteren gebeurd. Die vrouw is dus van de torenflat gevallen *nádat* je dochter haar tekening had gemaakt, niet ervoor. Ik begrijp niet echt wat je hiermee wilt.'

'Ja, dat dacht ik ook. Maar die tekening is niet alles. Toen ik Poppy sprak, zei ze dat er een vrouw van de toren wás gevallen. Daardoor dacht ik natuurlijk dat het iets was wat al gebeurd was.'

'Of waarvan ze dacht dat het was gebeurd. Of zich had ingebeeld dat het was gebeurd.'

'Ja, goed, doet er niet toe. Maar vanochtend bracht ik Poppy naar school en toen zei ze dat ze naar de dierentuin was geweest. Dat leek me sterk omdat ze daar bij mijn weten nog nooit geweest is; als Jason haar er mee naartoe had genomen had ik dat wel geweten. Daarom vroeg ik haar juf ernaar en toen bleek dat ze het komende trimester een uitstapje naar de dierentuin gaan maken. In de toekomst.'

Jordan had een glazige uitdrukking op haar gezicht, maar ik zette door.

'Het was als een kijkje in het hoofd van een driejarige. In dat van Poppy is het verschil tussen wat er gebeurd is en wat er nog gaat gebeuren niet helemaal duidelijk. Of in elk geval is ze er met haar taal niet helemaal duidelijk in.'

Nu viel er een lange stilte. Kelly Jordan had haar ogen bijna helemaal dicht, alsof ze in gedachten een ingewikkelde rekensom maakte. Na een tijdje schudde ze haar hoofd.

'Ik snap het niet,' zei ze. 'Welk probleem wordt daarmee opgelost? Wou je soms zeggen dat je dochter een soort helderziende is?'

'Nee, nee, helemaal niet. Ik schrok van Poppy's tekening en het was me duidelijk dat ze ergens bang voor was. En nog steeds is. Maar ik kreeg niet helemaal helder waar het nou precies een tekening van was. Maar nu heb ik er volgens mij wel een idee van. Poppy heeft iemand horen zeggen: ik ga je van het balkon duwen. Toekomende tijd. Poppy maakte die tekening. En toen duwde hij of zij een paar dagen later die vrouw inderdaad van het balkon.'

'Hij of zij?'

'Hij. Zij. Het moet wel een man zijn, toch? Hij dreigde het te zullen doen en deed het vervolgens ook.'

'Dat is wel heel veel informatie om uit een nieuwsberichtje te halen waarin geen derde persoon wordt vermeld. Er staat alleen dat ze aan de voet van het flatgebouw is gevonden. Misschien is ze gevallen. Misschien gesprongen. Haar naam staat er niet eens in.'

'Ik ben hier al eerder langs geweest en toen was er volgens jou geen misdrijf om te onderzoeken. Nu dient dit zich aan. Als er een dode vrouw onderaan een flatgebouw wordt gevonden dan wordt er toch zeker een politieonderzoek ingesteld, of niet?'

Kelly Jordan trommelde lichtjes met haar vingers op het bureau. 'Hoe is het met je dochter?' vroeg ze.

'Niet goed. Ze slaapt slecht. Ze vertoont vreemd gedrag. Ze is baldadig naar haar vriendjes en aanhankelijk naar mij.'

'Ik weet dat het niet aan mij is, Tess, maar misschien kun je je beter bezighouden met je dochter in plaats van op zoek te gaan naar een misdrijf dat niet bestaat.'

'Je hebt gelijk. Het is niet aan jou. Het is aan jou om misdrijven te onderzoeken wanneer iemand als ik er een komt aangeven.'

'Nu moet je uitkijken,' zei Kelly op scherpere toon. 'De meeste van mijn collega's hadden je er de eerste keer al uit gegooid en je vandaag al helemaal niet meer ontvangen. Onthoud dat wanneer je hier binnenstapt om mij te vertellen hoe ik mijn werk moet doen.'

'Sorry,' mompelde ik.

'Zodra ik tijd heb – áls ik tijd heb – pleeg ik een belletje en als het ook maar enigszins zin lijkt te hebben, stuur ik er iemand naartoe. Als er iets is, laat ik het je weten.'

'Ik bel jou wel om te horen wat je te weten bent gekomen.'

'Nee!' Ze keek verschrikt. 'Niet bellen. Ga gewoon naar huis en speel met je dochter.'

Ik slikte een vinnig antwoord in. Ze was per slot van rekening aardig voor me. Ze had naar me geluisterd terwijl een ander zich misschien van me had afgekeerd. Dat was al heel wat.

Toen ik het politiebureau uit liep, kwam er ineens een flard van een gesprek in me boven. Ik ging een café in, waar ik even later met een kop koffie aan een tafeltje bij het raam mijn laptop uit mijn rugtas haalde en openklapte.

*Met Fliss In Lewisham.* Dat had Ben gezegd toen ik hem voor het eerst ontmoette in Brixton. Ik wist dus niet alleen hoe hij heette, maar ook dat hij in Lewisham had gewoond, met ene Fliss. Was dat zijn echtgenote? Jason had gezegd dat zijn huwelijk gestrand was.

Fliss Carey was geen doorsnee naam. Ik typte hem in de zoekbalk. Niets. Ik voegde er 'Lewisham' aan toe. Niets.

Ik nam een slok koffie, typte Carey, Lewisham. En ik vond haar, althans, ik vond iemand die Felicity Carey Connors heette die in Lewisham woonde en cellolerares was. Zou dat haar kunnen zijn? Ik kon me Ben niet echt voorstellen met een cellolerares. Ik klikte op haar foto: ze had een innemend gezicht, een beetje ovaal, met lichtbruin opgestoken haar en een ronde bril.

Er stond een telefoonnummer bij en een e-mailadres. Na enige aarzeling schreef ik haar een bericht:

*Dag, ik zou u graag een keer ontmoeten voor advies. Dit weekend ben ik vrij. Ik hoor graag van u. Alvast bedankt, Tess.*

Vaag genoeg om haar te laten denken dat ik een celloleraar zocht, maar niet gelogen – niet echt.

# 22

Toen ik Poppy van school haalde maakte ze een koortsachtige, opgewonden indruk. Haar wangen waren vlekkerig en haar snerpende stem deed denken aan een drilboor.

'Ik ben Roodkapje,' gilde ze. 'Grote ogen! Grote tanden! Daar kan ik je beter mee opeten!'

'Heeft ze zich een beetje gedragen vandaag?' vroeg ik Lotty.

'Ze was wat hyper. Zoals je kunt zien.' Ze richtte zich tot Poppy. 'We moesten tegen je zeggen dat je stil moest zijn en met je billen op het kleed moest gaan zitten, toch, Poppy?'

Poppy gaf geen antwoord. Ze staarde zo strak voor zich uit dat Lotty en ik haar blik volgden om te zien waar ze naar keek. Maar er was niets te zien. Ik draaide me weer naar Lotty. 'Maar niks zorgwekkends?'

'Een echte driftbui is dit keer uitgebleven,' antwoordde Lotty. 'Kijk. Ik heb een paar polaroids van de klas genomen. Zo was ze vandaag.'

Mijn blik gleed naar beneden. Daar was Poppy op de glijbaan, haar armen omhoog, een woeste glimlach op haar gezicht. Er was een close-upfoto waarop haar ogen half verscholen zaten achter de pet die Jason had gedoneerd en haar mond openstond in een schreeuw. Op een andere stond ze hand in hand met Sadie, het meisje dat ze had gebeten: Poppy keek recht in de lens, maar Sadie keek naar Poppy, haar blik timide – misschien zelfs angstig. Op de laatste, wazige foto stond Poppy ergens naar te wijzen en te schreeuwen.

'Wat leuk.'

'Neem maar mee.'

Eigenlijk wilde ik de foto's niet: Poppy leek verwilderd, alsof ze elk moment hysterisch kon worden. Ze hield Sadies hand vast alsof ze haar had gevangen.

We gingen naar het park, waar ze langzaam kalmeerde. We voerden de eenden en speelden Annemaria Koekoek. 's Avonds aten we samen in de kleine tuin, tussen de zingende vogels. Ik had gegratineerde bloemkool gemaakt en daarna sneed ik een mango in schijven, die Poppy gulzig en verrukt verslond, haar mond vol oranje vegen.

Maar nu voelde ik me leeg, instabiel. Toen ik een flits van mezelf opving in de spiegel vond ik mezelf dunner en ouder lijken, met nieuwe lijntjes rond mijn ogen. Mijn haar was hard toe aan een wasbeurt. Ik nam me voor om uitgebreid in bad te gaan en dan buiten in de schemering te gaan zitten. Eigenlijk was het best fijn dat Aidan er niet was en ik alleen maar aan Poppy en mezelf hoefde te denken.

Toen ik bij Poppy ging kijken en haar opgekruld in bed zag liggen, schoon en vredig, haar lippen zachtjes meebewegend met elke uitademing en haar lange wimpers uitgewaaierd over haar wangen, kon ik wel huilen van geluk.

Ik zette de waterkoker aan en hing een paar van de foto's van school met een magneet op de koelkast, maar die van Poppy en Sadie gooide ik weg. Toen de bel ging vloekte ik zachtjes. Ik liep naar de deur in de verwachting Bernie aan te treffen, met meer zuurdesembrood, maar het bleek iemand anders te zijn.

'Is alles in orde? Heb je iets ontdekt?'

'Mag ik binnenkomen?' Kelly Jordan keek langs me heen de gang in. 'Ik ben onderweg naar huis. Het is een lange dag geweest.'

Ik ging de rechercheur voor naar de woonkamer en controleerde of de restanten van het avondeten waren opgeruimd en al het speelgoed was opgeborgen. Op tafel lag een van Poppy's prentenboeken. De schaduwen in de tuin waren lang. Alles zag er netjes uit, verzorgd.

'Leuk huis,' zei Jordan. Ze ging aan tafel zitten, pakte het boek op en legde het weer neer. 'Is je dochter er ook?'

'Die ligt te slapen. Thee? Koffie? Wijn?'

'Nee, dank je. Ik blijf niet lang.'

'Wat aardig dat je even langskomt. Dus je hebt geen nieuwe informatie? Over die vrouw, bedoel ik.'

'Ik weet hoe ze heet en heb meer informatie omtrent haar dood.'

'En?'

De rechercheur deed haar koffertje open en haalde er een A4'tje uit. Rustig bestudeerde ze het vel papier.

'De vrouw,' zei ze uiteindelijk, 'heette Skye Nolan.'

'Skye Nolan.' Dat zei me niets. 'Ik ken geen Skye. En ook niemand die Nolan heet, geloof ik.'

'Zo'n vermoeden had ik al. Ik heb wat meer details over haar. Ze was zevenentwintig. Single.' Kelly Jordan keek opnieuw naar het papier. 'Ze is zo'n anderhalf jaar geleden naar Londen verhuisd, naar een appartementje net buiten Elephant and Castle.'

'Had ze werk?'

'Niets vasts. Het afgelopen jaar verdiende ze haar meeste

geld zwart als hondenuitlater. Blijkbaar is dat een baan.'

'Dat heb ik weleens gehoord, ja,' zei ik. 'Er zijn een heleboel honden die uitgelaten moeten worden.'

'Het belangrijkste wat je moet weten is dat er geen verdachte omstandigheden zijn die een tweede partij doen vermoeden. De politie meent dat ze zichzelf van het leven heeft beroofd door van haar balkon op de achtste verdieping te springen. Blijkbaar leed ze aan hevige stemmingswisselingen en langdurige depressies.'

'Weten ze dat zeker?'

'Ik geef alleen maar door wat mij is verteld. Dus misschien is het tijd om je zoektocht naar een of ander niet-bestaand mysterie te staken. Ik heb een foto van haar.' Ze stak een hand in haar koffertje en haalde er een plastic mapje uit. 'Hier.'

Ik nam de foto van haar aan. Even keek ik simpelweg nieuwsgierig naar een vrolijk, glimlachend gezicht van iemand die niet wist wat er te gebeuren stond, wat het lot voor haar in petto had, maar toen viel me een vage gedachte in, iets waar ik net niet bij kon, als een geluid dat ik niet kon plaatsen. Waarschijnlijk werd ik verraden door mijn gezichtsuitdrukking, want heel ver weg hoorde ik de stem van Kelly Jordan vragen of ik haar kende.

'Dat durf ik niet te zeggen,' antwoordde ik. 'Ze komt me enigszins...' Maar toen herinnerde ik het me weer, kristalhelder. 'Volgens mij heb ik haar een keer gezien.'

'Hoe bedoel je?'

Ik staarde naar de foto. Een langgerekt driehoekig gezicht. Kort donker haar. Grote donkere ogen. Een soort fee, een elfje, levendig en ondeugend.

'In een restaurant,' zei ik heel langzaam. Opeens herinnerde ik me onze ontmoeting, voelde ik weer hoe vreemd die was geweest. 'Daar zat ik met mijn vriend, aan een tafeltje bij het raam, en zij stond buiten naar me te zwaaien en te gebaren. Ze droeg een gestreepte tuinbroek.'

'Maar je kende haar niet?'

'Nee. Ik had geen flauw idee wie ze was. Daarvoor had ik haar nog nooit gezien, dat weet ik zeker. Maar zij kende mij wel, of dacht dat ze me kende.'

'Of misschien kende ze je vriend? Of iemand anders in het restaurant, aan een andere tafel?'

'Nee, ze keek echt naar mij. En toen kwam ze binnen en begon tegen me te praten.'

'Wat zei ze?'

'Ze zei...' Ik fronste. 'Ze wees naar me en zei: "Jij."'

'Jij? Verder niks?'

'Ik vroeg haar of we elkaar kenden. Want ik kon haar echt niet plaatsen. Ik dacht dat ze misschien een moeder van school was, of een moeder van de school waar ik hiervoor werkte, of een oppas misschien, en dat ik haar was vergeten.'

Kelly Jordan fronste en keek alert, maar niet overtuigd. Ik beet op mijn lip en probeerde de herinnering helder op mijn netvlies te krijgen. 'Ze bleef maar grijnzen, op een heel vreemde manier. Die me totaal niet beviel. Ze zei dat we elkaar kenden, en toen...' Ik viel plotseling stil en sloeg mijn handen voor mijn mond. 'Toen zei ze iets over mijn meisje.'

'Weet je dat zeker?'

'Ja. Ja, dat weet ik heel zeker. Ze wist dat Poppy rood haar had.'

'Ga verder.'

'Ik zei iets, ik weet niet meer precies wat, en ze antwoordde met "verbazingwekkend" of iets dergelijks. Nee. "Niet te geloven", dat zei ze. Ze glimlachte en zei: "Niet te geloven!" en ging weer weg.'

'Dat is alles wat je je kunt herinneren?'

'Ja.'

'Heb je haar daarna nog gezien?'

'Nee. Maar ik begrijp het niet. Wat wilde ze van me? Wat wílde ze van me?'

'Dat weet ik niet.' Jordan zweeg, maar bleef me aankijken. 'Ik weet niet of ze iets van je wilde.'

'Natuurlijk wel. Dat kan toch niet anders?'

'Probeer het eens vanuit mijn standpunt te bekijken. Of nee, vanuit dat van een vreemde. Vanuit dat van een van mijn collega's, bijvoorbeeld. Je wordt in jouw opgewonden staat in een restaurant benaderd door een vrouw die je nog nooit hebt ontmoet, waar je door je zenuwen en je achterdocht van schrikt. En een paar dagen later zie je een foto van een overleden vrouw die een beetje op haar lijkt, die de juiste leeftijd heeft, en maak je jezelf wijs dat zij het is. Maak je jezelf wijs dat al het boosaardige iets te maken heeft met jou en je dochter. Snap je?'

'Nee, dat zie je verkeerd.'

'Misschien wel, maar misschien ook niet. Ik probeer het van alle kanten te bekijken en geef je gewoon een nieuwe invalshoek. Je ziet de wereld als een vijandig oord, Tess. Hebt het gevoel dat alles in hetzelfde lelijke patroon valt. Misschien draait dit helemaal niet om jou en je dochter.'

'Je gelooft me niet,' zei ik zwakjes.

Jordans antwoord klonk iets vriendelijker. 'Dit gaat niet om wat ik wel of niet geloof.'

'Ik heb een vrouw ontmoet die beweerde dat ze me kende. Dat zweer ik.'

Ik stond op en liep door de kamer. Ik bleef staan bij een van de tuindeuren, drukte mijn voorhoofd tegen het koele glas en ging toen terug naar de rechercheur, die een verwarde, ontevreden indruk maakte. 'Eens kijken of ik dit goed begrijp,' zei ze. 'Eerst maakt je dochter een tekening van iemand die ergens vanaf valt en zegt dat iemand dat heeft gedaan. Wat "gedaan" hier dan ook moge betekenen.'

'Ja. Ik bedoel, ze is nog geen vier. Je hebt de tekening gezien. Ze zei: "Hij deed doodmaken", om precies te zijn. "Dood en dood en dood."'

'Ze begint zich angstig te gedragen.'

'Ja.'

'Dus je komt met je zorgen naar mij, maar ik kan niets voor je betekenen.'

Ik knikte.

'Dan hoor je een verhaal over een vrouw die van een balkon op de achtste verdieping is gevallen en vraag je je af of Poppy's tekening daar iets mee te maken heeft.'

'Ja. Dat spreekt voor zich.'

'Dat ben ik niet met je eens. De vrouw is pas een paar dagen na Poppy's tekening doodgegaan, dus die twee zaken lijken niets met elkaar te maken hebben, tot je beseft dat Poppy geregeld de verkeerde werkwoordstijd gebruikt. Misschien had ze het niet over een gebeurtenis in het verleden, maar maakt ze melding van een dreigement dat ze heeft opgevangen: iets wat nog te gebeuren staat.'

'Precies.'

'En nu denk je dat je deze vrouw daadwerkelijk hebt ontmoet.'

'Dat weet ik zeker.'

'Ik zal je mijn preek over de onbetrouwbaarheid van getuigenverklaringen besparen.'

'Er is nog iets.'

'Wat dan?'

'Ik heb laatst ontdekt dat mijn ex Jason vreemdging tijdens onze relatie. Dat wist ik niet. Alles was anders dan ik dacht. Niets bleek te kloppen en dat is me nooit opgevallen. Hoe kon ik zo blind zijn?'

'Luister, dat is natuurlijk ontzettend vervelend en...'

'En toen scheurde Poppy Milly aan stukken.'

'Sorry?'

'Haar lappenpop Milly. Zonder die pop kon ze niet slapen. Poppy heeft haar aan stukken gescheurd.'

Jordan wilde iets zeggen, maar ik stak mijn hand op om haar tegen te houden en ging verder. 'Wacht even. Ik heb de pop buiten in de kliko gegooid. Ik wilde dat ding niet meer in huis hebben. Maar twee dagen later, toen Poppy terugkwam van haar vader, zat hij opeens in haar rugzakje. Iemand had haar weer aan elkaar genaaid. Maar heel lomp en naar, met het hoofd achterstevoren en een arm te laag aan het lijf.'

Kelly Jordan keek me uitdrukkingsloos aan. 'Mag ik die pop eens zien?'

'Momentje.'

Ik rende naar boven, sloop Poppy's kamer in en haalde Milly van de hoge plank boven haar kledingkast. Die nacht had ik de pop instinctief willen weggooien, maar uiteindelijk had ik hem verstopt waar ze niet bij kon. Ik gaf hem aan Jordan. Ze keek er even naar en legde hem toen weg.

'Het voelde als een dreigement. Als iets kwaadaardigs.' Ik hoorde mijn stem half breken en zweeg even om mezelf weer onder controle te krijgen. 'Je gelooft me, toch? Je moet me geloven. Iemand moet me geloven. Ik weet niet wat ik moet doen. Wat moet ik doen?'

Kelly Jordan schudde langzaam haar hoofd. 'Ik weet niet wat ik hiervan moet denken: kindertekeningen, poppen. Ik vraag me af of dit een zaak voor de politie is. Ik vraag me af of deze zaken überhaupt iets met elkaar te maken hebben. Luister, je bent gespannen en door die spanning zie je misschien verbanden tussen zaken die volkomen los van elkaar staan.'

Toen ik haar gezicht op slot zag gaan, voelde ik een wanhopige woede opborrelen.

'Maar alles heeft met elkaar te maken, snap dat dan: Poppy's tekening, haar uitspraken, haar vreemde gedrag, de dood van die arme jonge vrouw, Milly. Alles. Ik wist dat er iets aan de hand was. Ik wist het. Ik werd niet gek. Maar dit draait om Poppy. Ik bedoel, Poppy... zij moet veilig zijn. Omwille van haar moet ik ervoor zorgen dat alles veilig is. Snap je?'

'Tess.' Jordan stak een hand op. 'Luister naar me.'

'Help me,' zei ik. Ik greep de rechercheur bij haar arm. 'Alsjeblieft. Help me hier een eind aan te maken.'

# 23

Ze kwamen de volgende ochtend om tien uur. Kelly Jordan en een medewerker van de kinderbescherming, Madeleine Finch, een lange, hoekige vrouw met warrig donker haar en een ferme handdruk.

'Hoe gaat dit in z'n werk?' vroeg ik. 'Ik bedoel, mag ik erbij blijven? Ik wil niet dat ze bang wordt.'

Al maakte Poppy eerlijk gezegd bepaald geen bange indruk. Ze zat op haar hurken in de tuin en sprak op ernstige toon tegen Sunny, bewoog belerend met haar vinger en porde af en toe in de kat, wiens lange staart onheilspellend trilde. Ik had haar verteld dat we de eerste helft van de dag samen zouden zijn en dat er misschien wat vrienden zouden langskomen om met haar te praten, waarop ze had geknikt en luchtig had geantwoord: 'Over de dierentuin.'

'Ja, hoor,' zei Madeleine Finch. 'Zolang u maar niets zegt. Dit gesprek is bedoeld om zo snel mogelijk essentiële informatie te verzamelen. Ik ga haar open vragen stellen. Zoals u weet zijn kinderen erg gevoelig voor suggesties, dus open vragen zijn cruciaal om beïnvloeding te voorkomen.'

Ik had het ongemakkelijke gevoel dat ik alles wat Poppy

zou zeggen al ernstig had beïnvloed.

Ik tekende het toestemmingsformulier dat Madeleine Finch me gaf en deed de tuindeur open.

Poppy kwam gehoorzaam naar ons toe, maar toen ze haar vuist opende bleken daar de glinsterende resten van een slak in te zitten. Ik waste haar vieze handen en zette haar toen met haar sap aan tafel. Madeleine Finch en Kelly Jordan namen tegenover haar plaats en Poppy keek hen vriendelijk aan.

'Ik had een leeuw gezien,' zei ze. 'Ik had een fant gezien.'

Ik opende mijn mond om uit te leggen dat ze olifant bedoelde, maar deed hem weer dicht.

'Wat leuk.' Madeleine Finch' zacht kirrende toon irriteerde me. Poppy pakte een koekje van het bord dat ik had neergezet en propte het in haar mond. 'Dus, Poppy. Je hebt een tekening gemaakt.' Ze hield een kopie omhoog van de beangstigende tekening, bestaand uit dikke strepen zwart waskrijt: het driehoekige figuurtje dat met zijn hoofd naar beneden op een soort toren of vuurtoren stond.

Poppy keek ongeïnteresseerd naar de tekening. Haar wangen stonden bol.

'Kun je me vertellen waar deze tekening over gaat?'

Poppy maakte een onbestemd geluidje. Beide vrouwen wachtten.

'Ik deed een leeuw tekenen,' zei ze uiteindelijk.

'Maar deze tekening.' Madeleine Finch drukte een vinger op het papier. 'Wat is hierop te zien?'

'Dierentuin?'

'Wat is dit?' Wijzend naar de driehoek.

'Leeuw?' Poppy wachtte. 'Fant?' voegde ze behulpzaam toe.

Kelly Jordan haalde de foto uit het doorzichtige mapje en gaf hem aan de andere vrouw.

'Oké, Poppy,' zei Madeleine Finch. 'Ik ga je een foto laten zien.'

De foto werd over tafel geschoven.

'Wie is dit?'

Poppy tilde haar glas op en dronk luidruchtig van haar sap. Ze stopte een tweede koekje in haar mond. Sloeg met haar benen tegen haar stoel.

'Ik wil Sunny,' zei ze. De kruimels vlogen in het rond. 'Ik wil Teddy. Ik wil Milly.'

'Wie is deze mevrouw, Poppy?'

Poppy liet zich van haar stoel glijden.

'Ken je haar?'

'Ken haar.' Het was niet duidelijk of dat een bevestiging, een herhaling of een vraag was.

'Weet je hoe ze heet?'

'Milly. Dat had ik gedaan.'

Over het gezicht van Madeleine Finch flitste een lichte frons.

'Is Milly je pop?' vroeg Kelly Jordan.

Dat is geen open vraag, dacht ik. Ik zag Poppy langzaam haar kookpunt bereiken.

'Nee.' Heel hard. 'Nee nee nee.'

'Poppy. Als je naar deze foto kijkt, wat...'

'Ik wil Sunny. Ik wil mijn groene beker. Ik wil Teddy. Ik wil Milly. Ik wil Gruffalo. Ik wil Kleine Beer. Ik wil baby uil. Ik wil cornflakes.' Ze brulde het ondertussen uit. 'Ik wil dát.'

Madeleine Finch keek naar Kelly Jordan. 'En hier steek jij je nek voor uit? Je weet dat jouw handtekening hieronder komt, toch?'

Kelly Jordan knikte. Ze keek niet erg vrolijk.

Ik stond op en liep om de tafel heen. Ik ging op mijn hurken naast Poppy zitten.

'Rustig maar.'

'Mama?'

'Ik ben hier.'

'Ik was stout.'

'Nee hoor, lieverd.'

'Deed Milly doodgaan?'

'Nee. Milly is een pop. Milly leeft niet, dus ze kan ook niet doodgaan.'

'Deed jij doodgaan?'

'Ik ben hier.'

'Maar deed jij doodgaan?'

Ik keek naar de twee rechercheurs.

'Volgens mij hebben wij hier gedaan wat we kunnen,' zei Finch.

Bij de deur hield ik Kelly Jordan tegen.

'Wat bedoelde ze met je nek uitsteken?'

'Maak je daar maar niet druk over.'

'Maar ik wil het graag weten.'

Ze slaakte een korte zucht. 'Het zal knap lastig worden om de tijd en middelen te verantwoorden die ik aan jouw angsten heb besteed.'

'Krijg je hier problemen mee?'

'Misschien krijg ik een berisping. En ik moet een heleboel formulieren invullen, wat eigenlijk erger is.'

'Dus waarom?'

'Waarom ik dit doe, bedoel je?'

'Is dat omdat je me gelooft?'

'Ik weet het niet, Tess. Misschien omdat ik zelf ook moeder ben.'

'Dank je wel,' zei ik zachtjes.

# 24

'We blijven niet.'

Aidan stond voor de voordeur, met een roze pioenroos in een grote terracotta pot. Achter hem stond een stevige man met grijs haar, die eenzelfde plant droeg.

'Wat is dit?'

'Deze heb ik van een klant gekregen, maar aangezien ik geen tuin heb dacht ik aan jou.'

'Weet je het zeker?'

'Natuurlijk.'

'Je had me moeten laten weten dat je kwam,' zei ik. Ik glimlachte, maar dat meende ik. Ik hield niet van verrassingen. 'Stel je voor dat ik niet thuis was geweest.'

'Dan hadden we ze voor de deur laten staan. Maar mogen we nu we er toch zijn binnenkomen voordat we ze laten vallen?'

Aidan stelde zijn collega voor, Fred Gordon, die een hijgende groet uitbracht. Zijn gezicht was rood en droop van het zweet.

Ik zette een stap naar achteren en precies op het moment dat de mannen met de planten het halletje in stommelden kwam Bernie naar beneden. Terwijl we met zijn vieren in de kleine ruimte gepropt stonden, prutste ik de deur van mijn appartement open.

'Hier, geef die maar aan mij,' zei Bernie tegen Fred. 'Je ziet eruit alsof je elk moment een hartaanval kunt krijgen.'

'Waar is Pops?' vroeg Bernie terwijl ze met de planten naar de serre liepen.

Ik wees naar de hoek van de tuin, waar Jake en Poppy op hun hurken zaten. 'Die twee zijn wormen aan het zoeken,' zei ik. 'Dat is hun nieuwste obsessie. Er staat een kan vlierbloesemlimonade in de koelkast. Wil je een glas?'

'Ja, lekker.'

Bernie was gaan zitten en maakte de indruk nooit meer weg te willen. Fred stond bij de glazen deur en haalde een zakdoekje over zijn voorhoofd.

Aidan pakte glazen, trok de koelkast open en schonk voor iedereen een glas vlierbloesemlimonade in, ook voor Bernie. 'Proost,' zei hij. Hij hief zijn glas naar me en legde zijn hand op mijn onderrug.

Bernie wandelde intussen met zijn drankje door de kamer en bestudeerde mijn foto's en boeken.

'Hoe was het congres?' vroeg ik Aidan.

Hij raakte mijn hand aan en antwoordde zo zachtjes dat alleen ik hem kon verstaan. 'Ik heb je gemist.'

'Blijf je eten?'

'Dat gaat niet. We hebben een werkbijeenkomst.'

Opnieuw ging de deurbel.

'Ik doe wel open,' zei Aidan en hij verdween voordat ik hem kon tegenhouden.

'Dat jochie ziet er niet echt vrolijk uit,' zei Bernie.

Ik keek naar de tuin. Jake lag in foetushouding op de grond met zijn handen voor zijn gezicht terwijl Poppy een handvol modder tussen zijn vingers door probeerde te duwen. Ik rukte de deur open. 'Poppy! Hou daarmee op!'

Ik trok Poppy van Jake af, die onmiddellijk begon te huilen.

'Toen ik klein was at ik wormen,' zei Bernie lachend achter me.

Poppy keek hem aan en Jake stopte halverwege een snik met huilen.

'Mmm, jammie,' zei Bernie en hij wreef over zijn buik. Jake giechelde.

'Wat is hier aan de hand?'

Laurie en Jason waren de tuin in gekomen. Aidan stond achter hen een maakte een nerveuze indruk. Hij stak zijn handpalmen naar me omhoog ten teken van verontschuldiging en hulpeloosheid. Hij kende Laurie vaag, maar ik besefte dat dit zijn eerste ontmoeting met Jason was.

Jason hield zijn hoofd heel lichtjes schuin en glimlachte flauwtjes terwijl hij Aidan uitgebreid bestudeerde, en ik voelde een steek door mijn hart gaan toen ik zag hoe klein Aidan leek nu hij naast Jason stond; zijn haar werd al dunner en zijn bril stond een beetje scheef. Laurie keek echter naar zijn zoon, wiens gezicht onder de moddervegen zat. Hij had Nellie in een canvas draagzak op zijn rug gegespt en haar ronde gezichtje tuurde beschuldigend over zijn schouder.

'Wat is er met Jake gebeurd?' vroeg Laurie. 'Jake, is alles in orde?'

'Ik ben Aidan.' Aidan stak een hand uit naar Jason, die hem krachtig schudde. Hun handdruk leek wel een soort krachtmeting. Aidans mond was een dunne streep en Jasons ogen lachten niet mee. Het was bijna grappig. Bijna.

Laurie tilde Jake overeind. Aidan en Jason lieten hun arm weer zakken. Toen kneep Poppy haar ogen stijf dicht en deed ze haar mond zo ver open dat hij haar hele gezicht leek over te nemen, en ze begon te brullen. 'Kingkuthoer,' riep ze. 'Kingkuthoer kingkuthoer kingkuthoer.'

'Volgens mij is er iemand moe,' zei Bernie.

'Poppy, zo is het wel weer genoeg.' Jason gebruikte zijn schooldirecteurenstem en probeerde haar op te tillen, maar Poppy begon te kronkelen en schopte hem hard tegen zijn schenen.

'Mama,' zei ze en ze sloeg haar armen om mijn benen en drukte haar gezicht ertegenaan. 'Ik wil naar huis.'

'Lieverd, we zijn thuis.'

'Ik wil braaf zijn.'

# 25

Toen ik de volgende ochtend met Poppy naar school wandelde, werd ik gebeld door Kelly Jordan.

'Ben je thuis?'

'Straks wel. Nadat ik Poppy naar school heb gebracht, bedoel ik. Ik ben vandaag vrij.'

'Kunnen we om tien uur langskomen?'

'Ja hoor. Wie zijn "we"?'

'Tot straks.'

Om twee over tien deed ik open voor Kelly Jordan. Naast haar stond een man.

'Dit is hoofdinspecteur Durrant,' zei Jordan.

'Ross,' zei de man, die niet glimlachte.

Hij zag eruit alsof hij zich vlug had moeten aankleden en in alle haast een net iets te klein grijs pak had uitgekozen, waarvan de donkere stropdas losjes om zijn nek hing. Hij had rode wangen en een onderkin. Zelfs de kale plek boven op zijn hoofd, die werd omkranst door warrige grijze krullen, had een rode ondertoon. Hij ademde zwaar, alsof de wandeling vanaf de auto te zwaar voor hem was geweest. Toen hij op de bank ging zitten, zag ik het zweet op zijn voorhoofd parelen.

'Jullie hebben het vast druk,' zei ik.

'Waarom denk je dat?' vroeg Ross Durrant.

Zijn bruuske, haast agressieve toon bracht me even van mijn stuk, waardoor het me moeite kostte om meteen een antwoord te formuleren. 'Dat was zomaar een vraag. Ik wilde gewoon beleefd zijn.'

'Dat waarderen we,' zei Kelly Jordan. 'Hoofdinspecteur Durrant onderzoekt de dood van Skye Nolan.'

'Geen moord, dus.'

'Daarom zijn we hier,' zei Ross Durrant.

'Willen jullie dat ik een verklaring afleg?'

'Dat is op dit moment niet nodig.' Hij haalde een notitieblokje uit de zak van zijn colbert, plukte een pen uit de binnenzak en legde de spullen op tafel. Het leken eerder benodigdheden voor het maken van een boodschappenlijstje dan voor een serieus politieonderzoek.

Ross Durrant keek me aan en ik zag dat hij donkerbruine ogen had. Op zijn gezicht stond geen geruststellende glimlach, maar ook geen frons. Hij zat er volkomen onbewogen bij, alsof hij een verzekeringspolis ging toelichten. Ik kreeg onmiddellijk het gevoel dat ik fout zat. 'Laat me deze situatie vanuit een bepaald oogpunt voor je uiteenzetten,' zei hij. 'Allereerst is daar het lichaam van Skye Nolan.'

'Denk je dat ze is gesprongen?'

'Dat is een plausibele optie. Of misschien is ze gevallen. Tegenover het lichaam staat een tekening van een driejarig meisje – bewijs dat in mijn optiek onbruikbaar is in de rechtszaal. De politieondervraging heeft sowieso weinig opgeleverd. Daarnaast hebben we jouw verklaring dat je de dode vrouw hebt ontmoet. Ik wil je niet beledigen, dus ik zal niet vertellen hoe problematisch ooggetuigenverslagen zijn.'

'Daarvan ben ik op de hoogte. Maar ik heb haar echt ontmoet. Als je wilt, kun je dat checken bij mijn vriend; hij was erbij. Ik weet het honderd procent zeker. En dan is er nog de pop.'

'Ja, natuurlijk. Dan is er nog de pop.'

Ross Durrant pakte zijn balpen en tikte ermee tegen het notitieblok, maar sloeg het niet open. Toen hij Kelly Jordan aankeek, hield ze haar hoofd iets schuin. Ik moest denken aan de blikken die getrouwde stellen met elkaar uitwisselen en dacht te begrijpen wat deze betekende: hier hebben we het al een keer over gehad.

'Goed,' zei Ross Durrant. 'Dit is een ongebruikelijke situatie. Aangezien je ons hebt benaderd met je zorgen, ben ik verplicht te onderzoeken of deze gegrond zijn.' Hij zei dat hij me niet geloofde. 'Je hebt een nare relatiebreuk achter de rug, begrijp ik. Met de vader van je dochter.'

'Ja, dat klopt,' zei ik. 'Ik weet niet of het relevant is, maar het leek me belangrijk om daar open over te zijn. Ik dacht dat we goed uit elkaar waren gegaan. Maar na al deze gebeurtenissen ben ik...' Ik was even stil. '... ben ik vragen gaan stellen en blijk ik in meerdere opzichten te zijn bedrogen.'

'Je partner, Jason Hallam, ging vreemd?' vroeg Durrant.

'Ja.'

'Je bent op de hoogte van één affaire, maar vermoedt dat er meer waren.'

Ik vond het vreselijk beschamend om dit gesprek met een vreemde te voeren. 'Dat is mogelijk.'

Hij dacht even na. 'Als we jouw theorie mogen geloven...'

'Het is niet echt een theorie.'

'Als we de zorgen die je met ons hebt gedeeld mogen geloven is je dochter getuige geweest van een bedreiging.'

'Misschien heeft ze er alleen iets over opgevangen.'

'Dat komt op hetzelfde neer. En dat betekent dat we de mensen met wie je dochter de afgelopen weken tijd heeft doorgebracht moeten nagaan. Meneer Hallam lijkt me het meest logische startpunt.'

'Omdat ze die tekening bij hem heeft gemaakt?'

'En omdat ze het grootste deel van haar tijd doorbrengt in zijn woning,' zei hij. 'Dit huis buiten beschouwing gelaten.'

'Ja.'

'Met wie heeft ze daar contact? Naast meneer Hallam.'

'Met zijn nieuwe vrouw, Emily Hallam. Die is zwanger, trouwens. En volgens mij is ze heel aardig. Ook tegen Poppy, voor zover ik daar iets van meekrijg.'

'Oké,' zei Ross Durrant.

Zijn notitieblok zat nog steeds dicht en hij keek niet naar eerdere aantekeningen. Ik was enigszins onder de indruk. Hij had duidelijk zijn huiswerk gedaan.

'Haar broer woont ook tijdelijk bij hen,' zei ik. 'Ben.'

'Ben wie?'

'Ben Carey.'

'Wat is je indruk van hem?'

'Hij zit duidelijk niet zo lekker in zijn vel.'

'Nee? In welk opzicht?'

'Volgens mij heeft hij problemen, een depressie of zoiets. Hij is werkloos. Zijn vrouw heeft hem pas verlaten. Daarom woont hij voorlopig bij hen. Hij is er pas een week, zoiets. Ongeveer sinds Poppy's vreemde gedrag begon. Al kan dat toeval zijn. Ik heb hem trouwens nog maar één keer ontmoet.' Twee keer, dacht ik, als je onze ontmoeting in het park meetelde. Maar die probeerde ik te vergeten. 'Hij kwam nogal passief over.'

Het was even stil. Opnieuw reageerde Durrant nauwelijks. 'Vertrouw je hem met je dochter?'

'Ben?'

'Ja.'

'Ik zou het niet prettig vinden als hij voor Poppy zou zorgen. Hij kan nauwelijks voor zichzelf zorgen.' Ik riep mezelf tot de orde. 'Dat is in elk geval mijn indruk. Misschien doe ik hem daarmee tekort. Maar voor zover ik weet is hij nog nooit met haar alleen geweest.'

Ross Durrant pakte eindelijk zijn notitieblokje, sloeg het open, klikte met zijn pen en schreef iets op wat ik niet kon lezen.

'Ik zag in het dossier dat je een nieuwe partner hebt.'

Ik slikte en voelde me opeens onzeker worden. De stiefvader. Al was hij natuurlijk niet haar stiefvader. Ik wilde hem eigenlijk niet eens mijn nieuwe partner noemen. Maar zelfs onuitgesproken voelde die opmerking al verdacht, net als alles wat ik verder over onze relatie, of over hem kon vertellen. Het was niet in me opgekomen dat ik Aidan hierin zou meesleuren. Dat ze hem als verdachte zouden zien. Opeens besefte ik dat dit invloed zou hebben op iedereen die ik kende, van de schuldigen tot de onschuldigen en iedereen ertussenin: op Jason, Ben, de medewerkers van Poppy's school, mijn vrienden. En op Aidan.

'Ja,' zei ik. 'Aidan.'

'Achternaam?'

'Otley.'

'Ik hoopte dat je me iets meer over hem zou vertellen.'

'Ik weet niet wat je precies wilt weten. We gaan al een tijdje met elkaar om.'

'Een tijdje? Een week? Een maand?'

'Ongeveer tweeënhalve maand.'

Ross Durrant maakte een aantekening. 'In die tijd heeft hij Poppy vast vaak gezien.'

'Niet zo heel vaak, vind ik. In het begin ben ik daar heel voorzichtig mee geweest. Ik was bang dat Poppy zich aan hem zou hechten en dat het vervolgens op niets zou uitlopen. Dus hij is hier niet vaak en ik heb altijd duidelijke grenzen gesteld. Als Poppy bij mij is, blijft hij nog steeds niet slapen. Het is ingewikkeld.'

'Vindt hij dat vervelend?'

Daar had ik zelfs met Gina nog nooit over gesproken. Daar had ik nog nooit echt over nagedacht.

'Weet ik niet. Het is vast frustrerend voor hem. Maar hij wist waar hij aan begon toen hij me ontmoette. Toen hij óns ontmoette, moet ik zeggen.'

Ross Durrant sloot zijn notitieblok en legde het neer. 'Je begrijpt dat we iedereen zullen ondervragen, neem ik aan.'

'Ja, nu je dat zo zegt wel.'

'En dat zal geen problemen voor je opleveren?'

'Hoe bedoel je?'

'Ik bedoel met je ex-man of zijn zwager of je nieuwe partner? Zal dat niet ongemakkelijk voor je zijn?'

'Natuurlijk zal dat ongemakkelijk zijn, zowel voor hen als voor mij. Maar daar gaat het niet om. Ik doe dit voor Poppy en een dode vrouw.' Ik was even stil. 'Maar kun je een beetje voorzichtig te werk gaan?'

'Voorzichtig?'

'Niet al te tactloos, bedoel ik?'

Hij keek onaangedaan. 'Mensen die onschuldig zijn hebben niets te vrezen, toch?'

'Dat zie je verkeerd, denk ik.'

Opnieuw glimlachte hij niet. Hij klapte zijn notitieblok dicht, stopte het in zijn zak en stond op. Dat leek een hele opgave; hij liet een zacht gekreun horen.

'Je denkt dat er een moordenaar rondloopt,' zei hij. 'Je hebt zelf contact met ons gezocht. Wil je dat we hem vinden of niet?'

# 26

Ik besloot naar buiten te gaan om mijn hoofd leeg te maken en een lange wandeling door de stad te maken. Ik liep langzaam, me nauwelijks bewust van de auto's en bussen die langs me heen denderden, de fietsers die over het asfalt zigzagden om het verkeer te omzeilen, het trosje ballonnen dat verstrikt zat in de top van een magnoliaboom en slap tussen de triomfantelijk rechtopstaande bloemen hing, de zon die door de wolken heen brak, de geluiden van Londen die me omringden: de stad was nooit stil, nooit kalm, maar voortdurend in beweging, voortdurend anders.

Ik dacht na over wat ik in gang had gezet. Binnenkort, misschien zelfs vandaag nog, zou de politie Jason ondervragen, zouden ze Ben ondervragen. Jason zou woest zijn. Ze zouden Aidan ondervragen. Alles lag nu op tafel.

Mijmerend over de drie mannen sjokte ik voort. Ben kende ik niet. Hij was er duidelijk slecht aan toe: zijn vrouw had hem verlaten om redenen waarnaar ik slechts kon gissen en hij had geen werk, leek bijna van ellende uit elkaar te vallen en woonde tijdelijk bij zijn zus, samen met mijn dochtertje. Ik had geen flauw idee wat zich daar afspeelde.

Maar Jason kende ik wel. Een paar dagen geleden zou ik nog hebben gezegd dat ik hem heel goed kende, zelfs, ook al waren we niet meer bij elkaar. Toen zou ik hebben gezegd dat ik hem beter kende dan Emily of wie dan ook. Ik kende hem als minnaar, als partner, als vader, als vriend. Ik had hem gekend als jonge man en kende hem nu als niet-meer-zo-jonge man. Ik had hem zien groeien en veranderen en hem zijn uiteindelijke vorm zien aannemen. Ik had hem zien werken, zien slagen, zien rijzen op de golf van zijn ambities. Ik had hem ziek gezien, dronken, brak, stoned, teder, boos, onzeker, lief, honend, kinderachtig.

Maar nu wist ik dat hij een kant had die hij voor me verborgen had gehouden. Die kant had ik eerder niet gezien omdat het belangrijk is dat je elkaar in een relatie vertrouwt: dat hadden we in het onstuimige begin tenslotte tegen elkaar gezegd, toen het nog ondenkbaar was dat we ooit een ander zouden willen. Vertrouwen is als religie. Beide draaien om wilskracht en optimisme. Zodra je je partner begint te wantrouwen, is het gedaan met je relatie.

Ik vertrouwde Jason niet meer. Hij was vreemdgegaan en had me voorgelogen tijdens zijn affaire met Ellen Dempsey – en als hij met haar was vreemdgegaan, waarom zouden er dan niet meer vrouwen zijn geweest?

Maar zou hij echt iemand kunnen vermoorden? Jason? Poppy's vader? Ik dacht aan Jasons gezicht toen we laatst ruzie hadden, vervormd door woede en minachting. Misschien wel. Maar als hij het kon, wat zei dat dan over de rest?

Nee. Dit ging niet over de rest, natuurlijk. Dit ging over Aidan: die lieve, bescheiden, ietwat verlegen Aidan, wiens gezicht begon te stralen als hij naar me keek, die zo aandachtig naar me luisterde dat ik me écht gehoord voelde, die altijd respectvol tegen Poppy was, maar haar nooit betuttelde. Aidan, die tassen vol ingewikkelde ingrediënten meebracht en uren stond te zwoegen op maaltijden waar Poppy vervolgens bedenkelijk met haar vork in prikte, die zijn ontmoeting met een alleenstaande moeder en haar dochtertje zag als een groot geluk. Vertrouwde ik Aidan? Dacht ik – ik stak een weg over, waarop een automobilist op de rem trapte en luid naar me toeterde – dacht ik dat Aidan iemand zou kunnen vermoorden?

Nee.

Ik dacht van niet. Natuurlijk niet.

Ik dwong mezelf verder na te denken over Aidan. Hij had me ontmoet toen ik op mijn zwakst was. Had hij me ontmoet omdát ik op mijn zwakst was? Al sinds mijn puberteit had ik het gevoel aan de zijlijn te staan, aan de rand van de groep, door iedereen genegeerd. Ik was al mijn hele leven dankbaar – te dankbaar – voor elke vorm van aandacht. Ik was een paar keer met iemand naar bed geweest als een soort bedankje voor het feit dat ze me sexy vonden, om er vervolgens achter te komen dat ze het type waren dat iedereen sexy vond.

Was Aidan ook zo? Was Aidans hoffelijkheid, zijn acceptatie van mij en Poppy als eenheid, slechts een vorm van controle? Al terwijl ik dat dacht, in de gedachte porde alsof het een open wond was, voelde ik dat het een typische Tess-gedachte was. Als ik aan mezelf twijfelde, twijfelde ik steevast ook aan degene die verliefd op me was, want waarom zou iemand verliefd op míj worden?

Tot ik Jason ontmoette. Ik was ervan overtuigd geweest dat Jason van me hield en in onze relatie had ik me voor het eerst helemaal overgegeven. Maar dat was een vergissing geweest. En nu ik wist dat hij ook nog eens tegen me had gelogen, vertrouwde ik niemand meer. Niemand leek me meer echt te vertrouwen. Iedereen – de man die een korte broek droeg en met een trekkende terriër aan de lijn de weg overstak, de man in zijn krijtstreeppak, de man in zijn auto met zijn elleboog op het opengedraaide raampje, die jonge man, die man van middelbare leeftijd, die oude man – droeg een geheime persoonlijkheid met zich mee. Opeens voelde de wereld op deze stralende meidag als een duistere, enge plek.

Ik bleef staan. Voetgangers stroomden langs me heen terwijl ik een besluit nam waarvan ik niet had geweten dat ik het ging nemen, maar dat schijnbaar al een tijdje in mijn binnenste lag te sudderen.

Het was voorbij met Aidan. Het móést voorbij zijn. Als ik ook maar greintje twijfel over hem voelde, kon ik geen relatie met hem hebben. Zelfs als ik hem volledig had vertrouwd, had ik er een eind aan moeten maken. Hij was de juiste persoon op het verkeerde moment.

Mijn leven draaide om Poppy. Er was geen ruimte voor iemand anders. Het verdriet verspreidde zich als een inktvlek door mijn lichaam.

Die middag maakten we de heksenmantel af en stond Poppy op een stoel terwijl ik met mijn mond vol spelden de zoom innam. Toen de mantel klaar was, wilde ze hem niet meer afdoen. Ze vloog door de tuin, haar gezicht vol vuur onder de glinsterende kap.

Ik sloeg haar gade. Mijn telefoon maakte geluid: Aidan. Mijn hart begon onregelmatig te bonzen en mijn maag trok zich paniekerig samen.

*Kan ik vanavond langskomen? Geef maar een seintje als Poppy slaapt x*

*Is goed*

Aidan pakte mijn handen en hield ze stevig vast.

'We moeten praten.' Zijn gezicht stond ernstig. Wist hij wat ik hem wilde vertellen of ging dit over de politie? Dat durfde ik niet te zeggen.

'Kom erin.'

Op een van zijn brillenglazen zat een lichte veeg, wat niets voor hem was. Normaal gesproken maakte hij een keurige, voorbereide indruk.

We liepen naar de serre en gingen tegenover elkaar zitten. Hij droeg het donkergroene overhemd dat ik zo mooi vond.

'Aidan, luister,' begon ik, want als ik dit ging doen moest het direct en snel, als het losrukken van een pleister.

Maar hij stak een hand op. 'Dit is moeilijk, maar ik wil je eerst iets vertellen.'

'Oké.' Ik bestudeerde zijn gezicht. Hij leek niet boos.

'De politie is bij me langs geweest.' Hij grimaste lichtjes. 'Zo klinkt het als een heel beschaafd bezoek.'

'O god. Wat is er gebeurd?'

'Ze kwamen langs op mijn werk. Een van hen was in uniform, om er zeker van te zijn dat iedereen ze opmerkte. Ik zat in een vergadering, maar volgens hen was het dringend.'

'Ik had nog zo gevraagd of ze voorzichtig wilden zijn,' zei ik.

Aidan liet zijn blik op mij rusten. 'Wat heb je gedaan?'

Ik gruwde van zijn zachtmoedige toon. 'Ik had het je voor dit hele gedoe moeten vertellen. Ik ben vorige week met mijn zorgen om Poppy naar de politie gegaan. Die dachten uiteraard dat ik gestoord was. En daarom heb ik het je niet verteld, want het klinkt inderdaad stom – Poppy begint in bed te plassen en te schelden en ik stap naar de politie! Toen ik hoorde dat er een vrouw van een balkon was gevallen ben ik nog een keer gegaan, omdat het verhaal overeenkwam met Poppy's tekening. Maar dat weet je waarschijnlijk al. Dat hebben ze je vast verteld.'

Zwijgend schudde hij zijn hoofd.

'En toen werd het raar omdat ik die overleden vrouw niet echt kende, maar het de vrouw bleek te zijn die we een paar dagen terug in het restaurant zagen.'

Zijn gezicht bleef uitdrukkingsloos.

'Die kun je je vast nog wel herinneren.'

'Waar heb je het over?'

'Die vrouw in dat Italiaanse restaurant laatst. Die dacht dat ze me kende.'

Ik leek eindelijk tot hem door te dringen. Hij leunde naar achteren. 'Zij is de dode vrouw?'

'Ja.'

'En jij kende haar?'

'Nee, je was erbij. Ze zei dat ze me kende.'

Ik zag hem driftig nadenken. 'Dat slaat nergens op,' zei hij. 'Als zij jou kende, had je haar ook moeten kennen.'

'Maar dat was dus niet zo. Dat zei ik toen ook al tegen je. Ik heb me suf gepiekerd, maar ik kan me haar echt niet herinneren. Niet van school, of uit de buurt... Nee, ik ken haar niet. Maar misschien ben ik dom en mis ik iets overduidelijks. En haar naam: Skye Nolan. Als ik ooit iemand had ontmoet die Skye heette, had ik dat wel onthouden. Al kan ik haar natuurlijk ergens hebben ontmoet zonder te weten hoe ze heette. Maar ik vind dit echt heel vervelend. Was het afschuwelijk?'

Hij schonk me een flauw glimlachje. 'Je weet hoe het is. Ondervraagd worden door de politie is' – hij zocht naar het juiste woord – 'beangstigend. Het was oké. Ik wou dat ze het iets discreter hadden aangepakt.'

'Maar je begrijpt waarom ik hiermee naar de politie moest, toch? Toen ik besefte dat ik die vrouw had ontmoet en er een verband tussen haar en Poppy's tekening en gedrag leek te zijn, moest ik het ze vertellen.'

'Tess,' zei hij liefdevol. 'Probeer dit eens door mijn ogen te zien. Ik word verliefd op een vrouw, een vrouw die al een dochtertje heeft, en we krijgen een relatie. Ik ben gelukkig. Gelukkiger dan ik... nou ja, zo ongeveer ooit ben geweest.'

'O, maar ik was ook...'

Hij stak een hand op. 'Waarom heb je me dit niet gewoon verteld?'

'Dat had ik moeten doen. Dat realiseer ik me nu. Maar ik dacht... Ik was gewoon totaal verbijsterd.'

'Ik kan niet geloven dat ik dit vraag, maar vertrouwde je me niet?'

Ik wilde een verontschuldiging stamelen, maar riep mezelf een halt toe. 'Daar heeft dit niets mee te maken. Ik weet niet meer wat het betekent om iemand te vertrouwen. De politie is verplicht dit te onderzoeken. En dat vind ik afschuwelijk.'

Hij keek me aan, maar ik kon mezelf er nauwelijks toe zetten zijn blik te beantwoorden.

'Ik ben verliefd op je,' zei hij. 'En ik hou van je, en ik vind je leuk. En dat geldt ook voor Poppy. Ik ben gewoon...' Hij zweeg en wreef met de rug van zijn hand over zijn ogen. 'Dit gaat niet alleen over wat er met de politie is gebeurd. Ik heb geprobeerd te doen wat je wilde. Als je me afbelde, werd ik niet boos. Als je niet wilde dat ik bleef slapen, stond ik op en vertrok ik. Als je niet wilde dat ik me gedroeg als Poppy's vader, accepteerde ik dat uiteraard. En tegelijkertijd liet je duidelijk merken dat jij en Poppy een eenheid waren. En ook dat accepteerde ik. Ik zeg niet dat het jouw schuld is, maar ergens schieten we tekort. Ik wil dat je me vertelt hoe ik het beter kan doen.'

Ik had hem moeten afkappen, maar ik was niet gewend ergens een punt achter te zetten, iemand opzettelijk pijn te doen, afscheid te nemen. Dat soort dingen deed ik niet. Ik ademde een keer diep en pijnlijk in en dwong mezelf te praten. 'Aidan, alsjeblieft. Ik moet je iets vertellen.'

Hij keek me aan. Hij wist het: dat zag ik aan zijn ogen, aan de manier waarop hij een hand naar zijn gezicht bracht en zijn bril rechtzette, de manier waarop hij zichzelf voorbereidde op de klap. Opeens leek hij kleiner, magerder, en voelde ik me gigantisch.

'Ik maak me de laatste tijd zoveel zorgen over Poppy en wat er met haar aan de hand is dat ik nergens anders aan kan denken. Zij is momenteel het enige wat ertoe doet en zij zal altijd op de eerste plaats komen. Altijd. Dat heb je van begin af aan geweten.'

'Natuurlijk weet ik dat.'

'En dat betekent dat er in mijn leven even geen ruimte voor iemand anders is.'

De serre vulde zich met een drukkende stilte.

'Geen ruimte voor mij, bedoel je.'

Ik knikte. Ik wilde niets liever dan mijn armen om hem heen slaan en hem dicht tegen me aan trekken om hem te troosten en zijn verdriet en eenzaamheid te verdrijven.

'We hebben het zo fijn gehad. Nee, fijn is niet het goede woord. We hebben het geweldig gehad, jij was geweldig...' Ik was even stil. Ik voelde een traan over mijn wang rollen. 'Maar dit kan ik nu gewoon even niet. Ik weet niet wat ik moet doen, maar ik kan geen... Ik kan gewoon niet... Het spijt me.'

Het kostte me grote moeite om niet te huilen – ik was degene die hém pijn deed. Mijn keel schrijnde van de tranen die na zijn vertrek zouden komen en mijn ogen prikten.

'Je bedoelt dat het voorbij is.'

'Ja.'

'Ik dacht dat we gelukkig waren. Ik dacht dat ik je gelukkig maakte.'

'Dat waren we ook. Dat maakte je me ook. Ik kan dit nu gewoon niet. Echt niet.'

'Is er niets wat ik...?'

'Het spijt me, Aidan.'

Er viel een stilte. Toen ik naar hem keek was hij wit weggetrokken en had hij zijn lippen op elkaar geperst. We maakten oogcontact en even dacht ik dat ik zijn hand zou pakken om hem naar me toe te trekken en hem mijn liefste te noemen, maar dat deed ik niet.

Hij pakte zijn jas en vertrok zonder met de deur te slaan.

# 27

Ik stond op het plein van mijn school en keek naar de kinderen die langs me heen golfden, groepjes vormden die zich weer opsplitsten, gilden en tegen elkaar opbotsten. Het was de middag voor de meivakantie en ze waren opgewondener dan anders. Ik lette extra goed op Fatima, die zich in een uithoek van het schoolplein onzichtbaar probeerde te maken en deed alsof ze zich nergens iets van aantrok. En op kleine Georgio, die pas net bij ons op school zat, nauwelijks een woord Engels sprak en maar half zo groot was als de andere jongens in de klas. Hij had dunne polsen en knokige knieën en zijn donkere ogen waren groot als schoteltjes: ik vroeg me af wat hij in zijn korte leven al had gezien. Ik dacht aan Poppy, op een ander schoolplein. Ik stelde me voor hoe ze kluitjes duwende kinderen met haar sterke, vastberaden lichaampje uiteen beukte om haar zin te krijgen.

Poppy zou een weekend naar Brixton gaan en een paar dagen bij mijn moeder logeren. De rest van de meivakantie zou ze bij mij zijn. Ik wist dat ik uitstapjes moest verzinnen, maar alleen al het idee vond ik doodvermoeiend. Ik wenste dat we samen naar een afgelegen huis konden, waar ik haar, terwijl het buiten onophoudelijk stormde, zou voorlezen en we samen voor de televisie warme toast met boter zouden eten, met de deuren naar de boze buitenwereld potdicht.

Ik voelde me moe en verdoofd. Mijn breuk met Aidan van gisteravond voelde ondertussen als een droom, afgespeeld in slow motion. Het was alsof ik een auto-ongeluk had gehad dat ik in gedachten telkens opnieuw beleefde. Ik had meerdere keren overwogen hem te bellen en zelfs met mijn telefoon in mijn handen gestaan, maar uiteindelijk had ik het toch niet gedaan. Wat viel er te zeggen?

Ik keek naar mijn telefoon, al wist ik dat ik geen bericht van Jason zou hebben. Zou de politie al bij hem langs zijn geweest? Ik had met hem afgesproken in Vauxhall Park, waar ik Poppy aan hem zou overdragen. Maar dat was natuurlijk voordat ik de politie zijn naam had gegeven.

'Juf, juf,' schreeuwde een jongetje dat op me af kwam rennen. Ik maakte een eind aan mijn gemijmer. Ik wierp een laatste blik op mijn telefoon. Nog steeds geen bericht van Jason.

Een paar uur later hoefde ik Jason maar een seconde aan te kijken om te weten dat hij woedend was. Zelfs de besliste manier waarop hij op ons af liep, zijn voetstappen krakend op het grindpad, voelde als een waarschuwing. Hij was één grote, solide brok mannelijke woede.

'Papa!' riep Poppy. 'Ik had een eekhoorn gezien.'

Jason bukte, tilde haar op en zwaaide haar in het rond en ze begon opgetogen te lachen en met haar benen te trappelen. Vanaf de andere kant van haar schouder boorden Jasons ogen zich in de mijne.

'Ik heb brood meegenomen,' zei hij toen hij Poppy neerzette. 'Zullen we de eendjes gaan voeren?'

'Eendjes en babyeendjes!'

'Precies. Kom, dan gaan we ze zoeken.'

'Ik ga ervandoor,' zei ik.

'Laten we samen de eendjes gaan voeren,' zei Jason.

'Ja!' riep Poppy. 'Samen: mama en papa en Poppy. Hand vasthouden. Omhoog! Door de lucht!'

'Een, twee, huppekee,' zei Jason. En terwijl Poppy gillend omhoogvloog zei hij tegen mij: 'De politie is bij mij op school geweest.'

Ik zweeg.

'Nog een keer,' zei Poppy. 'Nog een keer. Hoger.'

Ze vloog de lucht in.

'Waar ben je mee bezig?'

'Hebben ze je dat niet verteld?'

'Ze hebben me op school ondervraagd, ten overstaan van mijn leraren en ouders. Heb je enig idee wat dat voor me betekent?'

Ik dacht na over het feit dat Jason het over 'zijn' leraren en ouders had, zoals hij ook altijd over 'mijn' vrouw en 'mijn' gezin sprak. 'Daar heb je vast een logische verklaring voor weten te verzinnen,' zei ik.

'Ze zijn ook bij ons thuis geweest om met Ben te praten. En die is er al zo slecht aan toe. Hoe denk je dat hij reageerde?'

'Nog een keer,' zei Poppy, die onze handen naar beneden trok tot ze bijna met haar billen op de grond zat.

'Nee,' zei Jason zo krachtig dat ze ineenkromp. 'Hier heb je een boterham. Scheur er maar stukjes af – kleine stukjes, anders is hij zo op – en gooi die naar de eendjes.'

'Er is een vrouw dood.'

Voor ons wierp Poppy plukjes brood in het water en ze grinnikte toen de eendjes erop afkwamen.

'Je driejarige dochter heeft een tekening gemaakt en in haar bed geplast. Ben je gek geworden?'

'Kijk,' zei ik terwijl ik naast Poppy neerhurkte en wees. 'Een pulletje. Daar! Aan de overkant.'

'Alleen een krankzinnige zou denken dat die dingen iets te maken hebben met de dood van een vrouw,' ging Jason op luide fluistertoon verder.

'Ik heb haar ontmoet. Ze kwam naar me toe.'

'Dat kan me niets schelen. Jouw rare paranoïde wereldje kan me niets schelen.'

'Jason,' zei ik. Ik zag mezelf weerspiegeld in zijn pupillen, zag de haast onzichtbare stoppeltjes op zijn kin. 'Dat doet er allemaal niet toe. Kende jij Skye Nolan?'

'Natuurlijk niet.'

'Maar dat zou je sowieso ontkennen.'

'Dan hoef je het me dus niet te vragen.'

'Papa,' zei Poppy, die met uitgestoken hand naar Jason toe rende. 'Meer brood.'

Hij duwde weer een oudbakken sneetje in haar gebiedende vuist. 'Ze wisten van de protestmarsen waar we vroeger aan deelnamen.' Hij ging opnieuw zachter praten. 'En ze vroegen me naar mijn privéleven.'

'Je affaires, bedoel je?'

'Mijn affaire.'

'Eentje maar?'

'Ik heb een affaire gehad en dat was fout van me, maar je kunt niet zomaar de politie bellen en suggereren dat ik een vrouw heb vermoord omdat je wraak wilt nemen.'

'Is papa boos?' Poppy was terug.

'Nee, papa is niet boos. Dit is de laatste boterham, daarna is het op,' zei hij.

Ik wachtte tot Poppy weer wegliep. 'Is dat wat je denkt? Dat ik dit doe om je terug te pakken?'

'Het is of dat, of er is iets goed mis met je.'

'Is het in je opgekomen dat er nog een derde mogelijkheid kan zijn? Dat ik me oprecht zorgen maak om Poppy, dat ik oprecht bang ben dat ze op de een of andere manier iets te maken heeft met wat die vrouw is overkomen? Met wat Skye Nolan is overkomen,' verbeterde ik mezelf. 'Dat ik iets probeer te voorkomen, of op zoek ben naar meer informatie over iets wat al is gebeurd, wat griezelig dicht bij huis, ons huis, bij Poppy lijkt te zijn gebeurd. Het voelt als een nachtmerrie waarover ik je steeds maar weer probeerde te vertellen, maar waar je telkens geen aandacht voor had, of misschien...' Ik stopte abrupt met praten. Poppy keek om zich heen en ik schonk haar een geruststellende glimlach.

Jason mompelde iets onverstaanbaars.

'Weet je? Het kan me niet schelen wat jij denkt,' zei ik, en al terwijl ik het zei besefte ik dat ik het meende. 'Poppy is kwetsbaar en gespannen: dat doet ertoe. Er is een vrouw dood: dat doet ertoe. De rest is bijzaak.'

Toen we elkaar heel even aankeken sprong er opeens iets tussen ons over, iets onverwachts, een flits van herkenning, een verzachting. Ik was me ervan bewust dat als een van ons als blijk van vriendschap een hand zou uitsteken, de ander hem zou pakken. Even kreeg ik bijna het idee dat we samen zouden kunnen lachen om onze woede en absurditeit. Dat zag hij ook, voelde ik. Een woord, een gebaar, van hem of van mij, zou genoeg zijn. Maar het moment verstreek, alsof de zon achter de wolken schoof.

Poppy rende naar ons toe en pakte ons beiden bij de hand.

'Ik wil op de schommel,' zei ze. 'Of wippen!'

'Ik moet gaan.'

Ik bukte om Poppy een kus op haar hoofd te geven, knikte naar Jason en liep weg.

Het was vrijdagavond, het begin van de meivakantie. Ik was alleen: geen Poppy, geen avondje alleen met Aidan. Die zouden er nooit meer zijn. Het appartement was aan kant, de koelkast was leeg, de telefoon zweeg.

Ik ging een klein rondje hardlopen, nam een douche en checkte mijn mail. Ik vroeg me af waarom ik niets meer had gehoord van Felicity Carey Connors, maar opeens dacht ik aan mijn map met ongewenste e-mails, waar ik haar antwoord vond.

Beste Tess,

Sorry dat ik niet eerder heb gereageerd; ik heb een vrij hectische week achter de rug! Ik maak graag een keer kennis met je. Ik zou komende zondagmiddag rond een uur of vier kunnen. Komt dat jou uit? Ik woon op Faversham Drive 12a. Neem je cello mee, dan kunnen we zien hoe je ervoor staat.

Felicity

Ik mailde terug dat zondag prima was, maar schreef niets over een cello. Ik durfde haar ook niet te vertellen dat ik over Ben wilde praten.

Toen schonk ik een gin-tonic voor mezelf in, met weinig tonic, en schudde de inhoud van een zakje gekruide nootjes in een schaaltje. Ik had ontzettend veel zin in een van mijn zeldzame sigaretten, dus ik ging naar mijn slaapkamer en rommelde in de lades met ondergoed en T-shirts tot ik een geplet pakje vond. Er zaten nog vijf sigaretten in. Ik haalde er een uit en liep naar de tuin. Het licht was zacht en zilverachtig en de wind ritselde door de bladeren.

Ik stak mijn sigaret op, die muf smaakte van ouderdom, nam een slok van mijn drankje, stopte een nootje in mijn mond en keek naar het puttertje. Ik voelde me licht in mijn hoofd door de ongebruikelijke sigaret en het gevoel dat ik me in de nasleep van een ontsporing bevond. Ik had Jason van me vervreemd, had het uitgemaakt met Aidan, zou drie dagen zonder mijn dochter zijn en had geen plannen. De gebeurtenissen van de afgelopen twee weken lagen achter me, in brokstukken, en de toekomst was oogverblindend leeg.

Toen ik mijn ogen sloot, borrelde er een herinnering in me op: Jason en ik, kort na onze eerste ontmoeting, een berg beklimmend in Tirol. De mist was komen opzetten, waardoor het pad nauwelijks meer zichtbaar was en de top aan het oog was onttrokken. Ik herinnerde me nog goed dat ik achterom had gekeken en de wazige vorm van Jason had gezien, bijna weggevaagd door de mist. Zo voelde ik me nu ook. Alles wat helder was geweest over ons leven samen, alles wat ik voor lief had genomen, leek op te lossen, en alles wat voor me lag was onzichtbaar geworden.

Ik liet de gloeiende sigaret vallen en trapte hem uit met mijn hak. Ik leegde mijn glas en het schaaltje gekruide nootjes. Het puttertje was verdwenen en het licht werd zwakker.

Wat zou er nu gaan gebeuren?

# 28

Op zaterdagochtend werd ik gebeld door Kelly Jordan, die vroeg of ze mocht langskomen.

'Kan het niet gewoon telefonisch?'

'Dit nieuws kan ik je beter persoonlijk komen vertellen.'

'Is het goed of slecht nieuws?'

'Dat hoor je zo meteen.'

Ik voelde me gespannen en verward en probeerde de tijd waarin ik wachtte op de rechercheur te doden met wat hersenloos schoonmaakwerk. Toen ik de wc aan het schrobben was, ging de bel.

Vijf minuten later zat Jordan aan de keukentafel en schonk ik voor ons allebei een kop koffie in. Hoewel ik brandde van spanning en nieuwsgierigheid had ik haar ook iets te vertellen en ik kon me niet beheersen.

'Waarom hebben jullie Aidan opgezocht op zijn werk? Waarom moesten jullie hem in het openbaar ondervragen? En jullie zijn op Jasons school geweest. Hij was woedend. Op mij.'

'Dat is de reden dat ik hier ben.'

'Hebben jullie iets ontdekt?'

Kelly Jordan gaf een halfslachtig knikje. Ik wist niet of dat ja of nee betekende. Ik nam de twee mokken mee naar de tafel en zette er een voor haar neer.

'Ik wist niet meer of je er melk in hebt. Of suiker.'

'Zwart is prima.'

Ik ging zitten en we keken elkaar over tafel heen aan. Ze zag er moe uit. Vanuit haar ooghoeken waaierden heel fijne lijntjes uit over haar jukbeenderen. Ze had andere dingen om zich druk over te maken, andere zaken, andere mensen die ze moest spreken. Het was zaterdagochtend. Misschien zaten haar kinderen thuis op haar te wachten. Ik was slechts een naam in haar bomvolle agenda, en een van de vermoeiendere.

'Je hebt erg veel geduld met me gehad. En bent heel vriendelijk geweest.' Ik was even stil. 'Koekje?'

Kelly Jordan nam een slokje van haar koffie en liet niet blijken dat ze me had gehoord. Ze zette haar mok weer op tafel. 'Maandag is het gerechtelijk vooronderzoek naar Skye Nolan,' zei ze.

'Goh, dat is snel. Toch?'

Ze schudde lichtjes haar hoofd. 'Dat is slechts een formaliteit. De zaak zal worden geopend en dan vrijwel direct weer worden verdaagd vanwege het moordonderzoek.'

Het duurde een paar tellen voordat ik begreep wat dit betekende. 'Dus er is toch een moordonderzoek gestart? Was het moord?'

'Gisteren kwam het autopsierapport binnen. Daar verwachtte ik niet al te veel van. Ik dacht niet dat een lichaam dat van dertig meter hoogte op het asfalt was gesmakt nog veel informatie zou opleveren.'

'Maar welke informatie leverde het op?'

'Uiteraard was er een hoop letsel, meerdere botbreuken. Maar het gekke is dat een van die gebroken botten niet gebroken had moeten zijn.'

Ze tilde haar kin op en legde haar vingers voorzichtig op haar keel. 'Hier zit een gek botje. Dat breekt vrijwel nooit. Niet als je valt, zelfs niet van acht verdiepingen hoog. Maar het breekt vaak wel als twee handen er rechtstreeks kracht op uitoefenen door de nek te omklemmen.'

Daar moest ik even over nadenken. 'Als iemand wordt gewurgd, bedoel je?'

'Ja.'

'Dus Skye Nolan was dood toen ze viel?'

'Ja. En niet zomaar dood. De patholoog-anatoom heeft ook donkere verkleuringen op de huid geconstateerd. Die ontstaan als het bloed nadat de dood is ingetreden stopt met stromen en door de zwaartekracht naar beneden wordt getrokken. Dat worden lijkvlekken genoemd. Het is een beetje zoals wanneer je een natte handdoek ophangt en al het vocht naar de onderkant van de handdoek zakt. Zoiets.'

'Maar dan met bloed.'

'Ja.'

'Dus je zegt dat ze eerst is gewurgd en toen pas...' Ik aarzelde, want opeens deed de realiteit van mijn woorden me gruwen. 'En dat haar lichaam toen pas van het balkon is gegooid. Maar je zegt meer. Dat bloed zakt niet meteen naar beneden. Het lichaam moet er eerst een tijdje hebben gelegen.'

'Minimaal een halfuur, volgens de schatting in het rapport.'

'Waarom? Waarom zou je iemand vermoorden en dan zo lang wachten?'

'Dat weten we niet,' antwoordde Jordan.

Ik voelde een kort moment van opwinding. Ik had gelijk gehad. Ik was naar de politie gegaan, die me niet had geloofd. Ik had gezegd dat Skye Nolan was vermoord en ook daar was sceptisch op gereageerd. Maar nu was wetenschappelijk, zwart-opwit bewezen dat ik gelijk had. Mijn opwinding vervloog echter al snel.

'Er is meer, hè?'

'Aangezien dit een lopend onderzoek is, kan ik niet in detail treden,' antwoordde de rechercheur. 'Maar Skye Nolan had het duidelijk niet makkelijk. Haar privéleven was turbulent.'

'Turbulent? Hoe bedoel je?'

'Ze had problematische relaties.'

'Met mannen?'

'Ja, met mannen. En ze had psychische problemen. In haar appartement lag een aanzienlijke hoeveelheid geneesmiddelen die alleen op recept verkrijgbaar zijn.'

'Wat heeft dat hiermee te maken? Ze is en blijft vermoord.'

'Wat ik probeer te zeggen is dat we hebben gesproken met haar moeder en de enige partner met wie ze een relatief lange relatie heeft gehad. Dat we haar telefoongegevens en socialmedia-accounts hebben bekeken. En dat we simpelweg geen enkele link hebben gevonden met een van de mensen die je hebt genoemd.'

'Dus?' zei ik. 'Kan dat niet gewoon betekenen dat jullie niet goed genoeg hebben gezocht?'

Jordans gezicht verstrakte. 'Tess, we hebben erg veel geduld gehad met jou en je zorgen. We hebben je bezorgdheid serieus genomen, en geloof me, dat zou lang niet elk politiekorps hebben gedaan. We hebben de mensen wier namen je ons hebt gegeven grondig nagetrokken, voor zover dat praktisch – en juridisch – gezien mogelijk was. We hebben ze ondervraagd en gezocht naar een link met het leven van Skye Nolan, maar hebben nog niet het kleinste verband gevonden. Dat is er gewoon niet.'

'En Poppy's tekening dan? En de pop?'

Ze maakte een ongeduldig gebaar. 'Zo werken politieonderzoeken nou eenmaal niet. Ik geef toe dat je deze tragische zaak bij mij onder de aandacht hebt gebracht en dat ik het belangrijk vond om je zorgen te onderzoeken. Maar onze middelen zijn beperkt. Meer dan beperkt, zelfs. Je had een bepaald voorgevoel over deze moord, een gevoel dat was gebaseerd op een kindertekening. Dat hebben we onderzocht. Zonder resultaat. Prima. Dat gebeurt, maar ik kijk niet bepaald uit naar het moment dat ik mijn baas moet uitleggen waarom ik dat onderzoek ben gestart. Momenteel hebben we een slachtoffer dat een chaotisch leven leidde en onenightstands met vreemden had. Waarschijnlijk is een daarvan uit de hand gelopen en is ze vermoord, mogelijk tijdens een beroving. Misschien had ze de verkeerde persoon gekozen om mee naar huis te nemen.'

'Dus je gaat mijn verhaal niet verder onderzoeken?'

'Heb je geluisterd naar wat ik net allemaal heb gezegd? Dat hebben we al gedaan. Grondig. Maar we hebben niets gevonden.'

'Dit komt door die andere rechercheur, hè? Ik zag dat hij me niet geloofde.'

'Nee, dit komt niet door hem. We hebben gewoon niets gevonden. Geen enkele aanwijzing.'

'En de tekening dan?' vraag ik zwakjes.

'Eén kindertekening is niet genoeg,' antwoordde Kelly Jordan. 'Die tekening is gewoon een tekening. En misschien vliegt die vrouw wel in plaats van dat ze valt, heb je daar weleens aan gedacht?'

'Volgens Poppy viel ze.'

'Poppy is drie.'

Ik ademde zwaar. Ik voelde mijn hart tekeergaan. Ik wilde gillen. Tegen de muur slaan. Kelly Jordan slaan. Ik probeerde mezelf te kalmeren. 'Ik neem aan,' begon ik op geforceerd kalme toon, 'dat je je realiseert dat als ik gelijk heb en jij niet, er ergens een moordenaar rondloopt die misschien wel begint te vermoeden dat de enige getuige van de moord die hij heeft gepleegd een driejarig meisje is. Heb jij dáár weleens aan gedacht?'

Kelly Jordan leunde over tafel. 'Dit gaat te ver. Je moet hiermee ophouden. Nú.'

'Hoe dan?'

'Je hebt mijn nummer. Bel gerust als er iets gebeurt. Ik zal je altijd te woord staan. Geef ons iets te onderzoeken en we onderzoeken het.'

'Dit gaat om mijn dochter. Zij is het enige wat ik heb.'

Kelly Jordan ging staan. 'Ik hou je op de hoogte,' zei ze. 'Als jij je dochter beschermt, zoeken wij de moordenaar.'

# 29

Maar ik kon mijn dochter niet beschermen. Mijn dochter was bij Jason, bij Ben.

In de tuin at ik een halve croissant en verkruimelde de rest voor de puttertjes.

Ik klapte mijn laptop open om nog een paar verslagen te schrijven. *Kadijah is een genot om in de klas te hebben...* en klapte hem weer dicht.

Ik pakte mijn telefoon om Jason te bellen, maar legde hem weer neer toen ik me zijn gezicht herinnerde. Hij haatte me. Hoelang al?

Ik overwoog Aidan te bellen. Maar toen dacht ik terug aan ons laatste gesprek en hoe moeilijk dat voor hem was geweest. Dat kon ik hem niet aandoen.

Ik liep Poppy's kamer in en ging op haar bed zitten. Ik keek naar de pyjama onder het kussen en de idiote paashoed die we samen voor school hadden gemaakt en die nog altijd boven op de kledingkast lag, naar de speelgoedmand en de grote groene rups die eruit stak, het stapeltje schone kleren op de ladekast, de miniatuurshirts, -broeken en -onderbroeken.

Ik pakte het vestje dat over de stoel lag en hield het bij mijn gezicht, ademde de geur van mijn dochter in.

Met tranen in mijn ogen dacht ik terug aan het moment dat ik Poppy had meegenomen uit het ziekenhuis en met haar in bed was gaan liggen, starend naar het verfrommelde gezichtje en de blauwe oogleden, de piepkleine ooievaarsbeet op haar voorhoofd. Overlopend van de melk en dromerig van de liefde had ik fluisterend beloofd haar voor altijd te zullen beschermen. Voor altijd. Ik zou ervoor zorgen dat mijn dochter haar leven lang niets zou overkomen – alsof ik dat kon, alsof moeders almachtige wezens waren die niemand nodig hadden.

Ik ging achter mijn naaimachine zitten en stond weer op. Liep naar de keuken, opende de koelkast en deed hem weer dicht, waarbij ik de foto van Poppy's glimlachende gezichtje zag die met magneten aan de deur hing. Ik gaf de planten in de tuin water. Liep heen en weer met het rusteloze gevoel dat ik iets moest doen om te voorkomen dat ik gek werd, maar zonder precies te weten wat.

Ik hoorde een berichtje binnenkomen op mijn telefoon en keek meteen wat het was.

*Sorry voor de late uitnodiging. Meidenavondje, vanavond, op onze oude stek??? Alweer eeuwen geleden dat je erbij was! Ik hoop dat je kunt – wij zijn er! Tot straks? L. xxxxxxx*

'Tess! Hier!'

Ze waren niet te missen: vijf luid pratende vrouwen rond een tafel die al vol stond met flessen. Ik zag Liz zitten, met haar lange haar, zwaaiend met haar armen terwijl ze een of ander punt maakte, en Cora, die giechelde als een zevenjarig meisje. Iedereen was er.

'We dachten dat je niet zou komen,' zei Kim, die opstond om me een knuffel te geven.

Ik was te laat omdat ik het spannend vond om ze allemaal weer te zien, ook al waren we al vriendinnen sinds de middelbare school en waren we elkaar al die jaren blijven zien, waarbij we onze partners en kinderen van ons afschudden om bij elkaar te komen in een restaurant, een pub of bij een van ons thuis en soms zelfs een weekendje weg te gaan. Maar nu was het erg lang geleden. We kenden elkaar ondertussen bijna twintig jaar, besefte ik toen ik de groep rondkeek: de meiden hadden rimpels, een aantal had grijze haren, twee van hen waren ernstig ziek geweest en een van hen – de energieke, luidruchtige Tilda – was er niet meer bij: zij was overleden aan borstkanker. De een was getrouwd, de ander vrijgezel, twee waren er gescheiden en bijna allemaal hadden we een of twee kinderen – hoewel Liz bezig was met haar derde IVF-poging.

Ze lieten me beseffen hoeveel tijd er was verstreken, dacht ik toen ik de een na de ander omhelsde en me in de stoel wurmde die voor me klaarstond. Misschien had ik me, stom genoeg, daarom zo druk gemaakt over wat ik aan moest en hoe ik bij het restaurant kwam, was ik daarom bijna niet gegaan.

'We hebben al besteld.'

'Kleine gerechtjes.'

'Wat een kutconcept. Sinds wanneer moeten we alles delen?'

'Kijk jou nou eens – hoe blijf jij zo slank?'

'Neem wat wijn.'

'Hoelang is dit geleden?'

Ja, hoelang was dit geleden? Fronsend nam ik een slok van mijn drankje. 'God, geen idee. Poppy was nog heel klein, in ieder geval.' Ik was even stil. 'En voordat Tilda overleed. Waar ben ik al die tijd geweest?'

'Nou ja, je bent er weer.' Cora hief haar glas. 'Welkom terug.'

'Daar komt het eten. Zet eens een paar van die flessen opzij.

Wie wil er een... eh, eentje hiervan. Wat zijn dit?'

Een halfuur lang werd ik meegezogen in een maalstroom van gesprekken, die heen en weer slingerden tussen roddels en bekentenissen. Toen richtte Becky zich tot mij. 'Dus je bent eindelijk ontsnapt.'

'Hoe bedoel je?'

'Je bent gescheiden.'

'We waren niet getrouwd, maar we zijn uit elkaar, ja.'

'Red je het een beetje?'

'In mijn eentje? Geen idee.' Ik opende mijn mond om iets over Aidan te zeggen, maar deed hem toen weer dicht en nam in plaats daarvan weer een slok wijn.

'Alleen zijn is lastig,' zei Kim. 'Maar dat geldt voor alles, toch? Het leven is kut.' Ze stootte een glas wijn om en negeerde het rode straaltje vocht dat haar kant op sijpelde.

Mijn telefoon ging. Ik keek naar het nummer: de huistelefoon in Brixton.

'Sorry. Momentje. Hallo? Jason? Is er iets?'

Er klonk een stem – die van Emily – en toen hoorde ik Poppy. 'Mama?'

'Poppy! Hallo, lieverd. Lig jij nog niet in bed?'

'Ja.'

'Is alles goed?'

'Ik wil Milly.'

'Maar...'

'Ik wil Milly!'

'Poppy, luister.' Ik stond op en liep met een verontschuldigend gebaar naar mijn vriendinnen weg van de tafel. 'Je hebt Teddy toch?'

'Ja.'

'Knuffel maar met Teddy. Als je weer thuis bent hebben we

het nog wel over Milly. Maar nu moet je gaan slapen. Is papa er ook?'

'Emily.'

'Waar is papa?'

'Niet papa, Emily,' zei Poppy. 'Mama?'

'Ja. Ik ben hier.'

'Ik wil Sunny.'

'Die zit thuis op je te wachten. En ik ook. Ik zie je heel binnenkort weer. Geef de telefoon maar terug aan Emily en geef Teddy een knuffel en doe je ogen dicht, dan is het ochtend voordat je het weet.'

'Ochtend,' zei Poppy.

'Slaap lekker, lieverd.'

Stilte. Mijn hart voelde beurs. Ik hing op en probeerde naar mijn vriendinnen te glimlachen terwijl ik terug naar de tafel liep.

'Alles oké?' vroeg Liz.

'Poppy zit even niet zo lekker in haar vel. Al die veranderingen.' Ik draaide me naar Becky. 'Zat ik dan gevangen?'

'Wat?'

'Je zei dat ik eindelijk was ontsnapt. Zat ik dan gevangen?'

'Hoe kijk je daar zelf tegenaan?'

'Tja, zit je in een relatie, welk soort relatie dan ook, niet altijd een soort van...?'

'Nee! Ik bedoel, ja, natuurlijk. Maar ik heb het over jouw relatie. Weet je wel.'

'Nee.'

'Jij en Jason,' zei Liz. De tafel viel stil. Iedereen keek mij aan en opeens wilde ik opspringen en bij hun intelligente, lieve blikken vandaan rennen.

'Ik en Jason?'

'Hij was nogal een controlfreak, toch?'

'Vond je?' Ik werd een beetje duizelig.

'Wacht even.' Miriam, die nog nauwelijks iets gezegd had, verhief haar stem. 'Ik denk niet dat Tess erbij gebaat is als we de man afkraken met wie ze jarenlang heeft samengewoond, de vader van haar kind. Ik wil foto's zien, trouwens,' voegde ze eraan toe.

'Nee, dit wil ik horen,' zei ik. 'Ik wil weten wat jullie van hem vonden. Wat jullie echt van hem vonden.'

Dat liet Liz zich geen twee keer zeggen. 'Hij vond het niet leuk als je het met hem oneens was, hè? Ik hoopte steeds dat je hem verdomme eens tot de orde zou roepen, maar je liet hem altijd zijn gang gaan. Hij heeft nooit beseft hoeveel geluk hij met je had, dat was zijn probleem. Hij dacht dat híj de vangst was. Mocht hij willen.'

'Hij was graag degene die de beslissingen nam,' zei Miriam.

'Ik heb gehoord dat jij bent vertrokken en dat hij in jullie huis is blijven wonen.'

Ik knikte. 'Ja,' zei ik. 'Dat leek het meest logische. Hij werkt in de buurt en het leek me best fijn om een frisse start te maken.' Ik vroeg me af of dat de echte reden was.

'Jezus. Meen je dat nou? Je hebt zoveel moeite in dat huis gestopt, Tess. Ik herinner me nog dat je al die boekenkasten hebt gemaakt, en de gordijnen. Je hebt alle kamers geverfd en zelfs de tuin onder handen genomen. Het was veel meer jouw huis dan het zijne. Je was er dol op.'

Ik keek de tafel rond. 'Vonden jullie dat hij me kleineerde? Dat ik werd gekleineerd?'

'Zo zou ik het niet willen stellen,' zei Miriam haastig.

'Hij vond ons niet zo leuk, hè?' Becky pakte een stengel selderij, doopte hem in een romig goedje en zette haar tanden erin.

'Niet?'

'Niet als groep, in elk geval,' zei Cora.

Ik leunde naar voren. 'En wat wil je daarmee zeggen?'

'Niets.'

'We zijn allemaal aangeschoten. Echt, Tess, het enige wat we willen zeggen is dat we blij zijn dat je er bent en dat je je goed voelt.'

'Nee, ik meen het. Wat wil je daarmee zeggen? Luister, jullie hoeven niet zo bezorgd te kijken. Jullie woorden maken me niet van streek. Weet je, ik heb onlangs ontdekt dat Jason net na Poppy's geboorte een langdurige affaire heeft gehad, en wat me nog het meest dwarszit is dat ik daar al die tijd niets van heb geweten. Anderen waren ervan op de hoogte, maar hebben het me niet verteld. Ik wist zelf van niets. Vrienden...' Ik keek hen een voor een aan. 'Ik wil graag weten hoe hij was. Dus: heeft hij weleens iets bij een van jullie geprobeerd?'

'Nee.' Kim werd rood. 'Maar hij kwam niet erg trouw op me over.'

'Dat had hij eens moeten wagen,' zei Liz. Op haar wang zat een veeg bietenspread. 'Je denkt toch niet dat een van ons daarop in zou zijn gegaan, Tess?'

'Natuurlijk niet,' zei ik. 'Jullie zijn mijn trouwe vriendinnen.'

Maar eerlijk gezegd keek ik ondertussen nergens meer van op.

'Ik heb weleens een gerucht gehoord,' zei Cora. 'Meer weet ik niet. Het is al jaren geleden en het was maar een gerucht. Ik wilde het je vragen – maar in die tijd schoot je bij het minste of geringste in de verdediging. En dan ging de ophaalbrug op.'

'Deed ik dat? Gebeurde dat?' Ik wreef over mijn gezicht. 'Dat wist ik niet.'

'Tenminste, dat vond ik.'

'Ik vond dat hij je voor lief nam,' zei Miriam zachtjes. 'Terwijl hij zich gelukkig had moeten prijzen met zo'n mooie, slimme, lieve vrouw als jij.'

'Alles is blijkbaar anders dan ik dacht,' zei ik. 'En nu?'

'Nu is het tijd voor een toetje.'

Toen ik thuiskwam was het bijna twee uur. Ik zette een kop thee en wilde net in bed stappen toen ik opeens een krassend geluid uit Poppy's kamer hoorde komen. Ik liep naar de overloop en legde mijn oor tegen de deur. Mijn huid tintelde. Stilte, en toen zielig gemiauw.

'Hoe heb ik jou nou kunnen opsluiten!' zei ik opgelucht terwijl ik de deur opendeed.

Sunny schoot naar buiten, een woedende oranje flits. Ik liep de kamer in en ging met mijn handen om mijn mok gevouwen op Poppy's bed zitten. Mijn keel deed pijn en mijn ogen prikten. De barrière tussen de wereld en mij was veranderd in een teer perkament dat door elke nieuwigheid kon worden doorboord, waarna ik naar buiten en de wereld naar binnen zou stromen.

Ik dronk mijn mok leeg, zette hem op de grond, ging op Poppy's bed liggen en liet mijn benevelde hoofd op haar kussen vallen, naast haar lievelingspyjama, een paarse met roze zeepaardjes erop. Ik dacht aan alles wat mijn vriendinnen hadden gezegd en de tedere, liefdevolle manier waarop ze mijn zelfbeeld hadden uitgegumd.

Misschien waren Jason en ik niet in goed overleg uit elkaar gegaan. Misschien had hij me verlaten, had hij me slechts het idee gegeven dat we samen hadden besloten dat het zo beter was. Mijn ogen vulden zich met hete tranen.

Ik wilde mijn dochter. Ik wilde Aidan. Ik wilde teruggaan en alles overdoen, maar dan beter. Ik wist niet precies wát ik wilde, alleen dat ik íéts wilde.

Een dikke traan rolde langs mijn gezicht mijn haar in, en toen nog een. Ik droogde ze aan de mouw van Poppy's pyjamashirt.

Opeens liep er een vreemde, akelige rilling over mijn huid, alsof ik hoge koorts had of elk moment heftig kon gaan overgeven. Mijn maag kneep zich samen. Ik ging rechtop zitten.

Waarom lag Poppy's pyjama boven op haar kussen? Ik wist zeker dat die eronder had gelegen. Toch? Ik sloot mijn ogen en probeerde het me voor de geest te halen. Het geheugen is onbetrouwbaar – dat had ik de afgelopen nachtmerrieachtige dagen vaak genoeg van verschillende kanten te horen gekregen. Je kunt er niet zomaar van uitgaan dat een kind het onderscheid kan maken tussen herinnering en fantasie, net zoals ik er niet zomaar van uit kon gaan dat de vrouw die me had lastiggevallen in een Italiaans restaurant dezelfde was als de vrouw die een fatale val van een flatgebouw had gemaakt. Mijn herinnering aan mijn leven met Jason bleek een vod van nerveuze hoop en blindheid te zijn. Herinneringen zijn een leugen, een fantasie, een broos schild tegen de waarheid.

Maar Poppy's pyjama? In gedachten zag ik waar die vanmiddag had gelegen – ónder het kussen. Ik stond op en keek om me heen, scande de ruimte. Mijn blik bleef hangen bij de paashoed. De gedroogde bloemen die ik erop had gestikt hadden eerder recht naar voren gewezen, daar was ik heilig van overtuigd. Nu wezen ze naar achteren.

De dikke groene rups had boven op het speelgoed in de speelgoedmand gelegen en lag nu half onder de patchworkdeken. De lades van het dressoir hadden allemaal dichtgezeten en nu stond de bovenste een paar centimeter open.

Er was iemand in deze kamer geweest. Diegene had Sunny opgesloten, want nu ik erover nadacht wist ik zeker dat ik hem vlak voordat ik was weggegaan eten had gegeven en had gezien hoe hij zijn oude lijf door het kattenluikje had gewurmd. Er was iemand in deze kamer geweest, en diegene had aan Poppy's speelgoed, aan haar kussen en pyjama, aan haar paashoed gezeten. Ik bleef stokstijf staan, hield mijn adem in en spitste mijn oren. Niets te horen, alleen het sporadische gedreun van een voorbijrijdende auto, het zachte zuchten van de wind in de bomen, het klaaglijke gepiep van de leidingen in het appartement.

Stilletjes verliet ik Poppy's kamer en deed ik de deur dicht. Ik liep naar mijn slaapkamer en probeerde me te herinneren hoe die er precies had uitgezien voordat ik was weggegaan. Toen ik mijn kledingkast opendeed bleek er een jurk van zijn hanger te zijn gegleden. Ik pakte hem op en hing hem er weer aan: was dat al zo geweest?

Was er ingebroken? Ik opende mijn sieradenkistje, hoewel ik niets van waarde bezat – geen goud of diamanten. Ik keek om me heen.

In de keuken zag alles er precies uit zoals ik het had achtergelaten. Met uitzondering van een scheefhangend keukenkastje: een van de scharnieren zat los en het deurtje ging alleen goed dicht als je het eerst iets omhoogtilde. Ik kon me niet herinneren dat het deurtje open had gestaan. Het leek me onwaarschijnlijk dat ik zo was vertrokken, want ik wilde altijd thuiskomen in een opgeruimd huis. Ik vond het vreselijk als het bed niet was opgemaakt, als er kastjes en lades openstonden, als stoelen niet waren aangeschoven.

Ik liep langzaam door het appartement, liet mijn handen over verschillende oppervlakken glijden. Ik controleerde de ramen, de tuindeuren.

Ik wist zeker dat er iemand was geweest, maar wat had ik

voor bewijs? De herinnering dat een kat niet opgesloten had gezeten in een kamer, dat een pyjama onder een kussen had gelegen in plaats van erop, dat een keukenkastje niet open had gestaan, meer niet. En wie zou me geloven? Ik was tenslotte de vrouw die al een keer vals alarm had geslagen.

# 30

Het kostte me anderhalf uur om in Lewisham te komen en Faversham Drive te vinden, maar alsnog was ik twintig minuten te vroeg. Ik ijsbeerde door een aantal zijstraten, verhit en kriebelig door de zenuwen en het gevoel dat ik iets stiekems deed.

Toen ik om vijf voor vier op de bel van nummer 12a drukte hoorde ik hem binnen rinkelen, waarna er voetstappen klonken. De deur ging open en Felicity Carey Connors keek me met een verwachtingsvolle glimlach aan. Ze was even groot als ik en ongeveer van mijn leeftijd. Al voordat ze iets had gezegd mocht ik haar.

'Tess?'

'Ja. Leuk je te ontmoeten.'

'Insgelijks. Kom binnen.'

Ze leidde me via een trap naar de woonkamer op de eerste verdieping. De kamer was zonnig en opgeruimd en op de kale houten vloer stonden lichte houten meubelen, aan de muren hingen een paar schilderijen en in de ruimte hing een zoete bakgeur. Midden in de kamer stond een cello op zijn standaard, met een paar vellen bladmuziek ernaast. Ik was van mijn stuk gebracht. Misschien had deze Felicity niets te maken met Bens Fliss.

'Je hebt je cello niet bij je.'

'Nee.'

'Maakt niet uit. Ga zitten. Wil je thee? En ik heb koekjes gebakken.'

'Ik heb geen cello.'

'O? Maar...'

'Eigenlijk kom ik niet voor lessen.'

Ze draaide haar kalme gezicht mijn kant op. 'Ik begrijp het niet.'

'Dat snap ik. Sorry. Ik kom over Ben praten.'

'Ben?'

'Je bent toch met hem getrouwd? Of was met hem getrouwd.'

'Wie ben jij?'

'Tess. Ik ben Tess Moreau.'

'Ja, maar wie ben jij? Waarom ben je hier?'

'Dat is moeilijk uit te leggen.'

'Je legt het uit of je vertrekt.'

We stonden allebei nog steeds, met de cello tussen ons in. Ik realiseerde me dat ze boos was – en dat ze de Fliss was die ik zocht.

'Voordat Jason met Emily trouwde was hij getrouwd met mij.' Ik kuchte onnodig: ik wist niet hoe ik dit verhaal enigszins logisch kon laten klinken. 'Ik heb Ben een paar weken geleden bij hen thuis ontmoet.'

'En?'

'En ik vond hem geen al te beste indruk maken.'

'Wat gaat jou dat aan? Wat geeft jou het recht me dat te komen vertellen? Alsof ik dat nog niet wist.'

Struikelend door het verhaal probeerde ik het haar uit te leggen, vertelde ik haar over Poppy's tekening, Poppy's nachtmerries, de verminkte pop, de dode vrouw, het feit dat ze was vermoord, mijn groeiende angst. Met haar hand op de hals van de cello luisterde ze tot ik was uitgepraat. 'En je denkt dat die arme Ben hier misschien iets mee te maken heeft?'

Haar toon had iets minachtends en mijn hele lichaam begon te gloeien. 'Ik wil gewoon zeker weten dat Poppy bij hem in de buurt veilig is,' mompelde ik.

'Ik weet niet waarom ik je mijn huis nog niet uit heb gezet.'

Ik probeerde te glimlachen, maar mijn mond had de verkeerde vorm, stijf en hoekig.

'Laten we in godsnaam een kop thee gaan drinken in de keuken,' zei ze.

De keuken was klein en tegen een van de muren stond een tafeltje met twee stoelen. Felicity gebaarde naar een van de stoelen en ik ging zitten. Ik keek hoe ze een pot thee zette en een paar koekjes van het bakrooster pakte.

'Haver-gember.'

'Lekker.'

'Toen Ben en ik elkaar ontmoetten was hij anders dan nu.'

'Oké.'

'Kijk.' Ze wees naar een foto aan de muur en daar stonden ze, in een andere wereld. Ik herkende Ben nauwelijks: hij keek lief en had kort haar en hij glimlachte. Alleen zijn ogen waren hetzelfde.

'Hij lijdt aan depressies,' zei ze. 'Heel zware. Je vindt het vast wreed dat ik hem op straat heb gezet.'

'Nee,' zei ik. 'Helemaal niet.'

'Hij weigerde zijn medicatie te slikken. Begon veel te drinken. Raakte zijn baan kwijt. Alles ging bergafwaarts. Ik dacht dat ik het allemaal wel aankon, maar eerlijk gezegd was het me te veel. Ik bleef maar ultimatums stellen, maar het voelde alsof ik een nachtmerrie in gleed. Uiteindelijk kon ik er niet meer tegen.'

‘Dat snap ik,’ zei ik. Ik had Ben gezien en kon me voorstellen hoe afschuwelijk het moest zijn geweest.

‘Gelukkig heeft hij Emily nog.’

‘Dus je denkt niet dat hij in staat zou zijn om...’ Het lukte me niet om mijn zin af te maken.

‘Ik heb hem nog nooit gewelddadig gezien. Alleen verdrietig en een soort van...’ Ze zocht naar het woord. ‘Leeg. Alsof hij afscheid van zichzelf had genomen. Hij is gewoon een arme ziel die het leven niet aankan. En ik heb hem teleurgesteld, wat waarschijnlijk de laatste druppel was. Dat vind ik een nare gedachte.’

‘Het was niet jouw schuld,’ zei ik.

‘Dat weet ik zo net nog niet.’ Ze pakte een koekje en doopte het in haar thee. ‘Ik vind het echt heel rot voor hem, ik vind het afschuwelijk om aan hem te denken. Maar ik wil hem niet terug, niet zoals hij nu is. Ik kon hem niet helpen. Hij was een drenkeling die mij mee naar beneden trok. En ik vind het fijn om alleen te wonen. Dat is stukken eenvoudiger.’

Toen ik wegging zweefden er een paar rijke noten cellomuziek de straat op. Arme Ben.

# 31

Toen ik Kelly Jordan maandagochtend belde was ze zoals verwacht niet bepaald onder de indruk.

'Waren er sporen van inbraak?'

'Voor zover ik kon zien niet.'

'En er lijkt niets te zijn gestolen.'

'Ken je dat onverklaarbare gevoel dat je gewoon wéét dat er iemand in je kamer is geweest?'

'Nee.'

'Dat er van alles is verplaatst, alsof iemand ergens naar zocht.' Er viel een stilte. 'Ik weet hoe vaag dit klinkt, maar ik vond dat je het moest weten. De moed zinkt je vast al in de schoenen als je mijn stem hoort.'

Ze sprak me niet tegen. 'Normaal gesproken zou ik zeggen dat je aangifte moest doen om een dossiernummer te krijgen, maar eigenlijk weet ik niet wat er in dit geval valt aan te geven. Oneerbiediger gezegd: volgens mij valt er niets aan te geven.'

'Het leek me verstandig om je alles te melden wat in mijn ogen relevant is.'

'Relevant?'

'Ja. Voor de zaak.'

Ik vroeg me af of ze hier überhaupt een aantekening van maakte.

'Ik heb je nog iets te vertellen,' zei ik.

'Wat dan?'

'Ik zit in de bus. Ik ga naar het gerechtelijk vooronderzoek. Misschien zie ik je daar?'

Toen Jordan antwoordde had haar stem een nieuw, ongelovig toontje. 'Het gerechtelijk vooronderzoek betreffende Skye Nolan?'

'Ja.'

'Nee, daar ga je me niet zien. Waarom ga je daar in hemelsnaam naartoe?'

'Ik hoop iets meer te weten te komen over de zaak.'

'Daar ga je niets te weten komen. Het is slechts een formaliteit. Beter gezegd, je zou niet moeten gaan.'

'Waarom niet?'

'Omdat je geobsedeerd bent.'

'Zo noem jij het. Ik noem het...'

'Het kan me niet schelen hoe jij het noemt. Ik adviseer je met klem die heksenjacht van je te staken. Dat is beter voor ons en voor jezelf. En vergeet niet dat deze mensen net op een afschuwelijke manier een dierbare hebben verloren.'

'Ik zal voorzichtig zijn,' zei ik.

Ik hing op. Ik wist niet of dit gesprek bevorderlijk was geweest voor mijn situatie.

# 32

Het gerechtelijk vooronderzoek vond plaats in een verlaten uitziend gebouw aan de rand van het kerkhof van St Pancras. De enige aanwijzing van wat er zich binnen afspeelde was een uitgeprint schema dat op het raam naast de deur zat geplakt. Het vooronderzoek begon over minder dan vijf minuten. Ik duwde tegen de deur, maar die zat op slot. Toen ik op een knop drukte klonk er een onverstaanbare stem.

'Ik kom voor het vooronderzoek,' zei ik, waarna de deur met een klik openging.

Binnen werd ik opgewacht door een grote man in een grijs pak. 'Vriend of familie?' vroeg hij.

'Vriend.'

De man gebaarde naar een openstaande deur achter hem. Ik liep naar binnen. Ik had een soort gemeentekantoor verwacht, maar dit leek door het zadeldak, de zes kroonluchters en de oude eikenhouten bankjes achter in de ruimte, waarvan er ook twee langs een van de zijmuren stonden, eerder een soort kapel. Er hing een sombere, plechtige sfeer, alsof ik bij een bruiloft of een begrafenis was. Voor in de ruimte bevond zich een verhoogd podium, als in een rechtszaal, met daarop een groot videoscherm, een computermonitor en een whiteboard, allemaal naar de zaal gericht.

De zaal was vrijwel leeg en ik nam plaats op de achterste rij, op een paar meter afstand van een jonge man in een donker pak die op zijn telefoon keek. Misschien was hij een journalist. Aan de rechterkant zaten twee mensen op de eerste rij. Ik kon alleen hun rug zien. Een vrouw met paars haar en een felgekleurde sjaal rond haar smalle schouders zat kaarsrecht in het bankje. Haar metgezel draaide zijn hoofd om te zien wie er was binnengekomen. Hij was jonger, halverwege de dertig, droeg een hoornen bril en had een net baardje en een oorbel. Hij droeg een stropdas, al leek hij zich daar niet echt prettig bij te voelen. Hij zag eruit als iemand die op weg was naar een kerkdienst of een sollicitatiegesprek.

Aan de andere kant van dezelfde rij zaten twee politieagenten in uniform, een man en een vrouw. De man fluisterde iets tegen de vrouw.

De potige man die me de zaal in had gelaten kwam via een zijdeur binnen en keek de zaal in.

'Wilt u allemaal opstaan,' zei hij.

Er klonk geschuifel en iedereen stond op. Voor in de zaal ging een deur open en er verscheen een vrouw. Ze droeg een streng grijs pak en had een bundel mappen onder haar arm geklemd. De vrouw ging voor het lange bureau staan en maakte een lichte buiging. In een reflex boog ik terug, net als de rest van het... ja, het wat? Het publiek? De congregatie? Ik wist dat deze zitting openbaar was, maar toch voelde ik me een indringer.

Toen de vrouw ging zitten en de mappen op het bureau legde, nam iedereen met een zacht geritsel weer plaats. Het aantal aanwezigen was klein. Ontoereikend klein, zo voelde het. Maar dit was natuurlijk geen herdenkingsdienst.

De vrouw kuchte ter inleiding. 'Goedemorgen. Mijn naam is Charlotte Singer. Ik ben de plaatsvervangend rechter-commissaris van dit district.' Ze kneep haar ogen tot spleetjes en keek naar de weinige mensen in de zaal. Haar blik bleef hangen op de man en de vrouw op de eerste rij. 'Zijn jullie de nabestaanden?'

'Dit is Skyes moeder,' zei de man. 'Ik ben een oude vriend.'

Singer boog lichtjes haar hoofd. 'Ten eerste wil ik u mijn oprechte medeleven betuigen. Dit moet afschuwelijk voor u zijn geweest. Ik zal proberen dit zo pijnloos mogelijk voor u te maken. Misschien weet u dat een gerechtelijk vooronderzoek is bedoeld om antwoord te krijgen op vier vragen: de identiteit van de overledene, de plaats van overlijden, het tijdstip van overlijden en de doodsoorzaak.' Ze sprak direct tegen de moeder. Vanaf mijn plek was het gezicht van de vrouw onzichtbaar, maar ze had haar hoofd gebogen en leek te beven. De man legde een hand op haar rug.

'Hopelijk is u verteld dat de zitting van vandaag slechts een formaliteit is. Ik heb vernomen dat deze zaak naar aanleiding van het autopsierapport is veranderd in een moordonderzoek. Daarom zal ik deze zitting openen en direct weer verdagen.'

'Dus dit was het?'

Singer keek op. De vraag kwam van de man naast Skye Nolans moeder.

'Sorry,' zei Singer. 'Meneer...?'

'Beccles. Charlie Beccles,' antwoordde de man. 'Ik ben een vriend van Skye. Ik vroeg me af of wij ook iets mogen zeggen.'

Singer begon aan haar mappen te friemelen en maakte er een nette stapel van. 'Daar zal zeker gelegenheid voor zijn, te zijner tijd.'

‘Wanneer?’ vroeg Beccles.

‘Ik ben bang dat ik daar niets over te zeggen heb.’

‘Over een paar dagen? Een paar weken? Maanden?’

‘Maanden,’ antwoordde Singer. ‘Maar alles hangt af van het onderzoek en de strafrechtelijke procedure. Het enige wat ik u vandaag kan melden is dat ik het lichaam nog niet kan laten vrijgeven.’ Ze keek naar de agenten. ‘Hebt u nog vragen?’

Maar de agenten waren er voor de volgende zaak, dus de rechter-commissaris verzamelde haar mappen en knikte een groet in de richting van Skye Nolans moeder. Iedereen werd opnieuw gevraagd te gaan staan en toen stond Singer op, maakte een kleine buiging en vertrok.

Ik bleef een paar tellen zitten en wist niet wat ik nu moest doen. Hield het hierbij op? Maar de moeder en een vriend waren hier. Zo’n kans zou ik mogelijk nooit meer krijgen. Toen de twee naar de uitgang liepen, stond ik op. Nu ik het gezicht van de moeder kon zien, voelde ik opeens hoe het moest zijn om een kind te verliezen: de sensatie had iets weg van een fysieke dreun. De vrouw had geprononceerde jukbeenderen en een bijna grijze huid en haar grote, donkere ogen staarden schijnbaar nietsziend in de verte. Ze leek op haar dochter, frêle en bleek, maar dan met lichtpaars haar. Ze was veel jonger dan ik had verwacht: midden veertig, gokte ik. Ze moest al vroeg moeder zijn geworden en Skye was natuurlijk op jonge leeftijd vermoord. Ze droeg een lange rok met paisleypatroon, Dr. Martens, een verwassen indigokleurig shirt en een felgekleurde sjaal. Aan haar vingers zaten grote ringen en haar puntige polsen hingen vol met rinkelende armbanden – alsof ze naar een protestmars of een picknick met vrienden ging.

‘Gecondoleerd,’ zei ik. ‘Dit moet afschuwelijk voor u zijn. Ik weet niet wat ik verder nog kan zeggen.’

De vrouw reageerde nauwelijks. Haar gezicht draaide langzaam mijn kant op. 'Dank je,' zei ze. Ze klonk verdoofd en ik vroeg me af of ze haar iets kalmerends hadden gegeven.

De man keek me achterdochtig aan. Hij was relatief klein, maar had brede schouders. In zijn nette baard zaten grijze plukjes. 'Kende jij Skye?' vroeg hij.

Op deze logische vraag had ik geen antwoord bedacht, besefte ik. Ik kon maar beter niet tegen hen liegen. Ik kon maar beter niets doen om deze vrouw die meer had geleden dan iemand ooit zou mogen lijden te beschadigen.

'Heel vaag,' antwoordde ik. 'Dat is een ingewikkeld verhaal. Maar ik ben vandaag gekomen in de hoop dat jullie me meer over haar willen vertellen. Al begrijp ik het volledig als jullie daar nu geen zin in hebben.'

'Dat vind ik geen enkel probleem,' zei de moeder. Ze had een lichte, heldere stem. 'Zij is eerlijk gezegd het enige waarover ik momenteel wil praten. Weet je, ik mocht haar lichaam niet eens zien. Dat is toch afschuwelijk?'

Ik kon me goed indenken dat dat niet had gemogen en de reden daarvoor was inderdaad afschuwelijk.

'Sorry,' zei ik, mijn hand uitstekend. 'Ik ben Tess Moreau.'

'Ik ben Peggy. Dit is Charlie.'

'Hallo.'

Ik schudde hun de hand: die van Charlie was sterk en warm, die van Peggy koud en zo dun als een stel twijgjes.

'Charlie is een fantastische vriend geweest. Ik ben altijd blijven hopen dat hij en Skye op een dag zouden trouwen. Maar helaas. Skye had maar weinig echte vrienden. Maar jij, Charlie, jij was een echte vriend.'

Ik was bang geweest dat Skyes moeder niet over haar dochter had willen praten, maar ze klonk wanhopig. Alsof ze met iedereen zou praten, zelfs met een vreemde.

'Zullen we een café opzoeken? Dan trakteer ik jullie op een kop thee,' stelde ik voor.

'We moeten naar het station,' zei Charlie. 'Ik weet niet of dit het juiste moment is.'

Ik voelde de kans tussen mijn vingers door glippen. Als dit hier zou eindigen, zou ik hen mogelijk nooit meer zien. 'Natuurlijk,' zei ik. 'Misschien kan ik een stukje met jullie meelopen. Volgens mij kunnen we langs het kanaal. Het is niet ver.'

Buiten scheen de zon. Charlie ging naast Peggy staan en nam haar bij de arm en Peggy pakte met haar vrije hand ook mijn arm vast, vol vertrouwen, als een klein kind. We staken het kanaal over via de nieuwe brug en daalden af naar het jaagpad.

'Vertel eens waar je Skye van kende,' zei Charlie.

Ik probeerde een antwoord te bedenken dat niet geheel onwaar was, maar dat hen tegelijk zou aansporen met me in gesprek te blijven en zelfs contact met me te houden. 'Dit klinkt waarschijnlijk nogal vreemd. We hebben elkaar maar één keer ontmoet, heel recent. Een paar weken terug. Maar onze ontmoeting is me bijgebleven. Ik heb veel aan haar gedacht. En toen zag ik dat ze was overleden. Hopelijk vinden jullie het niet erg dat ik, praktisch een vreemde, naar de zitting ben gekomen.'

We liepen langs een rij woonboten. Ik besefte maar al te goed hoe kostbaar elke seconde van dit gesprek was. 'Een van de redenen dat ik me Skye nog zo goed herinner,' zei ik, en het voelde huichelachtig om haar Skye te noemen, om een intimiteit met haar te creëren, 'is omdat ze ergens door van streek leek te zijn.'

'Ja, dat is mijn dochter,' zei Peggy. 'Zo gedroeg ze zich al heel lang.'

‘Was het erger in de weken voor haar dood?’

Peggy zwaaide haar hoofd van links naar rechts. Tussen ons in leek ze heel klein. ‘In de weken voor haar dood heb ik haar niet gezien.’

We liepen via de brede traptreden omhoog, bij het kanaal vandaan, en bereikten het pad dat naar station King’s Cross leidde. Ik bleef staan. ‘Vind je het goed als ik een keer bij je op bezoek kom?’ vroeg ik Peggy. ‘Als je het fijn vindt om over je dochter te praten, kom ik graag een keer langs.’

Charlie fronste, maar Peggy keek me dankbaar aan. ‘Ja, dat lijkt me heel fijn,’ antwoordde ze. ‘Ik heb momenteel ontzettend veel behoefte om over haar te praten. Alsof ze anders...’ Ze hief haar vuist en opende haar hand. ‘Alsof ze anders verdwijnt, in rook opgaat. Alsof ze hier anders nooit echt is geweest. Er zijn maar zo weinig mensen die haar missen of haar echt herinneren.’

‘Dan kom ik een keer op bezoek.’

‘Ik woon in de rimboe.’ Ze glimlachte. ‘Chelmsford, bedoel ik.’

‘Dat is geen probleem.’

‘Waarschijnlijk zit ik de hele tijd te huilen.’

‘Ook dat is geen probleem. Je mag huilen.’

Nadat we adressen hadden uitgewisseld draaide het paar zich om en vertrok, maar na een paar passen kwam Charlie weer terug en begon hij zacht tegen me te praten. ‘Waar ben jij in godsnaam mee bezig?’

‘Hè?’

‘Heb je enig idee hoe kwetsbaar ze is?’

‘Natuurlijk.’

‘Ze mag dan wel met jou willen praten, maar ik begrijp niet waarom jij met háár wil praten. Wat ben je van plan?’

Wat was ik van plan? Ik keek naar Peggy, haar gezicht vroegtijdig verschrompeld door haar verdriet, die een eindje verder op het pad uitdrukkingsloos naar het bruine water stond te kijken.

'Dat is ingewikkeld. Ik wil alles niet nog pijnlijker maken dan het al is, dat meen ik.'

'Dat kan bijna niet.'

'Nee.'

'Geef haar in elk geval wat tijd, wacht tot het allemaal wat minder rauw is.'

'Oké.' Maar de tijd was mijn vijand. 'Kan ik in de tussentijd met jou praten?'

'Met mij?'

'Ja.'

'Over Skye?'

'Ja.'

Hij keek me boos aan en haalde toen nadrukkelijk zijn schouders op. 'Morgen aan het begin van de avond, in het zwembad op Parliament Hill? Ik ben iets na zessen in het café.'

'Ik zal er zijn.'

# 33

Ik zou Poppy om drie uur ophalen bij Jason. Hoewel mijn bus een omweg nam en ik de laatste anderhalve kilometer moest lopen, was ik een halfuur te vroeg. Toen ik door de bekende straat wandelde, op weg naar het huis waar ik ooit had gewoond, kreeg ik een berichtje van Jason.

*Vertraagd. Halfvier/vier uur thuis*

Ik vervloekte hem zachtjes maar belde toch maar aan, voor het geval dat. Er klonken schuifelende voetstappen en de voordeur ging open. Daar stond Ben, op blote voeten en in een geruite broek die weleens een pyjamabroek kon zijn. Dat durfde ik niet met zekerheid te zeggen.

'Sorry,' zei ik, terugdenkend aan onze ontmoeting in het park. 'Ik weet dat ik te vroeg ben. Jason stuurt me pas net een berichtje.'

'Jason en Emily zijn er niet.'

Ik kon de hond binnen horen blaffen en uit een van de kamers klonk dancemuziek. 'Dat weet ik. Ik ga ergens koffie halen en kom over een uur terug.'

'Ik maak me zorgen om Emily,' zei hij alsof ik niets had gezegd of een compleet ander persoon was. 'Ik ben haar grote broer. Momenteel misschien een grote broer van niks, maar toch.'

'Waar maak je je precies zorgen om?'

'Dat zou jij toch moeten weten.'

'Hoe bedoel je?'

'Ik maak me gewoon zorgen.'

'Maar is er iets aan de hand? Met haar en Jason, bedoel ik.'

'Ze is niet zoals jij,' zei hij.

'Zoals ik?'

'In staat om voor zichzelf op te komen.'

Kon ik dat? Was ik bij Jason ooit voor mezelf opgekomen? 'Wat doet hij?' vroeg ik.

De hond blafte opnieuw.

Ik zette een halve stap naar voren. 'Ik hoop dat ik je nergens bij stoor. Ik weet dat we een slechte start hebben gemaakt. Maar ik zou je graag iets willen vragen.'

'Ik moet mijn tanden poetsen.'

'Maar kun je me niet eerst even...'

'Mama!'

Ik draaide me half naar de straat maar bleef plotseling als bevroren staan, verward. De stem kwam uit het huis. 'Poppy?'

Mijn dochter stormde naar de deur. Ze droeg alleen een onderbroek en haar heksenmantel en op haar wang zat een dikke klodder jam. Haar haar was niet gekamd. 'Poppy?' herhaalde ik. 'Maar jij was toch...'

'Ik deed een radslag maken.'

'Wat is dit? Kom hier.'

Ik tilde Poppy op en drukte haar dicht tegen me aan. 'Hoelang zijn Jason en Emily al weg?' vroeg ik Ben.

'Ze zijn bijna thuis. Je bent vroeg.'

'Hoelang zijn ze al weg?'

Poppy's adem blies warm in mijn oor. 'Toen ik een fant was.'

'Tess!' Achter me klonk Jasons stem.

Met Poppy in mijn armen draaide ik om. Bij het tuinhekje stonden Jason en Emily. Zij zag er moe uit en had dikke ogen.

'Je bent vroeg,' zei Jason.

Ik negeerde hem en richtte me tot Poppy. 'Kom lieverd, we gaan wat aantrekken, dan kunnen we naar huis.'

'Roxie had gegromd.'

Ik liep naar boven, op de voet gevolgd door Jason. Ik duwde Poppy's kamerdeur met mijn schouder open, zette Poppy op bed en begon haar kleren in haar tas te gooien.

'Sunny gaat spinnen.'

'Dat gaat hij zeker. Hier,' zei ik en ik gooide een T-shirt en een overgooier naar haar toe. 'Trek dit maar aan, oké?'

'Nee.'

'Je mag je heksenmantel eroverheen aandoen.' Ik keek naar Jason, die nog steeds in de deuropening stond. 'Hoelang waren jullie weg? Hebben jullie niet thuis geslapen?'

'Ze was niet bij een vreemde.'

'Kom, ik help je wel.' Ik vond de armsgaten voor Poppy en trok de jurk over haar hoofd en haar kronkelende lijfje.

'Vindt Sunny mij lief?'

'Hier. Je mantel.'

'Het was eenmalig.'

Toen ik even naar Jason keek deed alles aan hem me walgen: zijn robuuste postuur, zijn hoekige kaaklijn, zijn mannelijke schoonheid en de manier waarop hij daar stond, met zijn armen voor zijn borst gevouwen en zijn benen een stukje uit elkaar. Als een stier. Hoe had ik hem ooit bij me in de buurt kunnen laten komen?

'We zijn klaar. Kom, we gaan.'

Over minder dan vierentwintig uur zou Poppy bij mijn moeder gaan logeren.

We gingen samen naar het park, waar ik Poppy duwde op de schommel en keek hoe ze op het klimrek klauterde. We voerden de eendjes en Poppy rolde van een heuvel en probeerde alle honden te aaien die langsliepen. Er was een zwarte labrador die rustig bleef staan en haar aan zijn zijdezachte oren liet trekken en een terriër met kromme poten die tegen haar opsprong en haar gezicht likte. Ik dacht aan Skye, die honden had uitgelaten. Ben had een hond.

Thuis maakten we een huis van een grote kartonnen doos door er ramen, een deur en een gat voor de wc-rolletjesschoorsteen uit te snijden. Pas toen ik klaar was met het plafond, dat ik met opperste concentratie aan de muren had getapet, merkte ik dat Poppy niet meer naast me stond. Dat ze niet eens meer in dezelfde kamer was. Toen ik haar riep hoorde ik een schrapend geluid uit een andere kamer komen. Het klonk alsof er iets over de harde keukenvloer schoof. Ik rende naar de keuken en zag Poppy de gang in komen. Ze had iets vast, maar pas na een paar tellen besefte ik dat het een mes was – een enorm, scherp mes dat ik gebruikte om brood en gebraden vlees mee te snijden.

Ik wilde gillen. Ik wilde roepen dat Poppy het mes moest neerleggen. Maar ik wist dat als ik haar bang maakte, ze het mes misschien zou laten vallen en zich eraan zou snijden. Toen ik het mes zelf een keer had gebruikt om een ui te snipperen en tijdens een moment van onoplettendheid in mijn vinger had gesneden, tot op het bot, had ik dat pas gemerkt toen het bloed opwelde uit mijn vinger en het niet te stelpen bleek.

'Poppy,' zei ik zo warm en achteloos als ik kon. 'Mag ik die van je hebben?'

'Voor mama,' zei ze.

'Blijf maar heel stil staan.'

Eén misstap, het soort val of struikelstap dat ze tien keer per dag maakte, en het lemmet zou dwars door haar heen glijden. Zonder mijn glimlach te laten verflauwen ging ik langzaam voor haar op mijn knieën zitten en ik leunde steeds verder naar voren, tot ik haar vuistje en haar arm beethad, en trok het mes vervolgens voorzichtig uit haar vingers, met het lemmet bij ons vandaan.

Zodra ik het mes uit haar greep had gewrikt legde ik het op een hoge plank en draaide ik me weer naar Poppy. 'Poppy, dat mes mag je nooit, nooit meer aanraken.'

'Voor mama,' zei ze.

'Ja,' zei ik. 'Die is van mama. Niet van Poppy.'

Toen ik de keuken in keek voelde ik me misselijk worden. Poppy had een van de stoelen naar het aanrecht geschoven, was erop geklommen, had over het aanrechtblad geleund en het mes van de magneetstrip aan de muur getrokken. En had toen met het grootste en scherpste mes van het huis weer van de stoel weten te klauteren. En dat allemaal terwijl ik in de kamer ernaast een kartonnen huis aan elkaar had zitten tapen.

'Waarom voor mama?' vroeg ik haar.

'Hè?'

Ze leek het hele voorval alweer te zijn vergeten. Ik pakte het mes en hield het voor mijn borst. 'Dit. Waarom voor mama?'

'Een zwaard,' antwoordde ze fronsend. 'Voor mama.'

We maakten samen rijstepap en keken een tekenfilm. Ik deed Poppy in een bad vol schuim, zeepte haar roze lichaam in en knipte haar nagels en aan het einde waste ik haar haar en kamde ik de klitten eruit. Poppy huilde en gaf me een stomp in mijn gezicht en zei dat ze me haatte.

Ik las haar verhaaltjes voor tot ze in slaap viel en bleef toen nog een paar minuten naar haar zitten kijken terwijl ze heen en weer draaide op haar kussen en zichzelf begroef onder de deken.

's Nachts plaste ze in bed en moest ze huilen. Ik verschoonde haar, trok haar een nieuwe pyjama aan en droeg haar naar mijn bed, waar ik voor mijn gevoel urenlang naar haar ademhaling lag te luisteren en de warmte van haar lijfje voelde.

De volgende ochtend aten we kaneelbroodjes in de tuin. Poppy zat Sunny achterna, groef wormen op en plukte bloemetjes voor me die ik in mijn haar moest dragen. In de warme lucht dansten twee goudkleurige vlinders.

Toen stopten we wat spullen voor haar in een tasje en namen we twee bussen naar station Marylebone, waar we ruim op tijd arriveerden. Maar mijn moeder was er al. Ondanks de warmte droeg ze een dikke jas, haar grijzende haar was losgeraakt en een van de hengsels van haar tas was gebroken. Haar enigszins verslonsde uiterlijk bezorgde me een licht schuldgevoel. Ik hoorde haar te beschermen in plaats van extra zorgen te geven.

Ik sloeg mijn armen om haar heen en gaf een kus op haar wang. Ze rook zoals ze mijn hele leven al rook: naar een mengeling van het bloemige parfum dat ze elke dag droeg en een vleugje gezichtspoeder.

'Ik heb voor de zekerheid een trein eerder genomen,' zei ze.

Vol vertrouwen legde Poppy haar hand in die van haar oma. 'Ga ik op Sam de esol rijden?'

Ik keek ze na, Poppy met haar rugzakje om en haar teddybeer stevig vast, en dacht aan de vele aankomsten en vertrekken, alle ontmoetingen en vaarwels, die ze in haar korte leven al had meegemaakt. Vond ze dat vervelend? Had ze heimwee? Wat was haar thuis?

Toen dacht ik aan de gebeurtenissen van de avond ervoor en aan het mes en wat Poppy daarover had gezegd. Het mes was 'voor mama'. Het was een zwaard. Wat voor zwaard? Een zwaard om me mee aan te vallen? Of een zwaard waarmee ik mezelf kon verdedigen? Had Poppy, mijn mysterieuze meisje, mijn bezoeker van een andere planeet, me bedreigd, of had ze me willen beschermen?

Ik had kunnen huilen, maar dat ging ik niet doen. Nog niet. Daar had ik te veel voor te doen en te regelen.

# 34

Ik was iets voor zessen bij het zwembad op Parliament Hill, waar ik een kop thee haalde en een plekje zocht op het terras van het café, dat uitkeek over het zwembad. Het was een warme, milde avond en het was druk in het water: sommige zwemmers maakten slome, spetterende bewegingen terwijl anderen met sterke schouderbewegingen door het chemisch blauwe water schoten. Ik durfde niet te zeggen of Charlie een van hen was. Ik wist nauwelijks meer hoe hij eruitzag, alleen nog dat hij een keurig getrimd baardje had en een ronde hoornen bril droeg.

Toen hees een jonge man met brede schouders en een klein bierbuikje zichzelf uit het water, zette zijn badmuts en bril af, kneep zijn ogen tot spleetjes en tuurde naar het café. Toen hij me zag stak hij een hand omhoog en gebaarde hij naar me, en vervolgens verdween hij in de kleedkamer. Een paar minuten later zat Charlie tegenover me. Hij droeg een korte broek en een T-shirt met lange mouwen, zijn haar was vochtig en zijn gezicht zag roze van het zwemmen. Hij zocht in zijn rugzak naar zijn bril en zette hem op. Het was alsof ik hem voor het eerst zag. Dit was de man die voor Skye had gezorgd. Maar ook de man die haar niet had weten te redden.

'Ik heb niet lang.'

'Fijn dat je met me wilde afspreken.'

Hij hief een vinger. 'Voor je verdergaat wil ik weten waarom Skye je zo interesseert. Je beweert dat je haar maar één keer hebt ontmoet, maar toch kom je naar het vooronderzoek en wil je met haar moeder praten. Ben je journalist?'

'Nee. Ik ben lerares, voor het geval je dat wilt weten. En jij?'

'Is dat belangrijk?'

'Weet ik niet. Sorry dat ik het vroeg.'

'Ik werk voor een softwarebedrijf en als ik je zou uitleggen wat ik precies doe, begrijp je er waarschijnlijk toch niets van.'

'Laat maar zitten dan,' antwoordde ik.

'Dus, wat voer je in je schild? Vrijwel niemand gaf om Skye, dus waarom jij wel? Na één ontmoeting.'

Ik haalde een keer diep adem. 'Ik snap dat dit vreemd klinkt, maar volgens mij heb ik op de een of andere manier iets te maken met haar moord.'

Charlie leunde achterover. 'Waarom praat je dan met mij? Dan kun je beter naar de politie gaan.'

'Dat heb ik ook gedaan.'

'En wat zei die?'

'Die zijn het aan het onderzoeken,' antwoordde ik, hopend dat hij genoegen zou nemen met mijn vage antwoord. 'Het is allemaal nogal ingewikkeld, maar ik denk dat Skye misschien een link had met iemand die ik ken en dat diegene haar mogelijk heeft vermoord.'

'Wie dan?'

'Dat weet ik niet.'

'Wat voor link?'

'Dat weet ik niet.'

'Ik begrijp niet wat je zegt.'

Ik was even stil, want eigenlijk begreep ik dat zelf ook niet. 'Ik weet niet hoe ik het je moet uitleggen. Je moet maar gewoon van me aannemen dat ik handel vanuit een goed hart. Ik heb meer informatie over Skye nodig omdat ik moet weten waarom ze me net voor haar dood heeft aangesproken.'

'Ze heeft je aangesproken?'

'Ja.'

'Wat zei ze tegen je?'

'Ze kwam in een restaurant naar me toe en gedroeg zich alsof ze me kende.'

'Welk restaurant?'

'Het heet Angelo's. Een Italiaans restaurantje in de buurt van London Fields.'

'Maar je kende haar niet?'

'Voor zover ik me kon herinneren niet, nee.'

Daar dacht hij even over na. Nou ja, hij rende in elk geval niet weg. 'Waarom laat je dit niet over aan de politie?'

Ik dacht aan Poppy met haar rugzakje, haar ene hand in die van haar oma, de andere stevig om haar teddybeer geklemd. 'Dit is belangrijk voor me,' zei ik zachtjes.

'Ik weet het niet, hoor,' zei Charlie weifelend. 'Ik geloof niet dat ik het helemaal begrijp.'

'Ik vind het zelf ook vreemd.'

'Goed,' zei hij en hij keek naar zijn telefoon. 'Ik moet over een paar minuten weg. Wat wil je weten?'

'Gewoon wat voor vrouw Skye was, waar ze graag kwam. Maar ik wil vooral meer weten over haar relaties met mannen, geloof ik. Als dat niet te pijnlijk voor je is.'

Hij wendde zijn blik af en staarde een tijdje naar het zwembad. Ook toen hij zijn gezicht weer mijn kant op draaide, keek hij me niet recht aan. 'Ik weet niet wat ik daar precies over moet zeggen. Ze zou volgende maand achtentwintig zijn geworden. Ze is niet in Londen geboren. Ze noemde zichzelf altijd een Essexmeisje. Ze heeft in Chelmsford op school gezeten. Ze was enig kind, heeft haar vader nooit gekend. Ze was...' Hij grimaste. 'Was, was, was. Het voelt vreemd om in de verleden tijd te praten. Ze zei altijd dat ze als puber nogal wild was. Drugs en zo. Ze was heel slim, al heeft ze nooit gestudeerd of zo. Voordat ze naar Londen kwam werkte ze een tijdje als oppas en hier heeft ze een aantal verschillende baantjes gehad. Ze heeft onder andere in een bar in Enfield gewerkt. The Crown and Anchor,' zei hij voordat ik het hem kon vragen. 'En daarna bij een Italiaans restaurant dat inmiddels niet meer bestaat. Ze zei dat ze haar hadden aangenomen omdat ze er een beetje Italiaans uitzag. Ze werkte in de bediening en hielp soms mee in de keuken. Haar pizza's waren fantastisch.'

Charlie keek naar het zwembad, de mensen die voorbij ploeterden.

'Ik dacht dat ze honden uitliet.'

'Dat deed ze het afgelopen jaar, zoiets. Dat vond ze echt heel leuk. Ze was dol op honden. Op alle dieren. Ze droomde ervan een eigen opvangcentrum voor verwaarloosde katten en honden te beginnen. Al heeft ze daar volgens mij nooit een echt bedrijfsplan voor gemaakt.' Zijn stem stierf weg.

'Waar liet ze die beesten uit?'

'Waar? Volgens mij voornamelijk in dat park in de buurt van Kennington, en in Burgess Park. Afhankelijk van de honden. Ze ging ook naar andere delen van Londen.'

'Hoe hebben jullie elkaar ontmoet?'

'Is dat relevant?'

'Weet ik niet. Waarschijnlijk niet.'

Hij duwde een hand in zijn vochtige haar, dat daardoor in stekeltjes rechtop kwam te staan. 'We raakten aan de praat in een bus naar Londen. Aan het einde van de rit schreef ze haar telefoonnummer met viltstift op mijn pols. We hebben jarenlang een knipperlichtrelatie gehad, al hebben we nooit samengewoond.' Hij was even stil. 'Je kon enorm veel lol met haar hebben. Ze was heel lief. Dat moet je weten over Skye: ze kon de liefste, hartelijkste, sprankelendste persoon ter wereld zijn. Op dat soort momenten straalde ze gewoon, weet je wel?'

Ik knikte.

'Waarschijnlijk vraag je je af waarom iemand zoals zij een relatie had met iemand zoals ik.'

'Nee, hoor,' zei ik, al was dat niet helemaal waar.

'Ergens wilde ik meer zijn zoals zij en misschien zou het beter voor haar zijn geweest als zij wat meer was zoals ik.' Hij glimlachte zwakjes. 'Stabiel en georganiseerd, bedoel ik.'

'Maar jullie konden het goed met elkaar vinden.'

'Een tijdlang wel. Ik was haar... Haar rots in de branding, wilde ik zeggen. Dat is het cliché, toch? Maar dat klopt niet helemaal. Ik was eerder haar krabpaal. Je weet wel, zoals katten een favoriete stoel hebben om hun nagels langs te halen.'

'Ze kon lastig zijn.'

'Ja. Lastig en destructief. Jezus, wat was zij destructief. Zowel voor anderen als voor zichzelf.'

'In welk opzicht?'

'Overmatig drinken, overmatig roken, ze deed alles overmatig. Ze stelde haar vrienden teleur. Ruziede veel. Met iedereen die haar in de weg stond, en meestal was ik dat. En ja, ze had weleens seks met andere mannen, of beter gezegd liet ze zich weleens door andere mannen nemen, want als je je een waardeloos stuk stront voelt, waarom zou je je daar dan niet naar gedragen? Maar naderhand voelde ze zich afschuwelijk, ellendig. Haatte ze zichzelf. Ze belandde in een neerwaartse spiraal.'

'En toen gingen jullie uit elkaar?'

'We gingen om de haverklap uit elkaar. En toen voorgoed. Ondanks alles was het makkelijk om van haar te houden, maar uiteindelijk kon ik er niet meer tegen.'

'Wanneer was dat?'

Hij dacht even na. 'Zo'n anderhalf jaar geleden, of iets langer. Na onze breuk heb ik haar een paar maanden niet gezien, maar we bleven vrienden. Volgens mij had ze op het laatst geen andere vrienden meer. Die vonden haar te intens. Het was een hele opgave om bevriend met haar te blijven.'

'Dus je kunt niemand anders bedenken met wie ik zou moeten praten?'

Charlie haalde zijn schouders op. 'Niet echt. Wat afschuwelijk is, als je erover nadenkt. En anders weet ik niet wie het zijn.'

'Vertelde ze je over de mannen na jou?'

'Ze kwam weleens bij me uithuilen, jammerend over de fout die ze had gemaakt met de een, de manier waarop een ander haar had teleurgesteld, dat ze een sukkel was omdat ze nooit van haar ervaringen leerde.'

'Hoe ontmoette ze die mannen?'

'Ze gebruikte weleens datingapps – maar die heeft de politie vast al bekeken. En verder ontmoette ze die mannen volgens mij gewoon op willekeurige plekken. Daar was ze goed in. Als je met haar op stap was begon ze steevast een gesprek met de dakloze op straat of het meisje achter de kassa, dat soort mensen. Ze vond iedereen interessant.' Charlies ogen waren een beetje rood; misschien kwam dat door het chloorwater.

'Was er vlak voor haar dood ook zo iemand?'

'Ze heeft me verteld over een vent die haar had opgepikt toen ze dronken was,' antwoordde hij. 'Al noemde ze dat zelf natuurlijk anders. Zij beweerde dat hij haar had gered. Volgens haar was hij knap en lief en zou hij haar nooit teleurstellen.'

'Heeft ze hem daarna nog vaker gezien?' Ik hield mijn toon zo luchtig mogelijk.

'Een paar keer, geloof ik. Ze zei dat er wat problemen waren ontstaan, maar dat alles goed zou komen. Dat ze zich deze kans op geluk niet zou laten afnemen.'

'Meer heeft ze niet verteld?'

Hij haalde zijn schouders op. 'Volgens mij niet. Het was altijd hetzelfde liedje.'

'Is ze bij hem thuis geweest?'

'Weet ik niet. Volgens mij heeft ze weleens gezegd dat hij een leuk huis had. Maar misschien was dat een andere man, een andere keer.'

'Oké.'

'Ik heb tegen haar geschreeuwd, heb tegen haar gezegd dat ze niet zo kinderachtig en chaotisch moest doen, maar ze lachte me uit en zei dat ik veel te cynisch was. Ze zei dat ze gewoon haar dromen volgde.' Hij haalde zijn vingers door zijn vochtige haar. 'Het probleem met Skye was dat haar huid minder dik was dan die van anderen. Ze was zo kwetsbaar. Net een klein kind, eigenlijk. Een eenzaam, klein kind. Ze dacht dat iemand haar zou komen redden, haar zou repareren. Maar dat gebeurde niet.'

'Het was niet jouw schuld,' zei ik vergeefs, net zoals ik tegen Felicity had gezegd.

Charlie draaide zich weer naar mij. 'Hoe weet jij dat nou?' Zijn stem klonk bars en raspend. 'Je hebt haar één keer ontmoet. Vlak voor haar dood heeft ze een bizar bericht achtergelaten op mijn voicemail, maar ik heb haar nooit teruggebeld.

Ik had het druk, maar eerlijk gezegd had ik er gewoon de moed niet voor.'

'Waar ging dat bericht over?'

'Nergens over, eigenlijk. Ze kraamde onzin uit.'

'Heb je het nog?'

Hij knipperde langzaam met zijn ogen. 'Geen idee. Misschien wel.'

Hij haalde zijn telefoon tevoorschijn, scrolde naar beneden, legde de telefoon tussen ons op tafel en drukte op 'afspelen'. En toen begon Skye te praten.

'Charlie, Charlie!' Haar stem was hoog en helder, als die van een jong meisje. 'Lieve Charlie, waar ben je? Neem op!' Er viel een korte stilte. 'Er is iets aan het gebeuren. Ik heb een plan. Het is net als in die ene film die we ooit samen hebben gezien. Hoe heette die ook alweer? Dat weet ik niet meer. Ik wil met je praten. Ik ben wanhopig – nee, niet wanhopig.' Een kabbelende, heldere lach. 'Opgewonden.' Ergens op de achtergrond klonk gerammel. 'Ik moet gaan. Bel me.'

Dat was het einde van het bericht. Charlie stopte de telefoon terug in zijn zak en staarde naar het blauwe waterbassin.

'Over welke film had ze het?' vroeg ik uiteindelijk.

'Ik heb geen flauw idee.'

'Welke zou het eventueel...'

Met een ruk hief hij zijn hoofd en hij keek me met zijn bloeddoorlopen ogen woedend aan.

'Dat zeg ik toch. Dat weet ik niet! Waarschijnlijk beeldde ze het zich trouwens allemaal in.'

'Oké.'

'Al die chaos.'

'Sorry.'

'Waarschijnlijk moet ik ermee leren leven. Dat ik Skye in de steek heb gelaten.'

'Ik geef je mijn gegevens, voor het geval je nog iets te binnen schiet,' zei ik. 'Wat dan ook. Mag ik je mailadres?'

Ik pakte mijn telefoon, typte zijn mailadres in en gaf hem daarna mijn adres en mobiele nummer. 'O,' zei ik. 'En ik vroeg me af of je me een paar foto's van haar kon sturen.'

'Waarvoor?'

'Voor als ik mensen naar haar wil vragen, weet je wel.'

'Eh, oké,' zei hij. 'Ik moet gaan. Ik ben al laat.'

'Bedankt voor je tijd.'

'Ik heb een vriendin,' zei hij. 'We zijn pas een paar maanden samen, maar ik vind haar echt leuk.'

'Praat met haar,' zei ik. 'Vertel haar hoe je je voelt.'

Hij stond op en zwaaide zijn rugzak over zijn schouder. 'Het vreemde is dat ik alles wat ik net heb gezegd nog nooit aan iemand heb verteld. Nog nooit hardop heb uitgesproken.'

Ik zag dat hij bijna moest huilen. 'Sorry als dit het pijnlijker voor je heeft gemaakt.'

Hij haalde zijn schouders op. 'Wees een beetje voorzichtig met Peggy. Ik heb geen idee hoe zij hiermee kan leven.'

Toen hij wegliep keek ik hem na en vervolgens kocht ik een tweede kop thee en een kaneelbroodje. Ik bleef een hele tijd zitten kijken naar de zwemmers die baantjes trokken in het zwembad, glinsterende abstracte vormen in het blauwe water.

In de bus haalde ik mijn telefoon tevoorschijn. Charlie had me drie foto's van Skye gestuurd. Eentje was een ietwat onscherpe close-up. Op de foto had ze kort haar, bijna gemillimeterd, en een neuspiercing. Ze glimlachte breed en in haar linkerwang zat een kuiltje. Op de tweede zat ze in een stoel, lag er een gele sjaal om haar schouders en had ze een grote zwarte kat op schoot. Op de derde was ze buiten en droeg ze wandelschoenen en een gewatteerd jack. Ze had meerdere hondenriemen vast en leunde lichtjes achterover, alsof er aan de riemen werd getrokken, maar de honden waren buiten beeld. Ik bestudeerde haar: klein, slank, knap. En jong, dacht ik. Ontzettend jong.

# 35

De eerste hond die ik zag was een chocoladebruine spaniël met een glanzende vacht, lange zachte oren en treurige, lieve ogen. Zijn baasje droeg een katoenen bloemetjesjurk en had een donkere zonnebril in haar haar.

'Sorry dat ik je stoor,' zei ik, mijn telefoon met de foto van Skye naar haar toe gedraaid. 'Ik vroeg me af of je Skye Nolan kende. Zij liet honden uit in dit park.'

'Nee, ik geloof niet dat ik haar hier ooit heb gezien. Sorry. Wordt ze vermist?'

Alsof Skye zelf een hond was.

De volgende was een sjofele, vrolijke terriër die om me heen dartelde terwijl ik met een man met een grote baard praatte.

'Nog nooit, ben ik bang. Maar ik ben meestal niet degene die Noodle uitlaat.'

Twee golden retrievers, een jonge en een oude dikke. Ze werden vergezeld door een vrouw in hardloopkleding die bleef staan toen ik haar aanklampte en haar oortjes lostrok voordat ze antwoordde.

'Misschien. Misschien heb ik haar weleens gezien. Maar dat weet ik niet zeker. En ik heb nooit met haar gepraat. Sorry.'

En weg was ze, haar honden met hun roze tong uit hun bek dravend in haar kielzog.

Een teckel die een jasje droeg en zo dik was dat zijn poten nauwelijks zichtbaar waren. De tienerjongen die het beest in beweging probeerde te krijgen leek zich te schamen om met hem te worden gezien.

'Ik heb vakantie. Mijn oma vroeg of ik hem wilde uitlaten. Hij waggelt een paar meter en gaat dan gewoon weer zitten. Kijk 'm nou!'

'Dus je hebt deze vrouw nog nooit gezien?'

'Nee.'

Een middelgrote vuilnisbak met vragende ogen en een ruwe vacht. Een poedel. Een vizsla (dat wist ik alleen maar omdat zijn baasje me dat vertelde). Twee staffords. Een chocoladebruine puppy die rondjes rende. Een schurftige hond die op een vos leek. Een enorme hond die zo groot was als een pony en bungelende draden kwijl uit zijn bek had hangen. Een piepklein hondje dat zo groot was als een mol, een poot optilde tegen een boom en me verwijtend aankeek toen ik met zijn baasje praatte. Drie honden waarvan de riemen werden vastgehouden door een tienermeisje dat een dappere poging deed ze uit de knoop te houden. Geen van hen had Skye ooit ontmoet.

Toen kwam er een hond met een goudbruine vacht en een witte bef en een gretige, maar ietwat verwarde blik in zijn ogen.

'Ze is een Duck Toller,' zei de vrouw.

'Van dat ras heb ik nog nooit gehoord.'

'Het is ook niet erg bekend. Ze is heel slim. Toch, Primrose?'

'Dat geloof ik graag.'

'Volgens mij begrijpt ze de helft van wat ik zeg en het meeste van wat ik bedoel.'

'Wat leuk. Ik vroeg me af of u dit meisje weleens hebt gezien.'

Ik hield mijn telefoon omhoog. De vrouw tuurde naar het scherm en rechtte vervolgens haar rug. 'Skye! Natuurlijk. Die meid was gek op Primrose.'

'Dus u kende haar?'

'Nou ja, kennen is een groot woord, als je begrijpt wat ik bedoel. Maar ze was vaak in het park en ik kom hier twee keer per dag.'

'Was ze hier dan met haar honden?'

'De honden die ze uitliet, ja.' De vrouw snoof afkeurend. 'Soms had ze er wel vier of vijf. Ik bedoel, hoe kun je fatsoenlijk op vijf honden tegelijk letten?'

'Geen idee.'

'Dat kun je niet. Maar ze ruimde altijd hun poep op, en dat geldt lang niet voor alle hondenuitlaters. Al begrijp ik niet waarom mensen een hond nemen als ze vervolgens iemand inhuren om hem uit te laten.'

'Hebt u weleens met haar gesproken?'

'Jazeker. De afgelopen maanden hebben we een paar leuke gesprekken gehad.'

'Waarover?'

'Over honden,' zei de vrouw. 'Waar zouden we het anders over moeten hebben?'

'Weet u wiens honden ze uitliet?'

'Wat is dit? Is er iets aan de hand?'

'Skye is overleden,' zei ik.

De vrouw keek naar haar hond alsof ze troost bij hem zocht

en Primrose keek terug. Het was me nooit eerder opgevallen dat honden wenkbrauwen hebben. 'Nu ik erover nadenk heb ik haar inderdaad al een tijdje niet gezien. Was ze ziek? Ze zag er niet ziek uit, al rookte ze afschuwelijk veel. Dat heb ik vaak genoeg tegen haar gezegd.'

'Ze is van een gebouw gevallen.'

'Ach, wat vreselijk! Hemeltje. Wat was je vraag ook alweer? O ja. Ik heb geen idee wiens honden ze uitliet. Het waren niet altijd dezelfde honden en ik zag haar ook weleens een week niet. Waarom wil je dat weten? Waren jullie vriendinnen?'

'Ja.'

'Gecondoleerd. Wie had dat ooit gedacht? Die meid was niet bepaald een geluksvogel, hè?'

'Hoe bedoelt u?'

'Wat mannen betrof. Als ze het niet over honden had, had ze het over mannen. Ze zei dat ze als het om mannen ging een sukkel was.'

'Noemde ze die mannen weleens bij naam?'

'Ze bracht ze altijd maar terloops ter sprake. Volgens mij deed ze dat bij veel mensen in het park. Ze kwam gewoon naar je toe en begon tegen je praten alsof je elkaar al jaren kende.'

'Was ze altijd alleen?'

'Een keer was ze met een man.'

'Hebt u hem gezien?'

'Alleen van achteren.'

'Hoe zag hij eruit?'

'Dat zou ik echt niet meer weten.'

'Lang of kort, dik of dun?'

'Gewoon een man, van achteren gezien,' antwoordde de vrouw.

'Wanneer?'

‘Wanneer? Een paar weken geleden, geloof ik. Geen idee.’

‘Leken ze hecht?’

‘Dat kon ik niet zien. Ik liet Primrose uit en ze was in het park met een heleboel honden en een man. Sorry, maar waarom vraag je dit eigenlijk allemaal?’

‘Ze was een vriendin van me,’ antwoordde ik.

Ik keek naar mijn telefoon. Skye keek glimlachend terug. Glimlachend en met licht opgetrokken wenkbrauwen.

Honden, dacht ik. Heel veel honden.

En toen viel me een nieuwe gedachte in en kreeg ik geen lucht meer.

# 36

Ik zat aan Gina's keukentafel terwijl zij twee mokken volschonk met koffie uit de cafetière. Het was vreemd stil in huis.

'Waar is iedereen?'

'Laurie is met de kinderen naar zijn moeder. Toen jij voor de deur stond waren ze net weg. Het is gek om hier alleen te zijn. Ik kan me niet herinneren wanneer dat voor het laatst was.'

'Ik wil niet dat je door mij te laat op je werk komt.'

Gina keek naar de klok aan de muur: het was twintig over acht. 'Ik hoef pas over een halfuur weg. En een mens mag best af en toe te laat komen.' Ze pakte haar koffie, nam een slok en slaakte een overdadige zucht. 'Fijn dat we een keer samen aan tafel zitten. Als ik op mijn werk zit, of als Jake en Nellie naar bed zijn, denk ik weleens aan onze relatie vóór al deze gekkigheid. Misschien vergeten we af en toe hoe het is om gewoon vriendinnen te zijn.'

'Ja, daar heb je gelijk in.' Ik voelde me een spion in mijn eigen leven. Ik was niet eens meer eerlijk tegen mijn beste vriendin. 'Ik zat trouwens te denken. Soms vraag ik me af of ik een hond moet nemen. Misschien is dat leuk voor Poppy. Wat denk jij?'

Gina keek me geschrokken aan. 'Als ik jou was, zou ik daar

heel goed over nadenken. Ze zeggen dat het net is of je er een kind bij krijgt. Je kunt hem nooit zomaar thuis achterlaten. Een hond is geen dier dat je zomaar neemt. En Sunny dan? Die zal een hond in huis niet erg op prijs stellen, denk ik.'

'Dus jij zou er nooit een nemen?'

'Jezus, nee. De zorg voor twee kinderen is me al bijna te veel – al laat ik het overgrote deel van de dagelijkse zorg aan Laurie over. Alleen al het idee dat ik 's avonds thuiskom en de hond nog moet uitlaten. En je moet hun stront opruimen. En ze stinken als ze nat zijn. En ze leggen hun kwijlende snuit op je schoot.'

Ik moest lachen.

'Nee, ik meen het. En ze laten overal haren achter. En ze bijten.'

'Ik snap het. Je bent geen hondenmens.'

'Misschien mag Jake later wel een hamster of zo.'

'Laurie houdt van honden, toch?'

'Laurie? Echt?'

'Hij heeft een keer verteld dat hij de hond van zijn moeder weleens uitlaat.'

'Als je die rat een hond kunt noemen. Maar hij houdt inderdaad meer van honden dan ik. Als het aan hem lag woonden we ergens op het platteland in de modder, tussen de kippen en geiten en zo. Het vaderschap is hem naar het hoofd gestegen.' Ze grijnsde. 'Hij zegt altijd dat hij meer mensen spreekt als hij Winston – dat is de hond van zijn moeder – uitlaat dan in alle jaren dat hij in zijn eentje door de parken van Londen heeft gewandeld bij elkaar.'

'En waar laat hij hem dan uit?' Ik vond het vreselijk dat ik haar deze vragen stelde.

'Waar? Geen idee. Ze woont in Kensal Rise, dus misschien

gaat hij naar het kerkhof. Hij is dol op een goed kerkhof. Maar Winston is maar een klein hondje, dus volgens mij hoeft hij maar kleine stukjes uit. Twee keer per dag, dat wel.'

'Heeft zijn moeder ooit een hondenuitlater ingehuurd?'

Gina lachte. 'Wat is dit? Werk je tegenwoordig bij de dierenbescherming?'

'Ik vraag me gewoon af wat mensen met hun honden doen als ze weggaan.'

'Het antwoord is: geen idee. Goed, genoeg vragen over honden. Vertel eens hoe het is zonder Poppy.'

'Vreemd. Heel stil. Ik mis haar. Ik spreek haar een paar keer per dag en ze lijkt vrolijk. Al had ze gisteravond nachtangsten en zei mijn moeder dat ze niet veel eet.'

'Die redt zich wel,' zei Gina luchtig. 'En nu hebben jij en Aidan tenminste wat tijd voor elkaar. Dat moet fijn zijn.'

'Dat was het plan, ja.'

Gina keek me even vragend aan.

'We zijn uit elkaar.' Ik probeerde te glimlachen, maar mijn mond trilde en ik wendde me van Gina af.

'Nee! Tess, lieverd, wat is er gebeurd? Jullie leken zo gelukkig samen. Wanneer is dit gebeurd?'

'Een paar dagen geleden.'

'Heb jij het uitgemaakt?'

'De timing was verkeerd. Maar nu vraag ik me af waarom ik het heb gedaan.'

'Je kunt nog terug,' zei Gina.

'O, ik weet niet. Alles is zo'n puinhoop.'

'Als je denkt dat je een vergissing hebt begaan, moet je hem dat vertellen.'

'Dat kan ik niet. De redenen dat ik het heb uitgemaakt zijn niet veranderd. Ik mis hem gewoon en voel me een beetje rot over alles. Dit is de gevaarlijke periode, als het allemaal nog vers is. Maar ik was er gewoon nog niet klaar voor. Ik dacht dat het goed met me ging, maar dat is niet zo, Gina. En belangrijker nog, ook met Poppy gaat het niet goed.'

Gina's ernstige gezicht bezorgde me een steek van schuldgevoel. Ik stelde me voor haar open, nam haar in vertrouwen, zocht troost bij haar, maar verdacht haar echtgenoot ondertussen van duistere praktijken.

'Lieverd toch,' zei Gina. 'Wat ontzettend rot voor je, Tess.'

'Ja. God, kijk eens hoe laat het al is.'

'De tijd kan de pot op. Laten we nog een kop koffie drinken, dan kun je me rustig het hele verhaal vertellen.'

'Dat gaat niet.' Ik stond op. 'Ik moet naar de trein. Ik ga naar Chelmsford.'

'Chelmsford? Wat heb je daar nou weer te zoeken?'

'Ik ga op bezoek bij een vriendin van een vriendin.'

# 37

Al voordat ik kon aankloppen deed Peggy Nolan de deur open. Ik vroeg me af of ze bij het raam op de uitkijk had gestaan. Ze droeg een groene jumpsuit die een paar knopen miste en om haar hoofd zat een geblokte sjaal geknoopt. Ze stak haar handen naar me uit en ik pakte ze vast: dunne vingers, kapotte nagels. In de huid rond haar ogen zaten korreltjes mascara en ze had een koortslip. Ze maakte een wat groezelige, uitgehongerde indruk.

Ze leidde me meteen dwars door het huis naar de achtertuin. Ik snapte wel waarom. Het piepkleine rijtjeshuis – dat slechts een kort taxiritje bij het station vandaan was – stond in zo'n typische voorstadstraat die zich werkelijk overal in Engeland had kunnen bevinden en was compleet afgeladen met spullen: stapels schoenen in het halletje, posters aan de muur, mobiles en windgongen en dromenvangers aan het plafond van de keuken, tientallen mokken in de vensterbank, drie klokken, waarvan er maar eentje het deed, en een gitaar met een gebroken snaar tegen de muur. Maar de tuin was anders. Die liep heel geleidelijk af naar een lagergelegen stuk dat uitkeek op een bos. Peggy had er echt haar eigen plekje van gemaakt: de tuin was weelderig groen en er stonden overal bloemen. Helemaal achterin lag een keurig onderhouden moestuintje.

'Zonder deze tuin was ik al jaren geleden gek geworden,' zei ze. 'En misschien ben ik dat ook wel een tijdje geweest. Als iemand in die tijd bij de kassa vroeg hoe het met me ging en ik vertelde wat er met mijn dochter aan de hand was, dat ze was losgeslagen of een inzinking had of hoe ze er op dat moment ook aan toe was, zag ik op een gegeven moment aan hun blik dat ze zich geneerden, dat ze wilden dat ik mijn mond zou houden en zou weggaan. Dit was het enige waar ik toen troost in vond.' Ze gebaarde om haar heen. 'Vroeger wilde ik altijd in een commune wonen, waar we met zijn allen het land zouden bewerken om ervan te kunnen leven en we dingen zouden weven en brood zouden bakken. Maar toen kwam Skye en... Nou ja. Dat was maar een stomme droom. Dat zou waarschijnlijk toch nooit zijn gebeurd.' Ze bekeek me iets beter. 'Heb jij kinderen?'

'Een dochter van drie.'

'Pas goed op haar,' zei Peggy. 'Hou haar dicht bij je.'

'Ik doe mijn best.'

'Ik wil over Skye praten. Dat is het enige wat ik wil. Het enige moment dat ik me ietsje beter voel is als ik over haar praat, want dan lijkt ze niet zo ver weg. Voelt het niet alsof ik haar nooit meer zal zien.' Ondertussen klonk er een snik door in haar stem. 'Daarom vond ik het zo fijn dat je hierheen wilde komen om met me te praten. Maar als ik te veel praat, moet je het zeggen.'

'Van mij mag je zoveel praten als je wilt.'

'Zullen we hier theedrinken? Ik vind het warm genoeg.'

'Dat lijkt me heerlijk.'

Op het terrasje recht achter het huis nam ik plaats op een ietwat wankele ijzeren tuinstoel. Na een paar minuten kwam

Peggy terug met een dienblad. 'Ik heb carrotcake gebakken,' zei ze. 'Hij is veganistisch. Wil je een plakje? Hij kan wat compact zijn.'

'Een dun plakje, graag.'

Voordat ze de thee inschonk pakte ze een plat, vierkant stukje glimmend ambergroen aardewerk en legde het voor me neer. 'Dat is een onderzetter,' zei ze. 'Voor je hete mok.'

Ik pakte het schijfje op en bestudeerde het. 'Wat mooi.'

'Die heb ik zelf gemaakt. Ik doe aan pottenbakken. Vroeger droomde ik ervan daar mijn beroep van te maken. Maar ik haal er veel plezier uit.'

'Hij is prachtig.'

'Neem maar mee.'

'Hè?'

'Je mag het hebben. Ik vind het een fijn idee dat hij in het bezit is van iemand die hem mooi vindt.'

'Echt?'

'Ja. Toe maar, stop maar in je zak.'

Ik lachte. 'Wat ontzettend aardig. Maar ik zet eerst mijn theemok erop.'

Terwijl ik mijn thee dronk vertelde Peggy over Skyes kindertijd. Ze was een heel vrolijk en impulsief meisje, met intense, korte vriendschappen en hevige passies die meestal iets met de natuur te maken hadden: wilde bloemen persen, vrijwilligerswerk bij een dierenopvang, vogelcursussen. Maar in haar puberteit was er iets misgegaan en Peggy had zich vaak afgevraagd of dat lag aan het feit dat Skyes vader niet in beeld was. 'Het was Skye en ik,' zei ze. 'In ons eigen veilige wereldje. Ik dacht dat ik haar kon beschermen.'

Ik onderdrukte een rilling. 'Je weet nooit hoe kinderen ergens op reageren.'

'Ik bleef mezelf voorhouden dat het gewoon een fase was,' zei Peggy. Ze keek langs me heen naar iets in de verte. Ze had net zo goed tegen een willekeurig ander persoon – of tegen zichzelf – kunnen praten. 'Rond haar veertiende raakte ze bevriend met een groepje vreselijke tieners. Ik wist niet wat ik moest doen. Ze gebruikten drugs, uiteraard, en ze had een paar vriendjes die haar slecht behandelden. Het was alsof ik samenwoonde met een vreemde, iemand die me haatte. Soms stal ze van me, en van mijn moeder. Dat was verschrikkelijk. Haar verhuizing naar Londen voelde voor mij als een soort bevrijding. Ze vertelde me nauwelijks iets over haar nieuwe leven, maar toch maakte ik me zorgen. Toen ze Charlie ontmoette was ik enorm opgelucht. Maar uiteindelijk kon hij haar niet redden. Niemand kon haar redden.'

Er viel een stilte.

'Mag ik iets zeggen?' vroeg ik.

'Wat dan?'

'Je praat over je dochter alsof ze zichzelf van het leven heeft beroofd. Alsof ze is gestorven aan een overdosis. Maar dat is niet zo. Misschien hoefde ze helemaal niet te worden gered. Misschien had ze zichzelf kunnen redden, of was ze daar druk mee bezig. Ze had gewoon de afschuwelijke pech de verkeerde persoon tegen het lijf te lopen.'

Peggy schudde traag haar hoofd. 'Je begrijpt het niet. Je weet niet hoe het was. Toen zij en Charlie uit elkaar gingen... Toen hij haar verliet, eigenlijk, was ze daar kapot van. Ze was ongekend wanhopig. Skye deed nooit iets half. Als ze blij was, was ze blij. Maar als ze verdrietig was... hemel, dan was het alsof de wereld was vergaan. Toen ze het contact met mij verbrak vond ik dat eerlijk gezegd...'

Ze zweeg en hield een hand boven haar gezicht om het te

beschermen tegen de zon. Haar ogen waren bloeddoorlopen. Ik wachtte.

'Vond ik dat eerlijk gezegd een opluchting. Echt. Het sleepte al veel te lang voort. Ik wilde niet meer aan haar denken. Ik wilde niet meer zien hoe ze elke dag verder ontspoorde. Ik wilde niets meer weten over de drugs. Over de mannen. Ik wilde niet meer verantwoordelijk voor haar zijn. Ik had zoveel jaren in angst gezeten, ik had me zo lang elke dag paniekerig gevoeld. Dus toen ze me niet meer wilde zien, was ik opgelucht.'

'Dat snap ik,' antwoordde ik. 'Maar dat betekent niet dat je niet van haar hield. Heeft ze je verteld waarom ze het contact verbrak?'

'Zo is het niet gegaan.' Peggy was sneller gaan praten in een poging haar snikken voor te blijven. 'Volgens mij was het geen bewuste beslissing. Ze kwam gewoon niet meer langs, stopte met bellen, antwoordde niet meer op mijn berichtjes, dat soort dingen. Misschien herinnerde ik haar aan het leven waaraan ze wilde ontsnappen, of misschien schaamde ze zich. Ik weet het niet. Maar ik weet wel dat ik weinig moeite heb gedaan om met haar in contact te blijven of om erachter te komen hoe het met haar ging. Ik hield mezelf voor dat het feit dat ze geen contact zocht betekende dat alles in orde was. Geen nieuws is goed nieuws, zoals ze zeggen. Maar soms is geen nieuws afschuwelijk nieuws. Mijn kleine meisje. Vermoord.' Haar stem trilde. 'Ik had het moeten weten. Ik had het moeten blijven proberen. Dat zou een goede moeder hebben gedaan. Dus ik geef mezelf de schuld. Zoals gewoonlijk. En ik weet niet hoe ik deze last moet dragen. Echt niet.'

Ik legde een hand op die van haar. Hij voelde als een klauw. 'Ik vind het echt verschrikkelijk voor je. Ik kan me niet indenken hoe dit moet voelen.'

We zaten een tijdje zwijgend naast elkaar. Op de tuinmuur zong een merel.

'Heeft de politie je verteld wat ze precies onderzoeken?' vroeg ik na een tijdje.

'Nee, die heeft me niets verteld. Er is een jonge agent langsgekomen, die ging zitten waar jij nu zit en vroeg hoe ik me voelde. Ik hoef geen therapie van de politie. Ik loop al bij een psycholoog. En ik doe yoga, en ik mediteer. Ik wil gewoon dat ze degene vinden die dit heeft gedaan.'

'Hebben ze je niet ondervraagd?'

'Ik kon ze weinig vertellen. Ze wilden weten met wie Skye de laatste tijd omging. Maar ik had geen idee wie ze allemaal zag.'

'Had ze geen contact meer met oude vrienden?'

Peggy was heel lang stil voordat ze antwoord gaf. 'Volgens mij heeft ze alle banden verbroken toen ze naar Londen verhuisde. Misschien heeft ze weleens afgesproken met een of twee van hen die er al woonden.'

'Weet je hoe die vrienden heten?'

'Waarom wil je dat weten?'

'Ik zou graag eens met iemand willen praten die haar in Londen heeft gekend.'

'Er is een meisje dat ik altijd graag mocht, Hannah.'

'Weet je haar achternaam?'

'Ja, natuurlijk. Hannah...' Ze aarzelde. 'Flood. Hannah Flood. Die was goed met haar handen. Vroeger had ze een marktkraam waar ze kaarsen en zo verkocht, prachtige spulletjes, en volgens mij heeft ze tegenwoordig een winkel in Londen.'

'Weet je ook waar?'

'In Marylebone, dacht ik. Ergens vlak bij de grote winkelstraat. Maar ik weet niet of zij nog contact met Skye had. Ik heb Hannah al heel lang niet meer gezien, net als Skye. Toen ik vorige week in haar appartement was, was dat de eerste keer in bijna een jaar.'

Dat wekte mijn interesse. 'Waarom was je daar?'

'Om het leeg te halen. Ik ben haar enige naaste familie.' Ze haalde haar neus op. 'Nog maar een paar jaar geleden heb ik na de dood van mijn moeder hetzelfde met haar huis gedaan. Ik ben pas vijfenveertig.' Haar zachte lach klonk als een snik. 'Ik vond mezelf altijd te jong om de moeder van een volwassene te zijn. Nu voel ik me praktisch honderd, en zo zie ik er waarschijnlijk ook uit.' Ze wreef met haar magere handen over haar gezicht, alsof ze de lijnen van verdriet wilde uitwissen. 'Toen ik bezig was in het huis van mijn moeder moest ik denken aan mijn eigen huis en hoe het voor Skye zou zijn om door al mijn oude kleren en de lades vol spullen die ik al jaren geleden had moeten weggooien te gaan. Ik had nooit verwacht dat voor Skye te moeten doen.'

Ze haalde een zakdoekje tevoorschijn en snoot haar neus.

'Dat moet afschuwelijk pijnlijk zijn geweest.'

Peggy schudde haar hoofd. 'Op een bepaalde manier hielp het. De uitvaart moet worden uitgesteld, en dat wordt vast afschuwelijk, maar op de een of andere manier voelde het goed om haar spullen uit te zoeken. Hoe stom het ook klinkt, het voelde alsof ik voor haar zorgde. Op een manier waarop ik tijdens haar leven niet voor haar had gezorgd. Haar kleding opvouwen, alles opruimen. Haar huis was een puinhoop.' Er rolden tranen over haar ingevallen wangen en ze deed geen poging om ze tegen te houden. 'Ik ben ook niet bepaald netjes; ik ben een ekster, een verzamelaar. Maar Skye maakte overal een zootje van. Haar hele leven was een zootje. Charlie is met me meegegaan en we hebben alles samen uitgezocht. Ik weet niet of me dat zonder hem was gelukt. Het meeste was natuurlijk rotzooi. Het voelde vreemd om haar messen en vorken en haar stoffer en blik en haar theedoeken in kartonnen dozen te stoppen. Waarschijnlijk hadden we alles meteen naar de vuilstort moeten brengen, maar dat kon ik niet over mijn hart verkrijgen. Tussen haar kleren zaten ook een paar mooie dingen, kledingstukken waarin ze er heel knap uitzag. Geen idee wat ik daarmee moet. Ik denk niet dat ik die kan wegdoen. Wat denk jij?'

'Ik denk dat je op dit moment beter geen beslissingen over dat soort dingen kunt nemen.'

'Dat zei Charlie ook al.' Ze was even stil. 'Maar er was iets wat ik direct wilde houden. Wil je het zien?'

'Ja, natuurlijk.'

Peggy stond op en liep het huis in. Tijdens haar afwezigheid dacht ik aan Charlie, Skyes toegewijde ex die haar op de been had gehouden.

Ik dacht aan de lijst van vrouwen die vermoord waren in Londen. Dat waren er niet veel, maar de daders waren voornamelijk echtgenoten en ex-echtgenoten, partners en ex-partners, mensen die hun partner hadden willen zijn. Charlie, de ex-vriend, had vast bovenaan het verdachtenlijstje van de politie gestaan. En hij was met Peggy naar het appartement gegaan om het samen met haar leeg te halen. Dat gaf stof tot nadenken. Maar hoe waren Poppy en ik gelinkt aan Charlie en Skye?

Toen bedacht ik nog iets. Wat als ik zou doodgaan? Zou Jason, als Poppy's vader, dan toestemming krijgen om te helpen bij het 'leeghalen' van mijn appartement? Was hij in een of ander opzicht nog steeds mijn naaste familie? Dat moest ik eens uitzoeken. Alleen al de gedachte maakte me bijna misselijk.

Peggy kwam met een schoenendoos de tuin in. Ze zette de doos op tafel en haalde het deksel eraf. 'Dit was het emotioneelst voor me,' zei ze. 'Dit waren Skyes sieraden. Soms pak ik een van haar truien, want die ruiken nog altijd naar haar parfum. Maar meestal rommel ik hier een beetje in, bekijk ik haar oorbellen en kettingen.' Ze pakte een hanger van een zilveren bloem die aan een dunne ketting hing. 'Deze heb ik voor haar gekocht toen ze eenentwintig werd. Het was geen kostbaar sieraad, maar ik kwam hem tegen in een kringloopwinkel en vond het echt iets voor haar.'

Het bekijken van de persoonlijke bezittingen van een vrouw die ik maar één keer had ontmoet maakte me ontzettend droevig. Ik pakte een koperen armband, een set dunne armbandjes, een enkelbandje met bedeltjes eraan, een mooie ketting met een hanger van maansteen, een paar grote en meerdere paren kleinere oorringen, allerlei oorknopjes, een broche in de vorm van een vis, een handjevol hoornen haarclipjes en een fijne gebloemde haarband. In gedachten zag ik Skye voor een spiegel in haar rommelige kamer staan en de sieraden omdoen, zichzelf bewonderen, zichzelf voorbereiden op de wereld. Ik liet de sieraden tussen mijn in elkaar geweven vingers weer de doos in glijden.

Opeens vroeg ik me iets af. Ik draaide me naar Peggy, maar haar vertrokken betraande gezicht deed me aarzelen, dus ik vroeg het niet.

# 38

In de trein terug naar Londen, met Peggy's onderzetter in mijn zak, dwarrelden de gebeurtenissen van zojuist door mijn hoofd tot het er pijn van deed. Ik dacht aan Skyes verdrietige, korte leven, en toen aan dat van mijzelf. Het verhaal dat ik mezelf had wijsgemaakt was doorgekrast en verscheurd. Vaste grond was veranderd in drijfzand. Mijn idee van wie ik was en wat ik betekende was op losse schroeven komen te staan.

Een man liep door de wagon en ging ondanks meerdere lege zitjes tegenover me zitten, met zijn benen wijd, ruimte innemend. Hij was vlezig, met gespierde armen en hangwangen, en staarde me aan. Ik keek met een misselijk gevoel weg. Mannen, alle mannen, waren eng en bedreigend geworden. Al mijn aandacht was uitgegaan naar Jason, maar wat te denken van Ben, met zijn droevige ogen en zijn bleke, slappe gezicht, die samen met zijn gemene hond bij Jason in huis woonde? En van Laurie, aan wie ik tot nu toe niet eens had gedacht, hoewel hij al die tijd al vol in mijn zicht stond? Of Bernie, die altijd in de buurt leek te zijn en ons begroette in de hal, vanachter zijn raam naar ons stond te kijken als we in de tuin waren, brood langsbracht, de goede buur uithing? En dan had je Aidan nog, die net zo vaak in mijn appartement was geweest als alle anderen. Maar dat zou vanaf nu natuurlijk niet meer gebeuren. Mannen met honden en mannen zonder honden. En nu moest ik me ook richten op Charlie, die voor zover ik wist geen enkele link met mij, maar wel een innige band met Skye had.

Wie moest ik wantrouwen? Wie moest ik níét wantrouwen?

Dit kon niet wachten; het voelde alsof elke seconde telde. Ik belde Kelly Jordan.

'Ik heb het heel erg druk,' zei ze bij wijze van begroeting.

Ik stond op en liep naar het tussenstuk tussen mijn wagon en de volgende zodat de man me niet meer kon horen.

'Je zei dat ik je moest bellen als iets me zorgen baarde.'

'En wat baart je zorgen?'

'Als ik het goed begrijp gaat de politie ervan uit dat Skye Nolan is omgekomen tijdens een uit de hand gelopen beroving.'

'Dat is inderdaad een van de mogelijkheden.'

'Maar als ze is beroofd, waarom zijn haar sieraden dan niet meegenomen?'

Er viel een stilte. Ik keek naar mijn telefoon en vroeg me af of mijn bereik was weggevallen.

'Hoe weet je dat?'

'Skyes moeder heeft me haar sieradendoos laten zien.'

'Waarom?'

'Ze had me uitgenodigd om langs te komen.'

'Hoe ken je haar überhaupt?'

'Ik heb haar ontmoet tijdens het gerechtelijk vooronderzoek. Weet je nog? Ik heb je verteld dat ik daarnaartoe ging.' Aan de andere kant van de lijn was het stil. 'Die zijn openbaar.'

'Ik weet dat die openbaar zijn, Tess. Zoveel dingen zijn openbaar. Maar praten met getuigen – je zou het zelfs het beïnvloeden van getuigen kunnen noemen – is geen...' Er viel opnieuw een stilte. 'Dat is geen verstandige actie.'

'Ik wilde haar alleen maar condoleren en zij wilde met me praten. Ik zie het probleem niet zo. Maar die sieraden dan?'

'Ik ben niet verplicht het politieonderzoek aan je uit te leggen.'

'Dat weet ik. Ik wilde gewoon dat je het wist voor het geval het je van gedachten doet veranderen.'

'Goed dan, Tess: in dit geval lagen de sieraden her en der op de grond. Hoogstwaarschijnlijk heeft de moordenaar ze door de kamer gesmeten.'

'Maar waarom zijn ze niet meegenomen?'

'Omdat we alleen zien wat er nog lag. De sieraden lijken haastig op de grond te zijn gegooid, alsof iemand haar sieradendoos heeft doorzocht. De kostbaardere voorwerpen zijn vermoedelijk meegenomen.'

'Peggy Nolan heeft niet gezegd dat er iets miste.'

'Je moet weten dat Peggy Nolan het afgelopen jaar geen contact met Skye heeft gehad. Zij had niet kunnen zien of er sieraden ontbraken.'

'Maar je kunt niet met zekerheid zeggen dat er iets is gestolen.'

'Nee. Misschien is er iets gestolen, maar misschien ook niet. Misschien was niets de moeite waard om te stelen. Was dat het?'

'Sorry,' zei ik. 'Het was niet mijn bedoeling je te vertellen hoe je je werk moet doen. Ik wil gewoon helpen.'

Ik hoorde Jordan diep inademen. 'Ik moet je waarschuwen dat dit een moordonderzoek is.'

'Ik praat gewoon met mensen.'

'Je praat met Skyes moeder, een heel kwetsbare vrouw.'

'Dat weet ik. En...' Ik ademde een keer diep in en zette me schrap omdat ik wist dat ik op het punt stond een buurman tot mijn vijand te maken en mijn vriendschap met Gina te verpesten. 'Volgens mij zijn er meer mannen die jullie moeten natrekken.'

'Wie dan?'

'Andere mannen die Poppy vaak ziet. Zoals onze buurman, Bernie, die in het appartement boven ons woont, en de echtgenoot van een vriendin die een paar keer per week na school op Poppy past. En ik weet niet of jullie hebben overwogen eens te gaan praten met Skyes ex, Charlie. Hij leek van streek, maar ik heb weleens gehoord dat...'

'Tess.'

'Ja?'

'Hoor je wat je zegt?'

'Daar gaat het niet om. Hoor jij wat *ík* zeg? Luister je wel?'

'Ik begrijp je bezorgdheid.'

'Die volkomen terecht is.'

'Laat ik het anders zeggen. Je bent allerlei mensen aan het beschuldigen...'

'Niet aan het beschuldigen. Aan het noemen.'

'Heb je weleens overwogen hulp te zoeken?'

'Ik zoek jouw hulp. Nu.'

'Ik bedoel een ander soort hulp.'

'Denk je dat ik niet goed snik ben?'

'Ik denk dat je je laat meeslepen door je angsten.' Kelly Jordan koos haar woorden zorgvuldig. 'En dat je dingen daardoor niet meer helder ziet en niet meer rationeel kunt nadenken. Misschien is het de moeite waard om eens met iemand te praten. In plaats van mij te bellen als er een willekeurige nieuwe angst in je opkomt.'

Toen ik opkeek maakte ik oogcontact met de man, maar hij keek niet weg. Ik draaide me om en liep de volgende wagon in.

'Het probleem is dat er iets afschuwelijks moet gebeuren voordat je me serieus neemt,' antwoordde ik.

'Ik kan je verzekeren dat de politie haar uiterste best doet om de moordenaar van Skye Nolan te vinden. Laat dat maar aan ons over. Je helpt noch ons, noch jezelf, noch je dochter; je zit ons onderzoek alleen maar in de weg en ik weet niet of het je iets kan schelen, maar ik heb ondertussen al genoeg problemen vanwege de tijd en energie die ik in jou en je angsten heb gestoken.'

Toen ze de verbinding zonder gedag te zeggen verbrak staarde ik met mijn telefoon in mijn hand naar de achterramen van Oost-Londen.

Ik ging op een andere plek zitten, maar het beeld dat Jason na mijn dood door mijn huis zou lopen en mijn spullen zou uitzoeken kreeg ik maar niet uit mijn hoofd.

Met bonzend hart stond ik te wachten voor het station. Nog heel even en dan zou ik Poppy weer zien.

Hun trein zou over tien minuten aankomen. De woorden van de rechercheur bleven maar door mijn hoofd galmen. *Heb je weleens overwogen hulp te zoeken?*

Misschien had ze gelijk. Misschien moest ik hulp zoeken. Misschien was ik net als Poppy in de ban van een verhaal en kon ik door mijn overgevoeligheid en angst feit en fictie niet meer van elkaar onderscheiden. Met trillende handen belde ik het nummer.

'Ik wil een afspraak maken met dokter Leavitt. Voor morgen.'

'Morgen heeft hij geen plek meer.'

‘Dit kan niet wachten. Ik moet hem zo snel mogelijk zien.’

‘U kunt naar het inloopspreekuur komen. We gaan om acht uur open.’

# 39

Poppy vloog door het appartement. Ze tilde Sunny op en drukte hem tegen haar borst tot de oude kat uithaalde en haar een mep gaf. Ze liet de kat vallen en zette het op een gillen, waarbij haar mond een gapend, gekrenkt gat van pijn werd.

Ze sloeg me toen ik per se haar haar wilde wassen, waar klonten in zaten van iets wat op marmelade leek. Haar naakte, ingezeepte rode lichaam was aalglad.

Ze ging op haar buik in de kamer beneden liggen en zette haar verzameling knuffels dromerig in een cirkel terwijl ik kookte.

In bed, schoon en slaperig, vroeg ze: 'Wanneer deed jij doodgaan?'

'Ik ga nog heel lang niet dood.'

'Wie zorgt dan voor mij?'

'Dan ben je al volwassen,' antwoordde ik. 'Misschien heb je tegen die tijd zelf al kinderen, misschien zelfs kleinkinderen.'

'Met Milly?'

'Milly is er niet meer, lieverd.'

'Zij deed doodgaan.'

'Milly was een pop, ze is niet doodgegaan.'

Ik streelde Poppy's haar. Haar voorhoofd was een beetje vochtig. Bij haar haargrens zat nog steeds een heel lichte ooievaarsbeet. Ze was nog steeds zo klein, deed nog steeds denken aan de baby die ze ooit was geweest.

'Verhaaltje,' eiste Poppy.

Ik pakte een boek.

'Nee. Mijn verhaal.'

'Heel lang geleden,' begon ik, 'was er een meisje dat Poppy heette. Ze had een moeder die Tess heette en een vader die Jason heette.'

'En een kat.'

'Ja. En een kat die Sunny heette.'

'En Sam de esol.'

'En Sam.'

'En een fant.'

'Oké. Ze had ook een olifant. En haar familie en vrienden hielden van Poppy en iedereen beschermde haar.'

'Maar ze was een stoute meid.'

'Nee! Ze was een brave, lieve, aardige, slimme meid.'

Poppy keek me aan. Ze legde een vinger op mijn bovenlip en liet hem langs de omtrek, naar de lichte lachrimpeltjes naast mijn ogen gaan.

'Ben jij heel oud?' vroeg ze.

'Ik ben niet zo jong als jij, maar ik ben niet oud.'

'Toen ik oud was deed ik doodgaan.'

# 40

Poppy moest met me mee naar de huisartsenpraktijk. Op de heenweg droeg ik haar op mijn rug en in de wachtkamer zat ze op mijn schoot terwijl ik haar voorlas. Ik vond haar een wonder: haar warme gezichtje, de glans van haar haren, de blauwe aderen onder haar bleke huid en het zeep-en-shampoogeurtje dat zich vermengde met haar unieke, ondefinieerbare geur. Mijn dochter, dacht ik – maar ze was niet van mij, ze was haar eigen, schitterende zelf. Maar ik was wel van haar. Ik behoorde haar toe.

Ik kende dokter Leavitt niet erg goed. Sinds ik hierheen was verhuisd was ik pas twee keer bij hem geweest: een keer toen Poppy oorontsteking had en een keer voor een verdachte moedervlek op mijn buik. Maar instinctief mocht ik hem graag. Hij was in de zestig en had dikke wallen onder zijn ogen en een vriendelijke, respectvolle manier van doen, die je het gevoel gaf dat er naar je werd geluisterd.

Al voordat ik met Poppy aan de hand zijn spreekkamer in liep stonden mijn ogen vol tranen. Hij gebaarde naar een stoel. Toen ik Poppy op mijn schoot hees, begon ze te kronkelen en duwde ze haar gezicht in mijn nek.

'Hallo, Poppy,' zei hij.

Ze gaf geen reactie, maar staarde zwijgend recht voor zich uit.

'Poppy,' zei ik. 'Zeg dokter Leavitt eens gedag.'

Ze liet niet merken dat ze me had gehoord.

'Laat haar maar, mevrouw Moreau. Wat kan ik voor u doen?'

Ik wist niet waar ik moest beginnen en voelde me ontzettend ongemakkelijk. 'Het is vast onzin,' zei ik. 'Ik vind het vervelend om uw tijd te verdoen.'

Hij wachtte. Ik zag dat de kraag van zijn jasje naar binnen zat gedraaid en kreeg de absurde neiging om naar voren te buigen en hem recht te trekken.

'Het gaat niet zo goed met me,' zei ik, zachtjes om Poppy niet van streek te maken. 'Ik vind het lastig om daarover te praten.'

Ik gebaarde naar Poppy en hij knikte. 'Ik heb hier een paar dieren die moeten worden verpleegd,' zei hij. Hij boog naar een emmer naast het bureau en haalde er een pluchen konijn en een panda uit. 'Kijk eens. Ga jij maar eens daar in die hoek kijken of ze ziek zijn.'

Poppy klom van mijn schoot en nam de knuffels heel behoedzaam aan. 'Milly deed doodgaan,' zei ze. 'Die deed ik doodmaken.'

'Haar pop,' legde ik uit.

'Laat het me maar weten als ze verband nodig hebben,' zei dokter Leavitt tegen Poppy. 'Ze moeten weer helemaal beter worden.' Hij draaide zich weer naar mij. 'In welk opzicht gaat het niet zo goed met u?'

Ik slikte. Het voelde alsof iemand mijn keel dichtkneep en de tranen prikten achter mijn ogen. 'Poppy gedraagt zich de laatste tijd nogal vreemd.' Ik fluisterde zodat ze me niet zou horen. 'Ze heeft een lugubere tekening gemaakt en ze vloekt sinds kort en ze heeft haar geliefde lappenpop aan stukken gescheurd.'

'Milly.'

'Maar daarom ben ik hier niet. Ik bedoel, eigenlijk wel, maar toch ook weer niet, maar ze heeft al met iemand gepraat en... Sorry. Ik begin zonder enige uitleg te praten en ik weet dat u niet veel tijd hebt.'

Poppy zat in de hoek over het konijn gebogen en zei iets wat ik niet kon verstaan.

'Ga verder.'

'Ik voel me gespannen. Zo gespannen dat ik niet meer weet wat ik met mezelf aan moet, zeg maar. Ik dacht dat ze getuige was geweest van een misdrijf. Dat ze in gevaar was. Dat haar vader de dader was.'

'Ik weet niet of ik dat begrijp.'

Tussen zijn wenkbrauwen was een diepe rimpel verschenen.

'Ik begrijp het zelf ook niet. Ik begon te geloven dat hij iets afschuwelijks had gedaan en dat zij alles had gezien. En toen dacht ik dat de broer van zijn vrouw het had gedaan. En toen ging er midden in dit alles opeens iemand dood, een jonge vrouw. Ik kende haar nauwelijks, maar volgens mij had Poppy het over haar. Volgens mij houdt alles verband met Poppy.'

Toen ik zijn gezichtsuitdrukking zag, een mengeling van onbegrip en medeleven, viel ik stil.

'Konijn is bijna dood,' verkondigde Poppy. Ze klonk vrolijker dan je zou verwachten.

'Ik weet hoe onlogisch dit klinkt,' ging ik op zachte, wanhopige toon verder. 'Maar ik heb het gevoel dat ze in gevaar is. Nee.' Ik hoorde mijn hart bonzen en legde een hand op mijn borst. 'Ik wéét dat ze in gevaar is. Dat weet ik gewoon.'

Ik hoorde mijn eigen stem, de woorden die in de verkeerde volgorde en onsamenhangend naar buiten tuimelden: gevaar, kwesties, Milly, rechercheurs, vooronderzoek. Ik zag de ogen van de dokter naar de klok boven de deur schieten. Ik zag Poppy haar handen om de nek van het konijn klemmen.

'Niemand gelooft me. De politie denkt dat ik gestoord ben. Maar overal waar ik kijk zie ik gevaar. Zoveel gevaar dat ik bijna geen lucht meer krijg. Van Jason, of van Ben – dat is de broer – of van Aidan, mijn vriend. Ex-vriend. Of van de echtgenoot van mijn vriendin, of... O, hoor mij nou eens,' zei ik. 'Als ik het hardop zeg klinkt het volkomen idioot en als ik naar uw gezicht kijk terwijl ik het vertel begrijp ik hoe ik eruit moet zien.'

Er viel een lange stilte. Poppy rammelde het konijn door elkaar. 'Hij deed doodgaan,' zei ze triomfantelijk en ze ging verder met de panda.

'Mevrouw Moreau.'

'Tess.'

'Tess.' Dokter Leavitt klonk heel rustig, alsof hij me probeerde te kalmeren. 'Ik weet niet of ik je helemaal begrijp, maar aangezien je duidelijk angstig en gespannen bent, wil ik je een aantal vragen stellen.'

'Zoals?'

'Slaat je hart geregeld op hol?'

'Ja. Ja, natuurlijk. Dat zou het uwe toch ook doen als u dacht dat uw kind in gevaar was?'

'Voel je je weleens licht in je hoofd?'

'Een beetje. Maar dat komt misschien doordat ik minder eet dan normaal.'

'Misselijk?'

'Ja. Omdat ik bang ben.'

'Pijn op de borst?'

Ik legde een hand op mijn borstkas. 'Weet ik niet. Soms lijkt mijn hart zo hard tekeer te gaan dat het elk moment uit mijn borst kan springen en dat voelt echt heel naar.'

Poppy liep naar me toe. 'Huis,' zei ze.

'Zo meteen,' antwoordde ik, waarop ze weer op mijn schoot klom en mijn haar om haar vingers begon te winden.

'Tintelingen?' vroeg dokter Leavitt.

'Ja. Wat betekent dat?'

Droge mond? Ja.

Maag van streek? God, zeker weten!

Trillende armen en benen? Ja.

Gevoel van ademnood? Af en toe.

Loze aandrang om te plassen? Misschien.

Slapeloosheid? Uiteraard.

Vermoeid? Natuurlijk.

Angst om te sterven? Hebt u niet geluisterd naar wat ik net...?

'Hoe vaak ervaar je deze klachten?'

'Hoe vaak? Bijna constant.'

'En hoelang al?'

'Een paar weken.'

'Mama, ik wil naar huis.'

'Dit zijn klassieke symptomen van ernstige angsten en paniekaanvallen. Klopt het dat je recent bent gescheiden van Poppy's vader?'

'Dat is ondertussen bijna een jaar geleden.'

'Dus de meeste tijd zorg je alleen voor Poppy.'

'Ja.'

'En je werkt?'

'Ja.'

'Mag ik vragen of je je zorgen maakt over geld?'

'Ja, natuurlijk,' antwoordde ik vrolijk zodat Poppy er geen aandacht aan zou schenken.

'Tess,' zei hij op voorzichtige, neutrale toon. 'Heb je ooit overwogen jezelf iets aan te doen, heb je weleens suïcidale gedachten?'

Ik trok Poppy stevig tegen me aan en legde mijn kin op haar hoofd. Ik wist niet of het hart dat ik voelde kloppen van haar of van mijzelf was. 'Nee.'

Hij leunde achterover in zijn stoel. 'Je leven bevat momenteel duidelijk nogal wat stressfactoren, dus het is heel normaal dat je je gespannen voelt. Paniek is een ernstige vorm van angst en hoewel paniekaanvallen op zichzelf niet gevaarlijk zijn, zijn ze erg onprettig en beangstigend en kan er een vicieuze cirkel ontstaan. Ik kan je antidepressiva voorschrijven, maar daar wacht ik liever nog even mee. Ik stel voor dat je begint met cognitieve gedragstherapie. Een paar sessies maar. Dat kan ontzettend goed helpen. Ik kan je een lijst met psychologen geven met wie je zelf contact kunt opnemen of ik kan je doorverwijzen, als je dat liever hebt.'

'Ik doe het zelf wel.'

'Ik zal ook een paar ademhalingsoefeningen voor je uitprinten die je kunnen helpen tijdens je paniekaanvallen. En er is een mindfulness-app die je kunt downloaden. Sommige mensen merken dat dat helpt bij hun angsten. Hier.'

Hij schreef de naam van de app op zijn notitieblok, scheurde het velletje los en stak het me over tafel toe. Ik pakte het aan.

'En als je straks weggaat wil ik dat je een afspraak maakt voor over twee weken, zodat we kunnen kijken hoe je er dan voor staat.'

'Oké.'

'Denk je dat je nog kunt werken?'

Opeens besefte ik dat dit een kans was. Zo kon ik Poppy elke ochtend naar school brengen en elke middag weer ophalen en haar continu in de gaten houden. 'Misschien niet,' zei ik. 'Ik werk op een basisschool. Daar moet ik echt scherp voor zijn.'

Hij knikte. 'Ik zal een verklaring voor je schrijven zodat je de komende week niet hoeft te werken. Dan zien we daarna wel weer verder.'

'Bedankt. Bedankt dat u zo aardig bent.'

'Ik hoop dat dit helpt,' zei hij. 'Ga op zoek naar een cognitief gedragstherapeut. Mediteer en oefen met die ademhalingstechnieken. Ga wandelen. Rust uit. Zorg goed voor jezelf. Kom terug voor die vervolgafspraak.'

'Ja.'

'Heb je nog vragen?'

Ja, ik had nog een vraag. Eentje die onophoudelijk door mijn gedachten galmde: *Iedereen denkt dat dit in mijn hoofd zit, maar wat als dat niet zo is? Wat als al deze angst en vrees terecht zijn?*

Maar die vraag stelde ik niet. Daarvoor was ik te bekend met de medelijdende uitdrukking die op zijn gezicht zou verschijnen. Ik tilde Poppy van de grond en schudde hem de hand.

'Pas een beetje op jezelf,' zei hij.

Pillen, dacht ik toen we naar buiten liepen. Mindfulness. Therapie. Misschien, in de toekomst. Maar nu had ik een doktersverklaring. Een vrije week.

# 41

Ik maakte Poppy klaar voor haar feestje: ik borstelde haar haar tot het knetterde, waarbij ze voor de verandering eens niet brulde, wikkelde de tulen rok die ik voor haar had gemaakt om haar middel en schoof hem iets omhoog zodat hij niet over de grond zou slepen, trok haar het eenhoornshirt aan en sloeg tot slot de glimmende heksenmantel om haar schouders. Ze ging voor de spiegel staan om zichzelf te bewonderen. Gekleed in alle kleuren van de regenboog en trillend van opwinding leek ze net een zwevende libelle.

Ze wilde een bloemenkroon, dus ik ging naar de tuin, knipte een weelderige pioenroos van de plant die Aidan had meegebracht en zocht in de rommellade in de keuken naar een stuk lint. Mijn vingers raakten een sleutelbos en ik haalde hem uit de la. Het waren onder andere de sleutels van het huis in Brixton. Ik was vergeten dat ik die nog had, en nu ik ze zag borrelde er een idee in me op.

Ik negeerde het en pakte een stuk zilverkleurig lint, bond het rond Poppy's hoofd en schoof de bloem eronder.

'Ziezo,' zei ik.

'Ik kan vliegen,' zei Poppy.

Ik dacht aan Poppy die probeerde te vliegen. 'Nee, je kunt niet vliegen.'

Ik pakte haar hand. Toen ik langs de lade liep pakte ik de sleutels van het huis in Brixton en liet ze in mijn zak glijden.

Toen ik Poppy had afgezet belde ik Jasons vaste nummer. Jason en Emily hadden gezegd dat ze weg zouden zijn, maar misschien was Ben thuis. De telefoon bleef eindeloos overgaan. Mooi.

Onder de warme zon wandelde ik de bekende straat in, waar de bomen een nieuw groen jasje hadden, maar een paar huizen voor mijn oude huis bleef ik staan. Ik pakte mijn telefoon en belde nog een keer naar de vaste lijn. Opnieuw nam er niemand op.

Turend naar de ramen liep ik langzaam verder, maar ik zag geen beweging. Bij de voordeur bleef ik aarzelend staan, mijn oren gespitst op tekenen van leven. Niets.

Ik klopte aan: niets.

Ik stak de sleutel in het slot, draaide hem om en duwde de deur voorzichtig open. Op de deurmat lagen wat brieven en een krant. Toen ik naar binnen stapte viel de deur met een klik achter me dicht.

Toen ik door het lege huis liep voelde ik me een geest in mijn oude leven. Ik kende elk detail: de krassen op de muren van Poppy's oude buggy uit de tijd dat we nog een gezin waren, de krakende traptrede, de kale plek op de vloerbedekking van de trap, de kraan die nog altijd lekte, de poster van de Van Gogh-tentoonstelling waar we samen naartoe waren geweest en waarvan een hoek was losgekomen van de muur, die oude stoel die ik had gered uit een kringloopwinkel en had opgeknapt, de spiegel die een tikkeltje scheef hing, het gezicht dat ik erin zag toen ik erlangs liep, gespannen en wit onder een weerbarstige bos rood haar – en tegelijk was alles anders. Ik was een indringer, de gestoorde vrouw die rondspookte in haar vroegere huis.

Ik liep langs Poppy's kamer en gaf de deur een zetje. Toen hij openzwaaide verwachtte ik heel even haar daar tussen haar speelgoed te zien zitten.

Uiteindelijk belandde ik in Jasons kantoortje, dat uitkeek over de tuin die ik had aangelegd en waar ik urenlang met tegels had gesleept, woekerende struiken had teruggesnoeid, aarde vol stenen had weggeschept en bloemen en kruiden had geplant, tot de blaren in mijn handen stonden en mijn nagels rouwrandjes hadden. Jason en Emily lieten hem verwilderen. De rozen waren niet gesnoeid en de bloemperken niet gewied. Ik duwde de deur van het kantoor bijna helemaal dicht. Tot mijn grote opluchting had Jason zijn laptop thuisgelaten. Ik ging aan het bureau zitten, trok de laptop naar me toe en klapte hem open. Toen hij met een gedempte *pling* tot leven kwam en om een wachtwoord vroeg vloekte ik zachtjes.

Ik dacht even na. Dat moest hij hebben veranderd. Toch?

Ik typte 'WaverleyStreet14aMarmie' in. Dat werkte. Het wachtwoord was het adres van het eerste appartement waar we samen hadden gewoond en de naam van het grappige katje van de onderbuurvrouw. Had hij dat om sentimentele redenen nooit aangepast? Nee, waarschijnlijk gebruikte hij het al zo lang dat hij er nooit meer bij stilstond.

Zijn bureaublad verscheen. Ik scande de inhoud van het scherm. Mappen en documenten met namen die ik niet herkende. Icoontjes van een aantal spellen. En verder? Het scherm stond bomvol. Deze laptop was hoogstens een of twee jaar oud, maar ik wist dat Jason al sinds zijn studietijd op eerdere versies hiervan werkte. Elke keer dat hij een nieuwe laptop kocht zette hij de inhoud van de oude over. Dit ding bevatte zijn hele leven. Opeens stelde ik me zijn laptop voor als een stad en zag ik mezelf aan de rand staan, op een paadje naar een buitenwijk, zoekend naar iets, al wist ik niet wat.

Als ik een computergenie was geweest, had ik nu iets slims gedaan. Maar ik was geen genie. Ik wist nauwelijks hoe ik iets op mijn eigen computer vond. Alleen al de gedachte aan een dergelijke actie was tijdverspilling. Ook de gedachte hoe afschuwelijk het zou zijn als iemand terugkwam en me hier aantrof, probeerde ik te negeren. En terwijl ik daar een vergeefse poging toe deed bleef ik gespitst op gekraak, iets wat beweging in het huis suggereerde. Zelfs het geluid van een voorbijrijdende auto deed me huiveren en ik verwachtte half dat hij zou stoppen en voor de deur zou parkeren.

En toen hoorde ik iets. Een echt geluid. Eerst hoopte ik dat het misschien van buiten kwam, dat de wind takken tegen een raam aan blies, maar het geluid kwam uit het huis. Dat voelde ik gewoon. Het was een soort geratel, er bewoog iets, maar ik durfde niet te zeggen wat het was omdat ik niet kon horen waar het vandaan kwam.

Het geluid leek langzaam vorm te krijgen, geruis werd getrippel en verdween toen helemaal. Toen ik achteromkeek zag ik het hondje, Roxie. Ze keek terug. De golf van angst die me overspoelde was zo sterk dat ik bijna moest overgeven. Wat als ze me zou aanvallen?

'Hallo, Roxie,' zei ik.

Roxie antwoordde met een laag gegrom, niet veel harder dan gespin. Ik boog voorover en stak mijn hand uit. Ik had weleens gehoord dat honden menselijke emoties konden oppikken. Ik probeerde zo vriendelijk, kalm en geruststellend mogelijk over te komen.

'Kom maar, Roxie.' Ik streelde haar ruwe vacht. Het gegrom veranderde in een zacht gejank en ze ging liggen en draaide op haar rug. Ik aaide haar over haar buik. 'Vind je het goed als ik weer verderga?'

Ze bleef tevreden naast me op de vloerbedekking liggen en ik wendde me weer naar het scherm. Ik zat hier al veel te lang. Ik keek op mijn horloge. Drie minuten, zei ik tegen mezelf. Dan zou ik weer gaan.

Ik klikte op het e-mailicoontje. Dat leek me de meest veelbelovende plek. 25.865 berichten. Ik vloekte zachtjes. Zijn inbox was een stad op zichzelf. Ik scrolde naar beneden. Het was volkomen hopeloos. De mails waren voornamelijk reclame en meldingen van leveringen en bijna geen enkele was persoonlijk aan hem gericht. Ik klikte een paar willekeurige berichten aan: de meeste hadden te maken met school en er was een bevestiging voor een afspraak om ergens wat te gaan drinken die ook naar twee vrouwen en drie mannen was ge-cc't. Er waren geen berichten van Emily of Ben, en ook niet van mij, maar daar was niets vreemds aan. We mailden al jaren nauwelijks met elkaar. We communiceerden via sms of WhatsApp en zelfs dan was het over het algemeen niet veel meer dan 'sorry ben vijf minuten later', dat soort werk.

Ik keek op mijn horloge. De drie minuten waren voorbij. Het was echt tijd om te gaan. Ik gaf mezelf nog één minuut. Ik klikte op de lijst met mappen. De categorieën leken eenvoudig. 'Werk', 'Accounts', 'Huis', 'Feest 2016'. Bij het zien van die laatste glimlachte ik en toen ik erop klikte verscheen er een bekende lijst namen. Dat was het feest dat we hier hadden gegeven toen we net waren verhuisd. We hadden nog niet eens alles uitgepakt en de koelkast was nog niet bezorgd, maar het was een prachtige herfstavond geweest en we hadden de tuin vol gezet met jampotten met waxinelichtjes erin. Ik sloot de map. En bekeek de andere: 'Vakantie', 'Sport', 'Bruiloft'. Ik vloekte opnieuw. Klotebruiloft. Toen bekroop me opeens een gedachte, een ongemakkelijk gevoel, zoals wanneer je een steentje in je schoen hebt. Wat was het precies? Sport. Welke sport beoefende Jason?

Ik klikte op de map en begreep meteen hoe het zat. De klootzak. De bovenste, meest recente e-mails waren zo'n tien berichten van ene Lara Steed. Een stukje lager stonden er een paar van een Nicole en nog verder naar beneden een paar van een Inga. Ik klikte op een bericht van Inga en las willekeurige frasen: 'gisteravond', 'ik wil je'. Ik voelde me opnieuw misselijk worden. Dit waren Jasons geheime e-mails. Hij had ze met een druk op de knop kunnen verwijderen, maar in plaats daarvan had hij ze bewaard, als trofeeën.

Toen hoorde ik opnieuw een geluid. Geen twijfel mogelijk. Voetstappen. Van een mens. Ergens in huis. Ik draaide mijn hoofd in een poging het geluid te lokaliseren. Het gekraak kwam van boven, en toen hoorde ik de trap. Eerst bleef ik slechts verstijfd zitten. Wat moest ik doen? Wat moest ik zeggen? Ik keek om me heen. Roxie had de deur opengeduwd. Het was te laat om hem nog dicht te doen, wat ook helemaal geen zin zou hebben als Jason zijn kantoor in kwam. De deur ging naar binnen open. Bijna zonder nadenken stond ik op, sloop door de kamer en ging erachter staan.

Ik begon ondertussen wanhopig te worden. Maakte dit het niet alleen maar erger? Als ik gewoon in een stoel had gezeten had ik misschien – heel misschien – een of andere slappe smoes kunnen verzinnen, dat ik mijn oude sleutel had gebruikt omdat ik iets zocht wat Poppy nodig had voor school. Maar als ze me achter een deur zouden aantreffen was er geen enkele geloofwaardige verklaring voor mijn aanwezigheid. Maar het was al te laat.

De voetstappen waren nu heel dichtbij.

'Hé, Roxie, kom eens hier, meissie.'

Het was Ben. Hij had boven gezeten, op de zolderkamer. Hij was al die tijd thuis geweest. Hoe had ik zo stom kunnen zijn?

Roxie blafte twee keer, maar kwam niet in beweging.

Langzaam draaide ik mijn hoofd naar de muur. Als ik oogcontact zou maken met Roxie, zou ze dat misschien opvatten als een uitnodiging om naar me toe te komen. En ik wilde niet zien wat er gebeurde. Ben stond aan de andere kant van de deur, slechts een of twee meter bij me vandaan. Ik kon hem ruiken, een mengeling van zweet en rook. Kon hij mij ook ruiken, ook al zag hij me niet?

'Roxie, wat is er aan de hand, stom mormel?'

Roxie gromde en krulde zich op. Ze wilde niet worden gestoord. Ik keek naar de muur en huiverde, vocht tegen de afschuwelijke verleiding om een stap naar voren te zetten en mezelf te openbaren, een einde te maken aan deze afschuwelijke stress.

'Zelf weten, rotbeest.'

Ik hoorde de voetstappen wegsterven, maar ze gingen niet terug naar boven: ze gingen naar beneden. Wat ging hij daar doen? Als hij de deur uit zou gaan, kon ik een paar minuten wachten en 'm smeren. Maar wat als hij iets te eten voor zichzelf ging maken? Misschien haalde hij wat te eten dat hij zou opeten in zijn kamer. Ik vermoedde dat hij daar zijn dagen sleet, achter de pc, internettend of computerspelletjes spelend.

Ik luisterde ingespannen. Dat was lastig, want het gedreun

van mijn hart en mijn ademhaling leken alles te overstemmen. Ik hoorde de koelkastdeur open- en dichtgaan. Dat betekende dat hij waarschijnlijk niet de deur uit ging. Ik hoorde iets rammelen, glazen of bestek. Het klonk alsof hij eten stond te maken.

Ik wachtte een, twee, drie minuten. Ik keek op mijn horloge. Waarom was ik niet eerder weggegaan? Ik hoorde nieuwe geluiden, stemmen, een flard muziek, iets wat klonk als applaus. Toen ik besefte dat Ben voor de televisie was gaan zitten, voelde ik een nieuw golfje misselijkheid opkomen.

Opnieuw vervloekte ik mezelf. Hoe had ik in deze situatie verzeild kunnen raken? Ik kon gearresteerd worden. Ik kon Poppy verliezen. Die gedachte duwde ik weg. Die was volkomen nutteloos. In plaats daarvan stelde ik me de indeling van de benedenverdieping voor. De trap naar de eerste verdieping bevond zich in de gang en was recht tegenover de voordeur, dat wist ik zeker. Links van de gang waren twee kamers, samengevoegd tot één grote ruimte. De keuken bevond zich aan de achterkant van het huis en had een deur naar de tuin met muren die te hoog waren om overheen te klimmen.

Ben zat waarschijnlijk voor de televisie. Maar waar stond die tegenwoordig? Waar stond het scherm naartoe gericht? Was de deur naar de gang open en zo ja, zou hij dan iemand zien langslopen? Ik probeerde me te herinneren waar de televisie stond, maar zonder resultaat. Ik had echt geen flauw idee.

Ik haalde een keer diep adem. Ik had twee opties en het antwoord was gruwelijk simpel. Ik kon wachten tot hij was uitgekeken en hopen dat hij daarna naar buiten of terug naar zijn kamer zou gaan. Maar in de tussentijd kon er iemand thuiskomen en dan maakte ik geen schijn van kans meer.

Of ik kon nu proberen weg te gaan.

Die optie deed me gruwen, maar ik had geen keus.

Ik sloop terug naar Jasons laptop. Wat moest ik met die namen? Ik stuurde een bericht van elke vrouw naar mijn eigen e-mailadres.

Ik sloot de computer af, draaide me om en ging bijna op Roxie staan.

'Alsjeblieft, alsjeblieft,' fluisterde ik tegen mezelf.

Ik zette een stap op de overloop, en toen nog een. Elke stap kraakte en was even pijnlijk als porren in een ontstoken kies.

Ik keek naar het einde van de trap. Vanaf hier kon ik de deuren maar gedeeltelijk zien, maar een ervan stond zeker weten open. Misschien keek Ben er wel recht naartoe. Er was maar één manier om daarachter te komen.

Ik moest stiller zijn. Ik tilde mijn rechtervoet op en wurmde mijn schoen uit. Toen ik hetzelfde deed bij mijn linkerschoen verloor ik mijn evenwicht en kukelde tegen de muur, waarbij ik maar net wist te voorkomen dat ik voorover viel. Hoe kon hij dit niet horen?

Maar op mijn sokken maakte ik nauwelijks nog geluid en stap voor folterende stap daalde ik de trap af. Beneden zag ik dat de deur helemaal openstond.

Ik bevroor. Vanaf hier had ik schuin zicht op het televisiescherm en zag ik Ben, van opzij, hangend in de luie stoel. Bijna slaakte ik een jammerkreet en ik beet op mijn knokkels om geen geluid te maken. Hij droeg slechts een haveloze boxershort. Ik zag zijn harige schouders en zijn zachte, witte buik, waar hij terwijl ik naar hem keek uitgebreid aan krabde. Naast hem stond een bord met een enorm broodje waar stukjes roze ham uit piepten en een dikke klodder ketchup en een blikje cola. Hij trok het blikje open, nam een grote slok en veegde zijn mond af met de rug van zijn hand.

Hij keek naar een dartwedstrijd. Als hij zich omdraaide, zou hij me zien. Als ik geluid maakte, zou hij me horen. Maar ik had geen keus. Ik moest langs hem heen en had er geen enkele invloed op of hij me wel of niet zou zien.

Hij boerde, krabde zich opnieuw en stak zijn hand in zijn boxershort. Dit was afschuwelijk. Het was verkeerd om hem te bespieden terwijl hij dacht dat hij alleen was. Een arme ziel, had Felicity hem genoemd. Maar opeens moest ik denken aan hoe hij zich had gedragen toen hij me in het park had betrapt op het schaduwen van Jason en Poppy. *Jij mag mij niet, hè*, had hij gezegd met een bijna dreigende blik in zijn ogen.

Ik moest in beweging komen.

Ik zette een stap naar voren, en toen nog een. Ik wist dat ik bij de volgende stap vol in zijn zicht zou staan, omlijst door de deurpost, niet meer dan een of twee meter bij hem vandaan. Toen ik die stap zette bekroop me de griezelige verleiding opzij te kijken om er zeker van te zijn dat hij niet keek. Maar ik zette gewoon nog een stap, en nog een. Nu kon ik hem niet meer zien, hoorde ik alleen nog de tv.

Toen ik omkeek stond Roxie bovenaan de trap, met gespitste oren. Ze blafte hard, één keer.

Maar de voordeur was recht voor mijn neus. Ik was er bijna. Een stap. En nog een. Roxie blafte opnieuw.

Ik was zo dicht bij de deurknop dat ik hem kon aanraken. Ik draaide de deur zo langzaam mogelijk open, glipte door de smalle opening en trok hem toen met twee handen dicht.

Ik deed snel mijn schoenen aan, op het punt in huilen uit te barsten. Ik was buiten! Bijna kokhalzend van opluchting liep ik over het tuinpad en sloeg af naar links, waardoor ik twee mensen de weg blokkeerde. Ik verontschuldigde me en keek recht in de gezichten van Jason en Emily.

De grond onder mijn voeten was opeens verdwenen. Ik wist niet wat ik moest zeggen. Jason blijkbaar ook niet. Ik dacht dat hij boos zou zijn, maar op dit moment leek hij voornamelijk verward.

Ik deed mijn uiterste best om een excuus te bedenken en bedacht dat ik vooral niet schuldig moest overkomen. Ik had het recht hier te zijn, toch? Of zo moest ik me in elk geval gedragen. Ik begroette hen zo nonchalant als ik kon, alsof ik hen toevallig tegenkwam, ergens op straat.

'Wat doe jij hier?' vroeg Jason.

Plotseling had ik een idee. Ik had geen tijd om te bedenken of het een goed idee was.

'Ik wilde even met je praten over onze afspraken over Poppy. Ik was in de buurt, dus ik dacht, ik ga even langs. Om te zien of je thuis bent. Maar je was er niet.'

'Maar dat wist je, toch?' Jason sprak met een glimlach die geen glimlach was, alsof het een soort grapje tussen ons was. Met Emily erbij vond hij het moeilijk om boos op me te worden.

'Dat was ik vergeten. Ik heb momenteel ook zoveel te onthouden.'

'We zijn eerder teruggekomen. Zoals je kunt zien.'

'Heb ik even mazzel.'

'Ja, jij wel. Maar Emily heeft ontzettend last van ochtendmisselijkheid.'

'O, wat naar,' zei ik. 'Ik weet hoe vervelend dat is. Dat had ik bij Poppy ook heel erg.'

'Bij Emily is het veel erger,' zei Jason.

'Nee, ik wed dat Tess zich even rot voelde als ik.'

Ik wist niet wat ik irritanter vond: Jasons mening over mijn ochtendmisselijkheid of het feit dat Emily voor me opkwam.

Toen ik haar aankeek zag ze bleek en waren haar wangen bijna groen. Haar lippen trilden.

'Je moet naar binnen,' zei ik. 'Ik laat jullie alleen.'

'Je wilde met me praten.'

'Ik wil jullie niet tot last zijn.'

'Doe niet zo gek,' zei Jason resoluut toen hij de voordeur opendeed waardoor ik net naar buiten was geslopen en het huis in stapte.

Emily rende langs hem heen en haastte zich de trap op, naar de badkamer. We hoorden haar allebei overgeven. We keken elkaar aan.

'Misschien moet je haar gaan helpen,' zei ik.

'Volgens mij redt ze zich prima,' antwoordde Jason.

'Haar geruststellen, bedoel ik.'

'Volgens mij heeft ze op dit soort momenten vooral behoefte aan privacy.' Hij keek om zich heen. 'Hé, Ben.'

'Alles oké?' vroeg Ben.

Jason legde uit waarom ze terug waren. 'Heb je Tess niet horen aanbellen?' vroeg hij.

Ben keek me fronsend aan. 'Ik heb geen bel gehoord.'

'Ik heb aangeklopt,' zei ik. 'Waarschijnlijk werd het geluid overstemd door de tv.'

'De tv?' vroeg Ben. 'Hoe weet je dat ik tv zat te kijken?'

'Dat wist ik niet,' zei ik terwijl ik rood werd tot aan mijn kruin. 'Dat zie ik nu. Maar goed, ik stond net te bedenken wat ik zou doen en toen kwamen jullie aanlopen.'

Dat was te veel uitleg. Ik kon maar beter zo min mogelijk zeggen.

'Laten we naar de keuken gaan, daar storen we niemand,' zei Jason.

Al die tijd had er een piepklein, veelbetekenend glimlachje

op zijn gezicht gestaan, maar toen hij zich in de keuken naar me toe draaide keek hij opeens heel somber. 'Oké,' zei hij.

'Wat is er?'

'Je hebt heel Londen doorkruist om met me te praten,' zei hij. 'O nee, sorry, vergeten. Je was in de buurt. Maar goed, waar wilde je het over hebben?'

'Over onze afspraak voor morgen.'

'Is er iets veranderd?'

'Nee.'

'Dan is die me volkomen duidelijk. Ik haal haar op en ze blijft hier slapen.'

Ik dacht aan wat ik in het huis had gezien, Ben die krabbend en boerend in zijn boxershort naar darten keek, en werd bijna misselijk bij het idee dat ik mijn dochter niet zou kunnen beschermen.

'Ik wilde ook nog even zeggen dat Poppy momenteel erg kwetsbaar is. Ze slaapt niet zo goed.'

'Dat heb je me al een keer verteld. Meerdere keren, zelfs. Waarom is dat, denk je?' Jason sprak op trage, evenwichtige toon.

Hij vroeg me niet te gaan zitten. Vroeg niet of ik zin had in een kop koffie. Niet dat ik een van die dingen wilde, maar ik was me ervan bewust dat we hier simpelweg stonden, allebei op onze hoede.

'Volgens mij is onze breuk niet goed voor haar geweest. Volgens mij pikt ze onze ergernissen op en beïnvloeden die haar slaap en haar gedrag en daar wil ik haar zo goed mogelijk tegen beschermen.'

Jason trok een keukenkastje open, pakte een glas, vulde het met water uit de kraan en dronk het leeg. 'Wil jij iets?' vroeg hij.

'Nee, dank je wel,' antwoordde ik. 'Maar misschien wil Emily wel wat water.'

'Laat Emily maar aan mij over.'

'Ik vind het toch een ongemakkelijk idee dat wij dit hier staan te bespreken terwijl je vrouw zich boven niet lekker voelt.'

'Ik bepaal wat er in dit huis ongemakkelijk is.'

'Volgens mij kan ik maar beter gaan.'

Hij stak een hand op. 'Wacht. Nog een moment.'

'Waarom?'

'Ik dacht dat je met me wilde praten. Dus laten we praten.'

Ik slikte en probeerde mezelf te kalmeren. Ik wilde niet praten. Ik wilde weg. 'Ik heb gezegd wat ik wilde zeggen. Ik maak me zorgen om Poppy. Ik wil dat we allebei een beetje op haar letten.'

Jason zette een stap naar voren.

Ik bewoog bij hem vandaan. 'Wat is er?' vroeg ik.

Hij schudde zijn hoofd. 'Tess, eerlijk gezegd begrijp ik niet waarom je hier bent. Hou je iets voor me achter?'

'Zoals?'

'Ik weet dat het lastig voor je moet zijn dat ik nu getrouwd ben met Emily en dat ze een kind verwacht, dat ik met haar in ons oude huis woon. Daar kan ik inkomen.'

Ik dwong mezelf mijn reactie in te slikken. Het idee dat hij dingen over me dacht te weten en het feit dat hij me nu vertelde hoe ik in elkaar zat maakte dat ik wilde brullen van woede.

'Ik wil gewoon het beste voor Poppy,' zei ik zo kalm als ik kon.

'Dat begrijp ik.' Hij klonk alsof hij een zeurend kind suste. 'Ik weet dat we een relatie hebben gehad en dat jij mij de schuld geeft van onze breuk. Ik weet dat ik misschien een of twee misstappen heb begaan, maar op een dag, als je blik iets rationeler is, zul je naar jezelf kijken en zien waarom ik me toen zo gedroeg.'

Ik wilde iets terugschreeuwen, wilde hem in zijn gezicht krabben, maar ik hield mezelf voor dat dit om Poppy ging. Dit ging alleen om Poppy.

Hij bestudeerde mijn gezicht. 'Ik hoopte dat je daar iets op te zeggen zou hebben.'

'Ik wil geen ruzie.'

'We hebben geen ruzie. Ik probeer een discussie met je te voeren. We zijn uit elkaar, zoals ik al zei, maar door ons kind zullen we voor altijd met elkaar verbonden blijven. Ik dacht dat we het hartstikke goed deden. Maar dat is onlangs veranderd. Je bemoeit je met zaken die je niets aangaan. Als je dit bij iemand had gedaan die minder om je geeft dan ik nog altijd doe, zou diegene misschien wel boos zijn geworden. Heel boos.'

Zijn toon was nog altijd volkomen kalm, wat ik bedreigender vond dan als hij woedend was geweest. Onwillekeurig dacht ik aan het bewijs op zijn computer. Hij hoefde alleen maar in zijn map verzonden items te kijken. Bij dat idee kwam mijn maaginhoud omhoog.

Toen Emily de keuken in kwam werd ik overspoeld door opluchting. 'Alles oké?' vroeg ik.

'Ik ben nog steeds misselijk. Al is mijn maag ondertussen volkomen leeg.'

Ze mompelde nog steeds, alsof ze bang was dat ze weer zou moeten overgeven als ze duidelijk sprak.

'Die misselijkheid verdwijnt vast snel,' zei ik. 'Even volhouden nog.'

Jason sloeg een arm om zijn vrouw heen en gaf een kus op haar hoofd. Ze kromp ineen. Zelfs zijn aanraking leek haar te schaden.

'Heb je theegezet?' vroeg ze. 'Ik kan wel een kruidentheetje gebruiken. Gember, misschien.'

'Dat ga ik meteen doen.'

Ze keek me aan. 'Heb je Tess geen thee gegeven?'

'Dat was ik van plan, maar ze staat op het punt te vertrekken.'

'Laat je door mij niet wegjagen,' zei Emily.

'Het is oké. Beterschap.'

'Hebben jullie alles geregeld?'

'Alles was al geregeld,' antwoordde Jason. 'Er viel niet veel te bespreken.'

Ik had het verontrustende gevoel dat hij alles wist, dat hij een spelletje met me speelde.

Ik zwaaide Emily zwakjes gedag. Ik had geen zin om haar te omhelzen en wist zeker dat zij daar ook niet op zat te wachten. Toen ik naar de voordeur liep kwam Roxie uit de woonkamer en blafte ze naar me, net zoals ze eerder had gedaan.

'Jij weet het, hè?' fluisterde ik tegen haar.

# 42

Thuis hield ik Poppy in de gaten alsof ze een glazen beeldje was dat bij de minste aanraking zou breken. Ik wil de deur zo graag op slot draaien, haar zo graag bij me houden om haar voor altijd en eeuwig te beschermen dat het pijn deed. Maar toen herinnerde ik me weer dat Jason haar de volgende dag zou komen ophalen en haar weer zou meenemen naar dat huis. Wat als ik met haar zou vluchten, naar een plek waar niemand ons kon vinden?

Dat was een belachelijk idee. Als ik zoiets probeerde zou Jason de politie op me af sturen, en die zou aan zijn kant staan. En dan zou ik Poppy niet redden, maar haar volledig verliezen. Dat zou afschuwelijk zijn. Ik wilde Poppy koste wat kost beschermen. Dat leek op dit moment het enige doel van mijn bestaan. Maar ik wist niet wat ik daarvoor moest doen.

Toen ik haar in bad deed vroeg ik haar naar het feestje waarvan ik haar net had opgehaald. Ik wist dat het de vierde verjaardag was geweest van een meisje uit Poppy's klas dat Alicia heette. Maar toen ik Poppy ernaar vroeg antwoordde ze beslist dat het geen verjaardagsfeestje was geweest en toen ik vroeg of ze 'Happy Birthday' voor Alicia hadden gezongen zei ze nee. Ook toen ik vroeg of er veel kindjes waren geweest zei ze nee. Op mijn vraag hoeveel het er dan precies waren geweest spreidde ze haar armen en zei: 'Zoveel.'

Toen ik haar vroeg welke spelletjes ze hadden gespeeld antwoordde ze dat ze het olifantenspel hadden gedaan. Toen ik vroeg of ze bedoelde dat ze een staart op een olifant hadden moeten prikken, zei ze nee. Toen ik vroeg of ze bedoelde dat ze een olifant van ballonnen hadden gemaakt, zei ze nee. Ik had haar onlangs een verhaal voorgelezen over een olifant die werd teruggebracht naar de jungle en ik vroeg me af of ze die herinnering verwarde met die van het feestje.

En dit was de getuige op wier herinneringen ik me baseerde, wier herinneringen mijn leven op zijn kop hadden gezet.

Maar Skye was er ook nog. Dat mocht ik niet vergeten. Skye was van een torenflat gevallen. Skye was vermoord.

Ik bracht Poppy naar bed, las haar een verhaaltje voor dat niet over een olifant ging. Na het verhaaltje bleef ik nog even naast haar liggen en toen ik wakker schrok besefte ik dat we allebei in slaap waren gevallen.

Pas toen ik om me heen keek wist ik weer waar ik was. Ik stond op en zette koffie. Ik wist dat ik iets moest eten. Dat had ik de hele dag nog niet gedaan. Ik had geen honger, maar het was belangrijk dat ik enigszins gezond bleef. Maar eten kon wachten. Ik zette mijn computer aan en checkte mijn e-mail. Mijn nieuwe mails bestonden uit reclames van kledingwinkels, spam van websites met antirimpelproducten en online datingsites en de drie berichten die ik had doorgestuurd vanaf Jasons laptop: Lara Steed, Nicole en Inga. Een mail per vrouw.

Dus ik had de mails. Wat ging ik ermee doen? Ik besefte al snel dat er maar één optie was. Lara Steed was de meest recente, dus ik klikte op haar adres en selecteerde 'nieuw bericht'.

Ik dacht na over mijn aanpak: mijn bericht moest luchtig zijn, achteloos, alsof het om iets onbenulligs ging. En bovenal mocht het geen enkele link met Jason suggereren. Even overwoog ik mijn naam te veranderen, maar dan moest ik een nepaccount aanmaken. Als er iets misging, zou dat een soort schuldbekentenis zijn. Het was makkelijker om mijn eigen naam te gebruiken. Ik schreef:

> Hoi Lara. Sorry dat ik zomaar contact met je opneem, maar iemand heeft me verteld dat jij mogelijk een vriendin van me kent: Skye Nolan. Ik ben op zoek naar mensen die haar hebben gekend. Als die naam je iets zegt, zou je me dan een berichtje terug kunnen sturen?
>
> Met vriendelijke groet,
> Tess

Ik keek een volle minuut naar het bericht. Wat kon er misgaan?

Heel veel, op heel veel manieren.

Ik drukte op 'verzenden'.

# 43

Jasons bericht was kort. *Breng Poppy naar dat café bij London Bridge. Halfvier.*

Poppy wilde niet weg – ze wilde tikkertje spelen in het park, ze wilde haar kartonnen huis afmaken, ze wilde nog iets drinken, ze wilde andere kleren aan, ze wilde vlechten in haar haar en toen weer niet, ze wilde nog een verhaaltje horen, nog een tekening maken, met Sunny praten, ze wilde verstoppertje spelen en ging achter het gordijn staan en was boos toen ik haar vond. Dus we waren te laat. Maar toen ik de deur van het café openduwde was Jason nergens te bekennen. In tegenstelling tot Emily, die aan een tafeltje kruidenthee zat te drinken.

'Hallo,' zei ze timide. 'Jason werd opgehouden, dus hij vroeg of ik Poppy kon halen.'

Dus hij wilde me niet zien. Dat was niet erg, ik wilde hem ook niet zien – maar eigenlijk was dat wél erg, natuurlijk, want we hadden samen een kind; we hadden Poppy. Ik dacht terug aan de regels die we hadden opgesteld, die waren gebaseerd op samenwerking en wederzijds vertrouwen. Dat voelde als heel lang geleden.

'Nee,' zei Poppy.

'Rustig maar, liefje. Papa wacht thuis op je,' zei Emily.

Ze maakte een uitgeputte indruk en had haar rozige glans verloren. Haar huid zag bleek en dof en haar haar was futloos.

'Voel je je rot?' vroeg ik.

'Het gaat vast wel weer over. Dat zegt Jason in elk geval. Volgens hem moet ik gewoon doorbijten en er niet aan toegeven.'

'Hij is nooit zwanger geweest.' Ik wendde me tot Poppy. 'Tot morgen.'

'Nee,' zei ze nog een keer en ze sloeg haar armen om mijn benen.

Ik bukte om haar los te wrikken en legde haar onwillige handje in Emily's uitgestoken hand. 'Veel plezier, lieverd.'

'Nee,' herhaalde Poppy. 'Nee, nee, nee.'

'We kunnen samen een cake bakken,' zei Emily op smekende toon. Ze klonk alsof ze elk moment kon gaan huilen.

Poppy tilde haar hoofd op en keek haar wantrouwig aan. 'Een chocoladecake?'

'Waarom ook niet.'

'Met M&M's?'

'M&M's. Goed idee!'

'En ik had op Bens voeten geloopt. En Roxie eten gegeeft. En niet in bad.'

'Oké,' zei Emily hulpeloos.

'Goed,' zei ik. En daarna, al voordat ik had besloten dat ik het ging vragen: 'Ken jij iemand die Inga heet?'

'Inga. Volgens mij niet.'

'Of een Lara? Of een Nicole?'

'Nicole Drake, bedoel je?'

'Geen idee.'

'Dat is een kennis van me. Lara is mijn beste vriendin. Die ken ik al sinds we zo oud waren als Poppy nu.' Emily liet een zacht, meisjesachtig lachje horen, alsof ze even terugdacht aan hun kindertijd, maar toen betrok haar gezicht. 'Hoezo?'

Opeens kon ik niets meer uitbrengen. Ik wist niet of ik het geheim moest houden of haar moest waarschuwen. Maar hoe kon ik, de ex van haar echtgenoot, het haar vertellen? Zou het niet egoïstisch en verkeerd zijn om het haar te vertellen – of het haar juist niet te vertellen?

'Zomaar.' Mijn luchtige toon was niet overtuigend. Emily's onschuldige blauwe ogen keken me bezorgd aan. 'Misschien heeft Poppy iets gezegd.'

'Nee,' zei Poppy boos.

Toen ze wegliepen, hand in hand, keek ik ze na. Ik zag Poppy's dansende rode rugzak langzaam in de verte verdwijnen.

Die avond dwong ik mezelf naar het feestje van een vriendin te gaan, maar dat was een vergissing en ik bleef niet lang. Thuis klapte ik mijn laptop open om te zien of ik al antwoord had. Boven me gilden Bernie en een vrouw het uit van genot.

*Ik ken niemand die Skye Nolan heet*, schreef Inga. *Wie ben jij trouwens? Hoe kom je aan mijn e-mailadres?*

Ik aarzelde en schreef terug: *Ik heb samengewoond met Jason Hallam. Zegt die naam je iets?*

Dit keer kwam er geen antwoord.

De volgende dag was Poppy's laatste dag van de meivakantie. Ik haalde haar op uit Brixton. Jason kwam naar de deur, legde zijn handen op haar schouders en duwde haar over de drempel, alsof ze een ding op wielen was – en we gingen rechtstreeks naar London Fields om te picknicken.

In het park hadden we afgesproken met Gina en Jake en misschien zou Nellie ook meekomen, maar uiteindelijk was Laurie er ook bij. Ik had allerlei eten bij Marks and Spencer gekocht, mini-*scotch eggs*, falafel, geschrapte worteltjes, blikjes limonade en een bakje aardbeien, maar Laurie had een echte rieten mand bij zich die toen hij hem triomfantelijk opendeed bleek te zijn gevuld met tupperwarebakjes vol zelfgemaakte salades, kippenpootjes die hij duidelijk zelf had gegrild, nette sandwiches van volkorenbrood met hummus, ook zelfgemaakt, en een fles vlierbloesemlimonade.

'Heb je die ook zelf gemaakt?'

'De eerste van het seizoen,' zei hij terwijl hij onze glazen volschonk. 'Proost.'

Hij had ook een zachte bal meegenomen en toen we waren uitgegeten renden we voetballend door het gras terwijl de zon zijn stroperige warmte over ons uitgoot. Jake en Poppy gilden het uit.

We gingen op het gras liggen. Om ons heen lagen groepjes mensen te zonnen.

'Ik heb volgende week vrij,' zei ik tegen Gina, zo zacht dat niemand anders het kon horen.

'O ja? Wat een goed idee!'

'Op voorschrift van de dokter.'

'Ben je ziek?'

'Stress,' antwoordde ik.

Ze opende haar ogen en draaide haar gezicht mijn kant op. 'Is alles oké?'

'Ik moet het een en ander op een rijtje zetten,' antwoordde ik.

'Fijn om te horen dat je wat tijd voor jezelf neemt,' zei ze. 'Als je met iemand wilt praten...'

'Ja. Dank je. Maar goed, laten we contact houden over wie wanneer Poppy en Jake heeft.'

'Tuurlijk.'

Toen we terugliepen naar het appartement kwam Bernie ons vanaf de andere kant tegemoet. Hij was met een vrouw die ik nog nooit had gezien. Waar vond hij die toch allemaal?

'Pops!' riep hij van een afstandje.

Toen hij dichterbij kwam kromp Poppy ineen. 'Ga weg.'

'Met het verkeerde been uit bed gestapt, zeker,' zei hij vrolijk.

Hij stak zijn hand die twee vingers miste omhoog en wiebelde ermee in haar richting. Poppy staarde hem gefascineerd en verafschuwd aan. Speels ontblootte hij zijn tanden. De vrouw naast hem trok aan zijn arm. 'Straks maak je haar bang,' zei ze.

'Je bent niet bang, toch?'

Poppy keek hem nadenkend aan, met haar tong tegen haar bovenlip gedrukt, zoals wanneer ze tekende. 'Ja,' antwoordde ze.

# 44

Ik dacht aan wat Peggy Nolan had gezegd: er was iemand die Hannah Flood heette en die een vriendin van Skye was geweest; iemand die Hannah Flood heette en die een kaarsenwinkeltje in Marylebone had. Ik googelde de naam, maar vond niets, ook niet als ik zocht op kaarsen en Marylebone. Maar het was mijn enige aanknopingspunt, dus ging ik er die maandagochtend nadat ik Poppy naar school had gebracht met de bus en de metro naartoe.

Ik dwaalde wat rond door de straten in de buurt – langs dure huizen, winkeltjes die designartikelen en eenvoudig, angstaanjagend duur keramiek verkochten, een zaak waar ze violen repareerden en verkochten, pleintjes met kinderkopjes en een bloemenwinkel waar het binnen aanlokkelijk koel en groen leek. Geen kaarsenwinkels, tot ik een smal straatje in liep waarin je tussen de hoge gebouwen door de hemel niet kon zien. Een kiosk. Een elektronikazaak. Een winkel die Rainbow heette en die etherische oliën en kaarsen verkocht.

Ik stapte naar binnen. Er waren stompkaarsen, spitse kaarsen, waxinelichtjes, drijfkaarsjes, geurkaarsen en kaarsen in de vorm van een schedel, een olifant, een piramide, een waterlelie. Er brandde een wierookstokje op de houten tafel die als toonbank diende en erachter stond een lange, forsgebouwde vrouw. Ze droeg een jurk die op een tent leek en had bruin haar tot bijna op haar middel, in een middenscheiding. Haar gezicht was een gladde, verraste ovaal.

'Hannah?' vroeg ik.

'Sorry, ken ik jou?'

'Peggy Nolan heeft me verteld dat je een vriendin was van haar dochter Skye.'

Hannah Floods gezicht werd direct gesloten, als een blanco vlak. Ze keek naar haar handen die op de tafel steunden en knipperde een paar keer met haar ogen.

'Wie ben jij?' Ze leek achterdochtig. Terecht.

'Ik heet Tess. Ik kende Skye een beetje en na haar dood heb ik haar moeder en Charlie leren kennen.'

'Je kent Charlie?'

'Een beetje.'

'Dat is een goede jongen. Ze had bij hem moeten blijven. Dat zei ik altijd tegen haar.' Hanna zuchtte en haar schouders zakten in. 'Maar ja, wanneer heeft Skye ooit naar iemand geluisterd?'

'Ik probeer meer te weten te komen over haar laatste paar weken en maanden,' zei ik.

'Ben je journalist?' Ze draaide een houten armband rond om haar pols.

Ik vertelde haar over mijn connectie met Skye en ze leek overtuigd – of overtuigd genoeg.

'Ik zag haar niet zo vaak,' zei ze somber. 'We waren uit elkaar gegroeid. Je zou denken dat het daardoor minder moeilijk was, maar dat is het niet. Ik was er niet toen ze me nodig had.'

'Peggy zei dat jullie elkaar al van kleins af kenden?'

'Ik heb nooit begrepen waarom ze mij uitkoos. Ze was snel en slim en een van de populaire kinderen. Ik was traag en onhandig en vond mezelf lelijk. Naast haar leek ik wel een reus. Ze noemden ons Little en Large. Zij was de ondeugende van ons twee. Ze bracht me altijd in de problemen.' Het lukte Hannah te glimlachen bij de herinnering.

'En toen?'

'Toen ontspoorde ze, maar dat weet je vast al. Ik heb geprobeerd haar te helpen, maar ze was zo moeilijk. Ze keerde zich tegen me. Ze kon echt gemeen zijn. Nadat ze Charlie had leren kennen ging het een tijdje beter. Toen ik naar Londen verhuisde kwam ik haar weer tegen. Ik zag haar zo nu en dan. Ze was aardiger in de tijd dat ze met Charlie was. Ze kon heel gul zijn. Dan zag ze een krankzinnig duur ding waarvan ze dacht dat ik het leuk zou vinden en dan kocht ze het, zonder over de prijs na te denken. Ze heeft een keer een ochtendjas voor me gekocht, en een groot boek over bomen. Ik ben gek op bomen. Altijd al, zelfs toen ik klein was.'

'Wat ging er mis?'

'Ik weet het niet. Ze werd rusteloos en was snel verveeld. Het is zoals ze zeggen: je weet pas dat het genoeg is geweest als het meer dan genoeg is geweest. Voor haar moest het altijd meer dan genoeg zijn.'

'Hebben jullie contact gehouden?'

'Een beetje.' Weer zo'n droevige glimlach. 'Ik denk dat ik te saai voor haar was en zij was te eng voor mij, maar we hielden toch altijd een lijntje open.'

'Wanneer heb je haar voor het laatst gezien?'

Ze dacht even na. 'Een dag of tien voor ze stierf, denk ik.'

'Hoe ging het toen met haar?'

'Ze was bruisend en manisch, en ik voelde een soort paniek

met haar in de buurt. Als dat opwindend klinkt: dat was het niet, het was afschuwelijk. Ik wilde alleen maar weg.' Ze beet op haar onderlip en fronste haar gezicht toen ze haar eigen woorden hoorde. 'Alsof het besmettelijk zou zijn of zo.'

'Waar praatte ze over?'

'Over honden,' zei Hannah bitter. 'En dat ze een pleegkind wilde, wat belachelijk was. Ze kon niet eens voor zichzelf zorgen. En ze zei ook iets over vroeger, toen we klein waren en zij me in de problemen bracht. Daar hadden we het altijd over. En ze vertelde me over een man die ze had ontmoet – dat was ook iets waar we het altijd over hadden.'

Ik zweeg even.

'Een man?' vroeg ik toen.

'Iemand die ze in een dronken bui in de kroeg had ontmoet. Maar in haar ogen had hij haar niet zomaar opgepikt. Dat was typisch Skye. Ze vond dat hij haar had gered. Hij bracht haar naar huis en ze weet eigenlijk niet wat er toen is gebeurd, maar ze zegt dat hij aardig voor haar was. Dat geloof ik graag. En later kwam hij nog een keer. Ze vertelde het als een groot, romantisch verhaal.'

'Weet je toevallig...' zei ik met een zo neutraal mogelijke stem, '... hoe hij heet?'

Ze fronste haar voorhoofd. 'Ik geloof het niet. Het lijkt iets wat ik onthouden moet hebben, maar ze vertelde me zulke verhalen zo'n beetje altijd als we elkaar zagen: dat ze een man had ontmoet en dat hij heel anders dan de anderen was. Hij was anders. Deze keer zou het goed gaan.'

Ik knikte. Dat was precies wat Charlie ook had gezegd.

'Was het een gewone naam, of een bijzondere?'

'Waarschijnlijk een gewone, anders zou ik hem wel onthouden hebben, denk je niet?'

'Jason?' vroeg ik.

'Hmm. Misschien. Daar kan ik geen ja en geen nee op zeggen.'

'Of Ben?'

'Zou kunnen.'

'Of Aidan? Of Bernie?'

'Echt, ik weet het niet. Ze heeft zijn naam misschien niet eens gezegd.'

'Of wat hij voor de kost deed?'

Hannah schudde spijtig haar hoofd. Ze bracht haar hand naar haar keel en boog zich naar me toe. 'Denk je dat hij haar gedood kan hebben?'

'Ik weet het niet. Het is bij haar thuis gebeurd, dus het kan iemand zijn geweest die ze kende.'

'Ik dacht dat het een beroving was.'

'Ja, dat denkt de politie.'

'Wie waren die mannen van wie je de namen noemde?'

Daar gaf ik geen antwoord op, maar ik vroeg: 'Zei ze nog iets anders over de man? Hoe hij eruitzag? Iets over wat hij deed, waar hij woonde?'

'Ze zei alleen dat hij aardig was.'

'Aardig.'

'Ja.'

'En het was maar een paar keer?'

'Ik geloof dat ze ook ergens hebben afgesproken. Ik weet niet of het meer dan één keer was. En...' Ze viel stil.

'Ja?'

'Nou, volgens mij is ze hem min of meer gevolgd. Ze wist waar hij woonde; ze zei dat het daar mooi was. En ze wist dat hij een relatie met een andere vrouw had. Of misschien zei ze vrouwen, meervoud. Maar daar liet ze zich niet door tegenhouden. Ze wist dat ze iets speciaals hadden en dat ze uiteindelijk samen zouden zijn. Ik denk dat hij boos op haar was, maar ze zei dat ze geduld moest hebben.' Hannah lachte. 'Maar geduld was niet Skyes sterkste kant.'

'Dus eigenlijk stalkte ze hem?'

'Ik zou dat woord niet gebruiken, dat maakt het meteen zo griezelig. Maar dat was het wel, denk ik.'

'Waar woonde die man?'

Ze maakte een hulpeloos gebaar. 'Ik weet het niet. Ik geloof niet dat ze dat gezegd heeft.'

'In een huis, een appartement?'

'Ze zei alleen dat het mooi was.'

'En die andere vrouw, woonde die bij hem?'

'Ik nam aan dat ze dat bedoelde, maar ik weet het niet. Ik zag Skye gewoon doen wat ze altijd deed: een ordinaire seksafspraak veranderen in een romantische lotsbestemming.'

'Kinderen?'

'Ik weet het niet,' zei Hannah langzaam. 'Het enige wat ik weet is dat deze man voor mijn gevoel een heel ander, gecompliceerd leven had en dat Skye niet goed bij haar hoofd was als ze dacht dat hij dat voor haar zou opgeven.'

'Maar ze dacht dat hij met haar zou verdergaan?'

'Dat dacht Skye altijd. Ze heeft zichzelf nooit leren beschermen. Ze dreef altijd op hoop.'

Zonder waarschuwing brak Hannah ineens. Ze boog haar lichaam over de tafel en begon te huilen; haar bruine haar deinde heen en weer en er vielen dikke tranen.

'Ik heb altijd gedacht dat zij degene was die mij in de steek zou laten,' wist ze tussen haar snikken door uit te brengen. 'En kijk nou.'

Voorzichtig legde ik een hand op haar schouder en wachtte.

Langzaam nam het snikken af. Ze ging weer rechtop staan en haalde een hand over haar vlekkerige gezicht.

'Sorry,' zei ze. 'Het spijt me.'

'Nee, het spijt mij.'

'Wil je een kaars kopen? Zoals je ziet heb ik niet veel klanten.'

'Heel graag,' zei ik.

Ik koos een zak theelichtjes uit, vier spitse kaarsen, zes drijfkaarsjes en een kaars in de vorm van een olifant die Poppy misschien leuk zou vinden.

'Als je nog iets te binnen schiet,' zei ik, 'is dit mijn nummer.'

Ik schreef het op een stukje papier dat ze naar me toe schoof en toen zette zij haar nummer in mijn telefoon.

'Als je Peggy ziet,' zei ze, 'zeg dan dat ik aan haar denk en dat ik haar nog een brief zal schrijven. Ik had dat al moeten doen. Ik wist niet wat ik moest zeggen. En zeg tegen haar dat ik het heel erg vind.'

# 45

Zodra ik de winkel uit liep ging mijn telefoon en verscheen Peggy's naam op mijn scherm, alsof Hannah haar op magische wijze had opgeroepen.

'Tess? Met Peggy. Stoor ik?'

'Helemaal niet.'

'Ik heb Charlie geprobeerd te bellen, maar hij neemt niet op.'

'Gaat het met je?'

'Ja. Nee. Nee, het gaat niet. Ik heb net Skyes spullen opgehaald.'

'Haar spullen? Ik dacht dat je dat al had gedaan?'

'Nee. De dingen die ze aanhad. Toen ze viel.'

'Dat moet heel moeilijk zijn geweest.'

'Ik kan me er niet toe zetten om ze te bekijken.'

'Dat hoef je niet meteen te doen. Geef jezelf wat tijd.'

'Wil je me helpen?'

'Ik? Eh, ja, ik bedoel... wat kan ik doen?'

'Ik bedoel: wil je ze samen met me bekijken?'

'Natuurlijk. Als je dat wilt. Ik kan weer naar jou toe komen, als dat goed is. Ik werk deze week niet.'

'Nee, ik bedoel nu.'

'Nu! Waar ben je dan?'

'Ik weet het niet. Ik loop zomaar wat. Ik loop al tijden. Wacht even.' Het was even stil. Ik hoorde verkeer in de verte en het gedempte geluid van voetstappen. 'Farringdon Road,' zei ze ten slotte. 'Op de kruising met Exmouth Market.'

'Zal ik naar je toe komen?'

'Wil je dat? Wil je dat doen?'

'Blijf daar,' zei ik. 'Ik kom er zo snel mogelijk aan.'

Peggy droeg een lange jurk met sandalen eronder en had een sjaal om haar paarse haar gebonden; er hing een grote geborduurde tas aan haar schouder en ze droeg er nog een als een pasgeboren baby in haar armen. Ik riep haar naam en ze draaide zich naar me om.

'Bedankt,' zei ze. 'Heel erg bedankt. Ik wist niet wat ik moest doen.'

Ik nam haar bij de arm en leidde haar weg van de drukke straat. Al snel kwamen we uit op een klein veldje vol bomen naast een kerk. Op het gras zaten mensen te picknicken en er stond een man te jongleren met drie grapefruits.

We gingen onder een boom zitten. Ik zag dat haar gezicht zo smal was dat het ingevallen leek. Haar ogen lagen diep in hun kassen en waren roodomrand.

'Vind je het echt niet erg?' vroeg ze.

'Natuurlijk niet.'

'Het was anders dan ik verwachtte. Ik had er geen problemen mee om haar huis te ontruimen. Misschien was ik toen nog in shock en drong niet tot me door wat ik deed. Maar dit...' Ze wees naar de tas die ze nog in haar armen had. 'Dit kan ik niet. Dit zat om haar arme lichaam toen ze stierf.'

'Wil je dit echt nu doen?'

'Ja. Dat moet.'

Met trillende vingers maakte ze de tas open en ze haalde er een verzegeld pakket uit. Ze trok aan het plastic, scheurde het open en legde een bundeltje naast me op het gras.

Skye Nolan had een lange wikkeljurk met paisleyprint gedragen, oranje met bruin. Hij had korte mouwen met een knoop aan de zijkant en leek merkwaardig intact. Peggy legde hem voor zich neer en streek erover.

'Wat zal ze hier mooi in zijn geweest,' zei ze. 'Wat moet ik ermee doen? Wat moet ik met al haar spullen doen?'

Ik bedacht dat Skye zich die avond mooi had aangekleed, alsof ze bezoek verwachtte.

Ze had eenvoudige sandalen met sleehakken, een kanten onderbroekje en een huidkleurige beha maat 70A gedragen. Een horloge met een grote wijzerplaat en een band van bruin leer. Een armband met kleine zilveren bedeltjes: een klok, een hoefijzer, een ster, een kat, een hoge hoed, een schelp... Haar moeder raakte de bedeltjes een voor een met haar wijsvinger aan.

'Die heeft ze gekregen toen ze negen werd. Ik kocht bij elke verjaardag een nieuw bedeltje. Later deed ze hem niet meer om en kocht ik geen bedeltjes meer. Maar sommige van deze zijn nieuw. Zoals deze.' Een kolibrie. 'En deze.' Een *wishbone*.

Er was ook een zilveren medaillon in de vorm van een hart. 'Die herken ik niet,' zei Peggy. 'Maar ze hield veel van sieraden.'

'Mag ik hem openmaken?'

Ze knikte en ik wurmde het hartje open met mijn nagels. Aan de binnenkant zat een miniatuurinscriptie: *Altijd*.

'Ik weet niet hoe ik dit moet doen,' zei Peggy. 'Ik weet het niet.'

Ik legde mijn hand op de hare. Er was niets wat ik kon zeggen.

'Ik zie helemaal voor me hoe ze die kleren aantrekt. Hoe ze voor de spiegel staat en naar alle kanten draait om te zien hoe ze eruitziet. Hoe ze die sieraden omdoet. Naar zichzelf glimlacht. Dat doet me trouwens ergens aan denken. Ik heb iets voor je.'

'Hoe bedoel je?'

Peggy haalde iets uit haar zak, een voorwerp in vloeipapier. Ze haalde het papier eraf en stak het me toe. Het was een koperen armband, versierd met lichtblauwe stenen. Iets wat een tienermeisje zou dragen als ze naar een feestje ging.

'Was die van Skye?'

'Ja. En nu van jou.'

'Dat kan ik niet aannemen.'

'Het moet,' zei Peggy. 'Als aandenken aan haar. En aan mij. Skye had zoveel plezier in al die dingen. Wat er ook gebeurd is, eigenlijk was ze nog een kind.'

De tranen stroomden over haar gezicht.

'Dat zei Hannah ook al.'

'Heb je Hannah gesproken?'

'Ja.'

'Dat is een lieve meid.'

'Ze hield van Skye.'

'Zullen we deze opruimen?' Peggy vouwde de jurk zorgvuldig op, raapte het horloge, het medaillon en het bedelarmbandje op, hield ze even in de kom van haar handen en staarde ernaar.

'Hier.'

Ik hield de tas voor haar open en ze liet ze erin vallen.

'Moet je al weg?' vroeg ze.

'Niet echt.'

'Wil je wat foto's van Skye zien? Charlie heeft ze gestuurd. Ze ziet er heel gelukkig op uit.' Haar stem stokte.

'Heel graag.'

Peggy rommelde in de geborduurde tas en haalde haar telefoon eruit. Ze swipete een paar keer naar links.

'Hier,' zei ze. 'Hier is ze.'

Ik keek ze door. Daar waren de foto's die Charlie me al had gestuurd, en daar was Skye die vanaf een brug in het water staarde, Skye die met een oude spijkerbroek en een coltrui aan net een jongen leek, Skye met veel make-up op, bijna onherkenbaar, Skye van een afstand met een hond naast haar, Skye in badpak, met een kerstmuts op, lopend in een park, met uitgestoken tong, zwaaiend, naast Charlie, arm in arm met een groepje jonge vrouwen. Skye in de tuinbroek die ze had gedragen toen ik haar die avond voor het raam van het restaurant had zien staan, en ik herinnerde me hoe ze naar me had geglimlacht, naar me had gewezen, haar pet had afgenomen. Diezelfde pet die ze op deze foto ophad, met de klep opzijgedraaid.

Die pet. Van ribfluweel met een kastanjebruine rand.

'Ik zal er een paar voor je uitprinten,' zei Peggy.

'Die.' Ik priemde met mijn vinger naar de foto. 'Hoe komt ze daaraan?'

'Wat?'

'Die pet.'

'Ik weet het niet.' Ze keek verbaasd. 'Hoezo?'

'Ik moet gaan,' zei ik. Mijn stem klonk schor. 'Sorry.'

Ik kwam wankelend overeind.

'Nu?'

'Sorry.' Ik zag schrik op haar gezicht. 'Ik kom je morgen wel opzoeken, als je wilt. Dan kunnen we door haar spullen heen gaan.'

'Wil je dat doen? Ja. Ja, heel graag.'

'Ik kom aan het eind van de ochtend. Ik bel wel als er iets verandert.' Toen viel me iets in. 'Kun je die foto naar me doorsturen – die van Skye met de pet op?'

Ik rende naar de bushalte, maar daar kon ik niet stil blijven staan en beende ik heen en weer over het korte stukje van de halte tot de bus kwam. Ik sprong erin, ging voorin zitten en maande de bus in gedachten sneller te gaan. Mijn telefoon maakte een geluidje en daar was de foto van Skye, grijnzend onder de pet.

Ik stapte uit bij Broadway Market, rende London Fields over en mijn eigen straat door, liet mijn sleutels vallen en graaide ze van de stoep, onhandig door de angst.

'Jij hebt haast, zo te zien,' zei een stem.

Bernie.

'Later,' zei ik.

Ik ging het keukentje in. Naar de koelkast met tekeningen en foto's erop, onder een magneet. De polaroidfoto. De polaroid van Poppy die Lotty me had gegeven. Waar was die? Er was er een van haar op de glijbaan op school, met haar mond open en gillend van plezier. Maar waar was die andere? Ik had hem daar opgehangen, dat wist ik zeker. Ik trok de tekening van de zon met een veel te grote bloem los. Ik trok de kaart van mijn vriendin Magda los. Het boodschappenlijstje. Het takenlijstje.

De foto van Poppy was weg; de foto waarop ze een ribfluwelen pet met een kastanjebruine klep ophad, diep over haar ogen getrokken.

Ik liet me neerzakken op de keukenvloer, sloeg mijn handen voor mijn ogen en probeerde het me uit alle macht te herinneren.

Vorige week was Poppy van Jason teruggekomen met een zak verkleedkleren die Emily had uitgezocht. Daar had de pet tussen gezeten – of nee, die had in Poppy's rugzak gezeten, tussen de kettingen, de armbanden en de sjaals.

Poppy had de pet in haar kamer opgezet – ik zag haar nog voor me, lachend omdat hij over haar ogen zakte – en ik had hem in de zak bij de andere dingen gedaan die ze had uitgekozen voor school en hem aan Lotty's assistent overhandigd.

En toen had Lotty me een paar polaroidfoto's van Poppy gegeven, waaronder een waarop ze de pet ophad. Die had ik op de koelkast gehangen. Dat wist ik zeker.

Nu had ik een foto van Skye met dezelfde pet op gezien. De pet die ze had gedragen op de avond dat we elkaar gezien hadden.

Maar de foto van Poppy met de pet was weg.

Ik ging op de vloer liggen en keek onder de koelkast om te zien of hij gevallen was. Ik ging overeind zitten en staarde hulpeloos om me heen.

Als hij weg was, moest iemand hem meegenomen hebben.

Ik ging de tuin in en ijsbeerde over het belopen gras. Ik dacht terug aan de dagen nadat ik de polaroid op de koelkast had gehangen. Dat was geweest... wanneer? Mijn hersenen deden pijn van de inspanning om het terug te halen. De dag waarop Poppy en ik over de dierentuin hadden gepraat en ik beseft had dat ze de werkwoordstijden door elkaar haalde; de dag waarop ik met mijn ontdekkingen naar Kelly Jordan was teruggegaan. Die middag had Lotty me een handjevol foto's van Poppy gegeven, waaronder die ene met de pet. En die avond was de rechercheur teruggekomen, had ze me de naam verteld van de dode vrouw en had ik haar foto gezien en het me herinnerd.

Er zaten vijf dagen tussen toen en vandaag. Wie was er hier binnen geweest? Ik tuurde omhoog naar de strakblauwe hemel.

Kelly Jordan was de volgende ochtend langsgekomen met die andere politievrouw, Madeleine Finch, en ze hadden Poppy ondervraagd.

En toen... ja, toen was Aidan met zijn collega langsgekomen, met die potten met pioenrozen. Ze waren in de keuken en in de serre geweest. Ik zag het nog voor me: Poppy en Jake in de tuin, en Aidan met zijn vriend bij mij. We hadden in de warme middag vlierbloesemlimonade gedronken.

En Bernie: die kwamen we tegen in de hal en hij was ook mee naar binnen gegaan; hij had het zich gemakkelijk gemaakt en had met uitgestrekte benen grijnzend op de stoel gezeten.

En toen was Jason gekomen. En Laurie, precies op tijd om te zien hoe Poppy modder in Jakes mond probeerde te duwen.

Allemaal hadden ze de foto kunnen zien en weghalen.

Maar de pet kwam uit Jasons huis.

# 46

Toen ik Poppy de volgende ochtend naar school bracht en me bukte om haar te omhelzen, duwde ze me boos weg. Ik zag haar snel weglopen, weg van mij. Voor ik wegging, liep ik haar klas in op zoek naar Lotty.

'Kan ik je helpen?'

Het was de klassenassistent.

'Ja. Ik heb hier voor de vakantie een lading verkleedkleren afgegeven en daar zit iets bij wat ik terug wil.'

'Van gedachten veranderd?'

'Zoiets.'

Ze wees naar de verkleedhoek. Ik ging erheen en begon kledingstukken uit de oude verkleedkist te halen. Bonte en zachte stoffen gleden door mijn handen, wijde rokken, een oud Spider-Mankostuum... Daar was hij. Mijn handen sloten zich om de pet.

Ik stond op. Ik tikte op de foto van Skye die haar moeder me had gestuurd. Daar was ze, grijnzend onder de scheve kastanjebruine klep. Daarachter lag het beeld van Poppy, met de pet over haar ogen getrokken.

Ik stopte de pet in mijn tas en ging weg.

In de trein naar Chelmsford dacht ik na over mijn gedrag van de laatste tijd. Ik had in andermans privéleven zitten rommelen, ik was als een inbreker bij mijn ex naar binnen geslopen en had in zijn privémail gesnuffeld. Ik zei tegen mezelf dat het geen echte inbraak was. Ik had mijn eigen sleutel. Maar ik kon mezelf niet eens overtuigen. Oké, dus Jason bedroog Emily, net zoals hij mij had bedrogen; dat wist ik zeker, door die e-mails. Het lag in mijn macht om Emily de waarheid te vertellen. Haar misschien zelfs te beschermen.

Ik had dat allemaal gedaan om Poppy te beschermen, maar misschien was zelfs dat me niet gelukt. Ik had alleen maar problemen veroorzaakt. Misschien had ik het leven voor mij en Poppy zelfs gevaarlijker gemaakt in plaats van veiliger. Iemand had Skye vermoord. Iemand had in mijn huis ingebroken, Poppy's kamer doorzocht, dat wist ik zeker. Had ik dat allemaal over mezelf afgeroepen door stof te laten opwaaien, stenen op te tillen? En waarvoor? Wat had ik eigenlijk echt ontdekt? En nu ging ik alweer naar een rouwende moeder toe, drong ik mezelf in haar leven, in haar verdriet.

Ik zei tegen mezelf dat ik me deze ene laatste kans nog zou gunnen. Ik zou een tijdje bij Peggy blijven, naar haar luisteren, haar steunen als een vriendin en zo veel mogelijk te weten proberen te komen, en als ik dan niets ontdekte, zou het daarmee afgelopen zijn. Terwijl ik dat dacht, voelde ik me net een verslaafde die zichzelf voorloog. *Nog een laatste keer, absoluut de allerlaatste keer, ik meen het echt.* Ik begon te denken dat ik Poppy misschien inderdaad het beste kon beschermen door hiermee op te houden en haar een gelukkig leventje te geven. Misschien zouden haar nare dromen en angsten langzamerhand vanzelf verdwijnen. Ik zou aardig zijn voor Peggy, maar ik zou mijn ogen openhouden. Als hier niets uitkwam, zou ik weer aan het werk gaan, mijn armen om mijn dochter heen slaan en ons zo goed mogelijk beschermen.

Bij een stalletje voor station Chelmsford kocht ik een bos bloemen en toen nam ik weer een taxi naar Peggy Nolans huis. Ik drukte op de bel en repeteerde in mijn hoofd wat ik haar kon vragen zonder al te opdringerig te lijken. Ik wachtte tot ik voetstappen hoorde, maar die kwamen niet. Ik belde nog een keer aan en hoorde de bel achter in het huis rinkelen. Was ze vergeten dat ik zou komen? Of misschien sliep ze. Of was ze naar de winkel. Ik belde haar nummer, maar kreeg direct de voicemail. Ik mompelde een onsamenhangend bericht waarin ik zei dat ik op de stoep stond en me afvroeg waar ze was en of alles goed met haar ging.

Er viel me iets in. Ze kon zonder telefoon in de achtertuin zijn en de deurbel niet horen. Ik deed een stap achteruit en bekeek het huis. Aan de rechterkant had het geen directe buren; er leidde een gangetje naar achteren. Ik keek om me heen, bijna schuldbewust. Het gangetje was niet afgesloten met een hek of een poort. Het moest dus in orde zijn.

Ik liep door het gangetje en kwam bij de tuin. Daar was ze niet.

Ik voelde een soort onbegrip, dat al snel omsloeg in irritatie. Ik had een heel eind gereisd. Moest ik nu echt gewoon een taxi bellen en naar Londen teruggaan?

Misschien was ze in slaap gevallen. Ze slikte medicijnen. Misschien was ze daardoor bewusteloos geraakt. Ik keek naar de deur die naar de keuken leidde. Als ze weg was, zou ze die op slot hebben gedaan en dat was dan dat.

Ik probeerde de klink en die gaf mee. De deur zat niet op slot en ging naar binnen toe open. Ik stapte naar binnen en hoorde stemmen. Het leek erop dat ze bezoek had en de bel niet had gehoord, maar toen realiseerde ik me dat de radio in de keuken aanstond. Ik zette hem uit en verwachtte het geluid van voetstappen of iets dergelijks, het zachte gekraak waaraan je hoort dat er iemand thuis is.

'Hallo?' riep ik. Mijn eigen stem klonk vreemd in mijn oren. 'Peggy? Ben je daar? Ik ben het, Tess.'

Niets.

Mijn eerste impuls was me omdraaien, teruggaan zoals ik was binnengekomen en naar huis gaan. Maar ik had het vreemde gevoel dat ik aan een lijn werd voortgetrokken, het huis in, naar een plek waar ik niet wilde zijn, om iets te zien wat ik niet wilde zien. En dus ging ik de keuken uit, liep ik een paar stappen verder en kwam ik in de woonkamer. Het voelde bijna als iets onvermijdelijks toen ik het lichaam van Peggy op haar buik op het tapijt zag liggen, met haar ene arm onder haar lichaam en het andere naar opzij uitgestrekt.

Mijn hersenen werkten traag, alsof ik was verdoofd, maar ik had een heel vage herinnering aan een EHBO-cursus die ik jaren geleden had gedaan, aan hartmassage en mond-op-mondbeademing. Ik knielde naast het lichaam neer, zei Peggy's naam en voelde in haar hals. Heel voorzichtig draaide ik haar gezicht verder naar me toe. Haar lege ogen staarden me aan. Ze was zo duidelijk koud en dood dat het geen zin had om nog iets te doen.

Ik vroeg me eerst af of ze van verdriet kon zijn doodgegaan, aan een gebroken hart, of dat ze misschien gewoon gestruikeld was en haar hoofd had gestoten, maar toen keek ik om me heen en zag ik dat er een la uit het bureau was getrokken en op de grond was omgekeerd. De inhoud lag verspreid. Er was hier dus iemand geweest die dit had gedaan. Kon die er nog zijn? Ik luisterde, maar ik hoorde alleen mijn eigen adem en voelde het kloppen van mijn hart.

Ik moest iets doen.

Ik pakte mijn telefoon. Wat was het nummer? 999? Of was dat veranderd? Hing het af van het soort noodgeval? Toen dacht ik: nee, die niet. Ik zocht in mijn contacten en belde.

Het duurde even voordat Kelly Jordan opnam. Ze klonk meteen geïrriteerd.

'Ja?'

'Je kent Peggy Nolan toch? De moeder van Skye Nolan?'

'Wat is er met haar?'

'Ze is vermoord.'

Het bleef even stil.

'Hoe bedoel je? Hoe weet je dat?'

'Ik sta naast haar lichaam. Ik kijk er nu naar. Het is koud.'

Jordan begon aan een of andere vraag, maar slikte hem weer in.

'Oké,' zei ze op afgemeten, officiële toon. 'Waar ben je?'

Ik moest een paar tellen nadenken voor ik me het adres kon herinneren en het aan haar door kon geven.

'Ben je veilig?' vroeg ze. 'Is er nog iemand anders in huis?'

'Nee, ik bedoel ja, ik denk dat ik veilig ben, ik geloof niet dat er hier nog iemand is.'

'Prima. Blijf daar. Doe niets. En raak vooral niets aan. Heb je me gehoord? Helemaal niets.'

Ik mompelde iets terug en ze verbrak de verbinding.

Doe niets. Raak niets aan. Wat zou ik eigenlijk willen doen of aanraken?

Ik keek om me heen. Het was me eerst helemaal niet opgevallen wat een rotzooi het was. Boeken, tijdschriften, papieren, mokken, bestek, losse spullen lagen verspreid over de vloer.

Toen zag ik de tas die ik de vorige dag ook had gezien. De tas waar alle kleren en spulletjes in hadden gezeten die Skye op haar lichaam had gedragen. We hadden ze gisteren een voor een bekeken en ze er daarna weer in teruggedaan. Ik ging naast de tas zitten. Hij was duidelijk ondersteboven gekeerd en op de vloer leeggegooid. Ik zag de mooie jurk, de beha, de sandalen. Ik raapte het bedelarmbandje op en terwijl ik ernaar stond te kijken kwam het geluid van Peggy's stem zo helder bij me terug alsof ze tegen me aan het praten was. Ik legde het weer neer. Het medaillon, het onderbroekje. Alles was er.

En toen, moeizaam, door die duistere mist, een vage herinnering: toch niet alles. Er ontbrak nog iets. Wat was het?

Er gingen lichtflitsen over het plafond en ik keek op en om. Het licht kwam van buiten, waar auto's stonden en het geluid van rennende voeten klonk.

# 47

Ik zat in een kamer zonder ramen. Alles had een ondefinieerbare kleur. Het zeil op de vloer was een soort gespikkeld grijs. De muren waren een soort vaalgroen. De plastic stoeltjes waren ook grijs. De tafel was van houtfineer. Een jonge agent bracht me een kop thee met gemberkoekjes in cellofaan. Ik kocht nooit koekjes en had zulke gemberkoekjes niet meer gegeten sinds ik klein was. Maar ik voelde dat ik iets nodig had om het beverige, flauwe gevoel tegen te gaan. Ik scheurde het pakje open, doopte een koekje in de thee, at het op en deed toen hetzelfde met het volgende koekje.

Ik deed een paar zwakke pogingen om te begrijpen wat er was gebeurd, maar ik raakte steeds overstuur als ik dacht aan Peggy Nolan en haar verdriet om haar dochter, aan Peggy die gisteren nog leefde en nu net zo dood was als Skye. Was ze nu bij haar dochter? Was dat wat ze had gewild? Kon ik mezelf dat wijsmaken?

De deur ging open en het leek alsof er een hele mensenmassa binnenkwam. Het kostte me moeite om me te focussen; ik zag dat een van hen een agente in uniform was en dat de twee anderen Ross Durrant en Kelly Jordan waren. Ross Durrant zette iets op tafel, maar ik keek naar hun gezichten. Kelly Jordan keek bezorgd; Durrant fronste.

'Alles goed met je?' vroeg Kelly Jordan.

Ik knikte.

De twee rechercheurs gingen tegenover me zitten, de agente in uniform ging in een hoek staan. Ross Durrants ogen boorden zich in de mijne.

'Zijn dat je kleren?'

Ik keek naar beneden, alsof ik het niet meteen wist.

'Wat? Deze? Ja.'

'Wat de...' begon hij en hij draaide zich om naar de agente. 'Waarom is dit niet op de plaats delict gedaan?' Hij draaide zich weer naar mij om. 'Over een paar minuten komen er een paar agenten. Die nemen je kleren mee en geven je andere. Ze zullen een DNA-monster afnemen en ook wat vezels onder je nagels weghalen. Enzovoort. Begrijp je?'

'Ja.'

'Ga je akkoord? Je hebt het recht om te weigeren.'

'Nee, het is prima.'

Hij leunde naar voren, drukte op een knop en staarde er toen naar. 'Doet hij het? Ik weet nooit of hij het doet.'

De agente kwam naar voren. 'Het lichtje moet knipperen.'

'Volgens mij knippert het.' Hij keek op zijn horloge. 'Het is 3 juni, 14.27 uur. Aanwezig zijn rechercheurs Ross Durrant en Kelly Jordan. En brigadier...' Hij keek om.

'Woolley,' zei de agente. 'Elinor Woolley.'

'Elinor Woolley.' Hij keek mij aan. 'We ondervragen Tess Moreau. Goed, mevrouw Moreau, wat was u daar in godsnaam aan het doen?'

'Ik heb haar ontmoet bij het gerechtelijk vooronderzoek. We zijn bevriend geraakt.'

Hij leek een paar seconden over mijn antwoord na te denken.

'Laat me het anders formuleren: wat deed u verdomme bij Peggy Nolan in huis?'

'Dat heb ik net uitgelegd. Ik moest er zijn. Ik ben net zo van streek als iedereen. Ik vind dit echt verschrikkelijk. Absoluut verschrikkelijk.'

'Is dat alles?'

'Ik had medelijden met haar.' Ik haalde diep adem. 'En ik dacht dat ik misschien zou ontdekken waarom Skye is vermoord.'

Ross Durrant keek even naar Kelly Jordan en toen weer naar mij. Hij knikte langzaam.

'U bent betrokken geraakt bij de moord op Skye Nolan. Klopt dat?'

'Als u bedoelt dat de politie aannam dat het zelfmoord was totdat ik erbij betrokken raakte, is het antwoord ja.'

'Dat is niet wat ik bedoel. Is u niet expliciet gezegd dat u niets met het onderzoek te maken hebt?'

'Maar ik héb ermee te maken,' zei ik wanhopig. 'Ik wou dat dat niet zo was.'

'Zoals u heel goed weet, mevrouw Moreau, hebben we geen enkel bewijs gevonden dat u met Skye Nolan in verband brengt.'

'Er gebeuren rare dingen,' zei ik.

Durrant negeerde me. 'Maar we hebben wel een verband tussen de twee moorden gevonden, een verband dat de moeite van het onderzoeken waard lijkt.'

'Mooi. Wat dan?'

Hij leunde naar voren. 'U.'

'Hoe bedoelt u?'

'U bemoeide zich met de case van Skye Nolan, tegen alle adviezen in. U valt mijn collega voortdurend lastig en maakt misbruik van haar vriendelijkheid.' Hij liet 'vriendelijkheid' klinken als een vies woord. Ik zag Kelly Jordan blozen. 'En nu was u op de plek waar Peggy Nolan is vermoord.'

'Dat is belachelijk. Ik was degene die haar vond.'

'Het is gewoon een constatering.'

'Waarom was je daar vandaag, Tess? Ik bedoel, los van dat je haar vriendin bent geworden, als je het zo kunt noemen. Om welke specifieke reden?' Dat vroeg Kelly Jordan. Ze sprak vlak en onbewogen.

Ik draaide me dankbaar naar haar toe. 'We hebben elkaar gisteren gezien. Ze had de dingen opgehaald die Skye aanhad toen ze stierf. Ze wilde niet alleen zijn als ze die bekeek. Ze dacht dat het zou helpen als er iemand bij haar was.'

'Ik vroeg niet naar gisteren,' zei Kelly Jordan. 'Ik vroeg naar vandaag.'

Ik dacht na. Het klonk ineens nogal slap.

'Ik zou haar nog een keer helpen bij het uitzoeken van Skyes spullen.'

'Maar je zei dat je dat gisteren al had gedaan.'

'Dat was alleen een tasje met dingen die Skye aanhad toen ze stierf; al haar andere spullen waren er ook nog.'

Nu viel er een lange stilte. De twee rechercheurs staarden me aan. Ik dacht dat ik wel wist wat ze deden. Ze lieten een stilte vallen in de hoop dat ik die zou vullen, gewoon uit behoefte om te blijven praten. Misschien zou ik dan iets verraden.

Toen, schijnbaar uit het niets, herinnerde ik me iets.

'Het horloge,' zei ik.

'Wat?' zei Durrant.

'De tas met de dingen die ze had gedragen. Degene die dit

heeft gedaan, heeft die op de grond leeggegooid. Toen ik erdoorheen ging, wist ik dat er iets ontbrak, maar ik wist niet wat. Het was het horloge. Het horloge is weg.'

'Erdoorheen ging?' vroeg Kelly Jordan. 'Heb je iets aangeraakt? Zeg alsjeblieft dat je niets hebt aangeraakt.'

'Ik zou iets opgetild kunnen hebben,' zei ik aarzelend. 'Alleen om te zien of alles er was.'

'Ik heb gezegd – ik heb uitdrukkelijk gezegd – dat je niets mocht aanraken.'

'Ik moest het zeker weten.'

'Godallejezus,' zei Ross Durrant toen hij de knop had ingedrukt. 'Oké, dit is voorlopig wel genoeg. Terwijl dit wordt uitgetikt zodat je het kunt ondertekenen moet je onderzocht worden voordat er per ongeluk nog meer bewijsmateriaal verloren gaat.'

'Nee,' zei ik. 'Ik moet weg.'

'Je gaat pas weg als we klaar zijn.'

'Mijn dochter is op school,' zei ik. 'Ik moet haar ophalen. Hoe laat is het? Het moet al bijna drie uur zijn. Als ik nu ga, kan ik er nog op tijd zijn.'

'Absoluut niet.'

'Jullie kunnen me niet tegenhouden.'

'O nee?'

'Tess,' zei Kelly Jordan. 'Probeer alsjeblieft redelijk te zijn. Je hebt een dode gevonden. Er is een vrouw vermoord en wij hebben je hulp nodig.'

De woorden waren vriendelijk, maar de toon waarop ze die uitsprak was dat niet. Ik zag dat ze woedend op me was.

'Ik moet Poppy ophalen.'

'Is er niet iemand die je kunt vragen op haar te passen tot jij er bent? Je hebt toch zeker ook iets geregeld voor als je werkt?'

Er verscheen een rimpel tussen haar ogen. 'Waarom werkte je vandaag trouwens niet?'

'Ik heb me ziek gemeld,' zei ik. 'Op voorschrift van de huisarts, omdat ik aan stress lijd.' Ik had al spijt zodra ik het gezegd had. Ik wist dat ik nu nog minder redelijk en stabiel leek.

'Wie haalt Poppy normaal gesproken dan op?' vroeg Kelly Jordan.

'Nee!' Ik hoorde de heftigheid in mijn stem en zag Durrant en Jordan elkaar aankijken.

Ik wilde Laurie niet in de buurt van Poppy hebben. En Jason, Emily of Ben ook niet, trouwens. Mijn hersenen draaiden op volle toeren. Mijn moeder was te ver weg. Gina was op haar werk. Ik kon het niet aan Bernie vragen. Ik kon het niet aan Aidan vragen.

'Ik kan vragen of ze bij Lotty, haar juf, mag blijven,' zei ik uiteindelijk. 'Maar het moet niet te lang duren.'

Kelly Jordan knikte. Ik pakte mijn telefoon, zocht het nummer van de school en een paar minuten later had ik Lotty aan de lijn.

'Het spijt me,' zei ik. 'Het spijt me echt. Er is een noodgeval en ik ben wat later. Maar ik kom zo snel als ik kan.'

'Is alles goed met je?'

Lotty's stem klonk bezorgd. Ik haalde diep adem en probeerde rustig te spreken. 'Ik vind het vreselijk om te laat te komen. Is alles goed met haar?'

'Met Poppy is alles prima. Wacht even.' Ze was even weg; ik hoorde gedempte stemmen en toen was Lotty er weer. 'Jakes vader is er en hij biedt aan om haar mee te nemen. Dat doet hij wel vaker, toch?'

'Nee! Nee, alsjeblieft... Ik bedoel...'

Mijn hoofd zat vol verwarde gedachten. Ik wilde absoluut

niet dat Poppy bij Laurie zou zijn – maar als ik zijn aanbod weigerde zou hij dat weten, en dan? Wat was erger: haar met hem laten meegaan of haar niet met hem laten meegaan? Ik wist het niet en stond erbij met de telefoon tegen mijn oor gedrukt, verstard in besluiteloosheid. Tegenover me zat Ross Durrant hard en ongeduldig met zijn vingers op tafel te trommelen.

'Tess?' Ik zag voor me hoe Lotty en Laurie samen stonden te luisteren naar mijn stilte. 'Zal ik Poppy aan Laurie meegeven?'

'Ja,' flapte ik eruit. 'Oké. Zeg maar dat ze lief moet zijn en dat ik snel kom.'

'Natuurlijk.'

Ik hing op. Nu zou Lotty ook denken dat ik gek was.

Ze namen mijn kleren mee en gaven me andere, vale dingen: een iets te korte broek en een top die rook naar wasverzachter met bloemengeur. Ze schraapten onder mijn nagels. Ze namen wangslijm af, voor DNA-onderzoek vertelden ze.

Ik wist niet hoe Peggy gestorven was. Er was geen bloed geweest, geen duidelijk wapen, haar hoofd had niet in een onnatuurlijke hoek gelegen. Ze was gewoon dood geweest. Zo onmiskenbaar dood, met haar arme lichaam uitgespreid op de vloer, haar lange rok om haar knieën, haar optimistische paarse haar om een gezicht zo leeg als steen.

Ik werd weer naar de verhoorkamer teruggebracht, waar ik mijn verklaring ondertekende zonder hem door te lezen. Ross Durrant verscheen weer, nu zonder Kelly Jordan. Hij zette zijn handen op de tafel en boog zich met een bars gezicht naar me toe.

'Je mag nu je dochter gaan ophalen,' zei hij. 'Maar voor je gaat, moet je even goed luisteren. Naar mijn mening hebben we jou en je grillen, paniek en waanideeën veel te veel ruimte gegeven. Je hebt ons veel tijd gekost, je in ons onderzoek gemengd, ons zand in de ogen gestrooid, je hebt aan bewijsmateriaal gezeten.'

'Dat is niet...'

Hij denderde dwars over mijn zwakke poging om mezelf te verdedigen heen. 'Dat is nu allemaal afgelopen. Je hebt het lichaam van Peggy Nolan gevonden en nu ben je getuige in een moordonderzoek. Meer niet. Je bent geen slachtoffer, jij en je dochter zijn niet in gevaar, je bent geen rechercheur en verdomme ook geen waarzegger. Je hebt geen bijzondere inzichten. Het is jou niet toegestaan op onderzoek uit te gaan, je eigen paranoïde drama's te creëren en op de gekste tijden met rechercheur Jordan te bellen. Zij is te teerhartig om te zeggen dat je moet opzouten omdat je ons werk bijna onmogelijk maakt.' Durrant boog zich dichter naar me toe, zodat zijn ogen zich in de mijne boorden. Zijn adem rook naar vlees. 'Begrepen?'

'Ik heb het begrepen,' zei ik. 'Maar...'

Zijn hand ging omhoog en kwam met een klap op het tafelblad neer. 'Er is verdomme geen maar. Als je nog één keer iets doet wat ons onderzoek belemmert, word je aangeklaagd. Dat is een belofte. En nu wegwezen.'

# 48

Poppy lag in bed, ik had gedoucht en mijn eigen kleren weer aangetrokken en nu zat ik in de zachte avondschemering in de tuin. Ik kon de rozen van de buren ruiken. Er hing een maansikkel boven de daken. Ik overwoog een glas drank in te schenken, een sigaret uit mijn geheime voorraad te pakken, maar in plaats daarvan bleef ik gewoon zitten, slap en uitgeput van de dag. De stortvloed van beelden was geluwd en ik voelde me leeg, beroofd van emoties.

Vaag hoorde ik een geluid en toen besefte ik dat het de deurbel was, die nauwelijks te horen was in de tuin. Het was al laat, ik verwachtte niemand en ik wilde de bel eerst negeren, maar toen hij nog een keer ging, hees ik mezelf uit de lage stoel overeind, liep de serre door en deed open.

'Hallo Tess.' Aidan klonk ongemakkelijk. 'Als je zegt dat ik weg moet gaan, doe ik dat.' Ik gaf niet meteen antwoord. 'Sorry. Dit was een vergissing. Stom. Ik kon gewoon niet... Ik had niet... Neem me niet kwalijk.'

Hij draaide zich om.

'Nee,' zei ik. 'Niet weggaan.'

Hij bleef staan, nog steeds met zijn rug naar me toe. Toen

ik hem daar zo zag staan, met zijn afhangende schouders en zijn al dunner wordende haar, voelde ik me pijnlijk week vanbinnen.

'Kom binnen. Even maar.'

Toen draaide hij zich weer naar me om en bekeek me eens goed.

'Je ziet er vreselijk uit.'

'Nou, dank je.'

'Nee, ik bedoel – wat is er gebeurd? Is alles goed met je?'

'Kom binnen.'

'Als je het zeker weet.'

'Natuurlijk.'

We gingen samen de tuin weer in. Ik bood hem niets te drinken aan. Ik wist niet waarom hij er was of wat hij wilde. Ik wist helemaal niets.

'Wat is er gebeurd?' vroeg hij weer.

'Ik weet niet of ik er al over wil praten. Het is een zware tijd geweest, dat is alles. Vandaag...' Ik viel hortend stil.

'Vandaag?'

Ik keek hem nu voor het eerst echt aan, liet onze blikken elkaar ontmoeten. Zijn gezicht was smaller dan ik me herinnerde.

'Het was verschrikkelijk,' zei ik. Ik wilde niet huilen waar hij bij was.

'Je hoeft het niet te vertellen. Maar kan ik iets doen om je te helpen?'

Ik schudde mijn hoofd. We waren allebei stil.

'Ik was niet van plan om te komen,' zei hij ten slotte.

'Ik ben blij dat je het hebt gedaan.'

'Echt?'

'Ja.'

'Ik heb je gemist.' Zijn stem klonk laag. 'Ik heb je zo gemist.'

'Ik jou ook,' zei ik.

'Betekent dat...'

'Nee,' zei ik. 'Ik moet dingen uitzoeken.'

Hij knikte een paar keer. 'Denk je dat we in de toekomst, als je er klaar...'

'Mama!' Poppy's stem sneed door de lucht. 'Mama mama mama!'

Ik sprong overeind.

'Sorry,' zei ik. 'Je komt er zelf wel uit, hè?'

'Natuurlijk.'

Ik rende de trap op en Poppy's kamer in. Terwijl ik me over het bed boog, haar vochtige haar van haar voorhoofd streek en tegen haar fluisterde, hoorde ik mijn huisdeur open- en dichtgaan.

# 49

De volgende ochtend regende het hard; het water kletterde op de bladeren en droop op de gebarsten aarde. Poppy en ik renden onder een paraplu naar school, maar kwamen toch nog kletsnat aan. Toen ik thuiskwam, trok ik mijn hardloopkleren aan en ging ik naar London Fields, al kon ik nauwelijks een hand voor ogen zien in de stortbui. Mijn voeten pletsten door de snel groeiende plassen; de huizen en bomen stonden als vochtige vlekken aan de drijfnatte horizon.

Ik rende meer dan een uur, zo hard als ik kon, over de paden en blindelings in mijn eigen voetsporen. Ik wilde mezelf uitputten; ik wilde dat mijn longen pijn zouden doen en mijn benen zouden branden. Toen ik eindelijk weer terug was in mijn eigen straat, zag ik twee mensen voor mijn deur staan. Een van hen hield een paraplu vast. Ik ging langzamer lopen en tuurde door de neerstromende regen. Een man en een vrouw.

Ik kwam dichterbij en bleef toen staan. De man was Jason – hier, terwijl hij op school had moeten zijn. De vrouw had ik nooit eerder gezien.

'Jason?' zei ik terwijl ik naar hen toe liep. Mijn kletsnatte shirt en korte broek kleefden aan mijn lichaam en het water droop uit mijn haren.

Ze draaiden zich om. De vrouw droeg een bril met beslagen glazen, dus kon ik haar ogen niet zien.

'Ik heb je geprobeerd te bellen, ik moet je spreken,' zei Jason.

'Is er iets aan de hand?'

'Mogen we binnenkomen?'

Ik zocht met mijn hand naar de sleutel die ik altijd om mijn nek hang als ik ga hardlopen.

'Shit.'

'Wat?'

'Ik ben de sleutel vergeten. We kunnen er niet in.'

De vrouw nam haar bril af en keek me met knipperende ogen aan. Ze was ouder dan ik, heel mager en netjes.

'Dus wat gaan we doen?' vroeg Jason.

'Ik zal kijken of mijn buurman thuis is.'

Ik belde aan bij Bernie en hoorde tot mijn opluchting zijn onmiskenbare gebonk op de trap.

'Tess,' zei hij. 'Je hebt die bui over je heen gehad.'

'Ik weet het. Ik ben mijn sleutel vergeten.'

Hij trok zijn wenkbrauwen op. 'Dan zit je nogal in de puree, hè?'

Een verschrikkelijk moment lang probeerde ik me te herinneren of hij wel een reservesleutel van me had, of ik die soms nodig had gehad en nooit had teruggegeven. Ik vroeg me af wat ik in vredesnaam moest doen, maar toen zag ik dat hij glimlachte.

'Het is oké,' zei hij. 'Natuurlijk heb ik jouw sleutel.'

Hij rende de trap weer op.

'Je weet wat ze zeggen over een goede buur,' zei hij vrolijk, toen hij terugkwam met de sleutel. Niemand gaf antwoord. 'Beter dan een verre vriend. Maar goed.' Hij gaf Jason een klap op zijn schouder. 'We hebben elkaar al eerder gezien. Een paar dagen geleden. Toen Poppy modder in het gezicht van haar vriendje smeerde. Ik ben Bernie.'

'Jason.'

'Ik weet het. De ex.' Hij keek naar de vrouw. 'Is dit je nieuwe...'

'Het spijt me,' zei Jason. 'We hebben een beetje haast.'

Ik deed de deur van mijn appartement open, we gingen naar binnen en ik sloot Bernie met zijn grijns buiten.

'Is het goed als ik me even omkleed?' vroeg ik toen we in de serre waren. 'Hoeveel haast hebben jullie?'

'Dat is prima,' zei de vrouw.

Ik begreep het niet helemaal. Ze sprak alsof zij de leiding had.

'Het spijt me, maar wie ben je?'

'Ik heet Fenella Graham. Ik ben een vriendin van Jason.'

Dat leek me niet echt een antwoord, maar ik begon me koud en klam te voelen, en groezelig en slonzig met mijn natte blote benen en kippenvel naast hun nette, donkere kleren. Ik ging snel naar mijn slaapkamer, trok mijn kleren uit, droogde mijn haar en trok een T-shirtjurk aan.

Weer terug in de kamer bood ik hun thee of koffie aan.

'We blijven maar even,' zei Jason.

We gingen aan de keukentafel zitten, ik aan de ene kant en Fenella en Jason tegenover me. Ik lachte nerveus.

'Dit lijkt wel een sollicitatiegesprek,' zei ik.

'Ik wilde het informeel houden,' zei Jason. 'Fenella is een vriendin van me en ze doet dit als vriendendienst. Dat is heel aardig van haar. Voor jou en voor mij.'

'Hoe bedoel je?' vroeg ik. Ik had ineens een droge mond, maar ik wist niet precies waarom, behalve dat ik voelde dat er iets naars ging gebeuren. Jason keek Fenella aan en knikte, en zij knikte terug en keek mij toen aan.

'Zoals ik al zei, ik ben een vriendin van Jason.'

Ik lachte nog een keer, schor. 'Ik dacht dat ik de meeste vrienden van Jason wel kende.' Terwijl ik het zei herinnerde ik me dat er een hele categorie vriendinnen van Jason was die ik nooit had gekend. Hoorde Fenella daar ook bij?

'Ik ben ook advocaat. Maar ik ben hier niet in functie.' Ze trok haar wenkbrauwen op. 'Ik doe normaal gesproken geen huisbezoeken.'

'Na jouw gedrag van de laatste tijd,' zei Jason, 'leek het me dat ik juridisch advies moest inwinnen.'

'Hoe bedoel je?'

Jason stak een hand op. Hij sprak rustig, rekte zijn woorden uit en keek hoe ze landdden. Ik kon me voorstellen dat hij op die manier op vergaderingen op school sprak.

'Ik heb geprobeerd geduldig te zijn,' zei hij. 'Ik weet dat je stress hebt. Ik weet dat mijn huwelijk met Emily je jaloers en verdrietig maakt, en dat haar zwangerschap heel pijnlijk voor je is. En ik geef toe dat er aan beide kanten fouten zijn gemaakt.'

'Waar gaat dit over?'

Jason keek even naar de advocaat. Ze glimlachte naar me, alsof we twee nieuwe vrienden waren die samen koffiedronken.

'Weet je, Tess,' zei ze. 'Ik zit in het familierecht. Als advocaat zou een van mijn belangrijkste adviezen aan een vriend zijn om er geen advocaten bij te halen. Zodra die erbij betrokken zijn, wordt alles heel snel erg onplezierig en erg duur.'

'Maar jij bent toch advocaat?'

'Zoals ik al zei ben ik hier als vriendendienst. Zowel voor jou als voor Jason.'

'Je bent hier als een vriendendienst voor mij?'

'Ja.'

'Sorry,' zei ik. 'Kun je dat uitleggen?'

Haar glimlach verdween en haar stem werd weer streng. 'Jason heeft me verteld over de gebeurtenissen van de afgelopen paar weken. Hij heeft me verteld wat je hebt gezegd, wat je hebt gedaan en welke beschuldigingen je hebt geuit. Begrijpelijk genoeg is Jason daardoor van streek geraakt. Hij voelt zich bedreigd, hij heeft het gevoel dat zijn gezin wordt bedreigd en dat zijn dochter onveilig is. Maar toen we het erover hadden, was hij er desondanks zeker van dat jullie dit als redelijke mensen konden oplossen.'

Ik keek hen aan, eerst de een en daarna de ander. Ik had het gevoel dat ik werd aangevallen en ik wist niet hoe ik mezelf moest verdedigen.

'Wat bedoel je daarmee?'

'Het lijkt mij een goede eerste stap als jij ermee instemt dat je Jason, zijn vrouw of haar broer niet meer opzoekt of bij hen in de buurt komt.'

'Dat is belachelijk. We hebben samen een dochter.'

'Emily kan haar de komende tijd ophalen,' zei Jason. 'Alleen vandaag toevallig niet. Ze voelt zich niet zo goed en het lijkt me geen goed idee dat Poppy nu bij ons komt. Maar ze kan haar vrijdag van school halen en in de toekomst kunnen we afspraken maken over een efficiënte overdracht.'

'Het gaat erom dat we dit verstandig aanpakken,' ging Fenella Graham verder. 'Je moet het Jason niet meer zo moeilijk maken om zijn dochter te zien. En je moet geen contact met zijn collega's of kennissen zoeken.'

Ik schudde mijn hoofd. 'Wat een onzin,' zei ik. 'Ik laat me niet vertellen wat ik wel of niet mag doen.'

Ze glimlachte weer. Wanneer ze glimlachte en deed alsof ze vriendelijk was had ik een grotere hekel aan haar dan als ze ernstig en zakelijk was.

'Luister, Tess, ik weet niet of je beseft hoe tolerant Jason eigenlijk is. Op basis van wat ik opmaak uit wat hij heeft verteld, zou hij gemakkelijk een contactverbod voor je kunnen krijgen. Als hij zou willen, weet ik zeker dat hij met succes aangifte tegen je kon doen. En bovendien geloof ik dat een kinderrechter hem, met zijn nieuwe vrouw en gezin, met zijn stabiele huishouding, waarschijnlijk de volledige voogdij over jullie dochter zou toekennen.'

'Dat kun je niet doen. Nee. Dat kan niet.'

En plotseling voelde mijn keel dik aan en werden de twee gedaanten voor me wazig. Want ik herinnerde me ineens dat ik die e-mails die ik van Jasons computer aan mezelf had gestuurd, niet had gewist. Ze stonden daar gewoon nog, vol in het zicht. Als hij toevallig in zijn verzonden mail keek, zou hij direct zien dat ik in zijn huis en aan zijn laptop had gezeten. Niets was eenvoudiger, niets was belastender. Ik sloeg een hand voor mijn mond zodat ik het niet zou uitbrullen.

'Gaat het?' vroeg Jason.

'Ja, alleen...' Ik kon niet verder.

'Ik beschrijf alleen de situatie zoals ik die zie,' zei de advocaat.

Ik zat ineens vol angst. Ik proefde hem in mijn mond en voelde hem in mijn maag. Ik had bij Jason ingebroken. Ik had zijn computer gehackt. Ik had mailtjes die ik daar had aangetroffen naar mijn eigen computer doorgestuurd, persoonlijke, intieme correspondentie. Als hij erachter kwam, en hij kon er gemakkelijk achter komen... Ik kon de gedachte niet afmaken. Jason keek me aan. Ik zag de beenderen van zijn gezicht, de vorm van zijn kaak, een miniem grijnsje – of misschien was het een glimlach – om zijn mond.

'Laat me met rust, Tess, en ons allemaal. Dit is de laatste waarschuwing.'

# 50

De rest van de dag voelde ik me als verdoofd. Ik schreef de laatste rapporten, deed wat dingen in huis, maar 's middags kon ik me al niet meer herinneren wat ik had gedaan. Ik haalde Poppy op van school en ze kwam naar buiten rennen met een verftekening die ze had gemaakt. Het stelde een vis in de zee voor en ik keek achterdochtig of er iets onheilspellends in zat, maar de zee was helderblauw, de zon was knalgeel en de vis had een glimlach op zijn gezicht die groter was dan hijzelf.

'Dat is een blije vis, zo te zien,' zei ik tegen haar. Ik wilde haar optillen, stevig tegen me aan drukken en haar nooit meer loslaten.

'Lily is op haar hoofd gevald,' zei Poppy.

Ik gaf eerst geen antwoord omdat ik aan iets anders dacht. Ik dacht altijd aan iets anders. Toen drong tot me door wat Poppy had gezegd.

'Echt? Is alles goed met haar?'

'Nee,' zei ze zonder me aan te kijken. Ze keek recht omhoog naar de lucht. 'Ze huilde.'

Ik keek om me heen, zag Lily en haar moeder en liep naar hen toe. Ja, zo bleek, Lily was inderdaad op haar hoofd gevallen.

Ze wees nogal trots naar de bult op haar hoofd.

'Ze letten niet goed genoeg op ze,' zei Lily's moeder zacht tegen me. 'Ik ga een klacht indienen.'

'Volgens mij doen ze hun best,' zei ik slap.

'Dat is niet goed genoeg. Er had van alles kunnen gebeuren. Lily had met haar hoofd op de hoek van de tafel kunnen vallen.'

Ik zei niets meer. Ik was niet bepaald degene die een ander kon aanspreken op overdreven reacties.

De rest van de avond was een deel van me bezig met koken, Poppy in bad doen, een spelletje met haar spelen en voorlezen, maar intussen dacht ik de hele tijd aan wat Jason en Fenella hadden gezegd. Ik dacht aan hoe het zou zijn om Poppy kwijt te raken. Ik zou gek worden van verdriet. Mijn hele lichaam deed pijn als ik dacht aan een leven zonder haar; het zou mijn hart breken.

Poppy maakte de avond bijna pijnlijk voor me met haar vrolijke, praatgrage en zo te zien zorgeloze gedrag. Toen ze in bed lag – ze was bijna meteen in slaap gevallen, met een glimlach om haar mond – vond ik achter in de kast een fles whisky en schonk ik een glas in. Ik stopte in mijn beweging toen ik het naar mijn lippen bracht.

Ik hoorde gebonk. Ik fronste. Het klonk alsof er op mijn huisdeur werd gebonkt. Waarom zou iemand dat doen, terwijl er gewoon een bel was?

Ik wachtte, want wie daar ook stond, het was niet iemand die ik wilde zien. Er was helemaal niemand die ik wilde zien. Ik wilde alleen thuis zijn met Poppy; alleen wij twee. Ik hoorde een stem en het gebonk stopte. Mijn bel ging. Ik bleef waar ik was, met het glas whisky nog in mijn hand. De bel ging nog een keer. Ik kreunde en kwam toen in beweging. Ik deed de deur open.

Daar stond Bernie, met naast zich een man die ik niet meteen herkende. Ik kon zijn gezicht niet zien omdat hij met zijn voorhoofd tegen de wand geleund stond. Terwijl ik naar hem stond te kijken, trok hij zijn hoofd naar achteren en sloeg er twee keer mee tegen de muur.

'Hij zegt dat hij een vriend van je is,' zei Bernie. 'Als dat klopt, is hij wel een vriend met wie het niet goed gaat. Hou daarmee op, man. Je verwondt jezelf nog. Ken je hem of zal ik zeggen dat hij moet opzouten?'

Ik deed een stap naar voren en legde een hand op de arm van de man. Hij draaide zich om en keek me verwilderd aan. Ik rook alcohol en zweet en in het schemerige hallicht zag ik het wit van zijn ogen.

'Charlie,' zei ik, en toen tegen Bernie: 'Ja, ik ken hem. Het is oké.'

'Zeker weten?'

'Zeker weten.'

Ik nam Charlie mee mijn appartement in, naar de serre. Ik duwde hem zo ongeveer op een stoel en schonk een glas water voor hem in.

'Drinken,' zei ik.

Hij bracht het glas gehoorzaam naar zijn mond en dronk het met dorstige slokken leeg. Ik zag zijn keel schokken. Hij droeg een dik jack dat veel te warm was voor de zomeravond.

'Nog een glas?' vroeg ik.

Hij schudde zijn hoofd. Ik zag dat zijn wangen nat waren van de tranen; ze drupten in zijn baard, die de vorige keer dat ik hem zag keurig getrimd was geweest, maar nu langer en een beetje pluizig was. Hij droeg geen bril en zijn ogen waren rood.

'Koffie?'

'Misschien. Bedankt. Sorry.'

Ik kon de woorden nauwelijks verstaan. Ik nam het glas uit zijn hand en liep naar het aanrecht; daar liet ik de waterkoker vollopen en zette hem aan. Achter me hoorde ik hem een aantal keer zijn neus snuiten. Ik maalde de koffiebonen, schudde ze in de cafetière en schonk het water erop.

'Melk?' vroeg ik toen de koffie klaar was.

'En één schepje suiker,' zei hij.

Ik zette de mok voor hem neer, ging zelf ook zitten en nam een slok whisky.

'Peggy,' zei ik.

Hij knikte en liet een korte snik horen.

'Ik kan maar niet stoppen met huilen,' zei hij. 'Ik weet niet waarom. Ik hoefde niet zo te huilen om Skye. Ik huil nooit. Skye huilde de hele tijd. Ze huilde als ze van streek was en ze huilde als ze blij was, als ze boos was, als ze moe was.'

Charlie huilde onder het praten en zijn gezicht stond zo verdrietig dat hij wel een kind leek. Zijn woorden kwamen er hortend en stotend uit.

'Het is gewoon zo verdrietig,' zei hij. 'Ik ben zo verdrietig. Ik ben zo fucking verdrietig dat ik niet weet wat ik met mezelf aan moet.'

En toen liet hij zijn gezicht in zijn handen zakken en gaf hij zich over aan een echte huilbui. Zijn schouders schokten onder zijn dikke jack en de tranen dropen tussen zijn vingers door.

Ik wachtte. Ik kon me niet herinneren dat ik ooit eerder een man zo had zien huilen en het voelde vreemd intiem, alsof hij zich voor mijn ogen uitkleedde. Ik herinnerde me hem in het zwembad, met zijn sterke armen en benen en zijn bierbuikje.

'Ik vind het zo erg. Ik vind het echt zo erg,' wist hij uiteindelijk uit te brengen; hij tilde zijn hoofd op en haalde zijn hand over zijn betraande gezicht. 'Jezus. Ik weet niet wat ik heb.'

'Verdriet,' zei ik, en heel even betrok zijn gezicht weer. Hij deed zichtbaar moeite om een volgende huilbui in te houden. Hij pakte de afkoelende mok koffie en nam een slok.

'Jij hebt haar gevonden,' zei hij.

'Ja.'

'Was ze...' Hij viel stil. 'Ik weet niet wat ik wil vragen.'

'Ze was gewoon dood,' zei ik en ik zag weer die open ogen voor me.

'Waarom?'

'Waarom wat?'

'Waarom zou iemand eerst Skye en daarna Peggy vermoorden?' Hij zette de halfvolle mok neer en haalde zijn vingers door zijn vettige haar. Zijn gezicht was dik van het huilen. 'Ze waren zo...' Hij zocht naar het juiste woord. 'Lief,' zei hij ten slotte moedeloos. 'Ze dachten altijd het beste van anderen. Ze vertrouwden de mensen. Ik plaagde ze altijd, omdat ze totaal niet wereldwijs waren. Zelfs toen Skye aan de drugs was en al die rare dingen deed, was ze net een klein kind. Ik weet nog...' Hij keek me met half dichtgeknepen ogen aan, alsof het licht pijn deed aan zijn ogen. 'Ik weet nog dat ik net iets met Skye had en dat ze me meenam naar Peggy. Ze legden me in de watten, plaagden me en gaven me het gevoel dat ik heel bijzonder was en dat ze voor me zorgden. En als ik iets voor hen deed, waren ze zo dankbaar. Alsof ze niet gewend waren dat iemand moeite voor ze deed. Ik weet nog dat ik dacht dat ze voor altijd in mijn leven zouden zijn: Skye en Peggy. Ik was toen echt gelukkig.'

Hij stond op en keek om zich heen. Ik zag hem de kamer rondkijken: Poppy's tekeningen op de koelkast, de naaimachine op tafel, de whiskyfles, de donker wordende tuin buiten.

'Ik heb ze in de steek gelaten,' zei hij. 'Ik heb ze allebei in de steek gelaten. Ik heb Skye opgegeven en toen ging ze dood; daarna was ik er niet voor Peggy toen ze me juist zo hard nodig had, en als ik er wel was geweest had ze nu misschien nog geleefd. Ik heb mezelf altijd gezien als een fatsoenlijke vent – niet bijzonder knap of slim of succesvol of zo; heel gewoon, maar oké, weet je wel. Iemand die de juiste keuze zou maken als het erop aankwam. Maar ik ben gezakt voor die test.'

'Welke test?'

Hij haalde zijn schouders op. 'Ik heb ze niet gered. Ik heb ze niet eens geprobeerd te redden. Daar zal ik me de rest van mijn leven schuldig over blijven voelen.'

'Nee,' zei ik.

'Nee?'

'Je wordt gek als je zo denkt.'

'Hoe moet ik dan denken?'

'Er loopt iemand rond die eerst Skye heeft vermoord en daarna haar moeder. Dat is hoe je moet denken.'

'Wie dan?'

'Dat weet ik nog niet.'

'Ga je het ontdekken?'

'Ja.'

'Zeg me wat ik moet doen.'

'Hoe kan ik dat zeggen, Charlie? We kennen elkaar nauwelijks.'

'Ik bedoel: zeg me wat ik moet doen om hem te vinden.'

'Ah.'

'Ik wil alles doen. Je hoeft het maar te zeggen.'

'Oké. Als er iets is, zal ik het zeggen.'

'Beloof je dat?'

'Ik beloof het.'

Hij keek nu niet meer zo overstuur, alleen maar moe en intens verdrietig.

'Het is tijd om naar huis te gaan.'

We liepen samen de trap op. De deur van Poppy's kamer ging open en daar stond ze, in haar katoenen pyjama, met wijd open ogen maar toch niet echt wakker. Ik pakte haar hand en hield die vast, maar hij voelde aan als een zacht, warm ding dat niet bij haar hoorde. Ze staarde dwars door ons heen, alsof we van glas waren.

'Hallo,' zei Charlie ongemakkelijk. 'Heb ik je wakker gemaakt? Sorry.'

'Wat heb je grote oren, wat heb je een grote mond! Dat is ook beter.'

Charlie keek verbouwereerd.

'Dag,' zei ik.

Hij aarzelde en stak toen zijn hand uit. Ik aarzelde ook en schudde hem toen.

'Vergeet het niet,' zei hij.

Die nacht ging Poppy slaapwandelen. Ze rende het huis door, haar blote voeten roffelden over de houten vloer en haar ogen staarden strak voor zich uit, alsof ze dingen zag en tegelijkertijd niet zag.

Ik bracht haar naar bed en duwde haar terug op haar kussen. Haar haar zat aan haar voorhoofd geplakt. Ik zong een liedje voor haar over de maan en ze mompelde wat, deed een zwakke poging om mee te zingen, maar toen werd haar lichaam zacht en vielen haar heldere ogen eindelijk dicht.

# 51

De volgende ochtend liepen Poppy en ik zingend naar school. We bedachten nieuwe coupletten bij de liedjes, verzonnen gekke rijmpjes en giechelden als gekken. Op de terugweg dacht ik na over het bezoek van Charlie, dat nu net een droom leek, en over Jason. Een kille angst bekroop me bij de gedachte dat ik Poppy zou kwijtraken. Dat kon niet, dat mocht niet gebeuren, daar zou ik aan onderdoor gaan.

Toen ik thuiskwam, voelde ik me ineens heel daadkrachtig. Ik zette een pot koffie voor mezelf, pakte een stapeltje papier uit mijn printer en schreef alles op wat ik me kon herinneren; de namen onderstreepte ik. De aantekeningen besloegen meerdere pagina's. Ik pakte een nieuw vel en begon een stroomschema te maken. Ik schreef 'Poppy's tekening' en toen 'Skyes appartement' en zette er een pijl tussen. Ik schreef 'Peggy's huis' en 'horloge' en trok een pijl van het horloge naar Peggy's huis en toen nog een van Skyes appartement naar het horloge. Het horloge. Had Jason een horloge om gehad? Ik probeerde het me te herinneren, maar het lukte me niet. Ik had met mijn aandacht bij andere zaken gezeten. Ik zette een vraagteken naast 'horloge'. Toen schreef ik 'thuis' en 'pet' en zette er een pijl tussen.

Ik schreef 'Poppy's school' en trok een pijl van de school naar de pet.

Ik staarde ernaar. Skyes appartement. Mijn appartement. Peggy's huis. Met al die pijlen was het maar een chaotisch gekrabbel.

Ik schoof het vel papier van me af, pakte een nieuw vel, schreef daar 'Jasons huis' op en onderstreepte dat. En nu? Eronder schreef ik Jasons naam, toen die van Emily en daarna die van Ben.

Ik stelde een tijdlijn op vanaf de zondag dat Poppy van Jason terug was gekomen met haar tekening in dik, zwart krijt. Ik keek in de kalender op mijn telefoon om de exacte data te achterhalen. Dit was nu bijna vier weken aan de gang. Het leek veel langer, een heel leven, of tijdloos.

Ik maakte een plek vrij op de tafel, spreidde alle beschreven vellen uit en keek ernaar. Ik verschoof de vellen, legde ze in verschillende volgordes. Ik hoopte dat er daardoor een patroon tevoorschijn zou komen, maar het bleef gewoon dezelfde warboel, dezelfde plekken en voorwerpen en angsten. Ik had ze uit mijn hoofd gehaald en op papier gezet, maar dat maakte niets uit. Dit was niet zoiets als een grote legpuzzel die niet in elkaar paste. Het was erger. Ik begon te denken dat er stukjes bij zaten die niet in elkaar pasten omdat ze bij verschillende puzzels hoorden.

Ik keek op mijn telefoon hoe laat het was. Twintig voor drie. Ik was vergeten te lunchen. Ik was hier zo in opgegaan dat ik vergeten was te eten. Ik keek of ik nog berichten had. In mijn mailbox zat de gebruikelijke rotzooi, over parfum en wonderbaarlijke genezingen en nepaanbiedingen, maar ik zag ook een afzender die ik herkende: Inga Haydon. Dat was een van de vrouwen die ik in Jasons computer had aangetroffen. De vrouw die me geschreven had dat ze Skye Nolan niet kende en gevraagd had hoe ik aan haar mailadres kwam. Ik was ervan uitgegaan dat ik nooit meer iets van haar zou horen. Ik klikte het bericht aan. Het was maar een korte vraag: *Kan ik naar je toe komen?*

Ik staarde naar de vellen papier op tafel en toen weer naar mijn telefoon. Het voelde alsof er iets magisch was gebeurd. Het leek te mooi om waar te zijn. Zou er iets mis kunnen zijn? Ik dwong mezelf te bedenken wat het ergste was wat er kon gebeuren. Was het mogelijk dat dit bericht helemaal niet van Inga was? Jason had nog maar net gedreigd dat ik me niet met zijn leven moest bemoeien. Kon het een valstrik zijn? Probeerde hij me te verleiden om het nog eens te doen, om het bewijs te krijgen dat hij nodig had om Poppy van me af te pakken? Ik keek naar het mailtje. In het adres stond de naam van Inga Haydon. Ik keek nog eens naar haar vorige mailtje. Dat kwam van hetzelfde adres. Zou dat ook van Jason kunnen zijn?

Ik had het gevoel dat ik mezelf gek maakte. Ik dacht even na en nam een beslissing. Ik kon Inga nu niet ontmoeten. Ik moest Poppy al bijna ophalen. Maar later? Ik typte: *Kun je vanavond om acht uur, bij mij thuis?* Ik zette mijn adres erbij. Op zichzelf was er niets verdachts aan om op zo'n mailtje te reageren. Ik haalde diep adem en klikte op versturen.

Amper een minuut later kreeg ik al antwoord: *Oké.*

# 52

Wonderbaarlijk genoeg sliep Poppy al toen de deurbel ging. Ik deed open en stond oog in oog met iemand die er anders uitzag dan ik had verwacht. Haydon was een vrouw van ongeveer mijn eigen leeftijd, in spijkerbroek met een bruin suède jack. Ze had kort haar met een zijscheiding, netjes gekamd, bijna jongensachtig. Ze droeg een bril met een dun montuur en haar gezicht was glad. Alles aan haar leek schoon, netjes en georganiseerd.

Toen ze binnenkwam, keek ze duidelijk nieuwsgierig naar mij en daarna naar mijn woning.

'En jij bent?' vroeg ze.

'Tess Moreau.'

'Ja, dat weet ik. Ik bedoel, wie bén je?'

'Wil je koffie? Een glas wijn?'

Ze schudde langzaam haar hoofd. 'Nee, dank je.'

'Een glas water?'

'Ik wil alleen iets zeggen en dan ga ik weer.'

Ik gebaarde naar de bank en ze nam plaats, maar bleef op het randje zitten. Ze maakte geen aanstalten om haar jack uit te trekken. Het was alsof ze duidelijk wilde maken dat ze elk moment weer kon opstappen.

'Waarom heb je contact met me gezocht?' vroeg ze. 'Wat wil je van me?'

Zo kort als ik kon vertelde ik haar over mijn relatie met Jason, hoe die geëindigd was, en dat we nog steeds bepaalde problemen hadden. Ik specificeerde die niet. Ik dacht dat ik voorzichtig moest zijn, één ding tegelijk moest doen. Terwijl ik praatte zag ik haar gezicht veranderen; er flitsten verschillende emoties overheen. Waarschijnlijk had ze van alles over me gehoord, maar niet mijn naam: Jasons versie van het einde van onze relatie, het verhaal dat hij aan vrouwen vertelde die hij wilde boeien.

'En jij,' zei ik toen ik klaar was. 'Jij had een verhouding met hem.'

'Hoe weet je dat? Ik heb het aan niemand verteld. Ik dacht dat niemand het wist, behalve wij tweeën.'

Ik legde uit dat ik een verkeerd beeld had gehad van mijn relatie met Jason en dat ik de afgelopen dagen veel over hem had ontdekt. Ik zei niet dat ik aan zijn computer had gezeten.

'Dat is geen antwoord op mijn vraag.'

Ik dacht heel even aan die woorden die je in films hoort: alles wat je zegt kan tegen je worden gebruikt. Ik moest voorzichtig zijn met wat ik prijsgaf. Ik wilde Inga Haydon niet meer vertellen dan strikt noodzakelijk was.

'Ik weet het gewoon,' zei ik. 'Laten we het daarop houden. Maar het verrast me dat je hier bent. Ik heb je gemaild om te vragen of je iets wist over een vrouw die Skye Nolan heette. Je zei van niet. Dus waarom ben je hier dan?'

Inga keek naar de vloer en toen ze weer opkeek, zag ik dat haar wangen rood waren.

'Ken je dat, dat je een bepaald beeld van jezelf hebt en dan iets doet wat niet past bij wat jij bent?'

'Hoe bedoel je?'

'Ik ben geen type dat... je weet wel, dat...' Ze aarzelde, alsof ze het moeilijk vond om de woorden uit te spreken. 'Losse seks. Dat doe ik niet. Ik heb me daar nooit goed bij gevoeld. En ik ben geen type dat een verhouding met een getrouwde man heeft. En ik vind ook dat je niets met collega's moet beginnen. Dat vind ik gewoon fout.'

Ik probeerde te begrijpen wat ze zei. 'Dus je bent een collega van Jason?'

'Ik geef les op zijn school. Ik ben er pas sinds september.'

'En je had een verhouding met hem.'

Ze haalde een paar keer snel en diep adem. Ze leek elk moment te kunnen flauwvallen.

'Gaat het wel?' vroeg ik.

'Ik ben voorgelogen,' zei ze. 'Vernederd.'

'Ik dacht dat je zei dat niemand het wist?'

'Je kunt ook vernederd worden tegenover jezelf.' Ze keek me nu wat rechtstreekser aan. 'Toen ik je eerste mail kreeg, voelde dat alsof er ineens op een blauwe plek werd geslagen, steeds weer.'

'Het spijt me,' zei ik. 'Dat was niet mijn bedoeling.'

'Dat kon je niet weten.'

Ik dacht aan hoe ik Jasons huis was binnengeslopen, in zijn computer had ingebroken, zijn privémail had gelezen. Ik dacht dat ik het misschien wel had kunnen weten.

'Eerst wilde ik er niets mee te maken hebben. Ik wilde mezelf een rad voor ogen draaien. Maar toen besloot ik dat ik jou moest spreken. Om twee redenen. De eerste was dat ik me afvroeg of jij had doorgemaakt wat ik heb doorgemaakt en als dat zo was, wilde ik tegenover je zitten en je bekijken.'

Ik voelde inderdaad dat ze me bekeek en ik vond het niet

prettig. Ik had me beschaamd gevoeld door wat ik had ontdekt, maar dat betekende nog niet dat ik bij een soort zusterschap van schaamte wilde horen.

'Je zei dat er twee redenen waren. Wat was de andere?'

'Je kent de uitdrukking "iemand in bed krijgen"?'

'Eh, ja,' zei ik. 'Ik geloof van wel.'

'Jason heeft me in bed gekregen. Hij liet me allerlei dingen voelen en geloven, en toen hij me eenmaal in bed had, maakte hij duidelijk dat het niets voor hem betekende. Alleen een beetje opwinding.'

'Wat erg,' zei ik. 'Was dat de tweede reden?'

Ze schudde haar hoofd. 'Ik heb informatie over hem.'

'Wat voor soort informatie?'

'E-mails.'

'Aan jou?'

'Aan een andere collega.'

'Waarover?'

Nu klonk haar stem kalmer, harder. 'Je weet wel, seksueel getinte mails. Grensoverschrijdend.'

Ik dacht even na. 'Hoe kom je daaraan?'

'Die heb ik van iemand gekregen.'

'En je denkt dat het zijn carrière zou schaden als ze openbaar gemaakt zouden worden?'

'O ja,' zei ze. 'Zeker.'

'Waarom doe je er zelf niets mee?'

'Dat doe ik wel. Ik bied ze jou aan.'

'Ik bedoel, waarom maak je ze niet zelf openbaar?'

'Ik denk niet dat het een goede indruk maakt als het van mij komt.'

Voor ik antwoord kon geven, keek ze scherp op. Ik volgde haar blik en zag Poppy in de deuropening staan. Ik verwachtte dat ze zou zeggen dat ze niet kon slapen of dorst had of een verhaaltje wilde horen, maar ze stond alleen maar naar Inga te staren, met grote ogen en open mond, roerloos.

'Poppy,' zei ik en ze rende naar me toe en sprong bijna boven op me. Ik hield haar in mijn armen en ze klampte zich aan me vast. Ze begroef haar gezicht in mijn sweater en kneep zo hard dat haar handen als klauwen aanvoelden en ik het bijna uitschreeuwde. Ik mompelde sussende woordjes tegen haar kruin en droeg haar terug naar bed.

Toen ik haar neerlegde begon ze te snikken en toen bijna te brullen, als een dier in het nauw. Ik probeerde haar te troosten, maar ze huilde en wilde me niet loslaten. Uiteindelijk zei ik dat ik Inga even gedag ging zeggen en dat ik dan zou terugkomen om naast haar te liggen, haar vast te houden en voor haar te zingen.

Ik ging terug naar de woonkamer waar Inga al was opgestaan, klaar om te gaan.

'Het spijt me,' zei ik. 'Ik weet niet wat Poppy bezielt, maar ik moet terug om haar te troosten. Ik zal nog contact met je opnemen over alles.'

'We hebben elkaar al eerder gezien,' zei ze.

'Wat? Wanneer hebben wij elkaar...'

'Niet jij en ik. Je dochter en ik. We hebben elkaar niet echt ontmoet.'

'Hoe bedoel je?'

'Ik stond een keer met Jason voor zijn huis. Afscheid nemen, een beetje zoenen. Toen ik opkeek, stond zij achter het raam naar beneden te kijken. Ze leek net een spook.'

Ik staarde Inga aan en werd misselijk bij de gedachte, van Poppy die alles zag, een meisje van drie dat probeerde haar wereld te begrijpen en alles in zich opnam. Wilde deze vrouw me helpen of was ze eropuit dat ik wraak voor haar nam, zodat ze zichzelf kon wijsmaken dat zij dat niet had gedaan?

'Het spijt me,' zei ik. 'Ik moet je nu uitlaten.'

'Natuurlijk.'

'Maar nog één ding. Het belangrijkste is Skye Nolan. We hebben het niet over haar gehad, maar eigenlijk is zij de reden dat ik contact met je opnam. Weet je iets over haar? Maakt niet uit wat, zelfs iets kleins?'

Inga aarzelde niet. 'Dat mailde ik je al. Ik heb zelfs haar naam nooit eerder gehoord.'

# 53

Die nacht lag ik languit in bed, gespannen, hunkerend en gruwelijk wakker. De gebeurtenissen van de dag gingen door me heen, door mijn hart en mijn hoofd en mijn bloed.

Jasons dreigementen – het kon niet, het kon niet, het kon niet – en de aanwijzingen van de advocaat, Inga's onthullingen, de mails van andere vrouwen die ze me had aangeboden als... als wat? Munitie? Wraak? Een middel om hem neer te halen?

Achter dit alles, en eronder, en erboven als de lucht die ik inademde of de angst waarin ik leefde, lag het beeld van Poppy. Poppy die voor het raam stond en naar haar vader keek die met een onbekende kuste, terwijl haar stiefmoeder in huis en haar echte moeder ver weg was. Poppy die in me weg probeerde te kruipen, zich met klauwende handen aan me vastklemde. Poppy die over haar tekeningen gebogen zat en me signalen gaf die ik niet goed kon lezen. Poppy die schreeuwde. Poppy die als een doodsbang spook door het huis dwaalde. Poppy die me vroeg of ik dood was. Poppy die mijn naam riep, nacht na nacht, *mama mama mama*. Die om hulp vroeg, om redding. Die me een mes gaf. Die met haar oren gespitst luisterde, met haviksogen de wereld opnam, met al zijn verwarde, tegenstrijdige betekenissen.

Wat moest ik doen? Moest ik op safe spelen, niets doen, de angst gewoon uitzitten in het vertrouwen dat hij vanzelf zou verbleken tot een herinnering, een akelige smet op het verleden? Maar wás niets doen wel op safe spelen? Of was het eerder zoiets als mijn ogen stijf dichtknijpen en met mijn handen over mijn oren doen alsof er geen monster in de kamer was dat ons kwam halen?

Ik draaide me om in bed, verschikte het kussen, hield mijn adem in en luisterde of ik Poppy hoorde, maar er hing alleen een diepe stilte.

Ik kon ook verdergaan met mijn onderzoek, ondanks de waarschuwingen van de politie, van Jason, van Fenella. Onderzoek: wat een groot woord voor mijn stuntelige pogingen om uit te zoeken wat Poppy had gezien, had gehoord, had voorspeld. Ik dacht aan de tijdlijnen, tekeningen en aantekeningen die ik eerder die dag had gemaakt; iedereen die ze zag zou zeggen dat het de onleesbare krabbels van een krankzinnige waren.

*Ik ben niet gek, ik ben niet gek, ik ben niet gek.*

Ik voelde me krankzinnig, besmet door angst, een makkelijke prooi voor alle akelige beelden die toevallig langskwamen.

Ten slotte stapte ik iets voor vijf uur mijn bed uit. Ik ging even bij Poppy kijken. Ze was diep in slaap. Haar lippen bewogen zachtjes mee met haar ademhaling en haar dikke wimpers lagen zacht op haar wangen.

Ik liep naar beneden. Het was al licht en Sunny lag opgekruld in een rechthoekje zon in de serre. Ik zette een pot thee en ruimde wat dingen op. Ik legde de dikke stapel papier waarop ik de vorige dag alles had opgeschreven in een la. Ik sneed aardbeien in stukjes voor het ontbijt en deed vogelzaad op het voederplankje. Ik liep de tuin in, die nog vochtig was van de dauw. Het gras was bemost en de warme wind droeg de geur van kamperfoelie mee.

Deze dag moest anders worden dan gisteren. Ik kleedde me met zorg: ik wilde er ordelijk en geestelijk gezond uitzien, als iemand die haar leven op orde heeft. Ik borstelde mijn haar en maakte een dikke vlecht, trok een blauwe katoenen jurk aan en deed gouden oorknopjes in. Toen bekeek ik mezelf in de spiegel. Kon ik ermee door? Tess Moreau, moeder, leerkracht, een vrouw op het randje.

Ik maakte Poppy wakker en we ontbeten in de tuin met brosse croissants en aardbeien, alsof het zondag was en we vakantie hadden. Ze stak haar wijsvinger op en zei: 'Ik ga een weps zijn en strepen en steken.'

Bernie keek boven ons uit het raam en zei: 'O, een picknick! Mag ik ook komen?'

'Nee,' zei Poppy. 'Ga weg.'

Hij lachte alleen maar; zijn lach ging te lang door.

'Ik ga een worm zijn,' zei Poppy.

We liepen hand in hand naar school. Bij de deur van Poppy's klaslokaal bukte ik me om haar te kussen. Ze legde haar gezicht tegen het mijne en pakte mijn vlecht vast alsof het een touw was waaraan ze zichzelf kon optrekken. Rapunzel, dacht ik.

'Niet met je ogen knipperen,' zei ze.

We staarden elkaar aan en toen gaf ze me een duwtje. Ik knipperde met mijn ogen.

'Ik had gewinnen,' zei ze triomfantelijk en toen was ze weg zonder nog om te kijken.

'Tess!'

Ik draaide me om naar Laurie, die net iets te dichtbij stond. Nellie staarde met haar kraaloogjes over zijn schouder.

'Ik had Poppy voor je mee kunnen nemen, geen probleem.'

'Bedankt. Maar ik doe het graag zelf. Maandag ben ik weer in orde.'

'Prima. Gaat het al beter?'

'Min of meer.'

Nellie greep mijn haar met haar plompe, kleverige vuistje.

'Hé daar,' zei Laurie lachend en hij maakte haar vingers los. 'Laten we samen teruglopen. Het is zo'n mooie dag; we kunnen wel door het park gaan.'

Ik liep met hem mee. Hij praatte. Ik zag zijn mond open- en dichtgaan, glimlachen. Zo nu en dan legde hij even zijn hand op mijn arm.

'Je bent erg stil,' zei hij. 'Waar denk je aan?'

Ik heb altijd al een hekel gehad aan die vraag. Waar ik aan dacht, was dat Emily Poppy van school zou halen en mee zou nemen naar Jasons huis. Ik dacht aan Jason die Inga kuste terwijl Poppy op hen neerkeek, aan Ben die in zijn boxershort naar het darten zat te kijken en boerend aan zijn buik krabde, aan Emily die glimlachte en bleek en smekend was. Hoe kon ik haar daarheen laten gaan? Hoe kon ik het voorkomen?

'Ik dacht eigenlijk nergens aan.'

'Stille wateren hebben diepe gronden,' zei hij. 'Kom een kop koffie drinken.'

Ik ging mee. Het voelde anders als Gina er niet was, of Jake en Poppy. Alleen Laurie, en Nellie met haar rode gezichtje die niets kon doorvertellen, wat ze ook zag. Ik zette mijn tas op de vloer en herinnerde me dat de pet die ik pas geleden had opgehaald er nog in zat. Ik duwde de tas verder onder tafel, uit het zicht.

'Hou je van honden?' vroeg ik aan Laurie terwijl hij de koffiebonen in het molentje goot.

'Honden? Ik geloof het wel. Hoezo?'

'Je laat toch de hond van je moeder uit?'

Hij zette de koffiemolen aan. Nellie begon te gillen en in één beweging gaf hij haar een halve banaan.

'Winston?' zei hij toen hij klaar was met malen. 'Soms.'

'Kom je dan andere mensen met honden tegen?'

Hij haalde zijn schouders op. 'Natuurlijk. Iedereen weet dat mensen naar je toe komen om met je te praten als je een hond hebt.'

'Ja, dat heb ik ook gehoord.'

'Als ik eenzaam was, zou ik een hond nemen.' Hij schonk kokend water op het maalsel en roerde. 'Maar ik ben niet eenzaam.'

'Nee, dat lijkt me ook niet.'

'Gina zei dat je het hebt uitgemaakt met Aidan.'

Ik zei niets. Hij gaf me een mok koffie en ik ging half op een kruk zitten en nam een slok.

'Je komt wel weer iemand tegen,' zei hij.

Ik haalde mijn schouders op. Mijn hoofd zat vol gedachten die gebroken waren en niet in elkaar pasten.

'Dat was een leugen,' zei hij.

'Hoe bedoel je?'

'Dit leven. Ik geniet er natuurlijk van, begrijp me niet verkeerd.' Hij gebaarde om zich heen, naar de keurige keuken, het meisje dat hij van zijn rug had getild met haar gezicht vol bananenmoes. 'Maar soms ben ik wel een beetje eenzaam. Jij niet, Tess? Ben jij soms niet ook een beetje eenzaam?'

Ik staarde hem aan. *Niet met je ogen knipperen.*

'Nee.' Ik zette de mok neer en stond op. 'Ik niet.'

Ik ging naar huis. Vanuit de tuin zag ik Bernie de hele tijd boven me achter de ramen, heen en weer lopend, en in huis dacht ik dat ik hem kon horen, als een krabbelende en krassende muis. Moest hij niet werken? Kennelijk niet.

Ik pakte de pet die ik van school had meegenomen en staarde ernaar, alsof het ding me antwoorden kon geven. Mijn telefoon ging. Het was Charlie.

'Ik bel je als er iets is,' zei ik.

'De politie is hier al twee keer geweest.' Hij klonk alsof hij van slag was. 'Ze blijven maar vragen stellen over mijn privéleven, over mijn seksleven, wanneer ik Skye voor het laatst heb gezien, of ik met haar naar bed ben geweest. Verdenken ze me?'

Alsof ik dat kon weten.

'Het is vast gewoon procedure,' zei ik zouteloos, betekenisloos.

'En jij?'

'Wat is er met mij?'

'Verdenk jij me?'

'Waarom zou ik jou verdenken?'

'Dat is geen antwoord.'

'Ik verdenk je niet.'

Ik pakte de pet nogmaals op en keek ernaar.

'Die foto die je aan Peggy hebt gestuurd, van Skye met een pet op,' zei ik.

'Heb ik dat gedaan?'

'Ja. Hoe komt ze aan die pet?'

'Hoe moet ik dat nou weten?'

'Hij was niet van jou?'

'Ik draag geen dingen op mijn hoofd. Ik weet niet eens over welke pet je het hebt.'

'Hij staat in je telefoon.'

'Wacht even.'

Er viel een stilte. Ik wist dat hij door zijn foto's scrolde.

'Die is niet van mij geweest,' zei hij. Hij klonk plotseling somber, misschien omdat hij naar Skyes gezicht keek dat hem toelachte.

Ik ging de tuin in, met mijn rug naar de ramen zodat ik Bernie niet hoefde te zien. In mijn telefoon zocht ik het nummer op. Mijn vinger bleef erboven zweven.

Emily was jong, jong voor haar leeftijd zelfs, en ze leek argeloos en aardig. Ze woonde samen met – was getrouwd met – een man die serieel vreemdging toen hij een relatie had met mij, en die serieel vreemdging nu hij een relatie had met haar. Hij had affaires en had een personeelslid seksueel geïntimideerd. Ze was zwanger en intussen stond hij voor hun huis met een van zijn leerkrachten te zoenen. Weer kwam het beeld van Poppy die tegen het raam gedrukt naar beneden staarde bij me op en ik had het gevoel alsof iemand mijn keel dichtkneep. Ik dacht aan Emily's gezicht, dik van het huilen.

Wat ik eigenlijk moest doen, was haar vertellen wat ik wist.

Maar tegelijkertijd dacht ik dat als ik het haar vertelde en zij dat tegen Jason zou zeggen, hij zijn dreigement zou uitvoeren.

Ik stopte de telefoon in mijn zak. Ik voelde me slap van angst en besluiteloosheid. Het enige wat ik had veroorzaakt was schade. Ik had redenen gevonden om alle mannen die ik kende te wantrouwen. Had ik niet juist redenen moeten zoeken om mensen te vértrouwen? Het idee maakte me aan het duizelen, want het was zo nieuw en vreemd voor me. Hoe deed je dat? Ik probeerde me de omstandigheden van Skye Nolans dood te herinneren. Ik wilde het zeker weten, maar hoe zou ik dat kunnen? Wie had er een alibi voor de vroege uurtjes van een maandagochtend?

Ik pakte mijn telefoon weer en keek in de kalender, scrolde terug door de weken tot ik bij de dag van de moord kwam en toen, voor het eerst in eindeloos lange tijd, glimlachte ik. Ik begon bijna hardop te lachen.

Maar het was niet genoeg. Ik belde Kelly Jordan. Toen ik klaar was, belde ik nog een nummer.

'Aidan, met mij. Sorry, dit is vast geen goed moment om te bellen. Maar ik moet met iemand praten. Ik weet niet meer wat ik moet doen.'

'Natuurlijk,' zei hij. 'Vanavond.'

'Als je het druk hebt...'

'Nee hoor.'

Als hij al plannen had, wist ik dat hij die zou afzeggen, en ik voelde een steek van schuldgevoel.

'Zal ik dan naar jou toe komen?' vroeg ik.

'Uurtje of zes?'

'Goed.'

# 54

Ik keek steeds op de klok. Die tikte voorbij het tijdstip dat Poppy uit zou zijn, dat Emily haar van school zou halen en meenemen, dat ze weer in het huis in Brixton zou zijn. Ben zou er ook zijn – hij was er waarschijnlijk altijd en drentelde dan van kamer naar kamer, staarde naar de tv, deed de koelkast open – met zijn hond, die de laatste keer dat ik hem zag bovenaan de trap naar me had staan grommen. Jason zou algauw thuiskomen en Poppy zou naar hem toe rennen. Hij zou haar optillen en hoog in de lucht houden.

Ik ging om halfzes weg, ook al was het maar een kwartiertje lopen, en slenterde in de warme, vroege avond door de straten. Grote groepen mensen stonden bij elkaar voor cafés en restaurantjes.

Ik was nog niet vaak bij Aidan geweest, hij kwam bijna altijd naar mij toe, zelfs als Poppy er niet was. Hij woonde op de eerste verdieping in een klein appartement – slaapkamer, badkamertje, kitchenette in de woonkamer – dat hij heel netjes hield. De ruimte ademde rust, met de boeken die op alfabetische volgorde stonden, het werk dat netjes opgestapeld op de rand van de tafel lag, de koelkast waarin niets voorbij de houdbaarheidsdatum was, een kruidenrek dat naast zijn messenblok hing.

Toen hij me binnenliet probeerde hij me niet te omhelzen of iets dergelijks, maar ging me alleen voor naar de woonkamer waar een fles witte wijn klaarstond, met condensdruppels op het koele glas, en een schaaltje olijven.

'Of heb je liever thee?'

'Nee...'

'Of ik heb tomatensap, en diksap.'

'Een glas wijn lijkt me heerlijk,' zei ik.

Ik was plotseling slecht op mijn gemak en verlegen; ik was me sterk bewust van zijn ogen op me.

Hij schonk voor ons allebei een glas wijn in en we gingen op de bank zitten. Hij droeg een grijs overhemd van zacht katoen en zijn haar was pas geknipt. Ik zag hem op twee manieren tegelijk: als iemand die ik intiem kende en als een vreemde.

'Misschien was dit een slecht idee,' zei ik.

Hij gaf geen antwoord, maar trok alleen zijn wenkbrauwen iets op en wachtte af.

'De waarheid is dat ik bang ben, en ik weet niet wat ik moet doen. Ik had behoefte om alles goed door te spreken, maar nu weet ik niet wat ik moet zeggen.'

Ik pakte mijn glas, maar mijn hand trilde en de wijn klotste over de rand. Aidan boog zich naar me toe, nam het uit mijn hand en zette het op tafel.

'Ik weet er al wat van,' zei hij. 'Maar waarom begin je niet bij het begin.'

Ik knikte.

'Wanneer is het begonnen?'

Dat was makkelijk.

'Het begon met een tekening,' zei ik. 'Een tekening van Poppy in zwart krijt, van iemand die van een toren valt.'

Ik vertelde het als een verhaal, maar het was een verhaal met gaten en lege plekken, een verhaal dat niet goed in elkaar paste, en de hele tijd keek ik naar mijn handen, alsof ik in therapie zat en tegen een publiek van alleen mijzelf praatte, en de hele tijd was ik me bewust van zijn ogen die naar mij keken.

Ik liet niets weg: ik vertelde hem over Poppy's verhaspelde scheldwoorden, haar nachtangsten, haar vreemde gedrag; over mijn bezoek aan Alex in de Warehouse-kliniek, de keren dat ik naar de politie was gegaan, mijn onderzoek naar Skye, mijn ontmoeting met Charlie, met Peggy, het opzoeken van de hondenuitlaters en mijn pogingen om verbanden te leggen. Ik vertelde hem over de pet en de foto van Poppy die van de koelkast verdwenen was; ik vertelde hem over het horloge.

En toen, na diep ademhalen en met mijn gezicht afgewend zodat ik zijn blik niet hoefde te zien, vertelde ik dat ik had ingebroken in het huis in Brixton. Over het rondsluipen daar, het snuffelen in Jasons computer, over Ben in zijn ondergoed. Over de mailtjes die ik had gelezen, de vrouwen met wie Jason affaires had. Dat ik die mailtjes naar mijn eigen adres had doorgestuurd. En toen over Jasons bezoek met de advocaat en de dreigementen die hij had geuit en dat hij nog niet wist dat ik bij hem had ingebroken, maar dat hij daar heel makkelijk achter kon komen, en als dat gebeurde, hing ik. Op dat punt werd mijn stem dik van de tranen. Ik vertelde hem over Inga die naar me toe was gekomen, met haar verhaal over haar vernedering en haar aanbod om de mailtjes van andere vrouwen aan me door te sturen.

Ik vertelde hem dat ik naar Peggy's huis was gegaan en haar dood had aangetroffen – op dit punt brak mijn stem en moest ik even stoppen. Aidan zei nog steeds niets, maar wachtte alleen. Ik vertelde hem dat ik beseft had dat het horloge dat Skye had gedragen toen ze stierf uit Peggy's huis was verdwenen.

Ik nam een grote slok wijn en toen nog een. Ik schraapte mijn keel en zei dat ik elke man in Poppy's leven was gaan wantrouwen: Jason, Ben, Laurie, Bernie, Charlie – en Aidan zelf. Ik keek niet op toen ik dit zei, maar ik zweeg even en de stilte bleef zwaar tussen ons hangen.

Hij nam de tijd voordat hij iets zei. Eerst schonk hij nog wat wijn in onze glazen.

'Nou,' zei hij ten slotte. 'Je hebt het wel voor de kiezen gehad.'

'Je denkt niet dat ik gek ben?'

'Nee, Tess, ik denk niet dat je gek bent.'

'Dus je gelooft me?'

'Wacht even. Voor ik daar antwoord op geef, wil ik eerst iets vragen.'

'Ja?'

'Verdenk je mij nog steeds?'

Dit was de vraag waarop ik gewacht had. Ik wist wat ik ging antwoorden, maar ik vond het nog steeds moeilijk om het hardop uit te spreken.

'Wat wil je dat ik zeg? Wil je dat ik zeg dat ik je vertrouw omdat ik van je hou?'

Hij leek het moeilijk te vinden om antwoord te geven.

'Eigenlijk wel,' zei hij toen. 'Dat zou ik je graag horen zeggen.'

'Ik had het gevoel dat ik niemand meer kon vertrouwen. Ik zocht een reden, wat voor reden maakte niet uit, om iemand niet te hoeven wantrouwen en toen schoot het me te binnen. Ik heb het gecontroleerd in mijn agenda. Op de dag dat Skye Nolan werd vermoord, waren wij niet bij elkaar. Ik was met Poppy naar mijn moeder. En jij was naar een conferentie in Birmingham.'

'En dat is genoeg om me te vertrouwen?'

'Nee,' zei ik.

'Nee?' zei Aidan. Hij keek geschokt. 'Hoe bedoel je?'

'Iedereen kan wel zeggen dat hij naar een conferentie gaat. Ik heb de rechercheur gebeld. Ik wist dat ze na de moord op Peggy Nolan de alibi's hebben nagetrokken. Ik weet dat jij daar echt bent geweest. Je staat op de presentielijst van een evenement.'

Aidan draaide zich half van me af.

'Het spijt me.'

'Ik weet niet wat ik moet zeggen.'

'Het was de enige manier om verder te kunnen. Ik heb mijn vertrouwen ontmanteld in iedereen die ik kende. Ik heb mezelf zowat tot waanzin gedreven. Ik vraag me af of ik nu het tegenovergestelde kan doen. Als ik kan bewijzen dat mensen onschuldig zijn, een voor een, dan blijft vanzelf degene over van wie ik niet kan bewijzen dat hij onschuldig is, en dat is hem dan.'

Er viel een lange stilte. Aidan keek ontevreden.

'Ik weet het niet,' zei hij. 'Het is moeilijk om te bewijzen dat iemand onschuldig is.' Hij keek me doordringender aan. 'En als ik nou niet op die conferentie was geweest? Wat dan? Zou je dan hier zijn?'

'Ik wilde je geen pijn doen. Ik vond dat ik eerlijk moest zijn.'

'Is dat wat een relatie voor jou inhoudt? Uitgaan van het slechtste tot het tegendeel bewezen is?'

'Het spijt me,' zei ik. 'Ik denk dat ik kan leren om het beter te doen. Maar dat zal tijd kosten. Ik kan alleen zeggen dat ik aan het nadenken was of ik Emily moest bellen en dat er allemaal verschrikkelijke gedachten en beelden door mijn hoofd gingen, en toen kreeg ik grote behoefte om met iemand te praten. Ik dacht dat ik anders gek zou worden. En jij was degene met wie ik wilde praten.'

'Omdat ik op een conferentie was toen die vrouw stierf. Wat een eer.'

'Dat klinkt sarcastisch.'

'Sorry, maar het was ook een beetje sarcastisch.'

'Dus nu heb ik gezegd dat ik jou geloof. Geloof je mij?'

Er viel een stilte. Hij had een rimpel tussen zijn wenkbrauwen. Hij zette zijn bril af, wreef in zijn ogen en zette hem weer op.

'Ik geloof dat Poppy iets heeft gezien,' zei hij zacht, voorzichtig. 'En dat dat op de een of andere manier met Skye Nolans dood te maken had. Ja.'

'Was het Jason? Klinkt het alsof het Jason was?'

'Kom op nou, Tess, hoe kan ik daar antwoord op geven? Ik ken die man niet. Ik weet dat hij je bedrogen heeft, maar dat betekent nog niet dat hij een moordenaar is.'

'Natuurlijk niet.'

'Ik kan wel zeggen dat het beter is dat je uit zijn leven bent. En ik vind het erg voor je dat je zoveel hebt moeten doormaken.'

'Dank je.' Ik staarde naar mijn verstrengelde handen. 'Dit betekent niet dat wij weer bij elkaar komen, weet je.' Het kwam er bruusker uit dan ik had gewild.

'Dat weet ik.'

'Ik moet dingen uitzoeken.'

Hij knikte. 'Na alles wat je me net hebt verteld, begrijp ik dat natuurlijk. Alleen...'

Hij viel stil en haalde een hand voor zijn gezicht langs.

'Ik ook,' zei ik zacht, omdat hij er zo kwetsbaar uitzag en omdat ik niet had moeten komen. 'Ik ook.'

Ik weet niet wie wie begon te kussen, wie de ander bij de hand nam en hem of haar meetrok naar Aidans nette slaapkamer, met het duifgrijze dekbedovertrek, de witte kussens en de zwart-witfoto van een schaatsende man met hoge hoed en jacquet boven het bed. Ik weet dat hij me uitkleedde zoals hij in het verleden zo vaak had gedaan, dat hij mijn kleren netjes opvouwde en met ernstige ogen naar me keek. En toen trok hij zijn eigen kleren uit en vouwde die ook op. Daarna zette hij zijn bril af en legde die op zijn hemd. We hielden elkaar vast, fluisterden elkaars naam; we zeiden dat het ons speet, dat alles nu goed was. Het voelde niet als begeerte, niet echt. Meer als een soort redding. Maar ik weet niet wie wie redde.

En na afloop, in elkaars armen verstrengeld, hees Aidan zich op een elleboog en keek hij op me neer. 'Jezus, ik heb je gemist.'

'Ik jou ook,' zei ik.

Het was nog licht buiten. Ik dacht aan Poppy in Jasons huis; ik dacht aan hoe ze voor het raam naar buiten stond te staren, naar de mysterieuze wereld.

'En ik heb Poppy ook gemist,' zei hij, alsof hij mijn gedachten kon lezen. 'Hoe gaat het met haar?'

'Misschien wat beter dan eerst.'

'Wanneer komt ze terug?'

'Morgen, in de loop van de ochtend. Ik heb halverwege met Emily afgesproken.'

'Zullen we daarna met z'n drieën gaan picknicken? Ik kan alles meenemen.'

'Dat lijkt me leuk,' zei ik, al luisterde ik niet echt. In plaats daarvan hoorde ik hoe hij ervan uitging dat we gewoon terugkeerden naar hoe het was geweest: we waren uit elkaar gegaan en toen hadden we het goedgemaakt. Ik hoorde hoe gelukkig hij klonk.

'Heb je honger?'

'Misschien. Ik weet het niet. Hoe laat is het?'

Hij stak zijn hand uit naar zijn telefoon en keek.

'Iets over halftien. Ik heb kaas en gerookte zalm – die kunnen we eten.'

'Oké,' zei ik.

'Of we kunnen iets buiten de deur gaan halen.'

'Nee. Ik blijf liever hier.'

Ik keek naar hem terwijl hij uit bed kwam, zijn badjas aantrok, zijn bril opzette; hij glimlachte over zijn schouder toen hij de kamer uit liep. Ik lag onder het dekbed en luisterde naar hem in de keuken, het gerammel van messen, van glazen. Ik voelde me blij noch verdrietig; ik wachtte tot ik zou begrijpen wat er zojuist was gebeurd en wat het betekende.

# 55

Ik ging vroeg slapen, uitgeput door alle emoties, en toen ik wakker werd viel er een zacht, grijs licht door de dunne gordijnen. Heel even vroeg ik me af waar ik was en toen wist ik het weer. Ik draaide me om en zag Aidan diep in slaap naast me liggen. Hij zag er jong en vredig uit. Ik reikte over hem heen naar mijn telefoon en keek hoe laat het was. Nog geen halfzes.

Aidan bewoog zich en legde zijn onderarm over zijn ogen. Hij had dunne polsen. Een herinnering, of een herinneringsflard, drong als een lange vinger tot mijn hersenen door. Iets over zeggen hoe laat het was, iets wat bij het verleden hoorde. Een barbecue. Aidan die een spijkerhemd droeg, met de mouwen tot aan zijn ellebogen opgestroopt, die naar zijn pols kijkt en zegt hoelang het nog duurt voor het eten klaar is.

De manier waarop hij altijd zijn horloge afdeed voor hij in bed kroop, en het boven op zijn opgevouwen kleren legde. Zo'n nette man. Een man met vaste gewoonten.

Ik lag stil. Heel erg stil, als een stenen beeld. Ik ademde niet. Stekel in mijn keel. Een brok angst, en mijn hart sloeg een slag over en mijn huid kriebelde.

Ik zei tegen mezelf dat ik gek werd, dat ik gek was geworden, dat ik nu voor altijd gek zou zijn.

Het was niet waar. Natuurlijk was het niet waar. Ik was er alleen bang voor, want als het wel waar was, zou zelfs het laatste wat ik nog vertrouwde tot as verpulveren. Ik had mezelf in een paranoïde monster veranderd, een echokamer van mijn eigen duistere gedachtespinsels, en elke angstgedachte was chaotisch, bewoog zich vrij rond en hechtte zich aan het eerste wat toevallig voorbijkwam.

Aidan was op een conferentie geweest toen Skye stierf. Zijn verdwenen horloge was gewoon een verdwenen horloge.

Maar ik hield de gedachte vast in mijn hoofd en eromheen vielen de dingen langzaam op hun plek. Skye had de man gestalkt die ze voor haar redder aanzag, had hem gevolgd en ontdekt wat zijn 'gecompliceerde' leven inhield. En Skye was naar het restaurant gekomen waar wij uit eten waren, had voor ons gestaan, en stel nou dat ze toen niet tegen mij had gesproken, maar tegen hem?

Skye was gestorven nadat ik hem de verminkte pop had laten zien. Ik herinnerde me de blik nog waarmee hij ernaar staarde.

Hij was me komen opzoeken op de dag dat Peggy was vermoord omdat hij wist, of dacht te weten, dat hij nu veilig was.

Hij had die dag bij de koelkast gestaan om voor iedereen vlierbloesemlimonade in te schenken, vlak naast de polaroidfoto van Poppy met de pet op.

En Poppy – het deed pijn in mijn borst – Poppy vond hem niet aardig. Ik besefte met een schok dat ze elke keer dat hij bij ons thuis was weigerde bij hem te zijn, dat ze zich aan mij had vastgeklampt.

Ik keek weer naar Aidan. Hij glimlachte bijna, alsof hij mooie dromen had. Hij ging een beetje verliggen en zijn adem werd dieper.

Langzaam liet ik me uit bed glijden. Mijn mond stond open in een stille gil. Mijn benen voelden hol aan, als van een marionet, los. Ik raapte het stapeltje zachte kleren op van de vloer en liep op mijn tenen de slaapkamer uit. Als ik me omdraaide, zou hij rechtop in bed zitten en me zien wegsluipen, alsof ik ooit kon ontsnappen aan de doodsangst die in me opkwam.

Ik had Aidans kleren gepakt, niet de mijne. Ik ging de badkamer in, pakte een grote handdoek van het haakje aan de deur en sloeg die om me heen. Ik ging op de rand van het bad zitten en probeerde diep adem te halen, maar het deed pijn in mijn keel en mijn longen. Ik had een paniekaanval, zei ik tegen mezelf. Dat was alles. *Het gaat wel over. Adem in en adem uit; denk alleen aan je ademhaling.*

Ik sloeg mijn ogen op naar het plafond en probeerde het horloge voor me te zien dat bij de dingen had gezeten die Skye droeg toen ze viel. Niets was nu nog helder voor me; niets was logisch.

Ik stond op en stootte mijn teen tegen de voet van de wastafel. Ik schreeuwde het bijna uit, sloeg een hand voor mijn mond om geen geluid te laten ontsnappen. De handdoek raakte los en viel op de vloer, en ik bukte me om hem op te rapen. Mijn adem ging in kleine teugjes en ik wist dat ik me schokkerig bewoog. Mijn vingertoppen tintelden, alsof mijn armen sliepen.

Ik ging naar de woonkamer en keek gespannen om me heen. Ik moest Aidans horloge vinden, al wist ik tegelijkertijd dat het waarschijnlijk niet te vinden was, en ik stommelde als een idioot rond in het vale licht.

Zijn bureau had heel veel kleine laatjes. Ik trok er eentje open. Het zat vol kantoorartikelen: een nietmachine, paperclips, post-its, highlighters, een bosje pennen met dunne punt met een elastiekje eromheen, een postzegelboekje.

Ik deed de la dicht en trok een andere open. Bonnen. Bankafschriften. Alles netjes, methodisch.

Volgende la. Paspoort. Papieren rijbewijs. Lidmaatschapskaarten van verschillende galerieën en theaters.

De onderste. Een paar foto's. Ik haalde ze eruit. Nu ophouden. Ik bladerde erdoorheen. Een van mij met een regenjas aan, glimlachend. Waar dacht ik dat ik mee bezig was?

Ik legde de foto's op het tafeltje en ging naar de kast naast de televisie. Een paar dvd's, een kluwen opladers en kabels, een stapeltje gebruiksaanwijzingen.

Op de boekenplanken alleen maar boeken. Wat verwachtte ik dan? Technische boeken over zonne-energie en windmolens, een paar romans, wat biografieën, een paar onverwachte poëziebundels. Als Aidan Skye en Peggy niet had vermoord, zou ik dat nooit kunnen bewijzen. Ik kon zijn onschuld niet bewijzen door geen aanwijzingen te vinden dat hij het had gedaan.

Een geluid en ik verstarde, met mijn hand tegen mijn bonzende, schokkende hart.

Een autodeur sloeg dicht.

Het begon al licht te worden. Ik wist niet hoe laat het was, want mijn telefoon lag nog in de slaapkamer, op het nachtkastje naast Aidan.

In de keukenkast stonden alleen maar keukenspullen: potten en pannen, borden en kommen, een garde, een vergiet. Wat hoger hing een kastje met glazen deuren: met glazen, bekers, een mooie aardewerken kan. Laden met bestek. Met aluminiumfolie, huishoudplastic en bakpapier. Planken met meel, suiker, pasta en rijst. Kruiden en specerijen op alfabetische volgorde. Honing, marmelade, jam. Een fles whisky en een fles gin. Een broodtrommel waarin ik een kapje van een volkorenbrood aantrof. Ik staarde naar de messen, glanzend en scherp in het blok.

De meest voor de hand liggende plek om een horloge te verbergen, als er een horloge te verbergen was, was in de slaapkamer, tussen de T-shirts en de overhemden, in de zak van een jack of achter in de kast, onder het bed. Ik stelde me voor hoe ik als een slang met uitgestrekte armen over de vloer kronkelde of tussen zijn kleren rommelde, terwijl hij door halfgesloten ogen naar me keek.

Ik ging naar het halletje. Daar was het al bijna helemaal licht. Ik probeerde te bedenken hoe laat het was, maar ik wist niet of er minuten of uren verstreken waren sinds ik de slaapkamer uit was geslopen. Ik wist niet eens of Aidan een lichte of een diepe slaper was; we hadden nauwelijks een nacht samen geslapen omdat ik altijd had gewild dat hij wegging. Er stonden zweetdruppels op mijn voorhoofd toen ik mijn hand op de deurklink legde.

Toen zag ik zijn jassen en jacks hangen, aan de kapstok naast de huisdeur. Ik stak mijn hand in alle zakken. Aan de laatste haak hing een kleine tas van zacht leer. Ik stak mijn hand erin en voelde iets zachts, zoals een doek, en daarna iets kouds en glads. Ik haalde het eruit.

Een horloge, met een versleten bandje, een grote wijzerplaat en Romeinse cijfers. Stijlvol.

Ik hield het in mijn hand en staarde ernaar. De grote wijzer sprong trillend naar voren. Het was achttien minuten over zes.

Niet zomaar een horloge: het horloge. Het horloge dat ik voor het laatst had gezien in de zak met Skyes bezittingen, en daarna niet had gezien bij Peggy thuis op de dag dat ze werd vermoord.

Dode, nietsziende ogen, dapper paars haar.

De minutenwijzer sprong weer trillend vooruit.

Met het horloge in dezelfde hand waarmee ik de handdoek vasthield, deed ik de slaapkamerdeur open en sloop ik naar binnen. Ik moest het diep in mijn rugzak stoppen, mijn kleren en telefoon pakken en wegwezen. Ik struikelde over een schoen, griste mijn broek mee, kroop op handen en voeten naar mijn rugzak terwijl de handdoek losraakte.

'Jij bent vroeg wakker.'

Ik bleef roerloos zitten en voelde het horloge tegen mijn sleutelbeen drukken, waar ik de handdoek tegenaan hield.

'Goedemorgen,' wist ik uit te brengen. Ik tilde mijn hoofd op: Aidan was half overeind gekomen in bed en bekeek me teder en geamuseerd.

'Hoe laat is het?'

'Ik weet niet precies.' Het horloge tikte tegen mijn huid.

'Wat doe je daar? Ben je iets kwijt?'

'Ik zocht mijn onderbroek. Ah, daar ligt-ie.'

Ik maakte onhandig een bundeltje van mijn kleren, propte het horloge erin en hield het als een baby tegen me aan.

'Ik kleed me even aan.'

'Kom terug in bed. Het is nog zo vroeg.'

'Ik kon niet slapen. Ik moet naar huis. Mezelf op orde krijgen voor ik Poppy ga halen.'

Hij kwam uit bed en knielde naast me neer, sloeg zijn armen om me heen. Ik ademde zijn lichaamsgeur in – venkel, dacht ik, of anijs. Hij kuste me in mijn nek, met koele lippen.

'Koffie?'

Hij streelde me over mijn haar, dat nog steeds in een losrakende vlecht zat, en ik zat erbij als een bezweet diertje dat zich nergens kan verstoppen.

'Oké. Ik trek even mijn kleren aan en dan snel een koffie.'

Met mijn rugzak, schoenen en kleren in mijn armen en de handdoek nog om me heen liep ik achteruit de kamer uit en de badkamer in. Ik deed de deur op slot, stopte het horloge diep weg in mijn rugzak, trok snel mijn kleren aan en besefte toen ineens dat ik het stapeltje foto's op de tafel in de woonkamer had laten liggen.

Ik kwam op hetzelfde moment binnen als hij, terwijl hij zijn badjas dichtknoopte.

'Ik kan ontbijt voor ons maken,' zei hij.

'Ik heb geen honger,' zei ik en ik ging op de tafel zitten. Ik voelde de foto's onder me verschuiven.

Hij streek met zijn vingers over mijn wang. Ik ontblootte mijn tanden in iets wat als een glimlach bedoeld was.

'Alleen koffie dan,' zei hij.

'Je kent me. Het duurt even voordat ik 's morgens op gang kom.'

Ik probeerde me te herinneren hoe een normaal mens zich gedraagt, maar het voelde allemaal gekunsteld en doorzichtig. Ik schoof de foto's in mijn rugzak toen hij met zijn rug naar me toe stond. Daarna vouwde ik mijn handen om mijn kop heen en hoorde Aidan praten over een vriend die familierechtadvocaat was; wilde ik dat hij die om advies vroeg, in vertrouwen natuurlijk, over Jasons dreigementen?

'Misschien,' zei ik. 'Maar ik wacht eerst even af wat er gaat gebeuren.'

Ik moest voorzichtig zijn, zei ik tegen hem. Stapje voor stapje. Er staat zoveel op het spel. Misschien waait het allemaal vanzelf over.

Hij weet alles, dacht ik. Ik heb hem alles verteld.

En toen, eindelijk, stond ik bij de deur. Hij nam mijn gezicht in zijn handen, keek me diep in de ogen en ik probeerde hem aan te staren, niet weg te kijken, maar ik dacht dat het me niet zou lukken. Ik wilde krijsen, brullen en uithalen met alle kracht die ik in me had.

Hij kuste me weer. Ik liet me door hem kussen. Ik kuste hem terug. Gal kwam in me omhoog, een fysieke weerzin, en het kostte me al mijn wilskracht om er niet aan toe te geven. Als ik thuis was zou ik mijn tanden poetsen tot mijn tandvlees bloedde en douchen tot mijn huid er rauw van was.

Ik glimlachte naar hem en ging weg.

En toen ik uit het zicht van zijn ramen was, begon ik te rennen.

Het was de hele tijd in huis geweest. Het was nooit buiten geweest. Het was binnen geweest. Ik was het geweest: ik had het gevaar in huis gebracht.

Poppy, dacht ik onder het rennen. Mijn adem schuurde alsof er repen plakband van mijn longen werden getrokken. Poppy Poppy Poppy.

# 56

Ik zat in een verhoorkamer bij de politie. Weer een verhoorkamer. Een agent had gevraagd of ik een verklaring wilde afleggen, maar ik zei dat ik de rechercheur wilde spreken die de leiding over het onderzoek had. Ik zei dat het over de moord op Skye Nolan en Peggy Nolan ging. Ik wist wie de moord had gepleegd en het was dringend en ik wilde alleen met de rechercheur praten.

De jonge politieagent keek verward en ook geïrriteerd. Hij zei dat het zaterdag was, dat de mensen thuis waren. Ik zei dat het niet uitmaakte welke dag het was. Ik zag dat hij diep moest nadenken. Als dit allemaal onzin was, zou hij in de problemen komen. Maar stel dat dat niet zo was?

'U zult lang moeten wachten,' zei hij. 'Ik moet eerst zien of ik iemand kan bereiken. En die moet dan hierheen komen.'

Ik zei dat ik wel kon wachten, en zo zat ik in weer een verhoorkamer waar niets was om te doen en niets om naar te kijken. Dat zou wel opzettelijk zijn. Plaatjes aan de wand zouden maar afleiden. En spijkers en stukjes touw konden misschien zelfs gevaarlijk zijn.

Terwijl ik wachtte, haalde ik de meegegriste foto's uit mijn tas en keek ze door. Eerst zag ik het niet, maar toen wel: een groepsfoto van Aidan en zijn collega's op een of ander uitje. Aidan stond achteraan, met de pet op. Ik legde de rest van de foto's weg en liet die ene op tafel liggen.

Eindelijk ging de deur open. Ik had gehoopt dat het Kelly Jordan was, maar ik wist niet zeker of ze formeel bij het onderzoek betrokken was – of alleen betrokken bij mij. Het was haar niet. Het was Ross Durrant. Hij droeg sportschoenen, een blauwe broek en een poloshirt met een blauw-wit golfjespatroon. Hij zag eruit alsof hij regelrecht van de golfbaan kwam. Ik verwachtte dat hij boos zou zijn, maar zijn gezicht stond volkomen uitdrukkingsloos en hij ging gewoon tegenover me zitten.

'Laat horen,' zei hij zacht.

Het duurde niet zo lang om het uit te leggen. Ik vertelde hem over de dingen die op Skye Nolans lichaam waren gevonden en die Peggy Nolan me had laten zien, en die ik later over de vloer verspreid had zien liggen toen ik Peggy vond. Hij onderbrak me om te zeggen dat ik dat al had verteld. Ik zei dat ik had geweten dat er iets ontbrak en me toen had gerealiseerd dat het het horloge was. Hij zei dat ik dat ook al had verteld. Ik beschreef mijn gevoel toen ik me herinnerde dat Aidan eerder altijd een horloge had gedragen, maar nu niet meer. En dat ik toen het horloge in zijn tas had gevonden, misschien als trofee, of waarom zou hij anders het lef hebben om het te houden? Het was ontzettend herkenbaar. Het kon alleen maar naar hem leiden. Dus moest hij Peggy Nolan zijn gaan opzoeken, haar vermoord hebben en het horloge hebben meegenomen.

Terwijl ik vertelde kwam er een agente in uniform de kamer binnen om een kartonnen map aan Ross Durrant te geven. Hij legde de map voor zich op tafel en knikte naar de agente, die aan de kant ging zitten.

Toen ik klaar was, viel er een lange stilte.

'Aidan Otley,' zei de agente. 'Dat is uw vriend.'

'Dat klopt,' zei ik. 'Ik vertrouwde hem.'

Ik keek naar Durrant, maar hij leek me te negeren. Hij had de dunne map opengeslagen en bekeek de inhoud: er leken niet meer dan een paar vellen papier in te zitten. Hij tikte erop met een pen. Hij haalde er een vel papier uit, bekeek het fronsend en keek toen weer naar mij.

'Ik tel bij elkaar tien contactmomenten van u met het politiekorps,' zei hij. 'Elf, als je deze keer meerekent.'

'Maar wat vindt u van wat ik net zei?'

Hij ging verder alsof hij me niet had gehoord.

'Allereerst doet u een melding zonder dat er een misdaad of misdadiger is, al was er een vage beschuldiging aan het adres van uw ex-partner. Ten tweede neemt u contact op met inspecteur Jordan over een misdaad die volgens u dezelfde was als waar u het de vorige keer over had, al was die toen nog niet gepleegd.'

'Dat heb ik al uitgelegd.'

'Ten derde was rechercheur Jordan zo vriendelijk bij u thuis te komen om u op de hoogte te stellen van het onderzoek.'

'En ik vertelde haar over de pop die verdwenen was en weer opdook.'

'Ja, er was iets met een pop,' zei Durrant op ijzige toon. 'Ten vierde is uw dochter verhoord door een medewerker van de kinderbescherming. Ten vijfdens...' Hij zweeg even en keek naar de agente. 'Ten vijfdens. Zeg je dat zo?' Ze haalde haar schouders op. 'Vijf: ik ontmoette u voor de eerste keer. Wij hebben zelfs agenten vrijgemaakt om een aantal mannen te verhoren die u noemde. Daar is niets bruikbaars uit voortgekomen. Zes: rechercheur Jordan was opnieuw zo vriendelijk u op de hoogte te brengen van de vorderingen van het onderzoek.'

'Niet alleen van de vorderingen,' zei ik, nu boos. 'U had ontdekt dat het moord was, precies zoals ik al zei.'

'Ze vertelde u ook dat er bij geen van de mannen die we gesproken hebben een verband met Skye Nolan is vastgesteld. Zeven: u belde rechercheur Jordan over een zogenaamde inbraak. Er was niets gestolen. Hier staat in Jordans verslag: "Mevrouw Moreau zei: 'De moed zinkt je vast al in de schoenen als je mijn stem hoort.'" Daar zal ik niet op ingaan. Commentaar overbodig. Daarna, als bonus, verschijnt u bij het gerechtelijk vooronderzoek en zoekt u contact met de moeder van het slachtoffer.'

'Wat is de zin van dit alles?'

'Het is een nuttige oefening. Het helpt het hoofd helder te maken. Acht: u belde rechercheur Jordan opnieuw nadat u Peggy Nolan had gezien. En toen, negen: u belt rechercheur Jordan vanaf de plaats delict van Peggy Nolans moord. Zij zegt dat u niets mag aanraken, maar u geeft zelf toe dat u toch aan dingen hebt gezeten. Ook blijkt uw kind op school te zijn zonder dat u iemand hebt geregeld om haar op te halen.' Hij keek op uit de map. 'Ik neem aan dat er nu wel iemand op uw kind let. Of hebt u haar voor de tv achtergelaten, met een zak chips en een blikje frisdrank?'

'Er wordt voor haar gezorgd,' zei ik. Ik begon angst te voelen. Stel dat hij ontdekte dat ik aan Jasons computer had gezeten? Of dat er met juridische stappen was gedreigd?

'En tien, en dit is in bepaalde opzichten het belangrijkst: u belt rechercheur Jordan, die inmiddels praktisch gestalkt lijkt door u en die haar carrière geen goed heeft gedaan door in uw paranoia mee te gaan, om haar te laten bevestigen dat Aidan Otley een alibi heeft voor de dag van Skye Nolans moord. Ze bevestigt dat hij dat inderdaad heeft. Hij was op een conferentie in Birmingham. Hij is daar ingecheckt, heeft een seminar bijgewoond en heeft er overnacht.'

Hij legde de map neer en keek me over de tafel heen aan.

'Dat was wat me zo in de war bracht,' zei ik. 'Dus voor ik u belde, heb ik een collega van hem gebeld. Een man die Frederick Gordon heet. Hij is samen met Aidan naar de conferentie gegaan. Hij ging naar dat seminar. Maar hij herinnert zich niet dat hij Aidan 's avonds heeft gezien en hij was de volgende morgen niet bij het ontbijt. Hij herinnert zich dat Aidan zei dat hij zich verslapen had.'

'Dan nog staat vast dat hij bij een evenement tachtig kilometer hiervandaan was.'

'Hij had in de tussentijd terug kunnen komen,' zei ik. 'Met gemak.'

'Dus even voor alle duidelijkheid: u hebt uw ex-partner beschuldigd, u hebt zijn logé beschuldigd...'

'Ik heb nooit iemand beschuldigd. Ik heb alleen geprobeerd te doen wat ik moest doen. Ik heb een misdaad gemeld. Er is me gevraagd met wie Poppy in contact geweest kon zijn en daar heb ik antwoord op gegeven. Ik heb nooit mensen in de problemen willen brengen.'

'U beschuldigde uw ex-partner en nu beschuldigt u uw huidige partner. Is het niet de moeite waard om daar eens over na te denken?'

'Ik weet niet waarom u dit allemaal zegt,' zei ik wanhopig. 'Hoort u me dan niet? Ik heb gevonden wat jullie de hele tijd al zochten: de link tussen Aidan en Skye Nolan.'

Durrant tikte een paar keer met zijn pen op tafel en legde die toen neer.

'Goed,' zei hij. 'Het horloge.'

'Ja, het horloge.'

Hij dacht even na.

'Van wie is dat? Ik bedoel, oorspronkelijk?'

'Dat zei ik al. Van Aidan. Daar gaat het juist om.'

'Dus we gaan straks naar Aidans huis en vinden daar Aidans horloge in Aidans la. Wat hebben we daaraan?'

'U hoeft er niet naartoe. Ik heb het. Kijk maar.' Ik bukte me en zocht in mijn tas. Ik voelde de foto's onder mijn vingers schuiven en vond toen de gladde, ronde wijzerplaat van het horloge. Ik haalde het eruit en stak het naar hem uit. Ik verwachtte dat hij het zou aannemen, maar hij trok zich terug.

'U hebt het meegenomen?'

'Ik dacht dat u het zou willen zien.'

'Daarmee hebt u diefstal gepleegd.'

'Maar het is bewijs.'

Hij liet zijn ogen op me rusten; er speelde een halve glimlachje rond zijn lippen. 'Volgens u.'

'Dat zei ik toch? Ik heb het zien liggen tussen de dingen die Skye op haar lichaam had. Daarom moest hij het gaan halen. Daarom heeft hij Peggy vermoord.'

'Hebt u daar bewijs van? Een foto?'

'Natuurlijk niet. Maar ik weet het absoluut zeker. Ik heb het gezien. Maar u dan? Hebt u geen foto's van haar lichaam? Nemen jullie geen foto's van de plaats delict?'

Nu keek Ross Durrant een beetje ontwijkend. 'Zoals u weet werd dit aanvankelijk niet als een delict beschouwd. Het is een aantal dagen behandeld als een zelfmoord. De bezittingen zullen dus in het ziekenhuis verzameld zijn. Er zal een soort inventaris zijn opgemaakt, maar gewoon als lijst. Er is geen foto.'

'Voor zover u weet.'

'Ik weet het. Er is geen foto.'

'Maar ik heb gezien wat ik heb gezien. Gelooft u me niet?'

Durrant keek over mijn hoofd heen alsof hij iets interessants achter me zag, maar ik wist dat er daar niets was. Alleen een kale wand.

'Ik heb dit ook nog,' zei ik en ik schoof de foto van Aidan en zijn collega's over tafel.

'Ik zie hier het belang niet van in,' zei hij met een vluchtige blik erop.

'Hij draagt dezelfde pet die Skye Nolan opheeft op een foto die haar moeder me heeft gestuurd. Die kan ik u laten zien.'

Ik begon aan mijn telefoon te prutsen, maar hij stak zijn hand op. 'Weet u wat ik denk?'

'Nee, wat dan?'

'Dit is improductief contactmoment nummer elf. Weet u wat de regels zeggen? Dat ik u verspilling van politietijd ten laste moet leggen. Dat kan bestraft worden met een boete of maximaal zes maanden hechtenis. Maar als sommige mensen u bezig zouden zien met uw kleine strijd tegen uw vriend en uw ex-vriend, uw inmenging in het onderzoek, het praten met getuigen en het verstoren van de plaats delict van een moord, zouden ze kunnen vinden dat het niet alleen verspilling van de politietijd is. Zij zouden het belemmering van de rechtsgang kunnen vinden, en dan hebben we het ineens over forse consequenties. Daarvoor kunt u alles tot levenslang krijgen.'

Ik keek de twee politiemensen aan. Ik had gedacht dat het nu allemaal voorbij zou zijn en ik begon me nu pas te realiseren dat ik een verschrikkelijke fout had gemaakt.

'Denkt u echt dat ik dit allemaal verzonnen heb?'

Ross Durrant schudde zijn hoofd. 'Weet u, in de loop der jaren ben ik naar de rechtbank gegaan met ooggetuigen, vingerafdrukken en DNA en dan nog heb ik zaken zien mislukken. De ooggetuige stond te ver weg, de vingerafdrukken waren half uitgeveegd, het DNA zou in het lab kunnen zijn aangetast. En wat hebben we in dit geval? Een kindertekening en een horloge waarvan u zegt dat u het op de ene plek hebt gezien en later op de andere, en dat u nu hebt gestolen.'

'Ik verwacht niet dat u hem onmiddellijk arresteert voor twee moorden,' zei ik verslagen. 'Al weet ik absoluut zeker dat Aidan ze allebei heeft gepleegd. Maar gaat u helemaal niets doen? Behalve mij misschien straffen omdat ik geprobeerd heb een goede burger te zijn?'

Ross Durrant keek van me weg en wierp een korte blik op de agente. Toen hij zich weer naar me omdraaide, sprak hij op een toon die niet meer klonk alsof hij me haatte. 'Ons onderzoek loopt nog. We zullen alles onderzoeken wat productief lijkt. Intussen, mevrouw Moreau, moet u misschien gewoon even achteroverleunen en uw leven onder de loep nemen. Ik ben geen psychiater, maar als u denkt dat uw ex-vriend een moordenaar is en daarna denkt dat uw huidige vriend een moordenaar is, heeft dat mogelijk niet zozeer met de mannen in kwestie te maken. Er zijn vast mensen met wie u daarover kunt praten. En u hebt ook nog een dochtertje om voor te zorgen.'

'Is dat alles?' vroeg ik. 'En nu gaat u terug naar de golfbaan?'

Zijn gezicht werd donker. 'Ik was in het park aan het voetballen met mijn twee zoontjes,' zei hij. 'Maar bedankt dat u het vraagt.'

Hij sloeg de map dicht.

'Gaat u geen verslag maken van wat ik heb gezegd?' vroeg ik.

Zijn gezicht werd nu sarcastisch. 'Wat fijn dat u belangstelling hebt voor politieprocedures.'

'Daar gaat het niet om,' zei ik. 'Ik wil dat u opschrijft wat ik vandaag heb gezegd.' Ik keek naar de agente. 'Waar zij bij is. Hoe heet u?'

'Steiner,' zei ze. 'Jan Steiner.'

'Ik zal zelf ook een verslag van dit gesprek maken,' zei ik. 'Want als ik over een week, of over twee weken of een maand, dood word gevonden met mijn dochter' – ik moest even wachten en slikken vanwege het beeld dat me plotseling helder voor ogen stond – 'als dat gebeurt, wil ik niet dat jullie twee op mysterieuze wijze vergeten zijn dat we vandaag hier zaten en dat ik heb verteld wat ik heb verteld.'

Ross Durrant keek me vermoeid aan en liet zijn hoofd een klein beetje scheefzakken. 'Er zal een verslag worden opgemaakt.'

'Ik zal ook een verslag maken,' herhaalde ik. 'En het ergens neerleggen waar men het kan vinden.' Ik stond op. 'En nu moet ik terug naar mijn leven en naar die man die twee vrouwen heeft vermoord en ik weet niet naar wie ik toe kan gaan.'

Ross Durrant stond ook op. 'U hebt uzelf overstuur gemaakt,' zei hij. 'Als u weer wat rustiger bent, kunt u misschien hulp gaan zoeken.'

'Daarvoor kwam ik hier,' zei ik.

# 57

Poppy had staartjes in haar haar; het ene zat hoger dan het andere, waardoor ze er scheef uitzag. Ze had een dikke schram op haar wang. Ik ging door mijn knieën en trok haar tegen me aan. Heel even sloot ik mijn ogen en voelde ik haar hart tegen het mijne kloppen, haar warme adem in mijn nek. Toen hield ik haar een stukje van me af.

'Wat is er met je gezicht gebeurd?'

'Roxie deed bijten.' Ze bracht met een dramatisch gebaar een vinger naar de felrode schram. 'Ze deed mij pijn.'

'Roxie?' Ik stond op, maar bleef haar warme hand vasthouden alsof dat het enige was wat me kon beschermen, en ik keek Emily aan.

'Ze probeerde op zijn rug te klimmen,' zei Emily. 'Ik heb er een ontsmettend middel op gedaan. Volgens Jason is het niet erg.'

Emily zag er niet zo fris, gezond en knap uit als gewoonlijk. Haar haar was aan een wasbeurt toe; ze had donkere kringen onder haar ogen. Ze droeg een mannenoverhemd op een katoenen broek en leek meer op een kind dan op een zwangere vrouw.

'Gaat alles goed met je?'

Ze keek van me weg en haar blik bleef hangen op het raam van het café, waar een vlieg zonder resultaat tikkend en zoemend tegen de ruit vloog.

'Jason zei dat we niet echt moeten praten.' Haar stem was zacht.

'En jij doet altijd wat Jason zegt?' Mijn stem klonk grover dan ik had bedoeld, bijna als een grom.

Ze richtte haar ogen weer op mij. 'We zijn getrouwd.'

Ik lachte kort. 'Is dit wat trouwen betekent?'

'Ik moet gaan.'

'Emily, ga je niet meer naar je werk?'

'Ik werk nu even niet,' zei ze.

Ik wilde haar door elkaar schudden, zeggen dat ze haar ogen moest opendoen en moest zien wat er met haar gebeurde. Maar wie was ik om iets te zeggen, om wie dan ook te zeggen wat hij of zij moest doen? Ik keek naar Poppy's glanzende hoofdje en pakte toen haar logeertas op.

'Het spijt me dat ik geen tijd heb gehad om haar kleren van gisteren te wassen.'

'Dat is geen probleem. Dan gaan we maar,' zei ik.

'Tess?'

'Ja?'

'O... niets eigenlijk. Dag.'

'Zorg goed voor jezelf,' zei ik en ik zag tranen in Emily's ogen springen.

'Wat zullen we vandaag doen?' vroeg ik aan Poppy toen we hand in hand naar de bushalte liepen.

Ik zat zo vol angst dat ik haast niet kon praten. Want wat moest ík doen vandaag, of wanneer dan ook? Mijn adem raspte in mijn borstkas, mijn benen waren slap en beefden als riet. Mijn lichaam – het lichaam dat een paar uur geleden in Aidans armen had gelegen, dat door Aidan was aangeraakt en gepenetreerd – voelde nu bezoedeld en gebroken.

'Annemaria Koekoek?' zei ze hoopvol. 'Of verstoppertje, en ik ga me verstoppen en jij gaat me vinden.'

'Oké,' zei ik vrolijk.

Maar misschien, dacht ik, konden we beter bij mijn moeder gaan logeren, of bij Sylvie die in Newcastle woonde. Ik had een vriendin in Hamburg, en nog een andere vriendin die naar Nieuw-Zeeland was verhuisd. Of moest ik naar Gina gaan en haar alles vertellen, of naar Nadine misschien, die altijd zo rustig en praktisch was en de heftigste problemen in een handomdraai wist op te lossen?

Maar zouden ze me geloven, zou iemand me geloven? Ik wist niet of ik mezelf zou geloven, als ik hen was.

We stapten in de bus. Poppy ging dicht bij me zitten en viel steeds tegen me aan als de bus een bocht maakte. Toen we uitstapten, probeerde ik haar hand te pakken, maar ze trok zich los en huppelde voor me uit. Haar rugzakje botste tegen haar lichaam en haar staartjes gingen op en neer.

'Tess!' Bernie kwam met grote stappen naar ons toe.

Tot mijn verbazing was ik bijna blij om hem te zien. Hij was irritant, maar een normaal soort irritant – hij deed te hard zijn best en sloeg een verkeerde toon aan. Oké, hij stond te dichtbij en was niet goed in het respecteren van grenzen, maar eigenlijk wilde hij gewoon aardig gevonden worden. Hij had niemand vermoord.

'En hoe gaat het met Pops?' vroeg hij en hij grijnsde naar haar met zijn gele tanden.

Poppy staarde naar zijn hand, die hij had opgestoken; naar

de afgeronde stompjes waar zijn vingers vroeger zaten.

'Waar zijn die nu?' vroeg ze en ze wees ernaar.

'Dat is een goede vraag.'

'Zijn die dood?'

'Ik denk het wel, op een bepaalde manier.'

'Zijn ze onder de grond?'

'Dat denk ik niet.'

'Doen ze pijn?'

'Nee, niet meer.'

'Roxie deed pijn.' Poppy legde een vinger op haar wang.

'Een hond,' zei ik.

'Gaan jullie naar huis?'

'Ja.'

'Tot later dan.' Bernie lachte, om een of ander binnenpretje.

We liepen onze straat in. Er zat iemand op de drempel en toen we naderden, stond hij op. Aidan.

Ik bleef staan, pakte Poppy's hand en hield die stevig vast.

'Mama? Mama, je doet pijn.'

Hij zwaaide naar ons, met zijn hand hoog boven zijn hoofd. Toen kwam hij met lange, soepele stappen naar ons toe. Hij nam mijn gezicht in zijn handen, kuste me vol op de mond, boog zich toen naar Poppy toe en legde zacht een hand op haar schouder. Ik wist nog hoe fijn ik het altijd had gevonden dat hij met respect met haar omging, bijna verlegen.

'Ik heb je moeder gemist en ik heb jou gemist,' zei hij. 'Maar nu ben ik er weer. We gaan picknicken!'

Poppy staarde hem aan, met grote, ronde ogen. Ze deinsde achteruit tegen mijn knieën. Waarom had ik nooit gezien dat ze bang voor hem was? Ik had wanhopig naar signalen en aanwijzingen gezocht, zonder te zien wat vlak onder mijn neus gebeurde.

'Ik weet niet of...' begon ik.

'Ik heb waarschijnlijk veel te veel bij me,' zei hij. 'Maar alles wat we nu niet opeten, kunnen we voor later bewaren. Ik had bedacht dat we naar Epping Forest konden gaan. Hou je van boomklimmen, Poppy?'

'Nee.'

'Ik heb naar de bussen gekeken. Ze gaan om de tien minuten.'

'Ik ben erg moe,' zei ik.

Aidan pakte mijn hand en kuste mijn knokkels. 'Ik ook,' zei hij zacht. 'We hebben niet veel slaap gekregen, hè?'

'Ik denk dat ik misschien iets onder de leden heb.'

'Het is ook allemaal erg veel voor je geweest,' zei hij.

'Waar heb je iets onder?' Poppy trok aan mijn hand. 'Waar zitten je leden?'

Misschien was ik echt ziek – de grond voelde onvast onder mijn voeten en toen ik mijn hoofd ophief naar de blauwe lucht en de kleine wolken leken de bomen naar me toe te kantelen. Ik wilde mezelf het liefst opvouwen – me opvouwen om Poppy heen en haar in mijn armen klemmen.

Hoe kon Aidan het niet zien? Hoe kon hij het niet weten? Hij glimlachte, zei dat hij de hele ochtend aan me had gedacht. Ik overwoog met Poppy langs hem heen te rennen, het huis in te gaan en de deur achter me dicht te slaan.

Maar ondanks de tollende duizeligheid in mijn hoofd begreep ik – en dat was het enige wat ik begreep – dat hij niet mocht ontdekken dat ik het wist. We waren alleen veilig zolang Aidan dacht dat hij ermee weg was gekomen.

'Laat me Poppy's spullen even naar binnen brengen en een picknickkleed pakken,' zei ik.

Aidan pakte zijn telefoon en keek hoe laat het was.

'Prima. Er gaat een bus over een minuut en de volgende over twaalf minuten – die kunnen we nemen. We hebben geen haast.' Weer die tedere, veelbetekenende glimlach.

Ik grabbelde in mijn tas naar de huissleutels en voelde de foto's en het horloge onder mijn vingers. Ik liet ons de hal en daarna de flat in. Poppy tilde Sunny op en liet hem in haar armen bungelen.

'Jij doet geen pijn. Jij bent mijn vriend.'

Ze drukte een dikke kus op zijn rafelige oranje kop en ik zag zijn staart onheilspellend zwiepen.

'Laten we gaan dan,' zei Aidan.

'Ik wil niet,' zei Poppy.

'Het is oké, liefje. We kunnen Annemaria Koekoek spelen.'

'Ik wil Sunny.'

'Sunny blijft hier op je wachten.'

'Ik wil Milly. Ik wil chocola. Ik wil een banaan. Ik wil mijn krijtjes. Ik wil ijs.'

'Ik zal een ijsje voor je kopen,' zei Aidan vriendelijk. 'Er is een cafeetje vlak bij de halte waar we uit de bus stappen.'

'Ik wil in een badje.'

'We zullen je omhoog zwaaien,' zei Aidan. 'Heel hoog, helemaal tot aan de bus. Toch, Tess?'

Ik knikte. Een deel van me dacht dat dit niet echt was, en een ander deel dacht dat ik nu met Poppy moest vluchten, vluchten en nooit meer terugkomen. Ik stelde me voor hoe we samen over straat zouden rennen; ik stelde me voor hoe hij kalmpjes achter ons aan zou komen en ons zou inhalen. En dan?

Aidan pakte Poppy's hand. Ik keek op haar neer en zag hoe zijn grotere hand zich om haar kleine sloot. Ze was zo klein.

# 58

We zwaaiden Poppy omhoog tot aan de bushalte. We zwaaiden haar omhoog terwijl we het bos in liepen. We zagen eruit als het ideale gezinnetje. Ik had een kleed en Aidan had de picknick in zijn rugzak. Hij droeg een groen T-shirt en een grijze katoenen broek, en hij zag er ontspannen en gelukkig uit. Hij noemde de namen van de bomen, wees een buizerd aan die boven ons rondcirkelde en gebaarde naar de vlierbloesem die overal langs het pad groeide.

'We zouden vlierbloesemsap moeten maken,' zei hij. 'Zou je dat leuk vinden, Poppy?'

'Nee.'

Hij grijnsde alsof haar antwoord hem wel beviel.

Toen we de picknick klaarzetten bleek hij een fles champagne bij zich te hebben, en twee glazen die in een doek gewikkeld waren. Hij had een blikje prik voor Poppy en een heleboel verschillende hapjes: falafel, worstjes en zalmrolletjes met roomkaas. Er waren ook kersen en aardbeien. En chocoladekoekjes, plakkerig van de hitte.

Hij schonk champagne in, we proostten en hij zei: 'Op ons.' Hij tikte zijn glas ook tegen Poppy's blikje aan.

Ze kroop naar me toe. Ik nipte van de champagne en toen hij even niet keek goot ik de rest op de droge mosgrond uit. Hij hief zijn hand op en trok voorzichtig een twijgje uit mijn haar. Ik kon dit niet. Als hij me nog een keer aanraakte, zou ik uithalen. Als hij Poppy aanraakte, zou ik mijn nagels in zijn gezicht zetten.

Hij legde zijn hand op de mijne en ik liet het gebeuren. Ik draaide mijn hoofd naar hem toe en glimlachte en voelde de weerzin als dikke modder in mijn keel. Hoe kon hij het niet zien?

Op weg naar huis viel Poppy opgekruld tegen me aan in slaap en ik droeg haar vanaf de bushalte naar huis. Ik sloeg Aidans aanbod af om haar van me over te nemen. Hij liep achter me aan naar binnen en wachtte tot ik Poppy op bed had gelegd.

'Hoe diep slaapt ze?'

Ik wist wat hij bedoelde, maar deed alsof dat niet zo was.

'Ze wordt over een paar minuten wakker. Ze slaapt anders nooit overdag.'

'Ik begrijp het, natuurlijk, maar ze lijkt niet al te blij te zijn dat ik weer in haar leven ben.'

'Ze is moe.'

'Ze wil je voor zichzelf hebben. Ik begrijp het.' Hij glimlachte naar me, met dat halve glimlachje dat ik eerder zo sympathiek had gevonden. 'Ze zal vanzelf wel aan me wennen.'

Ik kon dit niet. Ik voelde me fysiek niet in staat om hem aan te kijken, of terug te glimlachen, of me door hem te laten aanraken, of hem terug te kussen. Ik draaide me naar hem toe.

'Aidan. Het was een heerlijke dag, maar je weet toch dat er eigenlijk niets veranderd is, hè?'

'Alles is veranderd.'

'Nee. Ik bedoel, de reden dat ik het uitmaakte... dat was omdat het niet goed met me ging. Ik moest mijn zaakjes op orde krijgen, en dat moet ik nu nog steeds.'

'Ik weet het. En ik weet wat je doormaakt. Ik kan je helpen, ik kan er voor je zijn. Ik kan je rots in de branding zijn, degene op wie je altijd kunt vertrouwen.'

'Ik denk,' zei ik zo gedecideerd en vriendelijk als ik kon, 'dat we even een pauze moeten inlassen. Gewoon tot ik er klaar voor ben.'

Nooit nooit nooit.

'Nee,' zei Aidan. 'Ik geloof dat ik het eerder een beetje kwetsend vond dat je Poppy altijd voor mij liet gaan. Maar dat je zo'n fantastische moeder bent, was juist een van de redenen dat ik verliefd op je ben geworden. Natuurlijk moet je haar op de eerste plaats zetten. Ik begrijp dat nu beter dan eerst.'

'Maar ik heb geen ruimte in mijn leven voor een relatie.'

'Volgens mij is dat niet waar. Denk aan vannacht. Voor mij voelde het als thuiskomen. En ik geloof dat het voor jou ook zo was.'

Toen legde hij een hand op mijn blote arm; ik keek naar zijn vier vingers, iets gespreid, die in mijn huid drukten.

'Je hebt me in vertrouwen genomen,' zei hij langzaam, woord voor woord. 'Je hebt me álles toevertrouwd, Tess: alles wat je hebt gedacht en gevoeld. Alles wat je hebt gedaan. Dingen die je aan niemand anders kunt vertellen, aan niemand anders moet vertellen. Dat zal ik nooit vergeten.'

Wat wilde hij daarmee zeggen? Ik knipperde met mijn ogen; ze voelden branderig en droog.

'Ik zou het nooit aan iemand vertellen,' ging hij verder. 'Ik weet wat je kunt verliezen als bijvoorbeeld Jason of zijn advocaat ontdekt dat jij bij hem hebt ingebroken, zijn computer hebt gehackt, die mails aan jezelf hebt doorgestuurd, dat je Inga nog hebt gezien nadat ze je die laatste waarschuwing hadden gegeven. Ik weet hoe verschrikkelijk angstaanjagend dat moet zijn.'

Hij bedoelde Poppy: dat was wat ik kon verliezen. Ik staarde hem aan; ik kon mijn ogen niet van hem losmaken.

'Je zit in een afschuwelijke positie.' Zijn stem was mild en teder; zijn ogen rustten op mij. 'De mensen geloofden je niet: Jason, de politie. Ze denken dat je hysterisch bent, gek, gevaarlijk. Ik denk dat niet. Ik ken je. Ik weet wat voor sterke, trouwe en geweldige vrouw je bent. Jij zou alles doen om Poppy te beschermen. Dat weet ik. Maar je toekomst hangt aan een zijden draadje.'

Ik probeerde iets te zeggen, maar mijn stem weigerde dienst.

'Ik ben er voor je,' zei hij. 'Wat er ook gebeurt. Dus zeg nu niet dat we ermee moeten stoppen, zelfs niet tijdelijk. Zeg dat niet, mijn lieve Tess, want wat zou ik doen als je dat zei?'

Ik begreep het, en ik zag dat hij dat zag. Hij bleef me strak aankijken en liet zijn warme hand op mijn arm liggen, met zijn vingers in mijn vlees gedrukt. Slanke vingers, als van een pianist.

'Mama! Mama mama mama.'

'Ik kom al!' riep ik. Ik maakte me los van Aidan, probeerde te glimlachen op een manier die niet op een grimas van angst en weerzin zou lijken. 'Sorry,' zei ik. 'Je moet nu gaan.'

'Maak je geen zorgen,' zei hij. 'Ik bel je nog. Dan maken we plannen.'

Poppy en ik speelden Annemaria Koekoek in het tuintje dat ik in vijf stappen over kon steken. Poppy stond met haar rug naar me toe, haar hele lijf strak van de inspanning om zich niet om te draaien.

Ik zette een klein stapje.

Aidan had twee vrouwen vermoord vanwege mij. Hij had Skye vermoord omdat ze hem waarschijnlijk had gedreigd om mij over hun verhouding te vertellen – als 'verhouding' het juiste woord was voor wanneer een man een dronken vrouw 'redde', haar naar huis bracht en daar seks met haar had. Ik herinnerde me hoe ik met Aidan op dat feest was geweest nadat ik Jasons overspel had ontdekt, dat ik mijn armen om zijn nek had geslagen. Ik hoorde mezelf zeggen: *Als je me ooit ontrouw bent, is het uit. Geen tweede kans.*

Nog een stapje. Poppy stond praktisch te trillen van verlangen om om te kijken.

Ik zag Skye in het restaurant. Ze strekte haar vinger naar me uit en bleef maar glimlachen, en tegenover me zat Aidan.

Mijn kleine wereldje had boordevol huiselijk toezicht gezeten: iedereen had iedereen in de gaten gehouden, had ieders bewegingen gevolgd, zijn eigen geheimen bewaakt en die van anderen geprobeerd te achterhalen.

Ik dacht aan de pet die Skye die avond in haar handen had gehouden, Aidans pet. En Aidan, die er met een ondoorgrondelijke uitdrukking op zijn gezicht bij had gezeten, had hem gezien. Ze moest hem ongemerkt bij de andere verkleedspullen in Poppy's rugzakje hebben gestopt op de dag dat die met Jason in het park was: de pet die hij droeg op de foto die ik had, de pet die Skye op die foto in mijn telefoon had gedragen, de pet die ik boven had liggen. Het was allemaal een show geweest die ze voor hem had opgevoerd.

Nog een stapje. Poppy draaide zich om en ik verstarde, en ze grijnsde en draaide zich weer terug.

Skye moest Aidan naar mijn huis zijn gevolgd nadat hij voor de tweede keer bij haar was. Ze had ons geobserveerd en was ons gevolgd. Ze had de verminkte Milly uit mijn kliko gehaald, haar weer in elkaar gezet tot een akelige karikatuur van een geliefde lappenpop en haar via Poppy aan mij teruggegeven. Ik had de pop aan Aidan laten zien, en Aidan was de avond daarna, toen hij op die conferentie had moeten zijn, naar haar toe gegaan en had haar vermoord door haar van haar balkon af te gooien alsof ze zelf een lappenpop was.

Aidan had ons ook bespioneerd, had mijn bewegingen gevolgd toen ik dacht dat ik vrij was. En op mijn beurt had ik Jason bespioneerd en gevolgd, en ik had ingebroken in zijn huis en zijn computer.

Ook mijn dochter was in haar eigen leventje een spion geweest, hoewel ze de dingen die ze had gehoord en gezien niet had kunnen decoderen. Poppy had haar vader met een vreemde vrouw zien zoenen. Poppy had Aidan met Skye gezien, misschien vanuit haar open raam of misschien van bovenaan de trap terwijl ik sliep. Ik zou nooit weten hoeveel ze had gezien en gehoord en in haar overbevolkte verbeelding had opgenomen.

*Ik maak je dood, fucking kuthoer. Ik smijt je van je balkon af en niemand zal het weten.*

Alleen had mijn dochter het geweten, met haar ogen als schoteltjes en haar oren die alles opvingen.

Nog een stapje. Als ik mijn hand uitstrekte kon ik Poppy nu bijna aanraken.

Skye, en daarna, zodra hij besefte dat hij nog niet veilig was, Peggy. En daarna was hij naar mij toe gekomen. Hij had er kalm en moe uitgezien. Hij had gedacht dat het allemaal voorbij was en dat we nu weer samen konden zijn.

Ik stond heel stil in het tuintje, in de brandende zon. De vogels zongen en ik dacht na, terwijl ik op mijn tenen naar voren sloop. Aidan wilde mij hebben. Hij wilde ons hebben. Op een verschrikkelijke manier dacht hij dat we bij hem hoorden, en nu geloofde hij dat hij ons had. *Je toekomst hangt aan een zijden draadje*, ik hoorde het hem nog zeggen.

Poppy had gekeken en Poppy had geluisterd, en Poppy had geprobeerd het aan mij te vertellen met haar tekening, met haar grove taal, haar nachtangsten, de manier waarop ze zich aan me vastklemde met handen als tangen, haar overgevoeligheid en aanhankelijkheid. Ik had alle signalen gezien en ze allemaal verkeerd gelezen.

Nu draaide ze zich om. Haar haar wapperde en haar mond stond half open in een vreugdekreet.

'Je heb geloopt! Ik zag het!' riep ze triomfantelijk. 'Ik zag het.'

# 59

Later was Poppy zo intens moe dat ze niet in slaap kon komen. Ik las haar een verhaaltje voor, deed het licht uit en ging naast haar in bed liggen; ik streelde haar haar, maar ik kon de spanning en rusteloosheid in haar lijf voelen. De deurbel ging. Ik liep naar de deur en daar stond Aidan, met een fles wijn in zijn hand.

'Ik heb eten besteld,' zei hij. 'Ik dacht dat je vast geen zin zou hebben om te koken na een dag als vandaag.'

Dit voelde aan als een test. Ik had hem weggestuurd, ik had gezegd dat ik hem zou bellen en nu stond hij hier. Hij liet me zien hoe machteloos ik was. Ik deed een stap opzij en hij ging naar binnen.

'Ik probeer Poppy in slaap te krijgen,' zei ik slap.

'Let maar niet op mij,' zei hij. Hij pakte een wijnglas uit de kast, draaide de dop open en schonk een glas in. 'Wil jij ook?'

'Nu nog niet,' zei ik.

Hij ging op de bank zitten en pakte een tijdschrift, zo'n gratis blaadje dat een keer per maand in de bus wordt gegooid en normaal gesproken rechtstreeks de papierbak in gaat.

'Dit kan wel even duren,' zei ik.

Hij glimlachte en hief zijn glas op. 'Ik heb geen haast.'

Ik ging weer naar Poppy's kamer. Ik voelde me wankel. Ik ging op Poppy's bed zitten.

'Zal ik lekker bij je komen liggen tot je slaapt?'

Poppy protesteerde luidkeels dat ze niet moe was en dat ze wilde spelen en dat ze voor altijd en altijd en altijd bij me wilde blijven. Ik begreep dat ze niet wilde slapen en wilde spelen, maar dat ze alleen in haar kamer wilde spelen en alleen met mij.

'Ik wil bij jou zijn.'

'Je bent toch bij mij, lieverd?'

'Alleen jij.'

'We moeten ook aardig zijn voor Aidan,' zei ik.

'Alleen jij,' zei ze gedecideerd. 'Voor lang en gelukkig.'

Ik bukte me, zei dat ze stil moest zijn en kuste haar op haar voorhoofd. Ik probeerde haar uit mijn hoofd een verhaaltje te vertellen en ze zei dat ik het verkeerd deed, dus moest ik mijn nederlaag erkennen en het licht weer aandoen. Ik las een boekje voor en toen nog een. Ik probeerde mijn stem langzaam zachter en sussender te maken, en eindelijk keek ik op en waren Poppy's ogen dichtgevallen. Ik deed het licht uit en ging naar de woonkamer, die niet meer als mijn eigen kamer aanvoelde. Aidan keek op en glimlachte.

'Ik heb een glas voor je ingeschonken,' zei hij. 'Ik vond dat we dat wel verdiend hadden.'

'Dank je,' zei ik.

'Ik heb ook een zak chips opengemaakt. Ik hoop dat dat goed is.'

'Prima.' Ik voelde me een toneelspeler in mijn eigen leven en ik moest mijn rol perfect spelen. Ik nam een slokje wijn en het voelde roestig in mijn mond. Ik stak een chipje in mijn mond om de smaak weg te krijgen, maar het was net karton. Mijn mond werd zo droog dat ik niet kon slikken, dus moest ik nog een slok van de smerige wijn nemen. 'Ik geloof dat ze nu eindelijk slaapt.'

'Ze was te opgewonden,' zei Aidan. 'Herinner je je dat niet van toen je klein was? Dan ben je zo moe dat je niet kan slapen.'

'Ja, dat weet ik nog. Het is...' Ik viel stil. Mijn hoofd was leeg. Ik was mijn tekst vergeten. Ik kon letterlijk helemaal niets bedenken om te zeggen.

Hij boog zich bezorgd naar me toe en streelde mijn wang. 'Gaat het?'

'Ik ben ook moe.' Ik lachte. Het klonk overtuigend. 'Net als Poppy.' Ik nam nog een slok wijn en probeerde iets te bedenken om te zeggen. 'Je had moeten bellen om te zeggen dat je kwam.' Ik zei het op de lichtste toon die ik kon uitbrengen. 'Ik had bezoek kunnen hebben?'

'Daar had je niets over gezegd,' zei hij. 'En trouwens, wat had dat uitgemaakt? Je weet wel, net als in die films waar de held de heldin verrast in een restaurant en voor haar zingt waar alle andere gasten bij zijn en iedereen aan het einde klapt.'

Ik bedacht dat ik altijd een hekel aan zulke scènes had gehad, zelfs in films die ik mooi vond. Ik kon de gedachte nooit van me afzetten dat het in het echt zo gênant zou zijn, hoeveel je ook hield van degene die het deed. Ik dwong mezelf te glimlachen.

'Doe zoiets alsjeblieft nooit voor mij. Ik heb een heel lage gênedrempel.'

Aidan lachte. 'Dat kan ik niet garanderen.' Hij pakte het tijdschrift weer. 'Ik zat net naar de advertenties te kijken. Er staan een paar geweldige huizen te koop.'

Ik gaf geen antwoord.

'We moeten bespreken wat het beste is. Eerst dacht ik dat de vraag was of jullie bij mij moesten intrekken of ik bij jullie. Waarschijnlijk ik bij jullie, want mijn appartement is klein en heeft geen tuin. Maar misschien moeten we allebei ons huis verkopen en samen iets groters kopen, een nieuwe start maken.'

'Dat kan ik niet,' zei ik onmiddellijk, voor ik mezelf kon inhouden. 'Dat kan ik echt niet.'

'Waarom niet?'

'Om een heleboel redenen. Ik vond het ongelofelijk stressvol om hierheen te verhuizen.'

'Maar toen deed je het in je eentje.'

'Ik kan het Poppy niet aandoen. Er is al zoveel onrust in haar leven. Ze heeft gewoon stabiliteit nodig.'

Hij glimlachte weer. 'Maar zie je dan niet, Tess, dat we het daarom juist moeten doen? Dan zou ze weer deel uitmaken van een echt gezin. Ze zou zich weer veilig en zeker kunnen voelen.'

Ik probeerde hakkelend antwoord te geven, maar hij praatte gewoon door. 'Begrijp je het niet? Ik ben niet alleen verliefd geworden op jou. Ik ben verliefd geworden op Poppy en jou samen. Ik wil jullie allebei beschermen. Ik zal zorgen dat jullie niets overkomt. Ik zal niets tussen ons in laten komen.'

Ik hoefde gelukkig niets terug te zeggen omdat de deurbel ging en de maaltijd werd bezorgd. Ik nam een volle plastic zak aan van een jonge vrouw met een helm op.

'Je hoeft haar geen fooi te geven,' zei Aidan achter me. 'Dat heb ik online al gedaan.'

Ik begon de bakjes eten op tafel te zetten. Ik haalde borden, glazen en bestek uit de keuken. Toen ik de bestekla opentrok, lag daar het broodmes en zag ik voor me – zo levensecht ineens dat het me doodsangsten aanjoeg – dat ik het uit de la nam, naar Aidan toe liep met het mes verborgen achter mijn rug en het in zijn borst ramde. Ik wist zeker dat ik dat zou kunnen. Ik wilde het doen. Maar er volgden meer beelden in mijn hoofd: Poppy, die maar een paar meter verderop lag; jaren in de gevangenis of een psychiatrische inrichting; Poppy bij haar vader, voor altijd verloren voor mij.

Aidan had Thais besteld, wat normaal gesproken een favoriet van me was: met de limoen en de pepers en de knoflook en het citroengras. Maar er was of iets mis met het eten, of met mij, want alles had een zure bijsmaak en leek tegelijk te zout en te zoet. Ik dronk het ene na het andere glas kraanwater.

'Ik vind dat we er een paar dagen tussenuit moeten gaan,' zei Aidan.

'Alleen wij tweeën, bedoel je?'

'Nee, wij drieën. Dat bedoel ik met "we".'

'Het is geen schoolvakantie.'

'We kunnen in het weekend gaan. Ik vind wel ergens een huisje. Ver weg, misschien aan zee, waar we kunnen wandelen en zandkastelen met Poppy bouwen. Het lijkt me goed om wat qualitytime met elkaar te hebben.'

Nu keek ik Aidan wel recht aan. Ik wist wat hij had gedaan, maar ik had nog steeds niet het idee dat ik deze man tegenover me begreep. Ik stelde me voor hoe een vreemde zou meeluisteren met dit gesprek. Zou die denken dat hij getuige was van een ontroerende liefdesscène? Misschien was dit voor Aidan ook echt een ontroerende liefdesscène. Maar wat voor liefde was dit? Hoe zou die geuit worden als Poppy en ik op een afgelegen plek met hem waren, uit het zicht en buiten gehoorsafstand van anderen?

Toen hij klaar was met eten begon hij de borden en de bakjes op te stapelen.

'Ik doe het wel,' zei ik, maar hij schudde zijn hoofd.

'Nee hoor. Jij hoeft alleen maar te zitten.'

Ik bleef alleen zitten. Ik keek niet op mijn telefoon en pakte geen boek. Ik luisterde naar de opruimgeluiden in de keuken, de waterkoker, de koffiemolen, tot Aidan terugkwam met de cafetière en twee koppen en wat chocoladekoekjes, netjes op een schaaltje.

Ik was even blij met de koffie als ik met een plotselinge koude douche had kunnen zijn. Terwijl ik hem dronk, zonder melk en gloeiend heet, voelde ik mezelf met een schok tot leven komen. Hij zat te kletsen terwijl we de koffie dronken en ik knikte om de dingen die hij zei. Toen stond hij op, kwam achter me staan, nam de kop uit mijn hand en zette die op tafel. Ik voelde zijn lippen achter in mijn nek. Zijn hand gleed onder mijn shirt en in mijn beha en ik zei tegen mezelf: ga ik hier echt mee door? Kan ik dat? Ik dacht aan het oude cliché: vanavond niet, ik heb hoofdpijn. Vanavond had ik echt hoofdpijn. De pijn zat vlak achter mijn voorhoofd en straalde golven misselijkheid uit naar mijn keel en mijn nek.

Ik was een object, een ding. Ik was het niet; ik was hier niet. Ik liet mezelf naar de slaapkamer meenemen, uitgekleed worden, op het bed geduwd, gekust, bevoeld en gelikt worden, ik liet mijn benen uit elkaar duwen en voelde zijn gewicht op me. Ik hield hem stevig vast, zodat hij mijn gezicht niet kon zien en ik langs hem omhoog naar het plafond kon kijken.

Na afloop ging hij op zijn rug liggen. Ik deed het licht uit en voelde me net zo slapeloos als mijn dochter, alleen zou ik de rest van mijn leven niet meer kunnen slapen. Aidan mompelde nog wat, maar ik probeerde adem te halen op een ritmische manier die op slapen leek. Een paar minuten later voelde ik zijn ademhaling naast me vertragen.

Ging hij niet weg?

Ik stapte uit bed, sloop naar de badkamer om te plassen en nam daarna een douche. Ik waste mijn haar en mijn hele lichaam, schrobbend en boenend. Ik droogde me af en ging weer in bed liggen, zo dicht bij de rand als ik kon. Ik draaide me op mijn zij met mijn rug naar hem toe en staarde in het donker.

De man die vredig naast me lag, had twee vrouwen vermoord en dreigde Jason en zijn advocaat iets te vertellen waardoor ik Poppy zou kwijtraken, tenzij ik bij hem bleef, in een monsterlijke karikatuur van een relatie.

Ik twijfelde er niet aan dat hij het zou doen. Hij maakte me liever kapot dan me kwijt te raken; dat was zijn versie van liefde. Dat was de man wiens borstkas vredig slapend op en neer ging.

Wie kon ik om hulp vragen? Wie zou me nu nog geloven? Ik was net het meisje dat te vaak had geroepen dat er een wolf kwam. De politie geloofde me niet; in hun ogen was ik verbitterd, paranoïde en lastig. Jason vond me jaloers, wraakzuchtig en instabiel. Mijn vrienden leefden mee en steunden me, maar ze zagen me als een vrouw met veel stress, die eigenlijk niet was opgewassen tegen het leven als alleenstaande moeder. Volgens mijn huisarts moest ik mediteren en naar een therapeut, want mijn angsten kwamen voort uit mijn op hol geslagen verbeelding.

Het was echt. Dit was mijn leven. Er was niemand die me kon redden.

Ik overwoog het aan mijn moeder te vertellen. Maar toen dacht ik aan wat er met Peggy, Skyes moeder, was gebeurd.

Ik wist dat ik maar één taak had: Poppy beschermen. Niets anders deed ertoe, zelfs ik niet. Dus hoe kon ik dat doen? Kon ik, nacht in nacht uit, jaar in jaar uit, naast de man liggen die

Skye Nolan had gewurgd en daarna ook nog haar moeder had vermoord? Ik zou alles doen voor Poppy. Maar dat?

Ik stelde me opnieuw voor dat ik met Poppy zou vluchten, het land uit gaan en nooit meer terugkomen. Ik hoefde maar heel even na te denken om het als een hopeloze fantasie te gaan zien. Waar moest ik heen? Wat zou ik doen? In deze wereld van computers, creditcards, paspoorten en beveiligingscamera's kon iemand als ik onmogelijk ontsnappen.

Maar stel dat Aidan er gewoon genoeg van zou krijgen om bij Poppy en mij te wonen? Kon ik hem gewoon net zolang ergeren tot hij me helemaal zat was, zoals zoveel mannen hun vrouw zat raken en vrouwen hun man? Maar ik wist dat er niets was wat ik kon doen om hem genoeg van ons te laten krijgen. Hij zou blijven vasthouden aan zijn onwrikbare bezitsdrang. Het zou hem nooit vervelen om een vrouw en een meisje in een kooi te hebben zitten en ze alles te laten doen wat hij wilde.

Ik draaide me om in bed en keek naar zijn vage gestalte in het donker. Ik kon hem horen, ik kon hem ruiken. Op dit moment was hij helemaal in mijn macht. Zou ik hem iets kunnen aandoen als het alleen om mezelf ging? Als ik daarmee kon zorgen dat ik voor altijd veilig voor hem was? Het mes lag in de keukenla. Maar ik was niet alleen. Hoe zou het voor Poppy zijn om het kind van een moordenaar te zijn?

Het voelde alsof ik in een dichte mist staarde, alsof er ergens in die mist een antwoord lag, als ik het maar kon vinden. Terwijl ik daar lag, die hele verschrikkelijke nacht lang, voelde ik dat ik het naderde, dat het stukje bij beetje vaste vorm aannam terwijl ik steeds dichterbij kwam, en toen viel ik eindelijk in slaap.

# 60

Aidan was vroeg wakker. Ik lag in bed te luisteren hoe hij zingend onder de douche stond. Door mijn halfdichte oogleden zag ik hem zijn kleren aantrekken. Hij ging naast me op bed zitten; ik voelde dat hij naar me keek en wilde het uitgillen, schoppen, mijn nagels over zijn gezicht halen, hem vernietigen. Ik deed alsof ik sliep en ten slotte stond hij weer op.

Hij ging naar de winkel en kwam terug met een overdadige hoeveelheid croissants en broodjes die hij in de oven opwarmde. Hij legde een kleed over het tafeltje in de tuin en dekte het met borden en een jampot vol van de gele rozen van de buren die over de schutting heen groeiden. Hij deed aardbeien in een schaaltje. Er was een cafetière met koffie voor ons, met een kannetje warme melk ernaast, en een mok schuimende chocolademelk voor Poppy.

'En raad eens?' Triomfantelijk haalde hij een pakje marshmallows tevoorschijn, scheurde het open en liet twee roze en twee witte marshmallows in haar dampende mok vallen. 'Is dat geen lekker zondagsontbijtje, Poppy?'

Poppy keek naar haar mok, keek naar Aidan, keek naar mij. Haar gezicht was vlekkerig; haar mond was een dunne, rechte streep.

'Nee.'

Aidan lachte. Ik legde een broodje op haar bord en ze schoof het van zich af. Ik kon de woede in haar voelen opbouwen. En in mij.

'Wat zijn de plannen voor vandaag?' vroeg Aidan.

'We gaan spelen,' zei Poppy gebiedend. Ze wees naar mij. 'Jij moet de mama zijn. En ik de baby.'

'En wat ben ik dan in het spel?'

Poppy wierp een boze blik op Aidan. 'Jij zit niet in het spel.'

'O jee,' zei hij mild.

Poppy liet zich van haar stoel glijden, zonder haar ontbijt te hebben aangeraakt. Ze beende naar de andere kant van de tuin, waar ze neerhurkte om wormen te zoeken en haar vingers in de zachte aarde te steken.

'Het spijt me. Maar ze zal nog wel bijdraaien,' zei ik.

'Ik hoop het. Wat doe ik verkeerd?'

'Je doet niets verkeerd.' Ik pakte onder de tafel zijn hand. 'Je doet alles goed.'

Hij boog zich een beetje naar me toe. 'God, wat ben je mooi,' zei hij zacht.

Ik tilde zijn hand op en kuste de knokkels. Ik zag ons van buitenaf: een man en een vrouw die dicht bij elkaar zitten in de frisse zomerochtend, intiem, zachtjes met elkaar fluisterend, terwijl er een paar meter verderop een meisje zit te spelen. Ik hoefde die vrouw alleen te acteren, te glimlachen als zij zou glimlachen, mijn hand uit te steken om de wang van de man aan te raken als zij dat zou doen. Mijn rol was die van verliefde vrouw, terwijl ik overal kippenvel had.

'Kom vanavond terug,' zei ik zacht, terwijl de lelijke gedachten in mijn keel bleven steken. 'Dan vraag ik Gina of Poppy bij haar kan logeren en kan zij haar morgen naar school brengen.'

'Echt?'

'Het is niet goed voor ons om Poppy er altijd bij te hebben. We hebben ook tijd voor alleen ons tweeën nodig.'

Ik voelde zijn hand op mijn dij.

Glimlach, zei ik tegen mezelf. Ik glimlachte. Kus hem, regisseerde ik mezelf, en ik drukte mijn lippen op de zijne en voelde zijn mond onder de mijne plooien.

'Ga nu maar,' zei ik. 'Dan zal ik Poppy mijn onverdeelde aandacht geven en ben ik vanavond helemaal van jou.'

Hij ging en ik kon weer ademhalen.

# 61

Ik keek naar de eettafel en haalde diep adem. Alles was gedaan. Alles was geregeld. Wat het eten zelf betrof had ik nog nooit in mijn leven zoiets gedaan. Ik had de messen, vorken en lepels zorgvuldig rond de borden geschikt en gevouwen papieren servetjes op beide borden gelegd. Ik had twee soorten wijnglazen en een waterglas precies op de juiste plekken klaargezet, als in zo'n restaurant waar ik me altijd slecht op mijn gemak voel. Ik streek een lucifer af en stak de oranje kaars midden op tafel aan. Ik vroeg me af of het niet wat te veel was.

De deurbel ging. Ik keek op mijn horloge. Ik had tegen Aidan gezegd dat hij rond halfacht moest komen en het was nu drie minuten voor halfacht. Ik haalde diep adem en deed open.

'Je ziet er fantastisch uit,' zei hij en hij boog zich naar me toe en kuste me op de lippen. Hij hield twee flessen wijn omhoog. 'Ik wist niet precies wat we zouden eten.'

Terwijl hij naar binnen stapte, haalde hij een sleutelbos uit zijn zak en rammelde er glimlachend mee.

'Tijd dat ik mijn eigen sleutel krijg,' zei hij.

'Ik zal er een voor je laten bijmaken.'

Al wist ik dat hij er al een had. Die had hij gebruikt om binnen te komen toen hij Poppy's kamer doorzocht; hij was er waarschijnlijk ook op andere momenten geweest.

Ik trok een van zijn flessen open en schonk voor ons allebei wijn in. We tikten onze glazen tegen elkaar. Hij glimlachte naar me en ik glimlachte terug. Ik kon dit. Ik voelde me ijskoud van haat en woede.

'We hebben zoveel om over te praten,' zei hij.

Ik ging naast hem op de bank zitten en bood hem een schaaltje amandelen aan, die ik geroosterd had en bestrooid met zout.

'Die zijn heerlijk,' zei hij.

'Je hebt gelijk,' zei ik. 'Ik bedoel, niet dat de nootjes heerlijk zijn, maar dat we veel hebben om over te praten. Maar mag ik een voorstel doen?'

'Natuurlijk.'

'Kunnen we vanavond over niets groots praten? Ik geloof dat we wel een avond verdiend hebben dat we gewoon kunnen eten en drinken en over niets belangrijks hoeven te praten. Ik bedoel, we hebben toch tijd genoeg?'

We dronken ons eerste glas wijn leeg en gingen toen aan tafel zitten. Ik had zalmblini's als voorgerecht gemaakt. Als hoofdgerecht had ik eendenborst geroosterd, met alleen een groene salade erbij uit een zakje dat ik in een kom had leeggeschud en besprenkeld met dressing uit een flesje. Ik had in de supermarkt gezocht naar dingen die zo simpel mogelijk waren, maar toch voor feestelijk konden doorgaan.

Tijdens het eten voerden we een luchtig gesprek. Ik vroeg hem waar hij de afgelopen jaren op vakantie was geweest en waar hij nu naartoe zou gaan, als hij zou mogen kiezen.

'Ben je een verrassing aan het voorbereiden?' vroeg hij.

'Ik ben gewoon nieuwsgierig. We hebben nog zoveel over elkaar te ontdekken.'

Ik merkte dat ik al vergat wat hij zei voor hij uitgesproken was. Ik geloof dat hij naar een plek in Zuid-Afrika wilde waar je kon wandelen en in de zee zwemmen. Of was het Australië?

Het lukte me om te glimlachen en te knikken, vragen te stellen en het gesprek op gang te houden, maar het bleek volkomen onmogelijk om iets te eten. Ik wist dat ik geen hap door mijn keel zou kunnen krijgen, en als ik het toch zou proberen zou ik me meteen verslikken en overgeven. Dus sneed ik mijn eten zorgvuldig in stukken en schoof ik het heen en weer op mijn bord. Een paar keer prikte ik een stuk eendenborst aan mijn vork, bracht het naar mijn mond, deed alsof ik ineens iets bedacht wat ik wilde zeggen en legde dan mijn vork weer neer.

Ik nam wat kleine slokjes wijn. Drinken lukte me wel, maar ik moest mijn hoofd helder houden. Ik dronk vooral water, het ene glas na het andere. Daarna sneed ik aardbeien en een mango in stukjes en deed ze op een bordje. Het lukte me met veel moeite om een paar hapjes te nemen, al voelde het fruit giftig aan in mijn mond, bijtend en misselijkmakend zoet.

Ik maakte koffie en we gingen samen op de bank zitten. Ik wist een beetje koffie weg te krijgen. Het was prettig dat die te heet was; ik verwelkomde het branden op mijn tong. Het voelde alsof ik mezelf met opzet elektrische schokken of messteken toediende.

En toen nam ik hem mee naar de slaapkamer.

Ik had eerder toegegeven aan seks met vriendjes, met Jason; soms was het makkelijker om het te laten gebeuren dan om nee te zeggen. Maar dit was anders. Nu was ik als een prostituee, zonder enige schaamte, zonder genot maar ook zonder pijn. Ik had me erop gekleed. Ik had een rode jurk aangetrokken die ik jaren eerder had gekocht maar waar ik niet zo dol op was omdat hij zo fel en sexy was en de aandacht trok, maar het was precies het soort jurk dat Aidan zou waarderen. Ik droeg zwartkanten ondergoed dat bijna bij elkaar paste, als je niet al te goed oplette. Ik zou het liefst het licht uit hebben gedaan, maar ik liet het aan. Alles kunnen zien wat er gebeurde maakte het erger voor mij, veel erger. Maar ik besloot dat het voor hem dan misschien opwindender zou zijn.

Tijdens de seks trad ik niet echt uit mijn lichaam. Terwijl ik van alles bij hem deed en hem van alles bij mij liet doen, ervoer ik een zekere weerzin, maar die was nog te beheersen. Het was als wanneer je visresten een dag te lang in de keukenvuilnisbak hebt laten liggen en je ze daarna moet opruimen. De stank is verschrikkelijk maar wel te verdragen als je de zak uit de bak haalt, dichtbindt en naar de kliko buiten brengt. Ik kon zelfs op de juiste momenten glimlachen, kreunen, hijgen en kreten slaken.

Toen het achter de rug was, kon ik op de natte plek liggen zonder me te laten overweldigen door walging.

'Dat was geweldig,' mompelde hij terwijl hij me streelde.

Ik mompelde iets terug en ging uit bed. Zonder mijn badjas aan te doen liep ik de slaapkamer uit. Want waarom zou ik in mijn eigen huis een badjas aantrekken, alleen om naar de wc te gaan? Ik deed de slaapkamerdeur nonchalant achter me dicht. Toen ik met een paar passen de woonkamer in liep, voelde ik zijn sperma over de binnenkant van mijn dij druipen.

Zijn jasje hing nog over de rug van de stoel waar hij het had opgehangen toen hij binnenkwam. Ik stak mijn hand in de ene zak en daarna in de andere. Mooi.

Ik sloop het halletje in, deed voorzichtig de voordeur open en legde de envelop half onder de bloempot, zodat hij nog net te zien was. Ik was nog steeds naakt. Ik had geen tijd gehad om iets aan te trekken, maar ik bleef heel laag, zodat niemand me zag. Toen deed ik de deur dicht, heel zachtjes, ging naar de badkamer, plaste en spoelde zoveel van hem uit mijn lijf als ik kon. Daarna ging ik terug naar bed.

Aidan sliep al, met bijna een glimlach op zijn gezicht en een arm onder zijn hoofd.

Ik ging naast hem in bed liggen. Ik moest wel. Als hij 's nachts wakker werd, moest ik daar naast hem liggen. Voor ik het licht uitdeed keek ik naar hem en viel me een vreemd idee in: hij zag er oprecht tevreden uit. Deze afschuwelijke, sletterige vertoning die ik had opgevoerd, zo weinig subtiel, zo overdreven: dat was precies wat hij van me wilde.

Ik zette de wekker van mijn telefoon, controleerde of de stekker van de oplader erin zat en keek opnieuw of de wekker op de juiste tijd was ingesteld en aanstond, en of de telefoon echt aan de lader zat en niet leeg zou raken.

Er was natuurlijk absoluut geen kans dat ik in slaap zou vallen. Dat wist ik zeker. Hoe zou ik kunnen slapen? Maar ik deed het licht uit, ging liggen en was onmiddellijk vertrokken. Ik had een nacht zonder woeste nachtmerries, een nacht van kalmte waarin ik in een warme zee dobberde, veilig en warm onder een hemel vol sterren.

# 62

Ik schrok wakker van de wekker met dat vreemde gevoel dat het geen gewone dag gaat worden, een dag waarop je examen moet doen, de vakantie begint of er een bruiloft of begrafenis is. Toen ik overeind kwam, draaide Aidan zich om en mompelde iets. Hij deed zijn ogen open en glimlachte naar me.

'Hoi liefje,' zei hij.

Ik stapte uit bed. Ik wilde douchen, maar dat kon niet. Dan wilde hij misschien mee en dat zou rampzalig zijn. Ik ging de badkamer in en waste me snel bij de wastafel. Zo moest het maar. Terug in de slaapkamer trok ik een onderbroek, een spijkerbroek en een T-shirt aan.

'Ik zal koffiezetten terwijl jij doucht,' zei ik zo losjes als ik kon.

'Klinkt goed.'

In de keuken zette ik de waterkoker aan. Zodra ik de douche hoorde lopen, rende ik naar de voordeur. De envelop was er. Ik voelde een trilling van schrik, maar hij lag iets anders dan eerst. Ik deed de deur weer dicht, zo zacht als ik kon. Na wat haastig gefrummel en gepruts aan Aidans jack keek ik om me heen. Verder was er toch niets meer?

Nog één ding.

Ik pakte mijn telefoon en belde 999.

'Politie, brandweer of ambulance?'

'Politie,' zei ik. Het was even stil. Schiet op alsjeblieft, schiet op, schiet op, smeekte ik in stilte. Ik hoorde een stem. Ik gaf mijn naam en adres op.

'Ik ben in groot gevaar. Mijn partner zegt dat hij me gaat vermoorden. Hij gaat me vermoorden.'

'Is uw partner in de kamer?'

'In een andere kamer. Hij kan elk moment binnenkomen.'

'Er is een auto onderweg. Die zal er over een paar minuten zijn. Kunt u naar buiten?'

'Nee, dat kan niet. Dat is niet veilig.'

Ik herhaalde mijn adres om zeker te weten dat ze het goed hadden.

'En nog iets: u moet contact opnemen met rechercheur Kelly Jordan en rechercheur Ross Durrant. Kelly Jordan en Ross Durrant, die de leiding hebben over het onderzoek naar de dood van Skye Nolan. Zij moeten ook komen. Dat is erg belangrijk. Hebt u dat?'

'Waarom?'

'Geef gewoon de boodschap door. Zeg dat ik in gevaar ben. Kwestie van leven en dood. Ik moet nu ophangen, volgens mij komt hij eraan.'

Ik legde mijn telefoon op tafel. Ik kon Aidan in de slaapkamer horen. Hij kleedde zich aan en onder het aankleden neuriede hij iets. Het water kookte, maar ik negeerde het. Ik trok een van de lades open en haalde de keukenschaar eruit. Ik trok de hals van mijn T-shirt een eindje van me af en knipte het boord door. Ik legde de schaar terug in de la. Ik pakte de doorgeknipte helften van het shirt met beide handen vast en scheurde de stof iets verder in, een paar centimeter maar. Het was niet echt nodig, maar het zou de eerste paar minuten kunnen helpen.

Aidan kwam de kamer in, helemaal schoon en fris van het douchen. Hij gloeide bijna. Hij bewoog zich door het huis alsof het van hem was.

'Is de koffie klaar?' vroeg hij.

'Sorry,' zei ik. 'Ik was even in een andere wereld.' Ik was niet van plan om koffie te zetten. 'Hoe laat moet je op je werk zijn? Ik kan ontbijt voor je maken. Heb je zin in toast? En eieren met spek? Misschien heb ik nog broodjes in de diepvries.' Ik had geen spek, ik had geen broodjes. Ik had alles kunnen zeggen: haring, eggs benedict, rijst met vis, niertjes. Er zou geen ontbijt gegeten worden.

Hij keek verbaasd. 'Wat is er met je shirt gebeurd?'

Ik keek naar beneden alsof ik het voor het eerst zag. 'Gescheurd.'

'Dat zie ik. Maar je hebt het nog maar net aan. Wat is er gebeurd?'

'Het is ergens aan blijven haken.'

Hij keek nog steeds verbaasd, en de eerste lichte achterdocht verscheen nu op zijn gezicht. 'Is er iets aan de hand?'

Heel even wist ik het niet meer. Waarom waren ze er nog niet? Hadden ze mijn bericht niet goed gehoord? Konden ze mijn adres verkeerd hebben opgeschreven? Ik had het twee keer gezegd. Ging alles nu toch helemaal mis?

'Nee, alles is in orde,' zei ik. 'Dus wat wil je voor ontbijt?'

'Ik weet het niet. Gewoon een boterham. En koffie.'

'Ja, natuurlijk. Ik ga het maken.'

Ik stond me af te vragen of ik nu echt moest gaan doen alsof ik brood zocht en koffie maalde toen ik buiten een auto hoorde, stemmen en voetstappen. En toen werd er aangebeld.

'Wat is dat?' vroeg Aidan.

Ik gaf geen antwoord. Ik deed de huisdeur en daarna de voordeur open voor twee agenten in uniform. Ik stapte opzij en gebaarde dat ze binnen konden komen. Het waren lange mannen en ze bogen hun hoofd toen ze binnenkwamen, alsof het plafond te laag voor hen was. De kamer leek inderdaad klein nu die twee er waren, met hun reflecterende vesten vol riempjes en gespen. Ze keken vragend om zich heen. Aidan staarde hen aan, met een gezicht dat er bijna grappig uitzag van verbazing.

'Er heeft iemand gebeld,' zei een van hen.

'Dat was ik,' zei ik. 'Ik ben Tess Moreau.' Ik gebaarde naar Aidan. 'Dit is Aidan Otley. Hij zei dat hij me zou vermoorden. Hij zei dat hij me dood zou maken, net zoals hij Skye Nolan en Peggy Nolan heeft vermoord.'

Aidan lachte ongemakkelijk. 'Is dit een grap? Een krankzinnig zieke grap?'

'Nee,' zei ik. Ik voelde me groot en sterk.

Aidans ogen vlogen tussen mij en de agenten heen en weer; zijn mond was vertrokken tot een soort huiverende grijns.

'Dit is belachelijk,' zei hij. 'Belachelijk en gestoord. Zij is gestoord. Ik heb nooit zoiets gezegd. Ik heb niemand vermoord. Dat is allemaal onzin...' Hij wees naar mij. 'Dat shirt. Dat heeft ze zelf gedaan.'

De twee agenten keken me aan.

'Waar gaat dit over?' vroeg een van hen.

'Er zijn twee rechercheurs onderweg,' zei ik. 'Ze kunnen elk moment hier zijn.'

'Hoe bedoelt u? Waarom zijn ze onderweg?'

'Wacht maar even.'

De twee agenten leken niet erg blij met het idee om gewoon

te moeten wachten. Ze begonnen Aidan vragen te stellen, maar hij ontweek ze.

'Allemaal onzin,' zei hij. 'Ik weet niet eens wat jullie hier komen doen. Ik kom straks te laat op mijn werk.'

'Blijkbaar heeft deze vrouw melding gedaan van een noodgeval.'

'Wanneer?'

'Zo'n tien minuten geleden.'

Aidan deed zijn mond open en sloot hem weer. Hij keek naar de slaapkamer en de douche, en toen weer naar mij. Hij staarde me recht aan, woedend, en schudde heel licht zijn hoofd. Zelfs met de twee agenten erbij liepen de rillingen over mijn rug van deze blik.

'Wat heb je gedaan, Tess?' Zijn stem klonk vriendelijk.

Ik gaf geen antwoord. Ik keek hem niet eens aan.

Het duurde nog een paar minuten voordat ik buiten een auto hoorde stoppen. Ik hoopte dat het Kelly Jordan zou zijn, of op zijn minst de twee rechercheurs samen, maar het was alleen Ross Durrant, en hij leek niet al te blij om hier te zijn. Even sprak hij zacht met de agenten en ondertussen keek hij af en toe naar Aidan en mij. Toen het gesprek afgelopen was kwam hij op me af, boog zich dicht naar me toe en fluisterde: 'Als u – alweer – een spelletje met ons speelt, zweer ik dat ik u arresteer wegens belemmering van de rechtsgang. Begrijpt u dat?'

'Is Kelly Jordan onderweg?'

'Daar weet ik niets van.'

'Als ze hier is, zal ik alles uitleggen.'

Dit leek Durrant alleen maar kwader te maken. Hij vroeg Aidan te gaan zitten, maar Aidan zei dat hij liever stond.

'Waarom bent u hier?' vroeg Durrant hem.

'Ik heb hier geslapen.'

'Bent u intiem geweest met mevrouw Moreau?'

'O, zeker.' Aidan draaide zijn hoofd en glimlachte mierzoet naar me.

'Was dat met wederzijdse instemming?'

'Ja.'

Ross Durrant keek om naar mij.

'Dat doet er allemaal niet toe,' zei ik.

'Liegt hij?'

'Wacht tot Kelly Jordan er is. Dan zal ik alles uitleggen.'

Zijn gezicht was nu rood van woede.

'Vijf minuten,' zei hij. 'Vijf fucking minuten. Dan praten we, wie er ook is.'

Drie minuten later was Kelly Jordan er. Ze leek niet veel blijer dan haar collega's om hier te zijn. Ze groette nauwelijks en glimlachte niet.

'Waar gaat dit over?' vroeg ze.

Dit was het. Dit was het moment waarop ik had gewacht. Nu het zover was, voelde ik me rustig, ook al hing alles af van wat ik nu ging zeggen.

'Aidan Otley heeft gedreigd me te vermoorden,' zei ik. 'Hij zei dat hij me dood ging maken, net zoals hij Skye Nolan en Peggy Nolan dood heeft gemaakt.'

'Allemaal onzin,' zei Aidan op bijna aimabele toon. 'Ik kende die vrouwen niet eens. Ik had die namen zelfs nog nooit gehoord.'

'Aidan zei dat hij trofeeën had. Hij had een trofee uit Skye Nolans appartement en een trofee uit Peggy Nolans huis, en die bewaarde hij bij hem thuis. Hij zou me ze laten zien als teken van wat hij mij zou aandoen.'

Er viel een stilte. Aidan keek me geschokt aan. Toen veranderde zijn gezicht en glimlachte hij. Hij lachte zelfs hardop.

‘Oké,’ zei hij. ‘Ik snap het. Twee voorwerpen?’

‘Dat klopt.’

‘Een van Skye Nolan en een van Peggy Nolan?’

‘Ja.’

Hij keek naar de twee rechercheurs. ‘Ze denkt dat ze me in de val heeft laten lopen. Ze probeert me te framen door twee voorwerpen bij mij thuis neer te leggen en dan de politie te bellen met een totaal uit de lucht gegrepen beschuldiging.’

‘Hoe bedoel je, framen?’ zei ik. ‘Wanneer zou ik dat gedaan kunnen hebben?’

‘Je bent er geweest. Of je had naar binnen kunnen gaan toen ik er niet was.’

‘Ik heb geen sleutel van jouw flat. Ik heb nooit een sleutel gehad.’

‘Je had het op de een of andere manier voor elkaar kunnen krijgen.’

Hij keek weer naar de twee rechercheurs.

‘Zal ik u iets vertellen over die twee trofeeën?’ Aidan sloot zijn ogen en deed duidelijk zijn best om het zich te herinneren. Toen deed hij ze weer open. ‘Ja, dat was het. De moeder heeft Tess twee cadeautjes gegeven; ze heeft ze me laten zien. Het ene was een armband die van haar dochter was geweest. Hij was van koper, sierlijk gegraveerd en met een soort blauwe steentjes erin. Het andere was een dingetje van klei met geel en groen glazuur op de bovenkant. Zo’n ding waar je een hete beker op zet, hoe noem je dat?’

‘Een onderzetter,’ zei ik zacht.

‘Ja, een onderzetter. De initialen van de dochter stonden aan de onderkant in de klei gekerfd. Tess had ze hier, maar om de een of andere reden denk ik niet dat ze hier nog zijn. Ik denk dat ze in een schoenendoos onder mijn bed of op een plank in mijn kast liggen, een beetje verborgen maar wel makkelijk te vinden. Wil je dat de politie ze even gaat zoeken, of is dat tijdverspilling?'

Ik wilde iets zeggen, maar Aidan onderbrak me.

'Ik zal jullie de moeite besparen. Ze bewaart ze normaal gesproken in haar ondergoedla.'

Ik keek hem scherp aan. 'Heb je mijn spullen doorzocht?'

Hij haalde alleen zijn schouders op. 'Ik moest je natrekken,' zei hij. 'En het is maar goed dat ik dat heb gedaan. En als jullie ze daar niet vinden, kunnen we bij mij thuis kijken waar Tess ze heeft neergelegd.'

'Bezwaren?' zei Ross Durrant. 'Niet dat het uitmaakt wat u vindt.'

'Als het toch niet uitmaakt,' zei ik, 'kunnen jullie maar beter aan de slag gaan.'

Een van de agenten – met rood haar en een jong gezicht – liep de kamer uit en Aidan keek me aan.

'Als dit achter de rug is,' zei hij, 'denk ik dat we een paar dingen moeten bespreken.'

Ross Durrant keek me koud aan. 'Wilt u nog iets aan uw verhaal veranderen?' vroeg hij.

'Bedoelt u deze, meneer?' vroeg iemand achter me.

Ik draaide me om. Daar stond de jonge agent, met uitgestoken handen. In de ene hield hij de armband met lapis lazuli en in de andere de onderzetter. Aidan keek alsof hij in zijn maag was gestompt.

'Bitch,' zei hij. Ik wachtte op de woorden die Poppy hem tegen Skye moest hebben horen zeggen, en ja hoor, hij sprak ze uit. 'Fucking kuthoer.'

# 63

Ze lieten de roodharige agent bij me achter. Toen Aidan langs me liep, boog hij zich naar me toe. 'Je komt nooit meer van me af,' zei hij op fluistertoon.

Ik vroeg de agent hoe hij heette.

Thorpe, zei hij. Ronnie Thorpe.

'Oké Ronnie, heb je zin in koffie?'

Zijn ogen schoten de kamer rond alsof hij verwachtte dat Durrant ineens uit een kast zou springen.

'Als u toch gaat zetten.' Hij kon me niet aankijken.

'Ik ga toch zetten.'

Ik zette sterke koffie voor ons en nam er de tijd voor. Ronnie ging zwetend en met een rechte rug aan tafel zitten en ik belde mijn school om te zeggen dat ik woensdag pas weer kwam: ik was slachtoffer geweest van een misdrijf, zei ik, en ik hoorde aan de andere kant scherp de adem ingezogen worden.

Ik voerde Sunny. Ik deed de afwas van de vorige avond, spoelde het gestolde eendenvet van de borden, haalde de glazen eindeloos door het hete water en spoelde ze daarna een paar keer af. Ik schrobde alle keukenoppervlakken schoon. Elk spoor van hem. Alles wat hij aangeraakt zou kunnen hebben.

‘Hoelang gaat dit duren?’ vroeg ik aan Ronnie.

Ronnie wist het niet. Hij wist alleen dat ik binnen moest blijven; het was zijn taak om me in de gaten te houden.

Ik nam een douche. Het water was lauw, maar ik bleef er net zolang onder staan tot het koud werd en waste elke centimeter van mijn lijf, boende het schoon, en zelfs dat was niet genoeg. Ik poetste mijn tanden, gorgelde met mondwater. Ik gooide het gescheurde T-shirt en de onderbroek die ik gedragen had in de prullenbak. Ik deed hetzelfde met de rode jurk en het kanten ondergoed van de vorige avond. Ik trok een linnen broek met trekkoord aan en een fris, wit katoenen shirt, dat zacht aanvoelde tegen mijn huid. Ik trok de lakens van het bed, haalde het dekbedovertrek eraf, en de kussenslopen, en gooide ze op de overloop, klaar om ze later naar de kliko te brengen. Ik kreeg ineens de impuls om al mijn haar af te knippen, maar ik dacht dat Poppy zou kunnen schrikken als ze me kaalgeknipt zou zien, dus bond ik het in een strakke knot achter in mijn nek.

Ik ging weer naar beneden, waar Ronnie nog steeds warm en stijf op de stoel zat. Hij had zijn koffie nog in zijn handen en keek strak voor zich uit.

Ik ging de tuin in, die ik de laatste tijd verwaarloosd had. Ik deed vogelzaad op het voederplankje, ging met een schoffel op mijn hurken zitten en groef zevenblad uit, een hardnekkig onkruid met dunne, diepe wortels. Ik haalde de dode bloemen uit de rozen en besproeide de knoppen met zeepwater om de bladluizen weg te houden. Ik liet het regenwater weglopen dat zich in het opblaasbadje had verzameld en spoelde het badje schoon met een paar emmers water. Ik veegde de as uit de barbecue.

Ik besefte dat ik niets dacht, niets voelde. Ik wachtte. Achter mij in de serre wachtte Ronnie ook.

Vlak voor het middaguur zag ik hem overeind komen en

haastig naar de deur gaan, dus spoelde ik mijn handen af onder de buitenkraan en ging naar binnen, net toen hij ook weer binnenkwam met iemand achter zich aan.

Het was Ross Durrant. Hij beende de serre in alsof hij ergens anders naar op weg was en bleef toen abrupt stilstaan, vlak voor mij. Ik zag een lichte tic in zijn slaap en begreep dat hij boos was.

'Nou?' vroeg ik.

Hij liet zijn blik op me rusten. Ik had het gevoel dat hij naar me keek op de manier waarop ik naar een knoop in de draad keek als ik aan het naaien was.

'Ik ben hier om je naar het politiebureau te brengen,' zei hij en ik voelde een rimpeling van angst door me heen gaan. Was er iets verkeerd gegaan?

'Waarom?'

'Om een verklaring af te leggen.'

'Wat gebeurt er nu?' vroeg ik. 'Heb je gevonden wat ik zei dat je zou vinden?'

'Ja.' Hij klapte zijn mond dicht.

'Wat waren het?'

'Er staat buiten een auto klaar.'

'Ik had gelijk, hè?'

'Nou goed,' zei hij zonder te glimlachen, 'dit moment van triomf is je gegund.'

'Ik voel geen triomf.'

'Ik ga geen excuses aanbieden, als dat is wat je wilt.'

'Wat ik wil, is dat Aidan ergens wordt opgesloten waar hij mij of mijn dochter geen kwaad kan doen.'

'Het ziet ernaar uit dat je je zin gaat krijgen.'

Ik pakte mijn spijkerjack en tas en nam de sleutels van de tafel.

'Een zilveren bekertje met Skyes naam erin gegraveerd.' Hij stond met zijn rug naar me toe; ik kon zijn gezicht niet zien, maar zijn schouders waren vierkant en onbuigzaam. 'Een doopbeker of naambeker, denk ik. En een oude gedichtenbundel die Peggy in 1986 op school heeft gewonnen, als prijs voor de beste vorderingen of zoiets. Met een ex libris aan de binnenkant van het omslag met haar naam, en ze heeft van alles in de marges geschreven.'

'Is het genoeg?'

'We gaan zijn hele leven ondersteboven keren. Tegen de tijd dat we klaar zijn, is er niets meer wat we niet zullen weten over Aidan Otley. Maar dat doet er niet echt toe. We hebben al genoeg om hem een dubbele moord ten laste te leggen. Wat we nu snel zullen doen.'

'Mooi.' Mijn handen trilden; mijn maag voelde hol aan. Ik had een gevoel alsof ik vreselijke honger had of elk moment kon overgeven. 'Dat is mooi.'

Ross Durrant keek me aan met een wat menselijker blik. 'En dat allemaal omdat je kleine meid iets heeft gezien of gehoord en er een tekening van heeft gemaakt.'

'Dat klopt. Arme schat.'

'Enig idee waar dat gebeurd is?'

'Daar heb ik eindeloos over nagedacht. Ze is nauwelijks alleen met hem geweest. Het kan in het park zijn geweest, of misschien is Skye een keer naar mijn huis gekomen toen ik even naar de winkel was, of misschien 's avonds, toen ik al sliep. Als ik nu terugkijk, zie ik dat Poppy daarna niet meer alleen met hem wilde zijn. Ik denk dat ze me op haar manier probeerde te beschermen.'

'Kun je het haar niet gewoon vragen?'

Ik schudde mijn hoofd.

'Er is haar al zoveel gevraagd, er is geen echte herinnering meer over. Die tekening, dat was haar herinnering: een figuur die van een toren valt.'

# 64

Poppy marcheerde op me af als een soldaat die ten strijde trekt. Ze leek boos, verhit en vol van de belangrijke dingen die ze te zeggen had. 'Ik deed huilen bij Jake,' zei ze.

Ik hurkte voor haar neer. 'Waarom moest je huilen, lieverd?'

'Ik wou Teddy.'

'Je had Teddy bij je. Ik heb hem in je tas gestopt.'

'Ik wou mijn beker. Ik wou Sunny. En mijn eenhoorn-T-shirt. Gina borstelde mijn haar.'

Ik pakte haar hand. 'Kom, we gaan.'

'Alleen jij en ik.'

'Alleen jij en ik.'

'Dan gaan we naar wormen graven,' zei Poppy tevreden.

'Oké.'

Ze keek me achterdochtig aan. 'En niet in bad,' zei ze.

'Daar zullen we over nadenken.'

'En het kan donder en bliksem en ik ga een vos zien en Sunny gaat bij me slapen.'

'Ik kan je niet beloven wat voor weer het wordt.'

Op de terugweg aten we een ijsje, op een bankje in de zon. Toen liepen we hand in hand naar huis, waar Poppy in het badje speelde, diep geconcentreerd en fronsend wormen opgroef, Sunny een verhaaltje vertelde over een meisje dat Poppy heette en kon vliegen en ik naar haar keek. Ik keek naar haar en verwonderde me.

Al snel zou het nieuws over Aidan bekend worden. Het zou in de kranten staan, op het nieuws en op internet komen. En, belangrijker: iedereen die ik kende zou het weten, zou anders naar me gaan kijken, op een hongerige manier, en erover praten op zo'n verrukt-verafschuwd toontje. *Heb je het gehoord? Wist jij dat? Is het niet vreselijk?* Nog niet, dacht ik, niet op deze avond die zo warm, licht en vredig was. Niet terwijl Poppy in het badje spetterde, handenvol water in de lucht gooide en in haar onderbroek door de tuin rende, onder de modder en betoverd, en de vogels naar het voederplankje kwamen en het licht tussen de bladeren door viel en rimpelende schaduwen op de grond wierp.

Ik wist niet wat ik haar moest vertellen en wat ik beter kon laten rusten. Moest ik haar herinneringen en boze dromen gewoon laten wegspoelen door de tijd, of moest ik zeggen: je hebt verschrikkelijke dingen gezien, maar nu is het voorbij? Je was in de war en bang, maar dat hoeft nu niet meer. Ik heb een slechte man ons huis binnengelaten, maar hij zal nooit meer terugkomen. Je wereld is weer veilig.

Maar de wereld is nooit veilig, niet voor een klein meisje dat geen filter heeft en helemaal openstaat, dat alles ziet en alles hoort, dat alles door zich heen laat gaan; als een windgong die al door het lichtste zuchtje wind in beweging wordt gebracht.

'Bedtijd,' zei ik.

'Verhaaltjes,' antwoordde ze. 'Tot ik stop zeg. Baby uil en de tijger op de thee, en Kleine Beer en de maan en de koe die eroverheen springt en het kleine biggetje. Helemaal naar huis.'

# 65

De volgende dag stond Jason bij de school te wachten toen ik met Poppy naar buiten kwam.

'Wanneer was je van plan het aan mij te vertellen?' vroeg hij.

'Hoe heb je het gehoord?'

'De politie belde. Ze namen aan dat ik het al wist.'

Ik wilde al zeggen dat hij me verboden had contact op te nemen, maar ik voelde Poppy's warme hand in de mijne en slikte mijn woorden in. Ik wilde die vrouw niet meer zijn. Hij was Poppy's vader; ik had gevaar in het leven van zijn dochter toegelaten.

'Het spijt me heel erg dat je het op die manier moest horen,' zei ik. 'Je hebt helemaal gelijk. Ik had het je meteen moeten vertellen. Alleen was alles zo...' Ik zweeg. Mijn ogen brandden van de tranen en ik wilde niet huilen waar Poppy bij was. Ik wilde ook niet huilen waar Jason bij was. Ik wilde in een donkere kamer liggen en de tranen over mijn wangen laten stromen, in mijn kussen. Ik wilde huilen van verdriet, van schuldgevoel en opluchting.

'Waar ga ik nu heen?' vroeg Poppy en ze keek omhoog naar ons allebei.

'Vanavond bij mij,' zei ik. 'Morgen ben je bij papa. Dan is het woensdag. Vandaag is het dinsdag en morgen is het woensdag.'

'Ik kan het, ik weet het: maandag dinsdag woensdag donderdag vrijdag zaterdag zondag!' riep ze op een gejaagd opzegtoontje.

'Heel knap,' zei ik. Toen, tegen Jason: 'Kunnen we even een stukje wandelen, met zijn drieën?'

Hij knikte en nam Poppy's andere hand. Ik kon zijn stemming niet peilen. Hij was een knappe vreemdeling.

'Omhoog zwaaien,' zei Poppy, zoals altijd, en ze liet zich bijna met haar billen op de stoep zakken. 'Heel hoog.'

Dus daar gingen we, mama en papa met het roodharige dochtertje zwaaiend tussen ons in.

'Wordt het geen tijd dat je sorry zegt?' vroeg Jason.

'Ja, wel.'

'Je hebt me in feite beschuldigd van moord op een vrouw. Je hebt de politie achter me aan gestuurd. En vervolgens bleek het al die tijd je vriendje te zijn. En het gebeurde allemaal onder je eigen dak.'

'Nog een keertje!'

'Een, twee, drie, omhoog! Daar zal ik de rest van mijn leven mee moeten leven. Ik had het mis. Ik zocht het in de verkeerde richting. Ik zag niet wat vlak voor me gebeurde – in mijn eigen huis, zoals je zegt.'

En in mijn eigen bed, dacht ik, en de bekende misselijkheid rees weer in me op.

'Dus, vanuit het diepst van mijn hart: sorry. Sorry dat ik jou ervan verdacht dat je iets met Skyes dood te maken had. Sorry dat ik iemand vertrouwde die een moordenaar bleek te zijn. Sorry dat ik de hele tijd dacht dat ik Poppy beschermde, terwijl ik haar juist in gevaar bracht.'

Ik bracht een hand naar mijn keel. Mijn hele lichaam voelde rauw en pijnlijk; mijn ogen brandden. Ik wachtte.

'Ik zou de volledige voogdij kunnen aanvragen, weet je,' zei hij.

Nu kwam waar ik zo bang voor was geweest.

'Nog een keertje!' riep Poppy dwingend.

Ze vloog omhoog, onze roodharige dochter.

'Dan zou ik me uit alle macht verzetten,' zei ik. 'Waarom ren je niet alvast naar de hoek, Poppy?'

We wachtten tot ze weg was.

'Ik had het mis over jou en Skye, maar ik had het niet mis over jou.'

'Wat de fuck betekent dat nou weer?'

'Het klopt dat je niemand hebt vermoord,' zei ik zacht. Ik draaide me naar hem toe en keek hem aan. 'Maar je hebt me geïntimideerd, bent vreemdgegaan, hebt me voorgelogen en toen we uit elkaar gingen, heb je me laten denken dat we dat samen op een beschaafde manier aanpakten. En nu doe je hetzelfde bij Emily, en ook bij andere vrouwen, zelfs vrouwen die voor je werken.' Ik zag zijn geschrokken blik. 'Ja, ik weet dingen over je die je echt niet wereldkundig wilt laten worden. Het zou er niet best uitzien voor een rechter, hè? En je hebt Poppy getuige laten zijn van je bedrog. Je bent geen moordenaar, dat had ik mis. Maar ik had het niet mis over jou. En ik denk dat iedere rechter, gezien de bewijzen, zou inzien dat ik dom ben geweest maar dat ik te goeder trouw heb gehandeld, terwijl jij... totaal niet te vertrouwen bent.'

'Dus zo staat het ervoor.'

'Jason, ik wil dat we op een beschaafde manier met elkaar omgaan, vanwege Poppy. Ik wil niet de rest van ons leven vijanden blijven. Maar ik zweer je dat ik niet beschaafd blijf als je

Poppy van me af probeert te pakken.'

Hij staarde me aan. Ik zag rode adertjes in het wit van zijn ogen en een belletje spuug in zijn mondhoek. Toen ontspande er iets in zijn gezicht.

'Het ging vroeger zo goed tussen ons,' zei hij. 'Wat is er toch gebeurd?'

'Het is nooit goed gegaan tussen ons. Ik was jong en dom. Maar we kunnen proberen goede ouders te zijn.'

We haalden Poppy in en ik pakte haar hand.

'Naar huis,' zei ik.

# 66

Vele maanden later, op een koude februaridag, liep ik in mijn eentje door Covent Garden en zag ik hem een stukje voor me lopen. Ik herkende hem meteen, al zag ik hem alleen van achteren, net zoals ik hem die eerste keer van achteren had gezien, toen hij bij het gerechtelijk vooronderzoek naast Peggy Nolan had gezeten. Ik ging sneller lopen, haalde hem in en tikte hem op de schouder.

Charlie bleef staan en keek me duidelijk ontzet aan.

'Dat is lang geleden,' zei ik.

Hij mompelde iets bij wijze van antwoord.

'Heb je tijd voor koffie?'

'Dat lijkt me niet zo'n goed idee.' Hij keek om zich heen. 'Wat doe je hier? Ik dacht dat ik je nooit meer zou zien.'

'Het is in orde,' zei ik. Ik probeerde geruststellend te klinken. 'Sorry als ik je liet schrikken. Ik was je niet aan het achtervolgen.'

Hij keek wantrouwend. 'Is er iets gebeurd? Heeft iemand je verteld waar ik was?'

Ik stak protesterend mijn handen op. 'Echt. Ik heb hier met een vriendin afgesproken.'

We keken elkaar even aan.

'Ik was verbaasd dat je niet bij het proces was. Toen ik moest getuigen, heb ik nog naar je gezocht op de publiekstribune.'

'Ik kon het niet aan. Dat lijkt me duidelijk.'

'En na afloop heb ik contact met je gezocht. Ik dacht dat je misschien zou willen praten. Maar misschien heb je mijn mailtjes niet gekregen.'

Hij boog zich naar me toe en sprak op schorre fluistertoon, waardoor ik hem bijna niet kon verstaan met al het verkeerslawaai om ons heen.

'Ik heb ze gekregen,' zei hij. 'En ik heb gedaan alsof ik ze niet heb gezien. Waar zou ik over willen praten? Over inbreken bij je vriendje om daar een beker en een boek te verstoppen die Peggy me heeft gegeven? Is dat iets waarover we hadden moeten kletsen?'

'Je hebt niet ingebroken. Ik heb je de sleutel gegeven.'

'Het blijft een misdrijf. Weet je, ik heb zelfs nog geen pen van kantoor mee naar huis genomen die niet van mij was, en nu heb ik een man helpen framen voor twee moorden.'

Het was nu mijn beurt om om me heen te kijken of iemand had gehoord wat Charlie zei.

'Waarom voeren we dit gesprek op straat?'

'Ik wil het helemaal niet voeren. Ik weet alleen dat ik een misdaad heb gepleegd.'

Ik stak mijn hand naar hem uit en hij leek ervoor terug te deinzen.

'Charlie, ik wilde alleen contact met je omdat ik je wilde bedanken. Aidan heeft de vrouw gedood van wie jij hield en hij heeft de moeder gedood van de vrouw van wie jij hield. Je weet best dat hij niet alleen vanwege de beker of dat boek is veroordeeld; er was een overdaad aan bewijzen. Ze hebben zijn vingerafdrukken in Skyes flat gevonden; verschillende mensen hebben hem samen met haar in die bar gezien. We hebben alleen gezorgd dat de politie op de juiste plekken ging kijken en dat hadden ze toch al moeten doen. Als jij niet had gedaan wat je hebt gedaan, dan zou hij niet alleen zijn weggekomen met de moord op Peggy en Skye, maar ooit zou hij mij ook hebben vermoord en daarna mijn dochtertje. Dus ik zal je altijd dankbaar blijven voor wat je hebt gedaan.'

'Dat heb je zelf gedaan,' zei Charlie. 'Ik heb alleen de sleutel opgehaald en...' Hij aarzelde. 'Nou ja, de hele rest.'

'Ja, de hele rest. En daarom heb ik mijn leven aan je te danken.'

'Ja, dat klopt allemaal. Maar zal God het me vergeven?' vroeg Charlie. 'Het liegen, het overtreden van de wet.'

Ik stond versteld van die vraag. Heel even wist ik niet wat ik moest zeggen.

'Ik weet het niet,' zei ik. 'Ik weet niet veel van Gods vergeving. Ik weet niet veel van God. Maar ik weet wel dat ik op een heel duistere plek zat en dat iedereen die ik om hulp vroeg me liet zitten. Behalve jij.' Ik dacht even na. Wat kon ik zeggen om deze man te troosten? 'Misschien maakt dat het wel goed. Het zou te makkelijk zijn als je gewoon deed wat je hoorde te doen. Om mij te helpen moest je ingaan tegen wat je gelooft en moest je de wet overtreden. Om goed te doen moest je kwaad doen. Het was iets heel groots wat je voor me deed, juist omdat het zo moeilijk was. Ik weet zeker dat God dat zal zien.'

Charlie glimlachte traag. 'Dus volgens jou zal God dat denken?'

Ik wist er ook een glimlach uit te persen. 'Ik weet het niet. Ik probeer je gewoon wat op te vrolijken.'

Zijn glimlach verdween. 'Je weet dat hij op een dag uit de gevangenis komt. En dan?'

'Hij heeft heel duidelijk gemaakt wat dan, op die dag in de rechtszaal. Maar de rechter heeft gezegd dat hij minstens dertig jaar krijgt. Hij heeft twee vrouwen gedood, allebei met voorbedachten rade. Tegen die tijd is het Poppy's beurt om mij te beschermen.'

Hij knikte en wiegde van de ene op de andere voet. 'Nou, het is in elk geval voorbij.'

'Ik neem aan dat we elkaar niet meer zullen zien.'

'Ik denk het niet,' zei Charlie. 'Tenzij jij nu een zendertje draagt.'

Ik glimlachte. 'Ik draag geen zendertje. En jij moet trots zijn op wat je voor Skye en Peggy hebt gedaan.'

'Misschien,' zei hij, maar ik wist niet of hij overtuigd was.

# 67

Op een koele, onstuimige zondag in mei bracht ik Poppy naar het kinderfeestje voor Alicia's vijfde verjaardag. Ik dacht terug aan Alicia's vierde verjaardag. Ik wist nog dat Poppy de rok van tule had gedragen die ik op de naaimachine in elkaar had gezet, en de gouden heksenmantel die ik had gemaakt en die nu afgedankt en smoezelig van het vele dragen achter in een la lag. Ik kon me er niet toe zetten om hem weg te gooien.

Vandaag droeg ze een vale spijkerbroek, enkellaarsjes en een bomberjack waar Jake uit was gegroeid. Jake was in het afgelopen halfjaar omhooggeschoten en was nu een en al slungelige, onhandige armen en benen. Poppy was nog altijd klein, een van de kleinsten uit haar groep. Haar rode haar leek nog roder, haar bleke huid leek nog meer sproeten te hebben. Haar ogen glansden; ze knetterde van energie.

'Als we in jouw auto rijden...' zei ze.

'Ik heb geen auto.'

'Ja, maar als we erin zitten en ik ga schreeuwen en uit het raam springen en een koprol op de stoep maken en daarna naar het strand rennen, wat ga jij dan doen?'

'Dan denk ik dat ik de auto zou stilzetten en achter jou aan gaan.'

‘Helemaal tot aan het strand?’

‘Natuurlijk, als je zo ver zou komen voor ik bij je was.’

‘Maar als ik kan vliegen en jij niet kan vliegen?’

‘Dat lijkt me niet eerlijk. Als jij kan vliegen, waarom ik dan niet?’

‘Grote mensen kunnen niet vliegen. Alleen kinderen.’

We kwamen bij Alicia’s huis. Ik gaf Poppy het verjaardagscadeautje dat we hadden meegenomen en belde aan. Alicia’s moeder deed open; ze zag er nu al uitgeput uit. Achter haar zag ik een kluwen opgewonden kinderen.

‘Heel veel plezier,’ zei ik tegen Poppy, maar ze bewoog zich niet. Haar hand greep de mijne stevig vast en ze staarde naar me omhoog.

‘Ik kom snel terug,’ verzekerde ik haar.

‘Hand op je hart?’

Ik onderdrukte de neiging om haar op te tillen en stevig tegen me aan te drukken.

‘Ik beloof het met mijn hand op mijn hart.’

Ze liet mijn hand los en stapte over de drempel.

‘Sterkte,’ zei ik tegen Alicia’s moeder.

‘Ik heb kleurtjes voor je!’ riep Poppy terwijl ze zich in het gewoel stortte. ‘Gauw uitpakken! Krijtjes in alle kleuren.’

Het was nauwelijks de moeite om naar huis te gaan en dus liep ik door London Fields naar Broadway Market. Ik dwaalde tussen de kramen rond en overwoog een prachtig bronzen hangertje voor mezelf te kopen, maar ik wist dat ik dat toch niet zou doen. Ik ging een café in, bestelde een flat white en een warme amandelcroissant en ging aan een tafeltje bij het raam zitten.

Mijn telefoon stond uit. Niemand wist dat ik hier zat en het voelde als een verboden pleziertje. Ik nam de tijd, nipte van de koffie, depte met een natte vinger de laatste croissantkruimels op. Dat was iets wat ik langzaam leerde: de tijd nemen, mezelf de tijd geven, de wereld om me heen tot rust laten komen en me het middelpunt van mijn eigen wereld voelen, al was het maar voor even.

Het was nu een jaar geleden en ik stond mezelf soms toe om uren of zelfs dagen te vergeten wat ons in de zomer van vorig jaar was overkomen, wat Poppy en ik hadden doorgemaakt en waaraan we waren ontsnapt. Maar er waren ook dingen die ik nooit mocht vergeten. Ik had Jason ontmoet vlak nadat mijn vorige vriend me had ingeruild voor mijn vriendin. Ik had Aidan ontmoet vlak nadat Jason me had verlaten. Beide mannen hadden mijn kwetsbaarheid aangevoeld en ze waren als inbrekers geweest die een open raam vonden, een onafgesloten deur, een huis dat ze zonder moeite konden leeghalen.

Toen ik dit tegen Gina zei, had ze geschrokken gekeken. 'Maar je wilt toch ook niet totaal afwerend worden,' had ze gezegd.

Maar ik wilde ook nooit meer zo weerloos zijn.

Ik dacht aan hoe ik Aidan in mijn huis had gelaten, in mijn bed, in mijn hart. En in Poppy's leven. Haar veilige plek was veranderd in een plek vol gevaar en angst.

Poppy had nog steeds enge dromen; 's nachts kwam ze vaak mijn kamer in om zich naast me op te krullen en haar warme lijfje tegen me aan te drukken. Ze was nog steeds erg aanhankelijk en verloor me liever niet uit het oog. Maar heel langzaam begon de angst zijn greep op haar te verliezen, zoals mist oplost en alleen wat zwevende flarden achterlaat. Ze had nu een broertje, dat Arlo heette. Ze had een fiets die ik haar met Kerstmis had gegeven, waarop ze elke dag naar school reed, met mij naast haar, klaar om haar op te vangen als ze viel of uit de bocht vloog. Ze had een klein groepje vriendjes die ze rondcommandeerde, meesleepte in haar complexe fantasiespelletjes en bedolf onder genegenheid. Ze kon al een beetje lezen: 's avonds, na het voorlezen, liet ik haar vaak over een boek gebogen achter, met haar tong uit haar mond en met haar lippen geluidloos de woorden vormend. Ze probeerde ook al verhaaltjes te schrijven, in hoekige letters die ik net kon ontcijferen kriskras op het papier: verhalen over avonturen, over draken en eenhoorns en geheimzinnige grotten, bergen en groene zeeën, en over een meisje dat Poppy heette. Ze maakte er tekeningen in felle kleuren bij: huizen, bloemen, regenbogen, zonnetjes, katten en olifanten – die ze nu bij de juiste naam noemde.

Stukje bij beetje, dag na dag en week na week, nam mijn voortdurende bezorgdheid om haar af en verdween de angst als ik in het holst van de nacht door iets werd gewekt en in het donker lag te luisteren naar het gekraak van het huis, de wind buiten of Sunny die aan mijn voeteneinde geluidjes lag te maken in zijn oudekattendromen.

En wat ons was overkomen voelde soms nauwelijks echt, als een verhaaltje dat een kind vertelt of als een tekening die ze maakt: een tekening in dik zwart krijt, en ze kan je niet vertellen wat het betekent, alleen dat het iets engs is, alleen dat zij bang is, en dat jij moet luisteren. Want kinderen zien dingen en horen dingen, en de hele grote, boze buitenwereld komt ongefilterd bij hen binnen.

Ik liep terug naar het feestje en was er iets te vroeg, maar de andere ouders begonnen zich ook al te verzamelen. Alicia's moeder liet me binnen in de woonkamer, waar het een chaos was. Chips, koekjes en chocola waren in het tapijt getrapt en kleverige kinderen lagen op de bank te rollen of gooiden kussens naar elkaar. In de tuin stampten andere kinderen de bloemen plat, high van suiker en opwinding. Poppy was er ook bij; ik zag haar felrode haar en hoorde haar stem, die harder was en verder droeg dan die van alle anderen.

'Het is een beetje uit de hand gelopen,' zei Alicia's moeder beteuterd. 'Ik had allerlei spelletjes voorbereid, maar de kinderen waren er in no time doorheen en toen... nou ja. Chaos. Ik heb een borrel nodig.'

'We kunnen je op zijn minst even helpen opruimen,' zei de man naast me, terwijl er een langsrennend kind tegen hem aan botste en als een speer weer weg holde.

Ik herkende de man. Het was de vader van een jongetje dat nog maar net bij Poppy in de groep zat. Hij was bevriend geraakt met Laurie, en van Gina had ik gehoord dat zijn partner was overleden aan een zeldzame vorm van kanker toen hun zoontje nog maar twee was.

'Ik geloof niet dat wij al fatsoenlijk hebben kennisgemaakt,' zei hij. 'Ik ben Baxter, de vader van Leo.'

'Tess,' zei ik, en hij glimlachte en zei dat hij dat al wist. Toen probeerde hij zich een houding te geven door te bukken en de kartonnen bordjes met zompige taartresten en de gebarsten plastic bekertjes op te rapen.

'Hoe ben ik ooit op het idee van schuimgebak gekomen?' zei Alicia's moeder. 'Moet je kijken!' Ze snelde naar de keuken.

Baxter en ik keken elkaar aan, plotseling verlegen.

'Leo zegt dat Poppy vet is. Op de goede manier, welteverstaan.'

'Soms is ze vet lastig,' zei ik. 'Is Leo al een beetje gewend?'

'Ja. Hij heeft het wel moeilijk gehad, maar het gaat al beter.' Hij leek nog iets te willen zeggen, maar veranderde toen van gedachten.

'Mooi. Dat is fijn.'

'Misschien hebben Poppy en jij een keertje zin om na school bij ons te komen,' zei hij. 'Om met Leo te spelen.'

'Dat zal Poppy vast heel leuk vinden.'

Hij kuchte, wreef over zijn wang.

'Ik ben hier niet zo goed in. Dat wil zeggen, ik ben een beetje roestig. Maar wat ik eigenlijk wil vragen is of jij misschien eens langs wilt komen. Of afspreken. Met mij, bedoel ik.'

Ik keek naar hem. Hij was iets langer dan ik, had bruine ogen en een vriendelijk gezicht. Zijn partner was overleden; hij was de alleenstaande vader van een gespannen jongetje met flaporen; hij ruimde rommel op bij een ander thuis. Hij was mijn type. Er roerde zich iets in me.

Wat moest ik zeggen? Ik had me een leven lang schuldig gevoeld, mensen niet voor het hoofd willen stoten, mezelf in anderen verplaatst, rekening met hun gevoelens gehouden, ze zo vriendelijk mogelijk afgewezen of ze nog liever helemaal niet afgewezen. Hoe moest ik dit verwoorden?

'Nee,' zei ik en ik schudde mijn hoofd. 'Nee.'